한월화

下

향월화

유지인 장편 소설

DAHYANG ROMANCE STORY

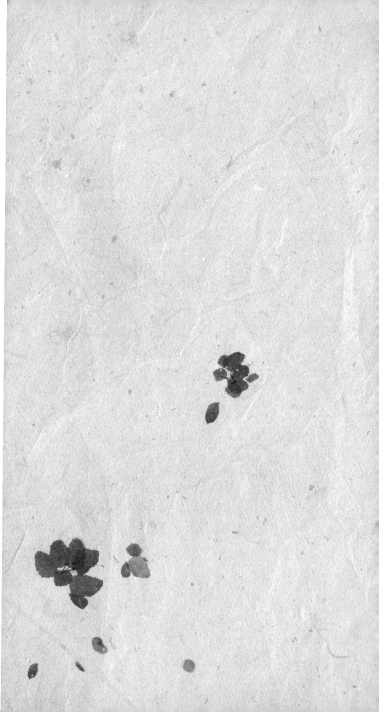

目次

6장

하루에도 수십 척의 배가 드나드는 뱃터는 늘 어딘가 정돈되지 않은 산만한 공기가 있었다. 평생을 섬에 살다 뭍에 처음 발을 디딘 어리숙한 이들과 호기롭게 의지를 다지고 도착한 상인, 일거리를 찾아 몰려드는 어중이떠중이들이 우르르 배에 올랐다 내렸다를 반복하며 크고 작은 소란을 자아내는 것이다.

"단주, 물건은 모두 다 선적하였습니다."

닻을 올리고 있는 배를 바라보며 건네는 말에 진겸은 고개를 끄덕이고 미소 지었다.

"도문으로 전서구를 띄워라. 이번 배는 예정보다 빨리 도착할 것이라고."

명을 수행하기 위해 급히 자리를 뜨는 수하와 뭍을 떠나는 배를 확인한 후, 진겸은 걸음을 옮겼다. 일이 수월하게 진행된 덕에 당분간은 좀 숨을 돌리고 쉬어도 될 것 같았다. 그 참에 수린이 좋아하던 것들이나 구하러 다녀 볼까.

생강엿이라는 소리에 웃던 수린의 얼굴이 떠올라 진겸의 웃음이 짙어졌다. 어릴 때 입맛이 많이 변했으려나. 새콤달콤한 과일 초절임과 깨로 만든 강정도 좋아했었는데. 하는 김에 옷도 좀 사다 줄까. 지금 입고 다니던 옷도 단정하고 질 좋은 것으로 보이기는 했지만.

'고운 옷을 입고 있으면 누구보다 어여쁠 텐데.'

색색이 고운 비단 천으로 치마저고리를 지어 입히고 싶지만 지금은 안 되겠지. 그럼 옷을 지어서 잘 보관만 해 둬야겠다. 옷을 지으며 어울리는 장신구도 좀 사 두고.

하나씩 수린에게 주고 싶은 것들을 꼽던 진겸은 곧 뱃터에서 멀지 않은 상단에 도착했다. 그러고 보니 상단의 창고에 얼마 전에 들여놓은 질 좋은 비단이 있었다. 은은한 미색 비단이 수린에게 잘 어울릴 것 같았는데 그걸로 옷을 지어다 놓아야겠다 생각하며 문을 열려는데 누군가 진겸의 허리를 확 끌어안았다.

"!"

오랫동안 자객으로 생활해 온 습관이 배어 있던 진겸은 버릇처럼 소매 안쪽 팔에 매어 둔 단도를 꺼내려 했다.

"오라버니……."

축 처진 가느다란 목소리가 들리지 않았다면 일단 메다꽂기라도 했을 것이다. 진겸은 허리를 끌어안은 팔과 작은 손을 확인하고는 주변을 둘러보았다. 아무도 없는 것을 확인한 후에야 진겸은 허리를 끌어안은 이의 팔을 잡아당겼다.

"수린아."

수린은 진겸이 끄는 대로 힘없이 딸려 갔다. 진겸은 고개를 숙인 수린을 끌고 상단 문 안으로 들어갔다. 조금 전에 배에 물건을 싣느라 모두가 나간 참이라 마침 안에는 아무도 없었다.

"수린아 왜 그러느냐. 혹시 우는 거냐? 응? 고개 좀 들어 보아라."

꼭 우는 것 같다고 느껴지는 모습이었다. 고개를 숙이고 목소리에는 힘이 하나도 없어 떨리고 있었으니 말이다. 그러나 진겸이 어르는 목소리에 고개를 든 수린은 울고 있지 않았다. 곧 눈물을 떨굴 것 같은 표정이었을 뿐.

"무슨 일이라도 있었느냐? 여기 혼자 온 게야?"

윤인호의 차남이 감시라도 하듯 옆에 붙어 있었는데 여기까지 수린이 혼자 온 것도 이상했지만 그보다는 수린의 표정이 더 신경 쓰였다. 수린은 길 잃은 아이 같은 얼굴로 진겸을 바라보다가 물었다.

"오라버니."

"그래, 말해 보아라."

"할멈, 안주에서 빼내 오실 수 있다 하셨지요."

"그래. 그리 얘기했다."

"한 사람만 더, 안주에서 함께 빼내 올 수 있습니까? 그럴 수 있다면 언제쯤 가능합니까?"

"뭐?"

"그리되면, 다 같이 오라버니가 말하셨던 안전하다는 곳에 가서 살면 되는 것이지요?"

거듭 물어 오는 수린의 눈가에는 어느새 물기가 맺혀 있었다. 진겸은 수린의 어깨를 다잡았다.

"일단 앉아 보거라."

"말해 보십시오! 됩니까, 안 됩니까?"

버럭 내지르는 소리가 울음소리처럼 들렸다. 진겸은 수린을 그냥 끌어안고 등을 토닥였다.

"무슨 일이 있었구나. 그렇지?"

"……."

"왜, 윤인호의 아들놈이 널 박대하기라도 하더냐? 구박이라도 했어?"

진겸의 품 안에서 수린은 고개를 저었다. 윤인호의 아들이 아니라 윤인호 본인이 그랬다. 참으로 자신을 축생만도 못하다 느끼게 해 주었다.

"할멈과 함께 빼내 와 달라는 이가 누구냐? 안주에 나 모르게 정인이라도 만들어 놓았어? 암만 네가 좋아도 오라비 눈에 시원치 않은 사내면 허락 안 해 줄 것인데?"

진겸의 말에 수린은 실소를 지었다. 정인이라니. 정 의원이 들으면 거품을 물고 뒤로 넘어갈라.

"할멈…… 병이 있습니다. 몇 년 전부터 앓고 있는 병이 있어 의원이 꼭 있어야 하는데…… 안주에서 할멈을 돌봐 주던 의원분이 따라와 주셨으면 해서요. 그런데 정 의원께서 따라와 주실지는 모르겠습니다."

몰래 끌고 나오면 정 의원은 틀림없이 불같이 화를 내며 억지로 끌고 갈 거면 죽이라 소리를 지를 게 뻔하다. 설득을 한다 한들 따라와 줄지도 미지수지만.

"그래. 알겠다. 만약 그 의원을 데려오지 못한다 해도 그 못지않은 의원을 꼭 할멈 옆에 붙여 놓을 테니 걱정 마라. 꼭 약속하마."

달래는 목소리에 울적했던 기분은 한결 나아졌다. 수린은 그제야 투정 부린 자신의 꼴이 우스워 진겸의 품에서 빠져나왔다. 그런데 진겸이 빠져나가려는 수린을 놔주지 않았다.

"기분 좀 나아졌느냐? 그럼 얼굴 좀 보여다오."

"시, 싫습니다. 면구스럽습니다."

"면구스러울 일도 많다. 운 것은 아니지?"

사실은 울고 싶었다. 그래도 진겸의 앞에서 윤인호 때문에 울고 싶지 않았다. 수린은 감정을 갈무리하고 싱긋 웃는 얼굴로 고개를 끄덕였다.

"예. 안 웁니다. 저."

수린의 말은 스스로에게 하는 다짐과 같았다. 진겸은 그런 수린을 가만히 바라보다가 물었다.

"어찌 혼자 나왔느냐. 혼자 돌아다녀도 되는 것이냐?"

수린은 잠시 머뭇거렸다. 사실 천강이 병호대의 몇을 이끌고 관사를 나가고 관사가 어중이떠중이로 정신없는 틈에 몰래 나온 것이었다. 머뭇거리는 모습에 진겸이 눈을 찌푸리는 것을 본 수린이 얼른 말을 돌렸다.

"오라버니, 여쭙고 싶은 게 있습니다."

"뭘 말이냐?"

"약재 말입니다. 총관의 관사에서도 감초조차 모자란다는데 오라버니는 어디서 약재를 구하셨습니까?"

진겸의 관심을 돌리려 그냥 던져 본 질문이었다. 그런데 진겸이 얼굴을 굳히고 정색을 하자 수린은 소가 뒷걸음질 치다 쥐를 잡은 광경을 목격한 기분이었다.

"……오라버니?"

"너는 신경 쓰지 않아도 되는 일이다."

"오라버니, 그 무슨 말씀이십니까?"

"곧 끝날 테니, 너는 할멈을 빼내 오는 대로 떠날 마음의 준비만 하고 있어라."

얼버무리고 돌아서려는 진겸을, 수린은 얼른 붙들었다. 진겸은 뿌리치려다 수린의 굳은 얼굴을 보고 눈만 돌려 시선을 피했다.

"지금 오라버니의 태도, 근방의 약재가 모조리 동이 난 것과 오라버니가 연관이 있다고 말하는 거나 다름없습니다."

"……."

"혹 경에서까지 약재가 달려 값이 오른 것에도 오라버니가 관계되어 있습니까? 이리 작은 상단의 단주일 뿐인 오라버니가요?"

진겸은 수린의 손을 꼭 붙들었다.

"수린아. 네 말대로 나는 이리 작은 상단의 단주일 뿐이다."

"헌데 왜 대답을 제대로 안 하시고……."

"내 밑에 있는 손이 몇이나 된다고 이 넓은 나라의 약재를 다

좌지우지하겠느냐."

"그럼……."

"난 그냥, 방법을 일러 주고 조금 도와준 것뿐이지."

"예?"

"걱정 말아라. 내가 표면으로 드러나는 일은 절대 없을 것이다. 나는 단 한 가지 목표만 달성하면 되니. 나머지는 그자들이 어찌 하든 내 알 바 아니다."

진겸이 말하는 그자들이 누구인지 수린은 짐작할 수 없었다. 다만 진겸이 말한 것처럼 나라 전체의 약재를 관리할 수 있는 큰 세력을 지닌 자, 부릴 수 있는 손이 많은 자라는 것만 어렴풋이 추측할 뿐이었다. 수린에게 중요한 것은 그자들이 누구인지가 아니었다. 진겸이 말하는 단 한 가지 목표.

"오라버니는…… 윤인호 그자를 기필코……."

"죽일 것이다. 내 손으로."

수린이 진겸을 잡았던 손을 놓았다. 진겸의 눈은 절대로 흔들리지 않을 의지로 굳어져 있었다. 수린이 세차게 고개를 저었다.

"그자는 안 됩니다!"

"뭐가 안 된다는 거지? 내 앞에서 죽어 간 아버지를, 눈도 제대로 감지 못한 어머니를! 나더러 잊으라는 거냐?"

"……."

"널…… 이리 오랜 세월 떨어져 살게 한 원흉을 용서하라는 거냐?"

그런 것이 아니었다. 그러나 진겸은 수린의 눈에 떠오른 혼란을

15

다르게 읽은 모양이었다. 진겸이 어울리지 않는 조소를 지었다.

"왜, 복수는 관두라 말할 참이냐?"

"오라버니……."

"윤인호의 아들들 옆에 있다 보니 정이라도 들었더냐?"

잔뜩 뒤틀린 말에 수린은 참지 못하고 주먹을 들어 진겸의 가슴을 때렸다.

"아니란 말입니다!"

퍽 때리는 손은 제법 매웠다. 진겸은 순간 헉 소리까지 낼 뻔했다.

"왜 모르십니까? 그자에게 덤벼들기 위해서는 모든 걸 다 걸어도 부족할 텐데. 저더러 눈앞에서 이제 하나 남은 혈육이 죽는 꼴을 보라 말하시는 겁니까?"

"……수린아."

수린이 눈물 맺힌 눈으로 진겸을 노려보았다.

"제가 지금 윤인호를 죽이러 간다 하면, 오라버니는 오냐 그리해라 하실 겁니까?"

그럴 수 있을 리가 없었기에 진겸의 말문은 막혔다. 수린은 피가 배어나도록 입술을 깨물었다.

"그자가 천벌이라도 받아 급사하면 오라버니 못지않게 저 또한 기쁠 것입니다. 허나, 오라버니가 다치는 대가로 얻는 천벌이라면, 천벌 따위 없다 생각하고 먼 곳에서 모른 채 사는 편이 좋습니다."

그리 외치는 수린의 머릿속을 채운 것은 천강의 모습이었다. 화난 얼굴이며 딱딱한 얼굴이 대부분인 사람인데 희한하게도 그 순간 떠오른 것은 웃고 있던 얼굴이었다. 입술에서 배어난 피가 비릿한 향을 풍기며 입 안에 퍼지는 것을 느끼면서 수린은 애써 천강의 얼굴을 지우려 머리를 흔들었다.

"그러니, 할멈이 안주에서 나오면 함께 떠나요. 오라버니."

뱃속을 치고 올라오는 뜨거운 감정의 덩어리를 애써 누르며 수린은 겨우 말을 맺었다. 그러나 진겸에게서 대답은 돌아오지 않았다. 수린은 눈을 피하려는 오라비와 눈을 맞추려 했다. 그러나 진겸은 고개를 돌리며 수린의 눈을 피했다.

"오라버니."

"……."

"오라버니!"

끝끝내 입을 다물고 대답하지 않는 진겸의 모습에 수린은 속이 타서 소리를 질러 버렸다. 그래도 진겸은 수린이 원하는 답을 내어 줄 수가 없었다. 고집스레 입을 다무는 진겸을 애끓는 눈으로 바라보던 수린이 진겸의 팔을 퍽퍽 몇 대나 때리고 나서 몸을 돌려 버렸다. 수린이 문을 벌컥 열고 밖으로 뛰쳐나가는 것을 본 진겸은 붙잡으려 손을 뻗었다가 차마 붙잡지 못하고 이마를 짚으며 탄식 같은 한숨을 쉬었다.

이제 품 안에 안고 고이고이 보호해 주는 일만 남았다고 생각했는데, 상처를 줘 버렸다. 그렁그렁 눈물이 찬 수린의 눈망울이 감긴 눈 사이에서 아른거렸다. 진겸은 몇 번이나 망설이다가 수린이 뛰쳐나간 문으로 자신도 달려 나갔다.

뱃터에서 부는 바람은 저녁 무렵이 되자 차갑게 뺨을 어루만졌다. 황제는 수평선 너머로 떠가는 배를 바라보다가 길게 숨을 내뱉었다. 오고 가는 사람들이 워낙 많아서 뱃터에 앉아 있는 젊은 여자 하나를 이상하게 여기는 이는 없었다. 각양각색의 행색을 한 이들이 돌아다니니 비싼 천으로 지은 옷을 입었다고 해도 특별히 튀어 보이지도 않았다. 황제는 신기한 기분이었다. 일부러 객잔 안에 틀어박혀 사람들의 시선을 피한 시간이 무색할 만큼 사람들은 자신에게 시선을 주지 않고 있었다.

'어차피 섞이면 그게 그것인 사람인 것을.'

따라오지 말라 소리치고 나온 참이라 금군 무사들은 황제의 눈에 띄지 않기 위해 고군분투를 하며 지켜보고 있을 것이었다. 하지만 그들의 예리한 눈으로도 많은 사람들 틈에 섞인 자신은 찾기 힘들 것이다.

물가에서 괴나리봇짐을 진 젊은 남자 하나가 똑 닮은 어린 사내아이를 보고 웃으며 자갈을 집어 물수제비를 뜨고 있었다. 퐁퐁퐁퐁 네 번의 파문을 그리며 물속에 빠진 돌멩이를 보고 아이는 까르르 웃으며 박수까지 치고 있었다. 파도 위에서 부서지는 물방울 같은 웃음소리에, 맥이 빠져 있던 황제의 입가에도 따라 웃음이 그려졌다. 뭐가 저리 좋을까, 고작 돌멩이 하나인데. 저리 사심 없이 웃을 수 있는 아이가 부럽다는 생각까지 드는 걸 보니 어지간히도 울적한 모양이었다.

아이의 아비는 다시 돌 몇 개를 집어 들었다. 아이는 어서 던지라며 폴짝폴짝 뛰면서 아비의 기운을 북돋아 주었다. 몇 번이고 이어진 물수제비뜨기에 아이의 웃음이 멈추지 않고 이어졌다. 손에 손에 짐을 들고 바삐 움직이던 행인들도 한 번씩 아이의 웃음에 눈길을 주며 웃음을 던졌다. 그런 사람들의 행렬 너머로, 황제의 눈에 다급해 보이는 한 남자가 들어왔다.

첫 만남이 예사롭지 않았던지라 황제는 남자를 한눈에 알아볼 수 있었다. 그리고 그건 저쪽도 마찬가지인 모양이었다. 황제와 눈이 마주친 그는 황제를 알아본 것이 분명한 표정을 지었다. 그러나 그뿐, 남자는 가볍게 눈인사를 건네고 그대로 다른 곳으로 향하려는지 몸을 틀었다.

별것 아닌 그 행동에 부아가 치밀었던 것은 분명 문혁 때문에 뒤틀렸던 심사의 뒤끝이었다.

"기다리십시오!"

때문에 황제는 평소였다면 절대 하지 않았을 행동을 했다. 벌떡 일어서서 소리 높여 외치며 남자 쪽으로 향했던 것이다. 자신을 부른 것이 믿기지 않았는지 남자는 멈춰 서기는 했지만 검지 손가락으로 자신의 가슴을 가리키며 고개를 갸웃했다. 자신을 부른 것이냐고 묻는 것이었다. 괜한 오기가 치솟아 황제는 고개를 끄덕였다.

"제게 무슨 볼일이라도 있으십니까?"

기억 속에 남아 있던 것처럼 시원스러운 목소리였다. 저녁 무렵의 해가 아니라 조금 더 밝은 햇살 아래서 보는 남자의 이목구비는 기억보다 더 반듯했다.

"항상 뭘 찾고 계시군요."

"아, 어쩌다 보니 그리되는군요."

"그 찾는다는 혈육은 찾으셨습니까?"

"아, 예."

어째 대답이 미적지근했다.

"설마 아직도 그 혈육을 찾는 겁니까?"

무례랄 수도 있는 질문이었지만 황제의 거침없는 질문에 남자, 진겸은 잠깐 고민하다가 순순히 대답했다.

"아직도 찾는다기보다는, 찾긴 찾았는데 지금 저한테 좀 화가 나서 달래 주려고 찾는 중입니다."

말하는 중에도 아직 진겸의 호흡은 가빴다. 황제는 왠지 모를 씁쓸한 기분이 들었다.

"부럽군요."

"예?"

"그리 숨이 차도록 달래 주려고 뛰어다니는 혈육이 있어, 동생 분은 좋겠습니다."

"······."

"내게도 있었으면 좋겠네요. 내가 울적하고 화날 때 달래 주는 오라버니가 말입니다."

황제의 독백 같은 말을 진겸은 차분히 기다려 주었다.

"미안합니다. 어서 동생분 찾으러 가셔야지요. 실례했습니다."

황제가 진겸에게서 한 걸음 물러섰다. 이만 가 보라는 뜻이었다. 그러나 진겸은 선뜻 자리를 뜨지 않고 황제를 바라보았다.

"무슨 일이 있으셨습니까?"

조금 호흡이 안정된 목소리로 진겸이 물어 왔다. 황제는 진겸의 질문이 뜻밖이라는 듯 진겸을 올려다보았다.

"실례를 용서하십시오. 그저, 조금…… 기분이 안 좋으신 듯 보여서……."

쑥스러운 듯 말을 잇는 진겸에게, 황제는 어째서인지 다 털어놓고 싶었다. 이리 사람들이 많이 오가는 소란스러운 곳에서라면, 금군 무사들이 지켜보고 있다 한들 소리까지 들리지는 않을 터였다.

"가족은 없지만 저에게도 가족 같은 이가 있다 생각했었는데, 오늘에야 그것이 혼자만의 생각이었음을 알게 되었습니다."

"그게 무슨 말씀이신지……."

"오랜 세월 곁에 있던 정혼자가 혼약을 파기하자 하더군요."

덤덤하게 이어지는 이야기에 진겸의 눈이 살짝 커졌다. 황제는 이제 재미있다는 기분까지 들었다.

"헌데 저는 오늘 이야기는 못 들은 걸로 하겠다 그렇게만 말해 버렸습니다. 우습지 않습니까? 실연당한 여인이 하는 이야기가 고작 그런 것이라는 게."

이야기하다 보니 정말로 우습다는 생각이 들었다. 울고불고 난리를 치며 너희 집안 모두 파직시키겠다고 소리소리를 질러도 모자랄 일인데 조용히 덮고 넘어갈 테니 오늘 일은 못 들은 걸로 하겠다 했다. 세상천지 어느 여인이 정혼자에게 다른 여인이 생겼다는 말을 듣고 이리할 수가 있겠는가. 누구의 귀에 들어갈까 겁이나 화도 마음대로 내지 못하고 투기도 마음대로 못 하는 처지가 바로 황제라니. 정말로 웃음이 나와서, 황제는 피식 소리 내어 웃어 버렸다. 그런데 진겸은 조금도 웃지 않고 진지하게 말했다.

"참으로 보는 눈 없는 사내로군요."

실없이 나오던 웃음이 멈췄다. 황제는 굳어진 얼굴로 진겸을 올려다보았다.

"머지않아 후회할 겁니다. 틀림없이."

확신 같은 말에 황제 쪽에서 할 말이 없어졌다. 진겸은 단호히 말을 맺고 군더더기 없는 인사를 마친 후 본래 가려던 곳으로 걸음을 돌렸다. 말을 잊고 그 뒷모습을 바라보던 황제의 입가에 어느새 웃음이 맺히기 시작했다.

❀　　❀　　❀

"교성 일대가 다 똑같은 것 같습니다."

대웅의 말에 천강은 고개를 끄덕였다. 돌아다니는 약방마다 하는 말은 약속이라도 한 듯 똑같았다. 환약은커녕 약초 한 뿌리도 귀해서 약함이 텅텅 비었다는 것이었다. 한 군데만 더 가 보고 관사로 돌아가자는 말에 순순히 뒤를 따르는 대웅을 향해 천강이 말했다.

"약재의 수급이 달리는 것이 교성만의 문제인지 아닌지를 알아보는 것이 시급하겠군."

"예. 돌아가면 바로 파발과 전서구를 띄우겠습니다."

"의량에게는 총관의 장부와 상납품 장부를 살펴 기록된 약잿값과 상인들이 말하는 가격을 비교해 보고 차이가 있다면 보고하라 일러라."

"예."

천강이 지시한 사항들을 잊지 않으려고 다시 한 번 입 속에서 중얼거리던 대웅이 지나가는 말로 중얼거렸다.

"이럴 줄 알았으면 겸이도 데리고 왔으면 좋을 걸 그랬습니다."

"뭐?"

"대장이나 저나 약재에 대해 잘 모르지 않습니까. 겸이가 있었다면 더 자세히 이것저것 물을 수 있었을 듯해서 말입니다."

대웅의 말은 일리가 있었다. 그러나 쉬이 수긍하는 말이 나오지 않았다. 물론 수린이 자신의 곁에서 떨어지지 않고 붙어 있을 구실이 있다면 기꺼울 것이다. 그러나 복잡한 일에 한두 가지씩 발을 들여놓기 시작하는 것을 마냥 좋아라 할 수는 없는 노릇이었다. 무엇보다 천강은 수린이 다른 이와 말을 섞는 것 자체가 달갑지 않았던 것이다.

"저기, 약방이 보입니다."

다닥다닥 작은 가게들이 붙어 있는 중간에 작은 약방이 보였다. 워낙 작아서 오히려 찾는 이가 다른 약방보다 적어 그런지 적갈색 나무 가판에는 몇 가지의 약초들이 떨어지지 않고 놓여 있었다.

"말씀 좀 묻겠습니다."

대웅이 가판 앞에 앉은 덩치 좋은 중년 남성에게 말을 걸자 얼마 안 되는 약초들을 다듬고 있던 남자가 고개를 들었다.

"찾으시는 거라도 있으십니까? 요즘 약재가 많이 달리지만 물으십시오. 혹 찾으시는 것이 있는지 볼 테니."

천강은 남자에게 품 안에서 작은 주머니를 꺼내 건넸다.

"이 정도 환약이면 지금 가격이 얼마 정도 되지?"

"뭐요. 사러 오신 게 아니라 팔러 오셨소?"

남자는 미심쩍은 눈으로 천강을 보며 주머니를 펼쳤다.

"어디 보자, 종유환하고 환약이오? 음? 이건 약이 아닌데?"

조그만 주머니를 뒤적이며 남자가 하는 말에 천강은 남자가 의아해하는 물건은 손을 뻗어 빼냈다.

"이건 빼고 그것의 가격만."

천강이 생강엿을 얼른 빼 가자 남자는 잠시 멈칫했지만 곧 이건 얼마, 이건 얼마 값을 매겼다. 그러면서 자신이 값을 아주 잘 쳐주는 거라는 말도 잊지 않고 덧붙였다. 물론 약을 팔러 온 것이 아니었기에 천강은 대답만 듣고 남자의 손에서 다시 주머니를 회수해 왔다.

"아니 지금 이 작자들이, 장난하는 거요 뭐요."

놀림당했다 생각한 모양인지 남자는 버럭 소리를 질렀지만 천강은 귓등으로 흘려듣고 자리를 떴다. 실례했다는 말은 물론 대웅의 몫이었다.

"이제 관사로 돌아가시는 겁니까? 그런데 아까 그 약이랑 같이 있던 건 뭡니까?"

대웅의 질문에 천강은 한쪽 손에 쥐고 있던 생강엿을 대웅을 향해 던졌다.

"먹어라."

"에? 이거, 엿입니까?"

바스락 종이를 열자 나오는 알싸한 향기에 대웅이 화색을 띠고 반가워했다.

"생강엿이군요. 오랜만이네요."

"그런 게 좋으냐?"

"그럼요. 매일 먹는 게 아니니 별미지요. 그냥 엿도 아니고 생강엿은 구하기도 귀한 건데요."

좋아라 생강엿 하나를 입에 넣는 대웅을 보고 천강은 고민에 잠겼다. 생강엿이라는 소리에 환해지던 수린의 얼굴이 떠올랐던 것이다. 많이 먹는 건 아니지만 끼니로 뭐가 나와도 투정 없이 잘 먹기에 깊이 생각해 보지 않았는데 가끔은 저런 것도 먹고 싶은 건가.

"그런 건 어디서 팔지?"

"엿이야 엿이나 정과 파는 곳에서 팔겠지요. 엿 가격도 알아봐야 합니까?"

입 안에 우물우물 엿을 씹으며 불분명한 발음으로 묻는 대웅에게 천강은 아니라고 손을 흔들었다. 엿 파는 곳이라. 어디였더라. 지나왔던 곳들의 기억을 더듬으며 걷고 있는 천강의 옆에서 대웅은 몇 개 안 되는 생강엿을 게 눈 감추듯 먹어 치우고 엿을 쌌던 종이까지 탈탈 털고 있었다.

"맛있네요. 어지간히 잘 만드는 사람이 만들었나 봅니다."

아쉬운 기색이 역력한 대웅의 목소리에 그게 그리 별미인가 생각하던 천강은 저 멀리 돌담에 쪼그리고 기대앉은 작은 인영을 발견하고 멈춰 섰다.

"어? 겸……."

천강과 거의 동시에 익숙한 인영을 발견한 대웅이 소리 내어 외치려 하는 것을 천강은 손을 들어 만류했다. 무릎 사이에 얼굴을 묻고 우는지 자는지 꼼짝도 하지 않는 수린에게 작은 고양이 한 마리가 다가가 붙어 앉았다. 저녁이라 쌀쌀해지기 시작하는 날씨에 온기가 필요한 모양이었다. 천강은 수린의 허벅지에 고개를 비비는 고양이를 뚫어져라 바라보다 대웅에게 말했다.

"너는 관사에 먼저 돌아가서 의량에게 내가 말한 것을 전해라."

대웅은 수린을 바라보는 천강의 눈빛이 심상치 않아 보였는지 망설이는 눈치였지만 별일이야 있겠는가 싶어 고개를 꾸벅 숙이고 관사 쪽으로 향했다.

대웅이 가고 나서도 오랫동안 그 자리에 서 수린을 바라보던 천강이 움직인 것은, 고양이가 대담하게 수린의 무릎 위로 파고들어가 품 안에 자리를 잡으려 할 때였다.

자박. 발아래의 잔모래와 자갈이 밟히는 소리가 나는데도 수린은 고개를 들지 않았다.

"내가 방에 돌아가 있으라 했을 텐데."

"……."

"어떻게 나왔지?"

귀 끝이 움찔 움직이는 것을 보니 자고 있는 것은 아닌데 시위하듯 꼼짝 않고 있는 것이 마음에 들지 않았다.

"너 혼자 이리 돌아다니라 허락한 적 없다."

그 말에 수린이 고개를 번쩍 들었다. 반나절 사이에 반쪽이 된 것 같은 얼굴에는 울화가 가득 차 있었다.

"송구하군요. 그저 며칠 동안 관사에만 갇혀 있는 것이 답답해 산책 나온 것입니다."

자리에서 벌떡 일어나며 말하자 막 편히 자리를 잡았던 고양이가 야옹— 소리를 내며 한 바퀴 돌아 바닥에 착지했다.

"심려를 끼쳐 죄송합니다. 당장 관사로 돌아가겠습니다."

말은 죄송하다고 하는데 말투는 시비나 진배없다. 천강은 불손한 수린의 말투에 한마디를 하려다가 수린의 어깨 위, 심상치 않은 얼룩을 보고 손을 붙들었다.

"이게 뭐냐. 누가 시비라도 걸었느냐?"

"넘어졌습니다."

수린은 천강이 넘어진 얼룩과 그렇지 않은 얼룩도 구분 못 할 정도의 얼간이라고 생각하지 않았다. 다만 수린은, 지금 천강과 말을 섞고 싶지 않았을 뿐이었다.

"내가 바보인 줄 아는 거냐."

그러나 수린에게는 유감스럽게도 천강은 수린과 아주 많은 대화를 나누고 싶은 상태였다. 수린은 팔목을 강하게 끌어당기는 천강의 태도에 반발심이 생겨 있는 힘을 다해 손을 뿌리쳤다.

천강이 수린의 반항적인 태도에 눈이 커졌다. 수린은 그런 천강을 보며 빈정거렸다.

"저에게 이러시면 주변에서 불손하게 떠들지 않습니까."

"뭐?"

"남색이네 뭐네, 천한 죄인을 가까이하시며 지저분한 소문까지

덤으로 얻으셔야 하는데 귀하신 분께 누가 되면 그 죄를 제가 어찌 감당하겠습니까."

"지금 그게 무슨……."

"마음에 둔 여인이 계시다면서요. 그분께서 정인이 남색을 즐긴다는 소문을 들으면 퍽이나 좋아하시겠습니다."

배배 꼬인 말에 천강이 할 말을 잃고 바라보는 것이 속 시원할 줄 알았는데, 정작 빈정거리는 수린의 속도 좋지만은 않았다. 수린은 쓴 표정으로 내뱉었다.

"왜요? 더러운 추문 따위 아랑곳하지 않을 정도로 그분은 자기 정인을 믿으시는가 보지요? 그 고결한 얼굴, 한번 보고 싶군요."

가늘어지는 천강의 눈을 한 번 더 직시하고는 수린은 고개를 돌렸다. 속상한 일을 당한 건 다른 데에서였는데 엉뚱하게 천강에게 화풀이를 하는 자신의 꼴이 우습기 짝이 없었다. 천강이 불호령을 내려도 별수 없겠구나 하는 생각이 들었지만 그마저도 지금은 될 대로 되라는 심정이었다.

터덜거리며 걸어가려는 수린을 물끄러미 바라보다가 천강이 성큼 다가가 수린의 팔을 잡았다.

"앗."

그러더니 수린을 끌고 척척 걸어가기 시작했다.

"그리 궁금하면 보여 주지. 내 정인의 얼굴."

심장에서 쿵 소리가 나는 것 같았다. 수린은 천강의 말에 철렁 가슴이 내려앉는 기분이었다.

"시, 싫습니다. 제가 왜 봅니까."

보고 싶지 않았다. 절대.

"내 정인의 얼굴을 보고 싶다 말한 입술도 아직 마르지 않았다."

그거야 당연히 비아냥거리려 아무렇게나 던진 말일 게 뻔하지 않은가. 천강의 정인이라니. 알고 싶지도, 보고 싶지도 않다.

"놓아주십시오!"

어째서인지 모를 다급한 마음이 들어 외치며 팔을 비틀었지만 천강은 요지부동이었다. 울컥 뜨거운 감정의 덩어리가 치솟아서, 왜인지 화가 났다. 꿋꿋하게 끌고 가는 힘을 이길 수가 없으니 호젓한 길로 들어서는 천강을 따를 수밖에 없는데, 그가 자신에게 심술을 부리려고 일부러 이런다는 생각밖에 들지 않았다.

뱃터에서 멀리 떨어져 인적이 끊긴 물가까지 속절없이 끌려간 수린은 일언반구도 없는 천강을 보며 얼굴을 사정없이 구겼다. 정인 얼굴을 보여 준다더니 이런 외진 곳이라니. 화가 나서 인적 드문 곳에서 해코지라도 하려는 건가 하는 생각까지 들었다.

"대체……."

"자, 봐라."

천강이 수린을 잡아끌어 수면을 내려다보게 했다. 고요한 잔물결만이 일렁이는 맑은 수면 위에 비치는 것은 혼란스러운 감정이 고스란히 드러나 있는 수린의 얼굴뿐이었다.

"그리 궁금해하던 내 정인의 얼굴, 보고 나니 속이 시원하겠구나."

수린은 혼란스러웠다. 뭐라 대꾸를 하면 좋을지도 알 길이 없었다.

몇 번이나 눈을 깜빡여 보아도 수면에 비친 얼굴은 자신의 것이었다. 수린은 천강이 하는 말이 무엇인지, 왜 자신의 눈에 보이는 것이 자신의 얼굴인지 쉬이 이해가 되질 않았다.

"대체 무슨 말씀을 하시는 겁니까."

잔물결이 퍼지는 수면을 한참이나 바라보다가 천강을 노려보며 물었다. 예상한 반응이라는 듯, 천강은 입꼬리를 비틀었다.

"이해가 가질 않는 건지 아니면 받아들이고 싶지 않은 것인지 모르겠지만 인내심을 발휘해 한 번 더 말해 주자면, 내가 마음에 둔 여인이 너라는 이야기다."

이번에는 도저히 피해 갈 수가 없는 직격타였다. 수린은 일순 숨 쉬는 것조차 잊어버렸다. 천강이 비틀 한 걸음 물러서는 수린의 팔을 턱 잡았다.

"이런 곳에서 이런 마음으로 하고 싶은 말은 아니었지만 똑똑히 들어라. 네가 어떤 마음이든, 어떤 처지든 난 상관치 않을 것이다. 너는 내가 처음으로 마음에 품은 여인이고, 앞으로도 내게 여인은 너 하나다."

"저, 그, 아……."

벙어리라도 된 것처럼 입에서는 아무 말도 나오지가 않았다.

"그러니 행여 다른 곳에 눈을 돌리거나 피할 생각은 추호도 하지 말아라. 민수린."

이어진 천강의 말에는 찬물을 뒤집어쓴 것처럼 정신이 번쩍 들었다. 그 입에서 나오리라 생각지도 못했던 말이었다. 자신의 이름이 표창이라도 되는 양 수린을 번쩍 정신이 들게 만들었다.

수린이 조금 더 노련하거나, 혹은 심리적으로 궁지에 몰린 상태만 아니었더라면 천강이 자신의 진짜 이름을 부른 것 정도로 그리 극심한 혼란을 느끼지는 않았을 것이다. 그러나 수린은 이런 저런 일로 너무 지쳐 있는 상태여서 얼굴에 드러나는 혼란을 감출 만한 처지가 되지 못했다.

천강은 흔들리는 수린의 눈동자를 뚫어지게 응시하다가 팔을 놓아주었다. 수린이 비척거리며 몸을 물렸다.

뒤에서 따라오는 기척을 놓치지 않으려 애쓰던 천강은 한 손으로 마른세수를 했다.

그렇게 협박처럼 윽박지를 생각 따위 없었는데. 지금이라도 내 뱉은 말을 주워 담을 수만 있다면 그러고 싶었지만 그럴 수 없었기에 쓴 침만 삼킬 수밖에 없었다.

이름 정도는 황실 서고를 뒤지기만 하면 어렵지 않게 알아낼 수 있다. 민진겸의 옷을 입고 그 자리를 급히 메울 또래의 아이. 어린 나이에 목숨을 건 사기극에 동참할 만한 아이는 피를 나눈 가족밖에 없으니 민진겸과 비슷한 나이의 가족을 추려 보면 답은 하나뿐이었다. 민수린이라는 이름을 황궁 서고에서 처음 확인했던 순간부터, 그 이름을 입에 올리게 될 날을 손꼽아 기다려 왔다. 그 기다림이 이런 험악한 분위기에서 다그치듯 내뱉으려 하기 위함이었나 싶어 기가 막혀 왔다.

너의 이름을 오래전부터 알고 있었노라, 내 마음은 가벼운 것이 아니라 절대로 흔들리지 않을 단단한 것이라 말하려 기다렸던 시간은 두려움에 흔들리는 눈동자를 보기 위해서가 아니었다. 천천히 마음이 열리기를 기다려서 같은 마음은 아니어도 최소한 마음을 받아들일 준비가 되었다 여겨질 때 말을 꺼내려 했다. 그런데 온몸으로 자신을 거부하며 빈정거리는 수린에게 화가 나서 심사가 틀어졌다.

수린의 입장에서 천강이 자신의 진명을 알고 있는 것만으로도 적지 않은 압박감을 느낄 것이 분명한데 이건 고백이 아니라 숫제 도망가면 가만 안 둔다고 협박을 한 꼴이 아닌가.

흠칫거리며 뒤따라오는 기척만 들어 보아도 그렇다. 바락바락 소리 지르며 비꼬던 수린이 잔뜩 경직된 기색으로 도살장에 끌려가는 소처럼 천강의 뒤를 멀리에서 따르고 있었던 것이다. 천강이 수린과 좀 거리가 멀어졌다 싶어 멈춰 서자 따라오던 수린도 함께 걸음을 멈췄다. 천강은 한숨과 함께 눈을 내리감았다.

천강의 마음속 혼란을 알 길이 없었던 수린은 천강이 멈춰 선 틈을 타 비틀거리는 몸을 고목에 기댔다. 이제 어떻게 하면 좋을지 갈피를 잡을 수가 없었다. 언제부터 천강이 자신의 정체를 짐작하고 있었던 것인지 모를 일이었지만 이제 진겸과 만나는 일은 자제해야 했다. 작은 실마리라도 주었다가 진겸에게 불똥이라도 튀면 모든 게 끝장이었다.

'마음에 품은 여인이라니.'

온몸에 흙 내음과 땀 내음이 배일 정도로 뛰며 찾던 그때도, 조심스러운 손길로 안아 말에 태워 오던 그때도, 술에 취해 곱다 웃으며 입을 맞춰 오던 그때도 그런 마음이었던 걸까. 쿵쿵쿵쿵 아까부터 제멋대로 뛰어 대고 있는 심장께를 부여잡고 수린은 입술을 깨물었다. 심장이 너무 세게 뛰어서인지, 다른 이유 때문인지 가슴이 아파 견딜 수가 없었다.

한참이나 앞에 가던 천강이 아닌 척 뒤를 보았다가 수린이 옷깃을 부여잡고 이를 악물고 있는 모습에 한달음에 다가왔다.

"어디가 아픈 거냐?"

허리를 낮추고 눈을 마주하는 얼굴에는 가식이 아닌 걱정이 담겨 있었다. 수린은 천강의 체온이 다가오자 더 심하게 뛰어대는 심장의 박동에 어쩐지 눈물이 날 것 같았다.

"저는."

수린이 꼭 깨물고 있던 입술을 열자 천강이 끈기 있게 다음 말을 기다렸다. 그 짧은 찰나 아비와 어미의 죽음을 이야기하던 진겸의 목소리가, 귀찮은 버러지 보듯 바라보던 윤인호의 눈빛이 수린의 뇌리를 스쳐 갔다. 수린은 다시 한 번 입술을 깨물며 말했다.

"저는 그 마음, 조금도 받아들일 수가 없습니다."

천강의 얼굴이 천천히 굳어지는 것을 보면서도 수린은 말을 멈추지 않았다.

"저는 단 한 번도 그리 생각해 본 적이 없고, 향후에도 그리될 날은 절대 오지 않을 것입니다. 이 자리에서 절 죽이신다 하여도 말입니다."

천강의 굳은 얼굴을 차마 바라볼 수가 없어 눈을 떨구었다. 명치가 꽉 막힌 것처럼 답답했다. 수린은 깊은 숨을 들이쉬며 고개를 돌려 버렸다.

⚜　　⚜　　⚜

총관의 관사는 며칠 사이에 태풍이 휩쓸고 지나가기라도 한 것 같았다. 몰려드는 사람들의 홍수가 언제 있었던 일이냐 주장하는 양 횅해진 중정에는 개미 새끼 한 마리 오가지 않았지만 수많은 이들이 밟고 지나간 흔적은 다 지워지지 않고 남아 있었다.

총관의 입장에서야 시장판 같던 관사가 거슬리기 짝이 없었으니 조용해진 것은 쌍수 들고 환영할 일임에 분명했다. 그러나 그 평온이 더 큰 태풍의 전조라면 이야기는 달랐다. 어쩐 일인지 새벽부터 부산하게 무장한 무사들 몇이 찾아와 윤인호 삼부자를 찾는다 했더니 점심나절에 느닷없이 무장한 무사들을 대동하고 나타난 붉은 옷의 여인은 위가현을 기절 직전까지 몰아갔다.

무사들의 전갈을 받고 굳은 얼굴로 기다리고 있던 윤인호는 여인이 나타나자 자연스레 상석을 비워 주고 옆으로 물러섰다. 며칠간 두문불출하던 문혁과 어제저녁 이후로 관사에 몰려드는 이들을 모두 내치고 냉기를 뿜어 대던 천강도 나와 윤인호의 맞은편에 섰다.

"강녕하신 모습을 뵙게 되어 기쁘기 한량없습니다."

윤인호의 깍듯한 인사를 대수롭지 않게 흘려 넘기는 여인의 정체가 무척이나 궁금했지만 그 자리의 어느 누구 하나 위가현에게 언질을 주는 이가 없었다. 오히려 여인이 위가현 쪽으로 가벼운 시선을 던지자 기다렸다는 듯 천강이 축객령을 내렸다. 자신의 집무실에서 쫓겨난 위가현이 문 앞을 가로막은 무사들에게 막혀 하는 수 없이 귀동냥도 못 하고 물러간 사이, 방 안에서는 위가현의 처분에 대해 주전부리 고민이라도 하듯 가벼운 대화가 오갔다.

"저자가 교성의 총관입니까?"

낭랑한 목소리가 던진 질문에 윤인호가 긍정의 답을 내놓았다.

"그러합니다. 위가현이라 하지요."

"황궁에 올라오는 문건만 보아도 그리 머리가 잘 돌아가는 자는 아닌 것 같던데요."

그 말에 천강이 한발 앞으로 나섰다.

"말씀대로입니다. 착복의 증거와 증인은 이미 확보해 두었습니다. 장부는 이중장부로 작성해 둔 것 같은데 아마 근방 상단과의 결탁으로 수를 쓴 것 같습니다. 허락하신다면 상단을 압수하는 것도 좋을 것 같습니다만."

"증거와 증인이 있다면 굳이 상단들까지 건드릴 필요가 있습니까? 지금은 안 그래도 바쁠 때인데 추수가 끝날 때까지 기다려도 무방할 겁니다."

그 참에 진겸에 대한 분풀이까지 염두에 두었던 천강이었지만 그 이상 말을 더하지는 않았다. 천강이 고개를 숙이고 다시 몸을 물리자 아까부터 일언반구도 하지 않고 있던 문혁에게로 모두의 시선이 쏠렸다. 자신에게 쏠린 시선이 따갑게 느껴질 법도 한데 문혁은 고집스레 고개를 들지 않고 있었다. 윤인호의 매서운 시선이 한층 더 사나워졌다.

"뭘 하는 게야, 넌. 폐하께서 친히 이 자리까지 오셨는데 벙어리 행세라도 할 셈이냐."

나직한 질책에도 문혁은 입을 굳게 다물고 있었다. 시위나 다름없는 침묵에 입을 연 것은 황제였다.

"그리 탓할 것 없습니다. 윤 학사와 내가 조금 다투었습니다. 그 앙금이 풀리지 않아 그런 것을 어찌하겠습니까."

싱긋 웃으며 말하는 기색은 정말 가벼운 애정 다툼이었다 여기는 투였다. 문혁이 황제의 가벼운 말투에 고개를 번쩍 들었다. 죄책감과 혼란이 한데 섞인 문혁의 얼굴에 윤인호는 눈을 가늘게 뜨고 아들을 바라보았다. 천강이 조심스럽게 운을 떼었다.

"폐하께서 형님과 나눌 말씀이 있으시다면 소신은 이만 물러가겠습니다."

"아니요. 그럴 필요 없습니다. 난 다 같이 모인 자리에서 이야기를 좀 나누러 일부러 이곳에 온 것이니까."

황제는 이야기가 길어질 것 같으니 자리에 앉으라 권하기까지 했다. 그러나 문혁은 자리에 앉지 않고 황제의 맞은편에 서서 황제를 바라보며 무거운 입을 떼었다.

"폐하. 제가 어제 말씀드렸던 것은……."

"그것은 못 들은 걸로 하겠다 하지 않았습니까."

"폐하!"

정말 대수롭지 않게 넘기려 드는 황제의 태도에 문혁은 무릎을 꿇었다. 윤인호가 아들의 돌발 행동에 눈을 부릅떴고 천강은 그런 문혁을 외면해 버렸다.

"폐하. 폐하께서 너그러이 모든 것을 덮어 주시려는 마음, 감읍합니다. 허나 저는 이 마음으로는 그 누구에게든 죄스러워 고개를 들 수가 없습니다. 부디 말씀 거두어 주십시오."

황제가 머금고 있던 희미한 미소는 어느새 흔적도 없이 사라졌다. 황제는 차가워진 시선으로 자신의 앞에 무릎을 꿇고 앉은 정혼자를 응시했다.

"참으로 오랜 시간을 함께했다 생각했는데, 시간만이 사람의 진면목을 알려 주는 것은 아니로군요."

"……."

"나는 오늘, 여기 일을 서둘러 마치고 돌아가 경에서 바로 혼사를 치를까 논의하러 왔습니다만."

"폐하!"

"그것은 무리인 것 같군요."

칼로 베어 내는 것 같은 말에 문혁은 입을 닫았다. 황제는 피곤이 역력한 기색으로 나가라 손짓했다.

"그 건은 추후에 다시 논의하도록 하지요. 명광장군은 남고 종주공과 윤 학사는 이만 물러가도록 하세요."

황제의 태도는 단호했다. 문혁은 곧장 일어나 자리에서 물러났고 일의 전말을 모르는 윤인호는 장남과 황제 사이에서 망설이다가 잠시 후에야 문을 열고 나갔다. 천강이 홀로 남아 황제의 하명을 기다리자 황제는 문혁의 일은 없던 일인 양 태연한 얼굴로 물었다.

"근방 해상에서 해적이 출몰하는 일에 대해서는 조사해 보았습니까?"

"기이할 정도로 잠잠합니다. 근래에는 상단의 상선들까지도 배를 띄우는 일이 적어졌다 합니다."

"누군가 조사를 한다는 소문을 흘리기라도 한 것 아닙니까?"

"의심해 볼 만한 일입니다."

"그 외에는요?"

"폐하께서 짐작하시는 대로 총관의 착복이 있습니다. 그리고 또한 가지 이상한 점은 약재가 기이할 정도로 달린다는 것입니다."

의외의 소식에 황제가 천강을 커진 눈으로 바라봤다.

"약재요?"

"본래 약값의 시세에 대하여서는 소신이 잘 아는 바가 없어 경으로 전서구를 날려 두었습니다. 약재가 달려 가격이 폭등한 것이 교성에서만의 문제인지, 아니면 나라 전체의 문제인지 말입니다."

황제가 그 말에 선이 고운 자신의 턱을 매만지며 물었다.

"약재라, 약재를 매점매석하여 이득을 취할 수 있는 자가 누구이겠습니까?"

"알아보아야지요."

"그래요. 서둘러 주십시오. 그리고 내가 따로이 알아본 바로, 약재 말고 특이하게도 공급이 넘치는 물건이 하나 있던데 말입니다."

"무엇입니까?"

황제가 턱에서 손을 떼고 뜸 들이듯 말했다.

"화약입니다."

화약? 전혀 뜻밖의 단어에 천강이 미간을 찌푸리자 황제는 미소 지었다.

"이 철이면 크고 작은 상단들이 각 관아에 불꽃놀이를 위한 화약을 납품하기도 하고 관아에서 사들이기도 하지요. 헌데 근방에 유달리 화약 냄새가 나는 것 같다 싶어 조사해 보니 올해는 과하다 싶을 정도로 양이 많다더군요. 거기에 대해서도 알아봐 주겠습니까?"

"명, 받들겠습니다."

천강이 황제의 하명에 부복하고 몸을 돌렸다. 황제는 강직해 보이는 천강의 등을 바라보다가 천강이 문을 열려 문고리를 잡았을 때 그를 불렀다.

"장군. 장군은 알고 있지요? 윤 학사가 마음에 품은 여인이 누구인지."

"……."

"나는 알고 싶지 않습니다. 알아야 한다고도 생각지 않습니다. 허니, 장군이 윤 학사에게 말해 주세요. 모든 것을 덮고 넘어갈 것이니 일을 크게 만들지 말라고요."

천강은 대답하지 않고 멈춰 서 있다가 문을 열고 나갔다. 황제는 천강이 과할 정도로 잘 알아들었다는 것을 알았다. 문고리를 잡고 있던 천강의 손마디에 뼈마디가 드러날 정도로 힘이 들어간 모습을 보았던 것이다.

금군 무사들이 문 앞을 둘러싼 방을 빠져나오며 천강은 긴 한숨을 쉬었다. 기어코 문혁은, 황제에게 말해 버린 모양이었다. 그런다고 무위로 돌릴 수 있는 일도 아니건만.

가뜩이나 어제 수린이 천강에게 죽어도 마음을 주지 않겠다는 말로 마음을 난도질하고 방에 틀어박힌 채 얼굴도 비치지 않아

한 걸음 한 걸음이 천근만근인데 발목을 잡는 족쇄가 많아도 너무 많았다. 모퉁이를 돌자 기다렸다는 듯 다가오는 자신의 아비도 포함해서 말이다.

"폐하와 무슨 말을 나누었느냐."

천강은 지친 기색으로 순순히 대답했다.

"근방에 출몰하던 해적들에 대해, 그리고 약재 수급이 달리는 것에 대해 어서 알아보라 지시하셨습니다."

"그것이 다였느냐."

"아버님이 묻고 싶으신 것이 무엇입니까."

"문혁이 말은 무엇이냐."

"형님께 물으시지요. 저는 모르는 일입니다."

문혁이 그새 어디로 가 버려서 묻지 못한 것인지 윤인호의 기세는 매서웠다.

"너도 알고 있다는 것을 내가 모를 것 같으냐."

"무엇을 안다 여기시는 건지 소자는 잘 모르겠습니다."

윤인호가 눈썹을 휘어 올렸다.

"문혁이 폐하와 단순히 애정 다툼을 한 것이 아닌 게지?"

"글쎄요."

건성건성 대강 넘기려는 게 너무 티가 났는지 윤인호의 언성이 높아졌다.

"내가 그 먼 거문성까지 일부러 다녀온 이유가 무엇이라 생각하는 게냐 너는."

"제가 원한 일이 아닙니다."

시건방지게 들릴 수 있는 대답에 윤인호가 망설이지도 않고 손을 치켜들었다. 짝―! 크게 울리는 타격음에 근방을 지나던 시종과 하녀들이 이쪽을 바라봤다가 기겁하고 눈을 깐 채 종종걸음으로 달아났다.

"자식 놈들이라고 하나같이 제멋대로에 건방지기가 짝이 없구나. 문혁이가 폐하와 혼례를 치르는 대로 너는 거문성 성주의 여식과 혼례를 치러야 한다. 그것이 내 자식으로 사는 네 의무다."

무인의 것은 아니지만 작정하고 때린 손은 적지 않은 충격을 주었다. 피곤으로 멍했던 정신이 번쩍 드는 기분에 천강은 실소가 나왔다.

"폐하와 형님과의 혼례가 제대로 치러지지 않으면 저 또한 혼례 따위 치르지 않아도 된다는 이야기군요."

"뭐라?"

"그럼 저를 붙들고 이러실 것이 아니라 형님께 물으셔야지요, 아버님. 폐하와 무슨 일이 있었느냐, 폐하의 말이 무슨 뜻이냐!"

목청을 높이고 소리치는 천강을 한 대 더 치려다 윤인호는 부릅뜬 천강의 눈과 구석구석에서 아닌 척 이쪽을 바라보는 눈들을 의식하고 손을 내렸다. 휙 옷자락이 펄럭일 정도로 거칠게 돌아서는 아비의 뒷모습은 화가 난 기색이 역력했다. 그러나 뒤를 따를 마음은 손톱만큼도 들지 않았다. 혼인이라니. 이런 마음으로?

모르고 살았던 시절도 있는데 그 시절에는 어찌 살았을까 싶을 만큼, 고작 하루 보지 못한 걸 견딜 수 없을 정도로 수린이 보고 싶었다. 그러나 얼굴을 마주하고 또 가슴에 비수를 꽂는 말을 듣는다면 버틸 자신이 없었다. 자신이 이리 나약한 인간이었나 깨닫는 것은 생경한 경험이었다.

수린의 방이 있을 방향을 망연히 바라보다가 천강은 주먹을 움켜쥐고 고개를 저었다. 지금은 도저히 얼굴을 볼 수가 없다. 먼저 급한 일들을 처리하고 난 뒤에 다시 부딪쳐 볼 것이다. 사실 아까 황제가 화약이라는 말을 꺼낼 때부터 거슬리던 한 사람이 생각났던 것이다.

잔뜩 가시 돋친 말을 내뱉어 놓고 정작 더 아픈 건 수린이였다. 끼니도 거른 채 이불을 뒤집어쓰고 누워 팔로 눈마저 가리고 있자니 시간이 얼마큼 지나갔는지, 지금이 한낮인지 한밤인지도 분간이 가질 않았다.

눈을 감고 있어도 어른거리는 천강의 모습은 떠나가질 않았다. 걱정하며 다가왔다가 창백하게 굳어지던 얼굴이 수린의 마음을 내도록 어지럽혀서 수린은 잠조차 제대로 이룰 수가 없었다.

그토록 치를 떨고 싫어하지 않았던가. 고작 상처받은 얼굴 좀 봤다고 이리 속이 쓰리다니. 머리가 어떻게 되어도 단단히 어찌 된 게 틀림없다.

"정인, 하."

기가 막힌 웃음이 독백에 섞여 나왔다. 정인이라니. 그런 마음이었다니.

'짐작은 하고 있었잖아?'

깊은 마음속 속삭임이 귓가에 중얼거렸다. 수린은 귓가를 틀어

막았다. 그러나 마음이 속삭이는 소리는 막을 수 없이 수린의 안에 흘러들어 왔다.

누구에게도 친절하지 않은 사람이었지 않은가. 피붙이처럼 곁에 붙어 있던 수하들조차 혀를 내두를 만큼 자신에게만 특별하게 굴지 않았던가. 피를 흩뿌리는 칼날 앞에서도 눈 하나 깜짝하지 않더니 자신이 다칠까 봐 숨이 차도록 놀라 달려오지 않았던가.

'알고 있었으면서.'

수린은 세차게 고개를 저었다. 하지만 둑이 터지고 홍수가 밀려오듯 수린을 덮치는 자괴감이 속삭였다.

'사실은 너도 좋았잖아?'

더 참지 못하고 벌떡 일어나 베개를 집어 던져 버렸다. 메밀을 꽉 채워 넣은 얄팍한 베개가 날아가 문에 퍽 소리를 내며 부딪쳤다. 덜컹, 문이 충격의 여파로 흔들렸다. 애꿎은 문에 분풀이를 해 놓고 수린은 자신의 꼴이 우스워 멍하니 잘게 흔들리는 문을 바라보았다.

한참을 그러고 앉아 있다가 다시 드러누우려던 수린은 톡톡 소리를 내는 문을 보고 얼른 자리에서 일어났다. 베개에 맞은 여파로 흔들리는 게 아니었다.

"들어가도 되느냐?"

문고리를 조심스럽게 쳐 소리를 내며 물어 오는 목소리에 수린은 부스스한 머리를 대강 정리하며 문 쪽으로 다가갔다.

"학사 나리?"

문혁의 목소리였다. 무척이나 낮고 작은 부름이었지만 귀에 익은 목소리에 조금 망설이다 문을 열자 문 틈새로 얼굴빛이 말이 아닌 문혁의 모습이 보였다.

문혁은 드러난 수린의 얼굴을 보고 인상을 살짝 찌푸렸다.

"몸이 안 좋으냐? 얼굴이 안 되어 보이는구나."

피차일반, 수린이 문혁에게 하고 싶은 말이었다. 수린은 고개를 젓고 문을 활짝 열었다.

"잠을 제대로 이루지 못해 그런 모양입니다. 예까지 어인 일이십니까?"

문혁은 잠시 머뭇거리다 물어 왔다.

"들어가도 되느냐?"

물어보는 태도가 사뭇 조심스러웠다. 수린은 옆으로 비켜서서 들어오라 자리를 내주었다. 침상 하나, 탁자 하나에 의자 두 개, 작은 서랍장 하나가 다인 단출한 방을 보고 문혁은 무슨 생각을 하는 것인지 한참이나 뜸을 들이다 입을 열었다.

"지내기에 불편하지는 않았느냐."

"지낼 만합니다."

"그래도 집기가 지나치게 단출해서 혹 필요한 거라도 있으면……."

"안주에 있을 때와 크게 다르지 않습니다."

여상스레 꺼낸 대답에 문혁의 눈빛이 살짝 흔들렸다.

"그래, 그렇겠구나."

그래 놓고 또 입을 닫아 버리니 수린은 이 사람이 여길 온 이유가 무엇인지 쉬이 짐작이 가질 않았다. 그러나 섣불리 묻기도 쉽지 않게 우울한 공기를 뿜어 대는 문혁의 태도 탓에 수린은 입을 다물고 기다렸다. 지루하다 싶을 정도로 침묵을 지키던 문혁은 어렵사리 이야기를 꺼냈다.

"내가 여길 온 것은 너에게 미안하다는 이야기를 전하고 싶어서다."

사과? 무엇을? 급히 머리를 굴려 보아도 문혁이 딱히 잘못했던 것이 떠오르지 않아 수린이 고개를 갸웃했다. 문혁은 마주잡은 손을 의미 없이 만지작거리며 힘겹게 입술을 뗐다.

"일전에 나는 폐하께 너를 내 사노비로 달라 청한 적이 있다."

수린의 얼굴에 서서히 경악이 번지는 것을 본 문혁이 다급히 손을 저었다.

"오해 말거라. 결코 나 좋을 대로 널 부리기 위해 그리 청했던 것이 아니다. 난, 널 내 사노비로 두었다가 사람들이 잊을 때쯤 네 노비 문서를 태우고 널 자유롭게 해 주고 싶었던 게다."

"예?"

"그리해서 모두 속죄할 수는 없겠지만, 그때는 그게 내가 너에게 해 줄 수 있는 최선의 보답이라 생각했다."

"……."

"내 집안이, 내가 누리고 있는 것들이 사실은 너도 누리고 있었어야 할 것들인데 고작 그 정도로 네가 빼앗긴 것들을 다 보상할 수 있을 것이라 여기진 않는다. 하지만 그렇게라도 하는 것이 조금이나마 너에게 속죄하고, 내 목숨까지 구해 준 네게 보답하는 것이라 생각했었다."

그리 생각했었나. 수린은 문혁이 말을 마치고 침묵하는 것을 가만히 바라보다가 조심스레 물었다.

"헌데, 사과라 함은."

"그것이…… 내 생각대로 널 자유로운 신분으로 만들어 주는 것이 쉽게 되지 않을 듯하여, 그래서……."

역시 황제와의 사이에 무슨 일이 있었던 모양이었다. 수린은 아니라 고개를 저었다.

"마음 써 주셔 감사합니다. 속죄는…… 부모의 죄가 어찌 자식의 죄가 되겠습니까. 나리가 괴로워하실 필요는 없습니다. 나리께서 그리 마음 써 주신 것만으로도 저는 감사히 생각합니다."

"하지만."

"그 마음, 국서(國壻)가 되신 이후에도 잃지 않고 간직해 주십시오. 하여 후에는 저와 같은 이가 생기지 않도록 살펴 주신다면 그것이 제가 나리를 돌본 것에 대한 보답입니다."

문혁과 대화하며 수린은 문혁이 그리 싫지 않았던 이유를 깨달았다. 자신은 문혁의 모습에서 처음부터 진겸을 겹쳐 보고 있었던 것이다. 책을 좋아하고 언성을 높이는 법이 없던 소년이 탈 없이 자랐다면 이리되었을 것이라 생각했다. 다시는 만날 수 없으리라 여겼던 오라비의 모습을 문혁에게서 찾으려 했던 것이다. 자객이 되어 칼을 잡고 상인이 되어 주판을 굴리던 진겸이 지금이라도 이리되기를 원했다. 복수에 매달려 불꽃 속으로 뛰어드는 나방처럼 구는 모습이 아니라.

진겸을 떠올리느라 잠시 시선이 비껴갔던 수린이 문혁을 보았다. 이제 그만 가 보시라 말하려 했던 수린은 어딘지 서글퍼 보이는 미소를 짓고 있는 문혁의 얼굴을 한발 늦게야 알아차렸다.

"왜 그런 얼굴을 하고 계십니까?"

"국서…… 나는 되지 못할 것 같구나."

놀라는 수린의 뺨에 문혁의 손가락이 닿았다. 스쳤다라고 표현하는 게 더 적합할 접촉에 수린이 저도 모르게 흠칫 몸을 움츠리자 문혁은 언제 그랬냐는 듯 손을 거두었다.

"언젠가, 너에게 이야기할 수 있는 날이 올 수 있을지 모르겠구나. 그때……."

"……."

"그때가 되면 너도 나와 같은 마음이기를 바라는 건 과한 욕심이겠지. 그래도, 그래도 꿈이라도 꾸어 보고 싶구나."

스친 것은 손가락 끝일 뿐이었는데 문혁의 말이 지닌 온도가 기이할 정도로 뜨겁다. 그래서 황제의 남편이 되지 못할 것 같다는 말이 무슨 뜻인지, 문혁이 내뱉지 못하고 삼킨 말이 무엇인지는 차마 물을 수가 없었다.

❀　　❀　　❀

"뒤져라."

급작스레 들이닥친 무장한 무사들의 행패에 진겸은 인상을 구겼지만 그것도 잠시뿐, 이내 쌓아 놓은 물건들을 헤집는 만행을 평온한 얼굴로 바라보았다. 천강은 그 반반한 얼굴이 마음에 들지 않았다. 수하들에게 수상한 것이 보이면 지체 없이 압수하라 일러 놓은 천강이 진겸의 앞에 서자, 진겸은 희미한 미소를 띤 채 천강에게 가벼운 목인사를 건넸다.

"미리 오시겠다 언질이라도 넣어 주셨으면 차라도 준비했을 텐데 말입니다."

"네놈이 주는 차에 뭐가 들어 있을 줄 알고?"

조소를 띤 채 빈정거리는 말에도 진겸은 평정을 잃지 않았다.

"적어도 이리 들이닥치는 횡액만 한 것은 넣지 않을 테지요."

잘도 대꾸하는 반듯한 얼굴이 얄밉기 그지없었다. 말 그대로 느닷없이 횡액을 당한 처지에 고고한 척, 태연한 척하는 기세가 거슬렸다.

"그 입, 언제 한번 된통 쓴맛을 봐야 다물어질 모양이지."

"인생 쓴맛 단맛이야 차고 넘치게 보며 살고 있습니다."

한마디도 지지 않는 대꾸에 천강이 위협하듯 진겸의 앞에 마주 섰다. 장신에 체구가 큰 천강이 시야를 가리는 것만으로도 어지간한 사람은 주춤거리기 마련이었지만 만만치 않은 장신인 진겸은 움찔거리는 기색조차 보이지 않았다. 천강은 냉소를 머금었다. 수많은 무사들이 상단의 물건들을 뒤집으며 소란을 자아내고 있는 와중에 두 사람의 공간은 소란에서 동떨어진 것 같았다.

"나는 처음 만난 순간부터 네놈이 마음이 들지 않았다."

"그것 참 다행이군요."

되받아치는 말에 천강이 멈칫하자 진겸은 여유가 넘치는 목소리로 말했다.

"세상에 일방적인 마음만큼 슬픈 일이 있습니까? 저와 당신의 마음이 같음을 확인했으니, 비극은 면한 셈 아닙니까."

말인즉, 나도 네가 싫다는 소리였다. 참 고상하게도 돌려 말하는 진겸의 대답에 천강은 기가 막혀 입을 닫아 버렸다. 진겸은 동요의 기미조차 보이지 않고 천강의 명으로 귀한 물건들을 마구잡이로 뒤집는 무사들을 뒷짐 지고 바라보았다.

"그런데 왜 이러시는지 연유는 좀 설명해 주시겠습니까? 제게 죄가 있는 것도 아닌데 이러시는 것이, 혐의 정도는 있어서 아닙니까?"

"말 한번 잘 꺼냈군. 네놈이 교성의 총관에게 화약을 상납한다 했다. 헌데 그 양이 심상치 않아."

"단지 그것 때문입니까? 그런 것은 관사의 장부와 제 장부만 비교해 보셔도 충분할 것을."

일부러일 게 분명한 혀 차는 소리를 내며 진겸은 보란 듯 장부를 찾아 천강에게 건넸다.

"가져가서 보시지요. 관사에 있는 것과 비교도 해 보시고요. 작년 것도 어디 있을 텐데, 찾아다 드려야 합니까?"

"자신만만하군."

"거리낄 이유가 없으니까요. 작년에 제가 가져다 드린 양과 올해 드린 양에는 한 치의 차이도 없습니다. 올해 관사에 들어가는 화약의 양이 많다면 그는 제가 아닌 다른 상단에서 교성의 총관에게 가져다 드린 물건일 테지요."

건네는 장부를 낚아채며 천강이 눈을 가늘게 뜨고 비웃음을 입술에 띄웠다.

"나는 양이 심상치 않다 했지 양이 많다 하지 않았는데?"

찰나 진겸의 얼굴에 미약한 당혹의 기색이 스쳐 갔지만 진겸은 곧 흔적도 없이 그 기색을 지우고 덤덤하게 답했다.

"제가 드린 양이 작년과 같으니 심상치 않다 함은 양이 적어졌다는 소리는 아닐 것이라 생각해 드린 말입니다. 틀립니까?"

틀리지 않은 말이지만 천강은 순간의 동요를 놓치지 않았다.

"그래. 네 생각이 맞다."

순순히 수긍하는 말과 달리 주고받는 시선은 파지직 소리가 나지 않는 것이 이상할 정도로 험악했다.

"대장, 수상한 것은 보이지 않습니다."

의량이 천강에게 다가와 기이한 대치 상태를 깼다. 정말 뭔가를 찾으려던 것이 목적은 아니었던 듯 천강은 손을 들어 철수를 명했다.

"그 번지르르한 낯짝, 잘 간수해라. 내 조만간 네 속셈을 뼛속까지 파헤칠 때까지."

진겸은 들이닥쳤던 것처럼 우르르 몰려 나가는 무사들을 무표정한 얼굴로 보고만 있었다. 상단의 상인들이 엉망이 된 물건들을 수습하려 울상이 되어 분주해지기 시작했다. 그러나 관군들이 들이닥쳐 행패를 부리는 것은 상단 일을 꾸리면서는 예삿일이라 크게 당황하는 사람은 없었다.

진겸은 나이가 지긋해 보이는 남자에게 다가가 귀엣말을 건넸다.

"뒷정리를 부탁한다. 난 잠시 밖에 다녀오겠다."

"전갈을 보내시렵니까? 그런 거라면 제가 가도……."

"내가 가겠다. 하태운은 그러지 않더니 하석이라는 자는 내 필체를 귀신같이 알아보더군."

수하를 만류하고 서둘러 나가려던 진겸은 엉망이 된 물건들 틈에서 비단 천을 켜켜이 넣어 둔 상자를 발견하고 안도의 한숨을 쉬며 멈춰 섰다. 수린에게 옷을 지어 주고 싶어 빼놓은 천들이었는데 지저분해지지 않아 다행이다.

진겸은 잠시 생각하다가 장부와 서류를 보관하는 서랍을 뒤져 작년 장부를 찾고, 상자 안에서 색색의 비단 몇 필을 꺼내 품에 안았다. 수린이 그렇게 가 버린 뒤 관사로 들어간 것까지는 확인했지만 얼굴을 보아야 마음이 편해질 것 같다. 장부를 핑계로 관사에 들어가 수린의 얼굴이라도 보고 나와야겠다.

"전갈을 보내러 가신다며 장부며 비단은 왜 챙기십니까?"

수하의 말에 진겸은 장부를 흔들어 보였다.

"구실이 생겼으니 잡고 늘어져야 도리지."

바람처럼 들이닥쳤다 사라진 여인의 정체를 누구도 입에 올리지는 않았다. 그러나 종주공 윤인호가 자연스레 상석을 내어 주는 젊은 여인을 짐작하는 것은 그리 어렵지 않았다. 누구나 짐작하고 있었으나 누구도 말하지는 않았다. 관사가 머리카락 한 올 떨어지는 소리까지 들릴 정도로 고요해진 것은 어쩌면 당연한 수순이었다. 총관이 덜덜 떨며 제 방에 틀어박혀 있음에야.

모두가 숨죽여 긴장하는 공기는 방 안에 틀어박혀 있던 수린에게까지 전해졌다. 누구의 지시인지 끼니마다 새로 지은 밥을 날라다 주던 계집종이 하루 꼬박 손도 안 대고 물리는 상을 보고 식사가 입에 안 맞으시면 죽을 끓여다 줄까를 물어 왔을 때, 수린은 고맙지만 이것으로 되었다 말하고 상을 받았다.

수린보다 한참이나 어려 보이는 계집종은 수린이 상을 물리지 않고 받자 환히 웃었다.

"어휴, 다행이에요. 오늘도 상을 물리면 혼쭐이 날 줄 알라 하셔서 걱정했는데."

막 숟가락을 들려던 수린이 계집종의 말에 손을 멈췄다.

"혼쭐을 내다니 누가요?"

그 질문에 실수했다 싶었는지 계집종은 입을 막고 다다다 달려가 버렸다. 수린은 찜찜한 기분으로 조촐하지만 정성스레 차린 상을 바라보았다. 짐작이 가는 데가 없는 건 아니지만 설마 이런 것까지?

갑자기 입맛이 뚝 떨어져 버려 숟갈을 내려놓고 일어섰다. 상보까지 다시 덮어 도로 주방에 가져다주자 주방에 있던 하녀들은 누구에게 무슨 이야기를 들었는지 난처한 기색이 역력했다.

맛이 없는 것이 아니라 입맛이 없어 그러는 것이니 양해해 달라 말하고 다시 방으로 돌아가기 위해 중정을 지나오는데 마침 관사에 들어서던 진겸과 마주쳐 버렸다.

잔뜩 화내고 돌아서서 미안한 마음이 가시질 않았던 터라 복잡한 마음으로 그 자리에 서서 바라보는데 진겸은 수린을 보자마자 아무 일 없었다는 듯 웃으며 다가왔다. 주변에 보는 눈이 없는 것을 확인한 진겸은 태연하게 비단 필을 수린의 얼굴 옆에 대었다.

"네게는 미색과 진달래색이 어울리겠구나."

진겸이 엉뚱한 소리를 하는 통에 수린은 잠잠해졌던 화가 도로 치솟았다.

"비단 색을 논하려 예까지 오셨습니까?"

"설마. 네 얼굴 보러 왔지."

"……."

"아직도 화난 게냐. 네 화 풀어 주려면 내가 어찌해야 하지?"

"몰라 물으십니까?"

퉁명스러운 대답에 진겸이 씁쓸히 웃으며 고개를 저었다.

"몹쓸 동생 같으니. 오라비 속도 모르고."

"제 속 모르기는 오라버니도 마찬가지 아니십니까."

"생강엿은 입에 맞더냐?"

그러고 보니 아예 까맣게 잊고 있었다. 생강엿…… 맛도 못 보고 뺏겨 버렸다.

"맛있었습니다."

그러나 진겸의 마음을 생각해 그리 대답하자 진겸의 얼굴이 환해졌다.

"네 입에 맞을 줄 알았다. 혹 달리 먹고 싶은 게 있다면 이야기하거라. 구할 수 있는 거라면 다 구해 줄 테니."

"생강엿은 감사하지만 지금 저는 오라버니와 그런 얘기를 나누고 싶은 것이 아니고……."

"잠깐."

수린의 말을 끊고 주위를 둘러본 진겸은 수린의 팔을 잡아끌고 어디론가 향했다. 호젓한 별채 처마 밑까지 간 진겸은 비단 필로 수린의 어깨며 팔 길이를 대충 가늠해 보고는 알았다는 듯 고개를 끄덕였다.

"대충 이 정도면 되겠구나."

"뭐가요?"

"있다 그런 게."

한참이나 비단을 들고 수린에게 이리저리 대 보던 진겸은 뿌듯한 얼굴로 미소 지었다.

"꼴 보기 싫은 놈이지만 장부 핑계로 관사로 올 구실을 만들어 준 건 고맙군. 그 덕에 네 얼굴 한 번 더 보고."

꼴 보기 싫은 놈이라는 말에 실린 감정이 제법 날카로웠다. 어쩐지 수린은 그놈이 누군지 알 것 같았다.

"오라버니. 말 돌리며 피하지 말고 저랑 얘기 좀 하고 가세요. 자꾸 그러시면 저 정말 화낼 겁니다."

간곡하게 말해 보았지만 진겸은 미소를 지을 뿐 수린의 청을 들어주지는 않았다.

"오늘은 장부 건네준다는 핑계로 온 것이라 오래 머물 수가 없다. 조만간 다시 올 테니 그때 보자."

붙잡을 수 없게 자르며 돌아서는 진겸의 뒷모습에 속이 상해 수린은 두 손으로 얼굴을 감싸 시야를 가렸다. 한참이나 그렇게 홀로 서 있다 터덜터덜 방으로 돌아가 문을 여는 수린에게 불쑥 무언가가 다가왔다.

"밥도 안 먹는다기에 기운 없이 방에만 틀어박혀 있는 줄 알았더니 돌아다니기는 잘 돌아다니는 모양이지."

딱딱한 천강의 말이 끝맺어지는 것보다 품 안에 커다란 꾸러미가 안겨 오는 것이 먼저였다. 한 아름에 안기도 힘들 정도로 큰 꾸러미 안에서는 향긋한 생강 향이 올라오고 있었다.

묵직한 무게감이 어리둥절해 천강이 자신의 방을 주인인 양 차지하고 앉아 있는 것에 대한 항변도 할 마음이 안 생겼다.

바스락거리는 소리와 손가락에 느껴지는 동글동글한 감촉, 그리고 달큰한 냄새에 섞인 생강 향이 꾸러미 가득 든 것의 정체를 말해 주었다.

"이건……."

날 죽여도 당신은 아니라 말해 놓고 그 당사자의 얼굴을 보는 것이 수린이라고 좋을 리 없었다. 남에게 상처 내는 것은 익숙하지 않다. 물리적으로든 정신적으로든. 하물며 그 상대가 마음이 흔들린 대상임에야.

천강은 아무 일도 없었다는 듯, 아무 말도 하지 않았다는 듯 예의 무뚝뚝한 얼굴로 태연스레 굴고 있었지만 수린은 그럴 수가 없었다. 괜스레 마음 한쪽이 시려 와서 수린은 꾸러미를 꼭 끌어안았다.

천강은 그런 수린을 못 본 척 수린의 침상에 드러누워 눈가 위로 팔을 올렸다.

"날이 좀 쌀쌀한 것 같은데 이부자리가 얇아 보이는군."

아예 자리를 잡고 누울 태세인 것 같아 수린이 기겁하고 꾸러미를 탁자에 내려놓고 따져 물었다.

"예서 뭐 하시는 겁니까. 여기서 이러시지 말고 방으로 돌아가서……."

"잠깐만."

"……."

"잠깐만 있게 해 줘."

천강의 목소리에는 피곤이 배어나고 있었다. 이러니저러니 해도 바쁘기는 한 모양이었다. 수린은 침상으로 다가가려던 것을 멈추고 탁자 앞 의자에 앉아 자신의 침상을 빼앗고 누운 천강을 바라보았다. 수린에게는 넉넉했던 침상이 비좁아 보일 정도인데 천강은 불편하지도 않은지 미동도 없었다. 그새 잠들었나?

술렁거리는 마음을 가라앉히려 일부러 천강을 보지 않고 탁자 위에 놓아둔 꾸러미로 눈을 돌렸다. 냄새나 감촉은 생강엿인 것 같긴 한데, 설마 저 많은 게 다 생강엿은 아니겠지 하는 마음으로 꾸러미 윗부분 여밈을 살짝 들춰 본 수린은 어이가 없어 웃었다. 이 많은 걸 어찌 다 먹으라고.

"네가 내 마음을 쉽게 받아들일 수 있을 거라 생각지 않았다."

자는 줄 알았던 천강이 속삭이듯 낮게 말했다. 수린이 흠칫 놀라 바라보자 천강은 자는 듯 누운 자세 그대로 조용히 입술을 움직였다.

"너에게 나는 원망하고 또 해도 모자랄 놈일 뿐이겠지."

"……."

"당장 너에게 뭘 어찌하라 할 마음은 처음부터 없었다. 원망하고 싶으면 하고 미워하고 싶으면 해라. 그 마음이 다 닳아 없어질 때까지 욕하고 탓해라."

졸리기는 한 모양인지 천강의 말이 조금 느려졌다.

"다만 내 옆에서 떨어지지만 마라. 다른 데로 눈 돌리고 내가 볼 수 없는 곳으로 가지만 말고 옆에 있어."

마음이, 심장이 파랑이 이는 바다처럼 흔들렸다.

"제가…… 죽을 때까지 미워하겠다 하면 어쩌실 겁니까."

팔로 얼굴의 반을 가려서 표정을 짐작하기 어려웠지만 천강의 입꼬리가 슬쩍 올라가는 것은 똑똑히 보였다.

"죽기 전에만 그 마음 바꿔 주어라."

자신이 여인인 것은 어찌 알았는지, 이름은 언제 알았는지 묻고 싶은 것이 많았다. 그러나 수린은 그 질문 중 무엇 하나도 물을 수가 없었다.

❀　❀　❀

나라 전체가 추수의 기쁨에 들뜨기 시작하는 계절이었다. 거둬들인 첫 낟알들을 고이 모아 하늘에 제사를 지내기 위해 담아 두는 손길에는 풍년을 감사하는 기쁨이 가득했다.

총관이 몸을 사리며 은신하다시피 해서 조용한 교성의 관사도 삼삼오오 모여 추수를 논하고 수확제를 기대하는 목소리가 곳곳에서 들리기 시작했다. 헌데 부엌에 모여 일하는 하녀들이며, 장작을 패는 사내들의 입에는 약속이라도 한 듯 무언가가 물려 있었다.

"여간 맛나는 게 아니네."

"그러게요. 상전님네들 입에 들어가는 거 구경이나 하지, 우리가 언제 이런 거 맛이나 봐요?"

깔깔 웃는 계집종의 목소리에는 수확제를 기대하는 들뜸이 한껏 실려 있었다. 그 웃음이 방정맞다고 구박하면서도 중년 여인은 짐짓 고개를 끄덕였다.

"그래. 잘생긴 총각이 세심하기까지 하고, 고마운 일이지 뭐야."

"맞아요. 경에서 오신 다른 분들도 그렇고 다들 그냥 훤칠하기가 아주……."

"에잉, 난 다부진 무사 양반들이 좋지 그 겸이라는 총각은 곱상하기만 해서 별로던데."

"전 우락부락한 얼굴보다 곱상한 얼굴이 좋던데."

어린 계집종이 생강엿을 물고 있느라 볼록해진 볼을 붉히며 말하자 부엌에 모여 있던 여인네들이 약속이라도 한 듯 웃음을 터뜨렸다.

"우리 향이 생강엿 하나에 마음 줘 버린 게야?"

"하긴 귀동냥으로 듣자 하니 의원이라던가 하던데 마음 씀씀이 좋고 얼굴도 반반하고 그만하면 노려볼 만하지."

향이라 불린 소녀는 놀려 대는 여인들의 목소리에 홍당무마냥 붉어졌다.

"참, 마음 주긴 누가요! 그만들 하세요."

"여기 있을 동안 노력해 봐. 응?"

장단 맞추듯 등을 두드리며 웃어 대는 여인들의 기세에 향이는 타는 것처럼 상기된 얼굴을 감싸 쥐고 부엌에서 달려 나갔다. 관사의 모두에게 두어 개씩 나눠진 생강엿 덕에 화기애애한 분위기가 조용한 관사 안에 퍼져 나갔다.

그러나 여기저기로 퍼진 들뜬 분위기에 동참하지 못하는 이들도 있었다. 경에서 날아온 전서구의 발목에 매달린 종이를 확인한 천강이 바로 그러했다. 예상보다 빨리 날아온 전갈을 본 천강은 짐작했던 소식을 담은 종이를 손안에 쥐었다.

"일전에 말씀하셨던 일입니까?"

의량의 물음에 천강은 고개를 끄덕였다.

"경에서도 화약은 넘쳐 나고 약재는 구하기가 힘들어 금값이라더군."

"특정 지역에서뿐 아니라 나라 전체가 그런 거라면 개입하는 자가 틀림없이 있다는 이야기인데요."

"그것도 세가 여간한 자는 아니겠지."

의량은 동의의 뜻으로 고개를 끄덕였다.

"그렇겠지요. 그런데 이상하지 않습니까? 매점매석은 이해가 갑니다. 필시 가격이 오른 후에 팔아 차익을 챙기려는 속셈이겠지요. 그런데 왜 뿌려 대는 것처럼 화약을 공급하는 걸까요?"

"그것도 꼬리를 잡히지 않을 정도로, 특정 상단이 드러나지 않도록 교묘하게 말이지."

천강이 손가락을 들어 자신의 관자놀이를 톡톡 쳤다.

"누군가 머리를 굴리고 있는 건 확실한데 그 목적을 모르겠단 말이야. 화약을 사들이는 거라면 비밀리에 화포를 만들거나 가격을 가지고 장난을 치는 거라 짐작해 볼 텐데 뿌린다? 이건 나라를 불바다로 만들려는 속셈인 건가?"

"불꽃놀이를 좀 성대하게 치르고 싶은 자인 모양이지요."

갈피가 잡히지 않는 의문점에 의량이 실없는 농을 보탰다. 천강은 의미 없이 손가락을 허공에서 돌리다가 넓은 탁자 위에 펼쳐진 지도의 한 지점을 짚었다.

"화약의 원료가 되는 초석의 생산은 대부분이 여기, 경에서도 북쪽으로 한참을 가야 하는 춘서성에서 이루어지지."

천강의 손가락이 짚은 곳은 지도에서도 최상단에 가까웠다.

"하지만 초석의 생산량은 매해 정해진 이상으로 캘 수가 없다. 그럼 넘치는 양은 어디서 온 걸까?"

"운반한 자들을 심문해 볼까요?"

의량이 진지한 얼굴로 묻자 천강은 고개를 저었다.

"말 그대로 운반만 한 자들이 깊이 알지는 않을 거다."

천강은 펼쳐져 있던 지도를 갈무리해 챙겨 들었다.

"잠깐 나갔다 오겠다. 의량 너는 약재를 사들이는 자들을 자세히 알아보아라. 뿌리는 자들보다야 사서 움켜쥐는 자들의 꼬리가 더 잡기 쉽겠지."

"알겠습니다."

내실을 나서며 천강은 황제에게 가서 대대적으로 사람을 풀어 추적을 해 봐야겠다고 건의하면서 이만 황궁으로 돌아가라는 이야기를 해야겠다 마음먹었다. 문혁과 황제 사이에 오간 이야기는 대강 짐작이 가지만 문혁이 수린을 직접적으로 입에 올린 게 아닌 이상 천강은 참견할 마음도 없었다. 괜한 불똥이 튀는 게 아니라면 황제의 지금 태도로 봐서는 어찌 되었든 혼사는 진행될 것이니 황제는 이만 황궁으로 돌아가는 것이 여러모로 나을 것이었다.

소가죽으로 만든 지도가 제법 커서 그것을 추스르느라 새가 지저귀는 것 같은 아이의 목소리는 조금 늦게야 알아차렸다. 천강은 관사에서 듣기 힘든 소리에 홀린 듯 소리의 진원지로 향했다.

수린이였다. 한 아이의 앞에 몸을 굽히고 앉아, 팔을 크게 벌리며 무어라 종알거리는 아이의 말에 집중한 얼굴에는 밝은 미소가 걸려 있었다.

네댓 살이나 됐을까. 통통한 볼살이 발그레한 사내아이는 조막만 한 손 안에 기름종이에 싼 무언가를 쥐고 연신 싱글거리며 수린에게 고개를 끄덕이고 있었다. 맞장구치듯 웃으며 수린은 아이의 뺨을 부드럽게 어루만져 주고 있었다. 천강은 천천히 그쪽으로 다가갔다. 때를 맞춰 아이가 허리를 쭉 숙이며 소리 높여 말했다.

"생강엿, 감사합니다."

"그래. 맛있게 먹어."

수린은 다정하게 아이의 머리를 쓰다듬어 주었다. 천강은 엿듣게 된 대화의 내용에 미간을 꿈틀거렸다. 어째 요 며칠 관사의 하녀들이며 하인들이며 입에 뭘 한가득 물고 다닌다 했더니 이 사람 저 사람에게 생강엿을 뿌리고 다닌 모양이었다.

저 먹으라고 준 걸 왜 애먼 사람들에게 선심 쓰고 다니는지, 심기가 불편해졌다. 하지만 대번에 달려가 탓하지 못했던 것은 아이를 바라보는 수린의 미소가 천강의 넋을 뺄 만큼 고왔기 때문이었다. 늘 긴장한 듯 주변을 살피고 경직되어 있는 모습만 봐 와서 환하게 웃는 모습은 보기 힘들었다. 산삼처럼 드문 환한 얼굴이 아까워 천강은 가까이 다가가지도 못하고 아이를 토닥이고 손까지 흔들어 주는 수린의 모습을 지켜보기만 했다. 부드러운 얼굴로 배웅을 마치고 일어선 수린이 천강을 발견하자마자 낯을 굳힌 것은 순식간이었다.

그러고는 뱀을 발견한 토끼마냥 긴장한 얼굴로 슬슬 몸을 빼고 뒷걸음질을 치려 들었다. 삽시간에 사라진 웃음이 안타까웠지만 그보다 자신을 보고 못 볼 걸 본 것처럼 주춤거리는 모양이 더 보기 싫었다. 천강은 수린이 내빼기 전에 자신이 먼저 수린에게 다가가 들고 있던 지도를 던지듯 넘겨주었다. 다 자란 소의 등가죽을 통째로 벗겨 만든 지도의 무게는 상당해서 수린은 잠깐 휘청였다.

"들고 따라와라."

"네?"

"밖에 나갈 것이니 따라와."

수린은 어버버거리다 성큼성큼 앞서가는 천강의 뒤를 급히 따라나섰다.

고의로 숨을 죽인 관사와는 달리 관사 밖은 소란스러웠다. 햇과일의 향이 가득 퍼져 있는 거리에는 들뜬 이들의 목소리가 높았다. 관사를 벗어나 대로로 접어들자마자 손에 손에 과일이며 간식거리를 든 아이들이 좋아라 웃으며 달리고 있었다.

"꺅!"

웃으며 거리를 달리던 여자아이 하나가 수린을 못 보고 수린의 다리에 부딪쳤다. 아코코, 이마를 문지르며 아이는 혀 짧은 소리로 죄송합니다를 연발했다. 수린은 괜찮다 웃어 주었다. 조심히 다니라고 머리를 쓰다듬어 주고 싶었지만 두 손이 자유롭지 않아 거기까지는 무리였다.

"앞으로 안 그럴게요, 언니."

아이는 발랄하게 말해 놓고 다시 제 동무들이 달려간 골목 저

편으로 달려갔다. 아이의 돌발 발언에 당황해 주변에 누구라도 들었을까 봐 고개를 획획 돌려 봤지만 다행스럽게도 아이들의 달음박질 중 충돌 사고 정도에 신경을 기울이는 이는 없었다.

"아이들이 어른보다 보는 눈은 정확한 모양이지."

뒤도 안 보고 앞서가는 줄 알았더니 언제 옆으로 다가왔는지 천강이 슥 와서는 수린에게 떠넘겼던 지도를 다시 자신이 뺏어 갔다.

"하여간 부실해 가지고 그거 하나 들었다고 앞도 제대로 못 보고 애하고 부딪치기나 하는 게냐."

혀를 차는 기세가 영락없이 시비다. 수린은 이마에 힘줄이 솟는 기분이었다.

"제가 부실한 게 아니라 그 아이가 갑자기 온 걸 어쩝니까."

"어지간히 부실하니 지나가던 꼬마애도 사내로 안 봐 주는 거지."

"그냥 어린애가 생각 없이 한 말 아닙니까. 그거랑 부실한 거랑 무슨 상관이 있습니까."

"상관이 없긴. 너 먹으라 가져다준 걸 이 사람 저 사람에게 뿌리고 다니니 살이 붙으려야 붙을 수가 있겠어?"

"그건…… 그건 너무 많아서 혼자 먹을 수가 없으니…… 아니, 누가 그리 많이 달라고 얘기나 했습니까? 먹어도 누가 그리 많이 먹는다고 그리 무지막지한 양을 떠넘기시는 겁니까?"

생각해서 가져다준 걸 다른 사람에게 준 건 조금 찔리긴 했던지라 말끝을 흐리다가 수린은 고개를 젓고 소리쳤다. 애초에 진겸이 준 생강엿을 빼돌린 게 누구인데.

"그래서 넌 내가 너 생각해 준 걸로 남들한테 생색이나 내며 샐샐 웃음이나 뿌리고 다니는 게냐. 내가 너 웃는 거 남들한테 보여 주려고 부러 구해다 준 줄 알아?"

어쩌 대화의 내용이 점점 유치해지는 것 같았지만 천강에게 휩쓸려 버린 수린은 지기 싫다는 오기가 발동해 버렸다.

"그럼 먹을 거 나눠 주며 오만상을 찌푸립니까? 얼굴 다 구기고 엿 드세요, 하면 누가 좋다고 받아먹습니까?"

"그래서 애먼 남자들한테 눈웃음치며 먹을 걸 줬다고 네 입으로 시인하는 거냐, 지금?"

언쟁의 내용이 어쩌 바람난 아내 추궁하는 의처증 남편의 닦달 같아서 수린은 얼굴을 사정없이 구겼다. 수린은 어금니를 꽉 깨물고 천강에게 다가가 천강이 한 팔에 말아 든 지도를 확 뺏어 들었다. 천강은 한 팔에도 가볍게 들던 것이었지만 수린은 두 팔로도 버거웠다. 하지만 수린은 고집스럽게 입술을 악물고 지도를 든 채 척척 저잣거리 쪽으로 걸어갔다.

"어딜 가는 줄 알고는 가는 거냐?"

천강이 한숨을 한 번 쉬고 다가와 수린에게서 지도를 받아 들려 했지만 수린은 매정하게 그 손길을 거부했다.

"앞장서서 가시든가요."

얼마 안 가 지도의 무게에 수린이 거친 숨을 몰아쉬기 시작했지만 몇 차례나 내밀어지는 천강의 손은 모두 쳐 냈다. 천강은 오기가 서린 수린의 눈빛을 보고 어이가 없었는지 더는 수린을 건드리지 않았다.

황제가 머물고 있는 객잔까지는 그리 먼 거리가 아니었다. 하지만 뱃터 근처에도 가기 전에 수린은 헉헉거리기 시작했다. 팔이 후들거릴 텐데도 도와 달라는 말 한마디 안 하는 고집이 귀엽기도 하고 놀려 주고 싶기도 해서 천강은 슬며시 미소를 지으며 걸음을 멈추었다. 수린이 눈썹을 찡그리며 의아한 얼굴로 바라보자 천강은 평소보다 상인들이 배는 늘어난 것 같은 시장통을 가리켰다.

"뭘 좀 사 가야 할 것 같은데 아직 기운은 남아 있겠지?"

"……그, 당연하지요."

"그럼 내가 물건 고르는 동안 그거 잘 들고 따라다녀라. 여러 가지를 사야 하니 시간이 좀 걸릴 게다."

갸름한 얼굴이 삽시간에 창백해지는 것을 보고 천강은 웃음을 터뜨리고 싶은 것을 꾹 참아야 했다. 뱃속이 간질간질 따뜻한 온기가 퍼져 나갔다.

"관둬라. 너 몸살 나는 거 보면 내 꿈자리가 뒤숭숭할라."

반박할 새도 없이 지도를 휙 뺏어 들고 천강이 시장을 가리켰다.

"다녀올 테니 그 동안 시장 구경이라도 하고 있어라. 오래 걸리지는 않……."

말하다 말고 갑자기 얼굴이 심상치 않아지는 천강이 이상해서 천강이 보고 있는 곳을 보려 고개를 돌리려 했다. 그런데 천강이 수린의 어깨를 잡고 몸을 돌린 게 더 빨랐다.

"이쪽으로 와라."

뭔가를 못 보게 감추려는 듯 수린을 잡아끌고 가며 천강은 뒷쪽으로 시선을 슬쩍 던졌다. 황제가 이 시간에 시장을 거닐고 있으리란 생각은 못 했었다. 황제는 수린을 미심쩍게 생각했었으니 마주치지 못하게 하는 게 좋을 것이다.

하지만 황제와 배호 상단의 단주라니? 이건 또 무슨 조합이지? 수린이 못 보게 지도를 수린의 뒤통수 쪽으로 걸쳐 시야를 차단하면서도 천강은 시장의 인파 속 기묘한 조합이 신경 쓰였다. 수레를 끌고 가는 남자의 모습에 가려지기 전, 황제가 진겸에게서 막 대추절임 꼬치를 건네받는 모습이 보였다.

진겸은 아침부터 상당히 기분이 좋았다. 생각보다 빨리 날아온 전갈은 진겸이 기다리던 소식을 담고 있었다. 진겸의 조언 덕에 약재의 수급을 수월히 조정했다며 고맙다는 내용이 적힌 종이의 말미에는, 조만간 교성으로 자신이 직접 오겠다는 말도 적혀 있었다.

하석이라는 자의 얼굴을 마주했던 것은 일 년도 더 전의 일이다. 기억 속의 하석은 독대하고 앉아 있기에 썩 유쾌한 자는 아니었다. 그러나 그 유쾌하지 않았던 기억도 진겸의 즐거움을 망가뜨리기에는 역부족이었다. 때를 맞춰 진겸이 심어 놓은 자들이 생각보다 수월하게 안주에 있던 이들을 빼돌릴 수 있을 것 같다는 소식을 전해 왔고, 금상첨화로 손끝이 야무지기로 소문난 이에게 부탁했던 수린의 옷이 다 완성되었다는 이야기를 들은 참이었기 때문이었다.

바로 옷을 가져다 달라 부탁하려다 진겸은 옷을 찾는 건 조금 뒤로 미루어 두어야겠다 마음먹었다. 미리 가져다줘 봤자 지금 당장 수린이 옷을 입을 수 있는 것도 아니고 둘 곳도 마땅치 않을 것이 뻔하니 말이다.

하석에게서 날아온 전갈을 촛불에 태워 없애며 빙긋 웃음을 띠자 수하가 물었다.

"좋은 소식인 모양입니다."

"아아."

그리 짧게 대답하며 진겸은 수하를 바라보았다. 흰머리가 검은 머리보다 더 많이 자란 사내의 마른 얼굴에는 강직한 세월의 흔적이 고스란히 새겨져 있었다. 마른 입가에 깊게 패인 주름을 세듯 찬찬한 눈으로 살폈다.

"기정. 자네가 올해 나이가 몇이지?"

"마흔다섯입니다."

"벌써 그리되었나."

기정이라 불린 남자는 민씨 일가와 함께 숙청된 집안의 종이었다. 민두혼의 오랜 친구였던 이의 종이었지만 종이라기보다 어릴 때부터 형제에 가깝게 자랐던 그는 주인이자 형제였던 이의 죽음에 비통해했고, 따라 죽지 못한 것을 한으로 여기며 사는 이였다. 말발굽에 밟혀 뼈가 부러진 몸으로 풀뿌리를 뜯어먹으며 연명하던 그와 진겸이 만난 것은 사 년 전의 일이었다. 고생한 세월을 말해주듯 나이보다 훨씬 빨리 세어 버린 머리카락의 소유자는 이제는 진겸에게 없어서는 안 될 이가 되어 있었다.

진겸은 그의 어깨를 감싸 안듯 다독였다.

"멀지 않았네. 자네가 기다리던 날이."

깊은 물 같은 기정의 눈동자는 흔들림 없이 진겸을 응시했다.

"내가 한 약속, 지킬 수 있게 부디 몸 보전 잘하시게."

부쩍 늘어난 것 같은 기정의 흰머리가 신경 쓰여 건넨 말이었는데 그 말을 어찌 해석한 것인지 그는 피식 웃을 뿐이었다. 마주 웃으며 진겸은 나갈 채비를 했다.

"장에 잠시 다녀오지."

옷도 옷이지만 수린에게 어울릴 예쁜 장신구들도 갖춰 주고 싶었다. 수확제 준비로 장사치들이 감춰 두었던 물건들을 풀기 시작하는 지금이 가장 다양하고 귀한 물건들을 구경할 수 있는 절호의 시기이다. 배웅하는 인사를 뒤로하고 거리로 나서자 며칠 전과는 확 달라진 활기찬 공기가 진겸을 반겨 주었다.

매년 이맘때면 느껴지는 활기는 늘 기분 좋았다. 언제 이리되었나 체감도 못 하는 사이에 계절이 바뀌고 거리거리마다 사람들이 들어차는 것은 언제 보아도 절로 자신까지 들뜨게 만드는 것이다.

임시로 늘어선 가판들을 둘러보던 진겸이 원하던 물건을 발견하는 데에는 오랜 시간이 걸리지 않았다. 영롱하게 햇빛을 반사하는 장신구들 앞에 걸음을 멈추자 상인이 물건을 사려는 이의 냄새를 기가 막히게 알아채고 눈을 빛냈다. 진겸은 그 눈을 못 본 척 검은 천을 덧댄 가판 위 물건들에 집중했다. 딸랑거리는 장식이 달린 비녀나 커다란 구슬이 박힌 향갑도 좋았지만 그보다는 큰 눈과 잘 어울릴 차분한 색의 머리꽂이 같은 것이 좋을 것 같았다.

"누굴 주려고 잘생긴 총각이 이리 눈을 빛내고 고르실까. 뭐든 다 좋은 물건들이니 천천히 골라 보세요."

붙임성 좋은 사내의 말에 진겸이 미소를 지으며 가판 위의 물건들을 눈으로 훑었다. 말 그대로 비싸고 고급스럽지는 않지만 허술하게 만든 물건은 없었다. 어느 것이든 수린은 기뻐해 주겠지만 기왕이면 제일 잘 어울릴 물건으로 골라 가고 싶었다.

고민하다 소담스러운 벚꽃을 그려 낸 듯한 머리꽂이로 손을 뻗는 진겸의 팔에 붉은 옷깃이 스쳤다.

"아."

구면인 얼굴을 발견하고 알은체를 하자 진겸과 눈이 마주친 여인도 놀란 듯 살짝 몸을 물렸다. 그 작은 몸짓에서도 몸에 밴 품위가 엿보였다. 여인은 고운 손으로 입가를 살짝 가리고 웃으며 말했다.

"우연이 잦으면 인연이라더군요."

"교성이 그렇게 안 보여도 알고 보면 좁은 곳이어서 말입니다."

낮은 웃음소리를 내며 진겸은 다시 집으려던 물건으로 손을 뻗었지만 차분하게 묻는 예의는 잊지 않았다.

"필요한 게 있으셔서 사러 나오셨습니까? 홀로 다니기에는 조금 혼잡한 곳인데 말입니다."

여인은 어딜 보아도 저잣거리를 혼자 헤매고 다닐 사람은 아니었다. 대수롭지 않게 던진 질문에 여인이 눈동자만 움직여 두어 곳을 의식하듯 바라보는 것을 진겸은 알아차렸다. 아, 그 호위 무사들이 저쯤 어디에서 지켜보고 있는 게로군. 그러나 알은체는 하지 않았다.

"하긴 가끔은 홀로 다녀보는 것도 재미지요. 교성은 뱃사람들이며 장사치들이 많이 지나는 길목이라 장신구들도 제법 볼만한 것들이 많습니다."

황제는 진겸의 말이 에둘러 감싸 주는 말임을 곧 알았다. 눈앞의 이는 다른 이와 대화할 때 상대의 기분을 상하지 않게 하며 부드럽게 대화를 끌어 나가는 방법을 알고 있었다. 황제는 벚꽃 모양 머리 장식을 살피는 진겸의 옆모습에 살풋 미소 지었다.

"그 볼만한 장신구, 누굴 주려고 그리 정성껏 고르고 있습니까?"

진겸이 자신을 향한 질문에 즉각 답했다.

"제 하나뿐인 정인이요."

태연히 대답하는 말에 기분이 느닷없이 가라앉은 것은 황제 자신도 영문 모를 일이었다. 진겸은 잔잔한 호수에 조약돌을 던져 놓고 아무렇지도 않게 웃으며 사족을 덧붙였다.

"농입니다. 제 주제에 정인은 무슨. 제 누이에게 주려고요. 떨어져 사는 동안 이 고생 저 고생하며 지내서 변변한 장신구조차 없이 수수한 모습이 마음에 걸리더군요."

만날 때마다 이 남자의 관심사는 온통 그 오래 떨어져 살았다던 혈육뿐이구나. 이유 모를 뜨끔함은 무한한 애정을 받는 이 남자의 혈육이 부러운 시기심인 모양이었다.

"주제라…… 정인이 있고 없고에 주제까지 필요합니까?"

자신의 말투에 날이 서 있다는 것은 황제 자신도 느꼈다. 문혁이 그러고 나가 다시 황제를 찾아오지 않은 것은 큰 상심이었다. 정말로 문혁이 자신을 잘라 내려 마음먹었다는 것을 실감했다. 그것은 정사가 제대로 풀리지 않았을 때나, 반역자가 있다는 소식을 들었을 때와는 다른 당혹감이었다. 황제에게 문혁과 함께하는 미래는 내일이 되면 해가 뜨는 것처럼 지당한 진리였던 것이다.

당연히 자신의 옆자리를 지킬 것이라 생각했던 혼약자의 변심이 황제는 무척이나 서운했다. 바로 옆 금군의 무사들은 느끼지 못하는 것 같았지만 누구보다 황제 자신이 자신의 심경을 절절하게 느끼고 있었다.

그 탓이었는지 모른다. 진겸의 말이 따끔하게 느껴진 것은. 스스로에 대한 자조가 섞여 뾰족해진 말투였지만 황제의 속내를 알길 없었던 진겸은 한탄 비슷한 표정을 지었다.

"주제와 자격이 부족해도 많이 부족하지요. 적어도 저란 놈은 말입니다."

황제의 말 어느 한 부분이 진겸에게 회한을 불러일으켰는지 황제로서는 모를 일이었다.

"저에게는 정인을 가질 자격이 없습니다. 제 이번 생은 모두 제 누이에게 빚진 것이라서요."

영문 모를 말을 하며 진겸은 상인에게 머리 장식 값을 치르고 그것을 품에 넣었다. 볼일을 마친 진겸이 그럼 안녕히 가시라 인사를 하려다 황제의 얼굴을 마주 보았다.

자신이 어떤 표정을 짓고 있는지 알 길이 없던 황제는 진겸이 자신을 물끄러미 보다가 잠깐 기다리시라며 어디론가 가는 행동에 영문 모르고 눈을 크게 떴다. 그리고 잠시 후에 다시 나타난 진겸이 느닷없이 꿀에 절인 대추 꼬치를 내밀자 이게 뭐냐 묻지도 못하고 진겸을 바라보았다. 황제가 자신이 내민 것을 얼른 받지 않자 진겸은 쑥스러웠는지 애먼 귓가를 매만졌다.

"그것이, 우울할 때는 단걸 먹으면 기분이 좋아진다 들어서……

아, 제가 이걸 먹어 본 적 있는데 맛이 좋아서 말입니다."

대추절임 꼬치라니…… 자신이 예닐곱 살일 무렵에도 이유 없이 고집을 부리고 떼를 쓰면 선황은 노리개와 장신구를 주었지 먹을 것으로 달래지는 않았었다. 한 번, 문혁이 떼쓰는 자신을 업어 주었던 기억은 있지만 상궁들조차 먹을 것으로 달래려 한 적은 없었다.

헌데 이 나이를 먹고 먹을 것, 그것도 저잣거리의 꿀에 절인 대추라니. 기도 차고 어이도 없었지만 그보다는 웃음이 비어져 나왔다. 이 남자는 대체 나를 몇 살로 보는 건가, 아니 동생과 비슷한 또래로 보인다더니 마냥 어린 동생처럼 느끼나 싶어 끝내는 풋소리 내어 웃어 버리고 말았다.

복잡한 표정을 짓고 있던 황제가 웃음을 터뜨리자 진겸은 그제야 안심한 듯 표정이 풀어졌다. 새삼 훤한 이목구비가 황제의 눈에 박혀 왔다. 크고 긴 눈이 유독 눈에 선한 얼굴이었다.

"안 받으실 겁니까? 맛은 제가 보장합니다만."

조금만 휘어져도 긴 눈매는 시원스러운 웃음을 만들어 냈다. 황제는 손을 뻗어 내미는 꼬치를 받아 들었다. 대추에 절여 두었던 꿀이 흘러 손가락 사이로 스며들었지만 진한 꿀 내음이 더 강하게 느껴져 손의 감촉은 그리 불쾌하다 여겨지지 않았다.

7장

　일신에 찾아올 불벼락을 염려하며 틀어박혀 있던 총관이 의혹을 의심으로 바꾸고 곧 의심이 쓸데없는 기우였다 여기기까지는 긴 시간이 걸리지 않았다.

　윤인호를 찾아온 여인이 황제일 것이다, 황제가 자신을 처단하러 온 것이다 생각하고 방에 들어앉아 이불을 뒤집어쓰고 덜덜 떨다 하루가 지나고 이틀이 지나도 아무 소식이 없자 위가현은 이불 밖으로 고개를 비죽 내밀었다. 그러고도 며칠이 지나도록 관사에는 찾아오는 사람 없이 조용했다.

　그 여인에 대해 자신이 오해를 한 것인가? 새로운 의구심은 그 후로도 며칠간의 고요에 확신으로 바뀌었다. 그럼 그렇지. 황제가 일도 없이 예까지 올 리가 있나. 아마 그 여인은 황가의 먼 방계 정도 되는 모양이겠지. 그리 판단한 위가현은 웅크려 있던 이부자리를 털고 일어섰다.

일 년 중 가장 큰 수입원인 수확제가 코앞인데 이러고 있을 때가 아니었다. 윤씨 삼부자가 관사에 있으니 여느 해처럼 크게 판을 벌이지는 못하겠지만 상단들이며 상인들이 자진해서 바치는 금품들을 받아 챙길 뒷길쯤이야 잘 깔려 있었다.

그즈음 천강은 정신없이 바빠졌다. 황제의 허락을 얻어 군사를 움직일 권한을 위임받았으니 빠른 시일 내에 화약이 생산되는 곳을 추려 내야 했고 약재가 모이는 곳을 알아내야 했다. 헌데 황제는 천강의 간언을 무시하고 황궁으로 당분간 돌아가지 않겠다 선언을 해 버렸고, 문혁은 무슨 생각을 하는 것인지 두문불출해 천강을 불편하게 만들었다. 설상가상 윤인호는 거문성 성주와 서신을 주고받는 듯한 눈치였다. 윤인호가 거문성 성주와 서신을 주고받을 일은 천강의 혼사 문제일 게 뻔해서 천강은 아비의 면전에 대놓고 소리라도 지르고 싶은 심정이었다. 게다가 수린은…….

"의원님. 바쁘십니까?"

젊은 사내의 목소리에 중정 한구석에서 노인의 다리를 주무르고 있던 수린이 고개를 빼 들었다. 땀에 젖은 얼굴로 달려온 사내가 기이하게 움직이는 팔을 수린을 향해 내밀었다.

"도끼질을 하다 잘못된 것인지 팔이 좀 이상합니다. 좀 봐 주시면 안 됩니까?"

사내의 물음에 수린은 선선히 사내의 팔을 잡고 찬찬히 이곳저곳을 누르며 살피기 시작했다.

몸 쓰는 일이 많아지는 철이라 자질구레한 타박상이며 찰과상 환자들이 부쩍 늘었다. 일상적으로 쓰는 약재가 부족하다 보니 의원을 찾아야 하는데 돈이 없는 이들은 그것이 쉽지 않았다. 그러던 차에 총관 관사에 머무는 경에서 온 젊은 의원이 접골에 능하며 돈도 받지 않고 환자를 돌본다는 소문이 퍼져 관사 안의 하인들뿐 아니라 관사에 볼일이 있어 들른 이들까지 수린의 앞에 장사진을 펴게 된 것이었다.

"팔꿈치가 살짝 어긋난 것 같습니다. 일단 단단히 동여매 드리겠습니다. 당분간 무리한 움직임은 삼가셔야 합니다."

대수롭지 않게 뼈를 맞춰 주며 주의 사항을 이야기하는 수린에게서는 제법 노련미가 느껴졌다. 그러나 천강의 눈에 그런 수린이 곱게 보일 리가 없었다.

"아니 어쩌면 이리 신통하게 안 아픕니까! 감사합니다!"

체격 좋은 젊은 사내가 수린의 손을 꼭 부여잡고 있는 모습이 이만저만 거슬리는 게 아니었기 때문이었다.

"감사는요. 다치셨던 곳 주의해서 관리하시고 조심히 돌아가십시오."

"아니 돈도 받지 않고 상처를 치료해 주셨는데 뭐라도 보답을 드려야지요."

"보답받을 만큼 큰일도 안 했습니다. 마음 쓰지 마세요."

"제가 나중에 떡이라도 만들면 꼭 가져다 드리겠습니다. 그때 사양치 말고 받아 주셔야 합니다?"

기어이 보답을 이야기하는 사내에게 수린이 마지못해 고개를 끄덕이자 사내는 더 고맙다고 말하지 못한 게 아쉬운 눈으로 수린을 보며 관사에서 퇴장했다. 그리고 수린이 어깨를 두드리며 한숨을 돌리기가 무섭게 다리를 절뚝이는 젊은 여인이 의원님 계시냐 소리쳤다.

천강은 쓴웃음을 짓고 고개를 돌렸다. 바쁜 건 안쓰럽지만 수린이 눈코 뜰 새도 없이 관사에 붙어 있는 편이 천강에게는 안심이 되었다.

역원(驛院)으로 가서 새로 들어온 소식이 없는지 알아보기 위해 나서던 천강에게 의량이 급히 달려왔다.

"대장, 배재공의 서한입니다."

"누구?"

똑똑히 들었지만 그 호칭이 주는 불쾌감에 천강이 되물었다.

"종주공 앞으로 온 서한입니다만……."

그럼에도 먼저 천강에게 가져온 의량이 내미는 두루마리를 천강이 낚아채듯 받아 들었다.

배재공 하태운의 인(印)이 찍힌 서한에는 천강의 기분을 바닥에 내동댕이치는 내용이 담겨 있었다.

"핑계도 좋군. 장기간 경에 돌아오지 않는 종주공의 건강과 안위가 걱정되어 자신의 장남을 보낼 테니 속히 그 호위를 받으며 경으로 돌아오시라, 아주 태연자약하게도 적어 놨군."

"진정 그게 걱정될 일은 없을 텐데요."

"그래. 오래도록 돌아오지 않으니 무슨 작당 모의를 하는지 걱정이 되어 감시라도 하려는 모양이지."

"헌데 배재공의 장남이라 하면……."

"하석, 그자 말이다."

한 번도 그자와 마주하며 유쾌했던 적이 없었던 의량은 천강의 목소리에 배어나는 으르렁거림 같은 불만을 십분 이해할 수 있었다.

수린은 뻐근한 어깨를 크게 돌렸다. 어디서들 알음알음 소문을 듣고 찾아왔는지 수린을 찾는 이들은 하루 종일 끊이지를 않았다.

해가 지고 나서야 잠잠해진 일과를 더듬으며 수린은 한편에 잔뜩 쌓인 물건들을 바라보았다. 수린에게 치료를 받은 이들이 감사의 표시로 주고 간 과일이며 채소들, 집에 묵혀 두었다 가져온 듯 보이는 살림살이들이 며칠간 쌓여서 이제 제법 큰 짐이 되어 있었다.

극구 사양하고 돌려보내도 떠안기듯 주고 가는 이들의 성의를 끝까지 거절할 수는 없었다. 농작물들이야 부엌에 가져다주며 음식 만들 때 쓰라고 하면 된다지만 오색 천으로 만든 상보며 무명 천에 싸인 호미 같은 것들은 대체 어디다 쓰면 좋을지 막막했다. 버리자니 아깝고 두자니 쓸데도 없는 물건들을 보며 고민에 잠긴 수린에게 며칠 동안 얼굴 보기도 힘들었던 대웅이 다가왔다.

"여, 겸이 부자 됐는데? 돈 안 받고 환자들 봐 준다 하더니 돈 대신 생긴 부수입이 제법 많구나."

"그러게 말입니다. 안 받겠다 해도 제발 받으라 어찌나 성화들 이신지. 사과 하나 드시렵니까?"

기다렸다는 듯, 대웅은 대바구니 위의 사과 하나를 집어 들어 옷자락에 슥슥 문지르곤 크게 한 입 베어 물었다. 허기가 졌던지 사과 한 개는 금방 대웅의 입 안으로 사라졌다.

"식사 못 하셨습니까?"

"그리됐다. 근방 산이며 해안가며 다 뒤지고 다니느라고."

약재가 떨어진 일이 수린의 생각보다 큰일이었던 모양이다. 아닌 게 아니라 병호대 무사들은 눈코 뜰 새 없이 바빠 보였다.

"저런. 어서 식사하셔야겠군요. 저기 그럼 식사하러 가시는 길에 이것들 좀 가져다주시면 안 됩니까? 식재료로 쓰시라고요."

"그래? 그러지 뭐. 어차피 네가 음식 만들기도 뭐하니."

대웅이 사과즙이 흐른 손을 대강 닦고 큰 바구니에 농작물들을 담아 가뿐하게 들고 부엌으로 사라졌다. 단번에 반 이상이 줄어든 무더기를, 이제 남은 건 어쩔까 고민하며 바라보다가 수린이 하릴없이 뒤적이기 시작했다.

씨를 내기 위해 말려 둔 옥수수, 어설픈 솜씨로 만든 버선, 모자란 천을 티 나지 않게 하려 애쓴 주머니 등. 그야말로 자질구레하고 소소한 물건들이었다. 그러나 필시 소중한 것들이었을 것이다. 돈 대신 감사의 마음을 담아 가져온 이 물건들을 어찌하면 좋을까. 만지작거리며 물건들을 대강 정리해 두려던 수린의 손에서 바삭 소리가 났다. 엉성한 자수가 새겨진 주머니를 집을 때 난 소리였다.

빈 주머니가 아니었던가?

의아해하며 주머니를 여며 둔 끈을 푼 수린은 네모반듯하게 접혀 있는 종이가 들어 있는 것을 보고 고개를 갸웃거렸다. 부적이라도 넣어 둔 것인가 싶어 종이를 펼쳐 본 수린은 그 안의 글씨를 읽자마자 급히 종이를 구기고 등 뒤로 감추었다. 누가 볼세라 주위를 둘러보았지만 다행히 먼발치에서 비질을 하고 있던 사내 하나가

의미 없는 시선을 던졌다 회수했을 뿐, 근방에는 아무도 없었다.

수린은 얼른 아무도 없는 곳을 찾아 처마 밑에 몸을 숨기듯 웅크리고 종이를 폈다. 진겸의 편지였다. 직접 만날 수가 없으니 이런 식으로 머리를 쓴 모양이었다.

편지에는 긴 내용이 쓰여 있지 않았다. 수린이 너에게 긴히 할 말이 있으니 틈을 보아 찾아오라는 내용뿐, 보내는 이의 이름조차 적혀 있지 않았지만 진겸이 보낸 것이 확실했다. 어릴 때보다 조금 더 각이 선명할 뿐 옛날 그대로인 필체였던 것이다.

수린은 고민했다. 진겸의 이야기가 길지 않은 것이라면 지금이 나갔다 오기에 딱이었다. 아직 관사에 사람들이 오고 가고 있었고 잠들기에는 이른 시간이니 방을 비운다 해도 이상히 여길 이들이 없을 터였다.

'어서 다녀오지 뭐.'

소매 안쪽에서 진겸이 보낸 편지를 잘게 찢어 가는 길에 조금씩 뿌려 없애며 수린은 걸음을 재촉해 진겸의 상단이 있는 뱃터 쪽으로 향했다.

저녁이 되자 상점이며 가판들은 하나둘 등을 켜기 시작했다. 색색의 등이 거리를 총천연색으로 물들이기 시작하는 풍경을 눈에 담을 새도 없이, 수린은 숨이 가쁘도록 진겸에게로 갔다.

다른 상단들처럼 진겸의 상단도 문을 활짝 열어 두고 오가는 이들을 맞고 있었다. 입구에 서서 누군가와 이야기를 나누고 있던 진겸은 수린을 보고 햇빛이 부럽지 않을 만큼 환히 웃었다. 거칠게 내쉬어지는 숨을 고르며 바라보는 수린의 팔을 진겸이 잡아끌었다.

"빨라야 내일이나 모레가 되어야 알아차릴 줄 알았는데 운이 좋았구나. 보내자마자 알다니."

사람들이 오가지 않는 내실로 수린을 데려가며 건네는 말에 수린이 물었다.

"영영 못 보면 어쩌려고 그리 편지를 보내십니까?"

"모레까지도 안 오면 내가 관사로 찾아가려 했지. 어차피 수확제 때문에 상인들이 관사로 수시로 드나들거든."

그럼 이리 급히 달려올 필요도 없었던 건가. 괜히 고생했나 싶은 마음에 억울함이 스멀스멀 피어나려 했다. 그런데 진겸이 등을 돌리고 무언가를 꺼내더니 수린의 어깨에 갖다 대었다.

"역시. 어울리는구나."

수린은 자신의 몸에 대어진 은은한 광택이 나는 비단천의 옷을 눈을 깜빡이며 바라보았다. 미색 비단 천으로 지어진 옷에 진달래색 허리띠로 마감한 여자 옷이었다.

"지금 당장 입어 보라 하고 싶지만 오늘은 관사로 돌아가 자야 하겠지? 입는 건 조금 뒤로 미루자."

"옷, 보러 오라 하신 겁니까?"

진겸이 자신을 위해 옷을 만들고 기뻐하며 어서 입혀 보고 싶은 마음에 부른 것은 고마웠다. 하지만 허탈한 마음은 감출 수가 없었다. 옷이야 천천히 봐도 되는 건데 숨차도록 달려올 필요까지는 없었지 않은가.

맥이 풀리는 목소리에 진겸이 씨익 웃었다.

"왜? 실망했느냐?"

"아니요. 실망은 아닌데……."

그냥 조금 긴장이 풀려서. 삼킨 말을 짐작이라도 하듯 진겸이 과장스럽게 실망한 표정을 지었다.

"나는 네게 좋은 옷 입혀 주고 싶어 얼마나 떨렸는데. 내가 얼마나 욕먹으며 저 옷 빨리 지어 달라 재촉했는지 알아? 네가 그리 실망하다니, 기운이 빠지는구나."

"실망한 거 아닙니다."

"하지만 네 얼굴에 실망했다 쓰여 있다."

"그건 그냥 급히 오느라 힘들어서…… 정말 실망한 거 아니래도요."

극구 부인하는 수린을 보며 진겸은 토라진 척했던 표정을 거두었다.

"안다. 장난 한번 쳐 본 거야. 진짜 볼일은 따로 있다."

진겸의 얼굴은 갑자기 진지해졌다. 덩달아 수린도 긴장해 말을 잊고 혈육의 얼굴을 바라보았다.

"수린아. 생각보다 할멈을 안주에서 빨리 데려올 수 있을 것 같다."

"!"

"늦어도 달포 안에는 가능할 것 같구나. 안주에서 일이 성공했다는 소식이 날아오면 너는 즉시 배를 타고 바다 건너로 가서 할멈을 기다리면 된다."

기다렸던 소식이다. 그러나 너무나 급작스러운 소식이었다.

"수확제가 시작되면 정신을 차릴 수 없이 혼잡해질 것이다.

그 틈에 너는 저 옷을 입고 배를 타고 가면 되는 것이다."

"오라……버니는요?"

"나도 바로 뒤따라갈 것이다."

그 속에 생략된 '윤인호에게 복수를 마치면'이라는 말을 수린은 놓치지 않았다.

"오라버니!"

제발 포기하라 말하려 진겸의 팔을 붙들었다. 하지만 진겸은 매정하게 그 팔을 빼냈다.

"너는 그때까지 조용히, 지금처럼만 있거라. 부디 그때까지 다치지 말고."

어떤 설득도 듣지 않겠다는 완고한 태도로 진겸은 고개를 돌렸다. 때마침 진겸을 찾아온 사람들 때문에 더 이야기를 나눌 수도 없었다. 등 떠밀리듯 밖으로 나올 수밖에 없었다. 진겸은 눈짓으로 조심히 돌아가라 인사를 건넸다. 하지만 수린은 그 눈인사에 답을 할 정신도 없었다.

보름. 고개를 들어 바라본 하늘에는 밝은 달이 걸려 있었다. 저 달이 배를 비웠다 다시 살을 찌우기까지의 시간. 그 시간만큼도 남지 않은 것이다.

터벅터벅 걷던 수린의 어깨에 누군가가 몸을 부딪쳤다.

"어머 죄송해요."

맑은 여인의 목소리에 고개를 들자, 여인과 연인인 듯 보이는 남자가 여인의 어깨를 감싸며 수린에게 사과의 눈빛을 보내왔다. 둘이 대화를 나누며 걷다 수린을 못 보고 부딪친 모양이었다. 괜찮다고 고개를 꾸벅 숙인 수린이 다시 힘없이 걷기 시작했다. 진겸만 아니라면 펄쩍 뛰며 좋아해야 할 소식이다. 그 긴 세월 동안 뒤집어쓰고 살았던 죄인의 굴레를 끊고 할멈도 무사할 수 있는 길이 열린 것이다. 헌데 깊은 물속으로 끌려 들어가는 것 같은 이 기분이라니.

수린은 돌연 고개를 돌려 자신과 부딪쳐 간 여인과, 그 여인을 사랑스럽게 바라보는 남자를 보았다. 수린의 눈가가 찌푸려졌다.

그리고 수린은 달리기 시작했다. 오가는 사람들의 몸에, 들고 있는 짐들에 어깨며 팔이 부딪쳤지만 아랑곳하지 않았다. 관사에 도착할 때쯤에는 손등에 자잘한 생채기도 몇 개나 생겨 있었다. 그건 천강의 방문을 열려 문에 손을 올렸을 때에야 알아차렸다.

벌컥 열어젖힌 문 안쪽의 방은 어두컴컴했다. 아직 천강은 돌아오지 않은 모양이었다. 전신을 휘감는 허무함에 수린은 그 자리에 주저앉고 싶어졌다.

내가 왜 달려왔지, 내가 왜 이러지. 머릿속에서 끊임없이 반복되어 울리는 자조적인 질문에 머리가 지끈거렸다. 수린은 휘청이는 몸을 끌고 가 침상에 걸터앉았다. 티끌도 없이 깨끗하게 정돈된 이부자리가 손끝에 부드럽게 걸려왔다.

침상이며 방 안은 누군가 손을 댄다면 대번에 표가 날 정도로 깔끔했다. 마치 새것들만 가져다 전시해 놓은 양. 그러나 희미하게 배어 있는 천강의 체취를, 수린은 느낄 수 있었다. 축 처지는 몸을 침상 끝에 누이자 이불에 밴 천강의 체온이 느껴지는 것 같았다. 수린은 이불자락을 꼭 쥐며 눈을 감았다.

좌악—

차가운 우물물이 끼얹어지자 하루 종일 뛰어다닌 땀 내음이 단번에 씻겨 나가는 기분이었다. 몇 차례고 물을 끼얹은 천강은 벗어 두었던 옷을 다시 집어 들었다. 천강을 따라 등목을 하고 있던 수하들이 찬물이 소름 끼친다며 소란을 떨고 있었다.

"생각보다 시간이 오래 걸리기는 했지만 그 산속에 길이 있다는 걸 알았으니 오늘은 제법 수확을 거둔 셈입니다."

의량이 물기를 훔치며 하는 말에 천강은 고개를 끄덕였다.

"늦은 시간까지 수고들 많았다. 다들 피곤할 테니 내일은 늦게까지 쉬고 정오쯤부터 움직이도록 하자."

"알겠습니다."

의량이 내일은 늦게까지 쉬어도 된다는 말을 전하자 반라의 무사들은 일제히 환호하며 기뻐했다. 하루 종일 기운을 빼고 왔는데도 그 소식 하나에 기운이 다시 차오르는지 물을 끼얹고 바가지를 던지며 즐거워하는 수하들을 보던 천강이 고개를 절레절레 저었다. 한참은 더 기운을 뺄 예정으로 보이는 수하들을 뒤로하고 방으로 돌아가 갑옷을 의자에 던지자 갑옷은 천강의 피곤한 심정을 대변이라도 하듯 축 처져 늘어졌다. 어느덧 한밤중으로 향해 가는 시간은 농도 짙은 어둠으로 천강의 방을 감싸고 있었다.

그냥 잘까 하다 내일 날이 밝자마자 보내야 할 서신이 생각났다. 등잔불을 켜고 돌아서던 천강은 침상 위의 사람 그림자를 보고 깜짝 놀랐다. 그리고 그것이 수린임을 알고서는 심장이 내려앉을 만큼 더 놀라 버렸다.

어찌 이 시간에 여기에 있는 건지, 게다가 어찌 잠까지 들어 있는지 모를 일이었다. 천강은 미간을 문지르며 수린이 잠들어 있는 침상께로 가서 앉았다.

하여간에 자각이 없다. 내 마음에 품은 여인이 너라 그리 말을 했건만 남의 방에서 이리 무방비 상태로 잠이 들어 있다니. 한창때의 피 끓는 사내를 물로 보는 게 아니고 뭐란 말인가. 게다가 날 잡아 잡수 하는 듯한 이 편한 얼굴이라니.

천강은 색색 숨을 내뱉는 수린의 입술을 살짝 매만졌다.

"으음."

간지러웠는지 꿈틀거리며 몸을 돌리던 수린의 팔이 천강의 허벅지에 와 닿았다. 그 가벼운 접촉으로도 대번에 천강의 몸이 달아오르기 시작했다. 천강은 천천히 고개를 내렸다. 숨결이 맞닿는 거리에서 느껴지는 수린의 체향은 포근했다. 청량한 나뭇잎에서 느껴지는 풀 내음 같은 풋풋한 향에 따뜻한 체온이 더해진 살 내음은 꿈결같이 천강을 점령해 갔다.

엄지손가락으로 흐트러진 머리카락 몇 가닥을 쓸어 넘기던 천강은 수린이 잠결에 배시시 웃음 짓자 따라 웃어 버렸다. 가슴을 꽉 채우는 것 같은 이 따스함을, 다른 어떤 이가 느끼게 해 줄 수 있단 말인가. 천강은 가볍게 수린의 입술에 입술을 내리눌렀다. 아니 그러려 했다. 정말로 처음에는 가벼운 입맞춤만을 할 생각이었다. 그런데 수린의 입술이 너무나 보드라웠다.

살짝 닿았다 떨어진 입술이 믿을 수 없을 만치 부드러워, 천강은 이전의 입맞춤들이 어땠는지 기억을 더듬어 봐야 했다. 맨 처음의 입맞춤은 술에 취해 제대로 기억에 남아 있지 않다. 그리고 두 번째는 수린을 잃을지도 모른다는 절박함에 너무나 다급해서 달려들 듯, 잡아먹을 듯 해 버렸다.

제대로 된 입맞춤은 이번이 처음이었다. 깨닫고 나자 꽤나 큰 충격이 천강을 엄습했다. 왜 이리 좋은가 했더니 제대로 해 본 적이 없어 좋았던 것이다.

천강은 조심스레 수린의 얼굴에 입술을 대었다. 긴 속눈썹 위에, 곱게 감긴 눈꺼풀 위에, 높은 콧날 위에, 그리고 고른 숨이 토해지는 입술 위에. 깃털처럼 부드러운 입맞춤이 몇 번이고 입술 위로 떨어졌다. 입술을 간질이는 감촉에 수린의 눈꺼풀이 가늘게 떨리고 색 짙은 눈동자가 초점을 찾지 못한 채 눈꺼풀 아래에서 모습을 드러냈다.

수린이 흐릿한 의식을 찾으려 눈을 깜빡이는 틈을 기다리지 않고 천강은 다시 입술을 내렸다

"하아—"

입술 위에 쏟아지던 뜨거운 숨결이 이내 놀라 벌어진 수린의 입술 사이로 파고들었다. 수린이 눈을 뜨길 기다렸다는 듯 천강은 수린의 몸을 끌어안으며 수린의 위로 타고 올라갔다.

"뭐, 뭐, 뭐 하시는, 웃!"

어버버거리며 항의하려던 수린은 귓바퀴에 퍼지는 숨결에 몸을 움츠렸다. 천강은 수린의 귓가에, 목덜미에 멈추지 않고 입맞춤을 해 왔다. 입술이 닿는 자리마다 짜릿한 소름이 퍼졌다. 수린은 입 밖으로 나가려는 신음을 누르며 피하려 들었지만 천강은

허락하지 않았다.

"내 방에 들어와 내 침상에 누워 있었다는 건 이러려고 그랬던 게 아닌가?"

천강의 낮은 목소리는 언제나 정이 떨어질 만큼 무뚝뚝하다고 만 느꼈었다. 바닥까지 깔리는 것 같은 저음의 목소리가 이렇게 음란하게 들릴 수도 있다는 것을 수린은 처음으로 알았다.

배 속에서부터 퍼지는 뭉글한 열기가 수린을 어찌할 바 모르게 당황시켰다. 수린은 몸을 비틀었다. 천강의 어두워진 눈빛이 무서 웠고 떨렸다.

"난 겁간은 하고 싶지 않다."

그건 듣던 중 다행인 소리였다. 수린이 그럼 비키시라 말하려 는데 천강이 선수를 쳤다.

"그러니까, 허락해 줘."

조르는 투로 중얼거리며 천강이 수린의 귓가에 입술을 댔다.

"응?"

속삭이는 목소리에 발끝에서부터 전신으로 소름이 끼쳤다. 허 락을 기다리겠다며 속삭이는 목소리와 달리 천강의 손은 착실히 수린의 옷고름을 풀고 있었다. 드러난 어깨 위로 닿는 공기가 차 가웠다. 으슬으슬 떠는 어깨를 천강이 어루만졌다.

"고운 피부야……."

산을 오르내리며 약초를 캐고 잡일을 해서 거칠어진 손과는 달 리 꽁꽁 동여매고 드러내지 않았던 속살은 여느 귀부인 못지않게 뽀얗고 보드라웠다.

천강이 옷을 벗은 것은 삽시간이었다. 집어 던져져 훌렁 날아가는 옷이 새 같다고 생각한 것도 잠시, 수린은 코앞으로 다가온 맨살에 숨을 삼켰다. 햇빛 아래에서 단련했을 단단한 피부는 보기 좋은 정도로 그을려 있었다. 자세히 들여다보아야 보이는 수 없는 자잘한 상처들이 천강이 얼마나 긴 시간 노력하고 단련하여 왔는지를 말해 준다. 그러나 수린은 그 상처들을 찬찬히 볼 만큼 배짱이 좋지 못했다.

잘 익은 사과처럼 붉어진 얼굴을 돌려 버리는 수린의 턱을 천강이 달래듯 붙들어 자신을 보게 했다. 움직임은 부드럽지만 손아귀의 힘은 수린에게 반항의 여지도 주지 않을 만큼 강했다.

"대답."

"으읏."

"대답 안 할 거냐?"

"이, 이 손……."

"정말 대답 안 할 테냐? 응? 날 말려 죽이려고?"

대답이라니. 그런 말을 입이 찢어진다 해도 할 수 있을 리가 없지 않은가. 수린은 눈을 질끈 감았다. 감은 눈꺼풀 너머로도 천강의 몸이 다가온다는 건 느껴졌다. 씻고 왔는지 천강에게서는 희미한 물 냄새가 났다.

가슴을 꽁꽁 동여맨 매듭 위로 긴 손가락이 유려하게 움직였다. 맨 살갗에 닿는 굳은살 박인 긴 손가락이 매듭을 풀려 하는 걸 수린이 붙들었다.

"안 됩니다!"

"……."

"안 됩니다……."

목소리는 힘이 없어졌다. 그래도 이대로 휩쓸리는 건 아니라는 생각에 천강의 손을 놓지 못했다. 천강의 얼굴을 차마 볼 수가 없어 질끈 감은 눈을 뜰 수가 없었다. 천강이 어떤 얼굴을 하고 있을지 짐작이 가지 않았다. 왜 이 시간에 자신의 침상에서 자고 있던 것인지를 캐물으면 할 말이 없었다.

천강의 침묵이 버거워 천강을 밀어 내고 일어나려 했다. 그때.

"쪽—"

뜻밖의 소리와 감촉에 수린이 눈을 크게 떴다. 천강이 수린의 손을 들어 손등에 입을 맞추고 있었다.

"괜찮다. 겁이 난다면 기다려 줄 테니까."

하고 속삭이며 천강이 동그래진 수린의 눈가에도 입을 맞췄다.

"네가 원할 때까지 얼마든지 기다려 줄 테니 떨지 마라."

녹아내릴 듯 다정한 입맞춤과 속삭임이었다. 조금의 틈도 없이 밀착된 하반신에서는 잔뜩 성이 난 천강의 하체가 느껴져 일말의 설득력도 없었건만, 그럼에도 참겠다 말하며 기다리겠다는 속삭임에 웃음이 나와 버렸다.

"하, 풋."

웃음 끝에는 영문 모를 눈물이 맺혀 나왔다. 안심해서, 긴장이 풀려서, 안타까워서. 온갖 감정이 다 섞인 눈물방울이 눈가에 맺혀 또르르 굴러떨어졌다. 천강이 젖은 눈가에 입술을 대고 속삭였다.

"그리 무서웠느냐. 울 만큼?"

그래서만은 아니었다. 하지만 이 복잡한 마음을 설명할 길이 없었던 수린은 천강의 어깨를 밀었다. 비켜 달라는 몸짓에 천강이 몸을 일으키려는 때였다.

"천강아. 아직 안 자면 긴히 할 말이 있으니⋯⋯."

눈 밑이 꺼매진 초췌한 얼굴로 문을 열고 들어서던 문혁이 말을 멈췄다.

어깨가 드러난 차림으로 눈물이 맺힌 채 천강을 밀어 내려 하는 수린과, 상의를 벗고 수린의 위에 올라타고 있는 천강을 번갈아 바라보던 문혁의 얼굴에 금세 분노가 차올랐다.

"윤천강! 이 무슨 파렴치한 짓이냐!"

노성을 내지르며 달려온 문혁이 천강을 향해 주먹을 내질렀다.

폭력에 익숙하지 않은 주먹은 제대로 방향을 잡지 못하고 천강의 입가를 비껴 쳤다. 잔뜩 힘이 들어가 있던 주먹이 입술을 찢었다. 친 쪽도 무사하지는 못했다. 사람을 쳐 본 적이 없던 손등의 뼈가 이와 스쳐 살갗에 상처가 났다. 재차 주먹을 내뻗는 문혁의 손을 천강이 막았다. 암만 혈육이어도 두 번이나 맞아 줄 생각은 없었다.

"이, 너란 놈은 어찌!"

"진정 좀 하시지요."

주먹을 저지당한 문혁은 멱살이라도 잡고 싶었지만 맨살이라 잡을 옷깃이 없는 게 천추의 한이었다.

"진정이라고? 너라면 진정이 되겠느냐! 저, 저런 짓을 보고도?"

당황하여 이불을 끌어다 몸을 가린 수린을 가리키는 손끝이 부들부들 떨리고 있었다. 차마 입에 올리지도 못할 말을 상상하는 문혁의 시야를 천강은 몸으로 가려 막았다. 수린의 속살을 손톱만큼이라도 다른 사내에게 보일 생각은 없었다.

"옷 입어라."

천강의 말에 당황해 아무것도 못 하고 있던 수린은 허둥지둥 옷자락을 여몄다. 손이 어긋나 고름도 제대로 묶어지질 않는 걸 대충 엮는 사이 문혁은 천강을 거세게 밀쳤다.

"네가 이런 형편없는 놈인 줄 몰랐다. 비켜라."

"못 비킵니다."

"비켜!"

무시하며 천강은 입술가를 슥 문질러 닦았다. 엄지손가락에 닦여 나오는 핏자국에 눈가가 찌푸려졌다. 그동안 수린은 주춤거리며 침상에서 내려서 게걸음으로 한 발씩 눈치를 살피며 움직였다.

"나는 적어도 너란 놈이 도의는 아는 놈인 줄 알았다. 이제 보니 내가 널 모르고 있었구나. 힘없는 여인을 강제로 유린하는 게 사내가 할 짓이더냐!"

히끅! 문혁이 내지른 소리에 놀란 수린이 딸꾹질 소리를 냈다. 그 바람에 천강과 문혁의 눈이 동시에 수린을 향했다. 수린은 큰 소리를 낸 입을 틀어막았다. 그러나 손에 막힌 입 안에서 딸꾹질 소리는 멈추지 않았다. 히끅!

천강이 강제로 수린을 덮치려 했다 오해할 만한 상황이긴 했다. 낯부끄러운 광경을 타인에게 보인 것이 수치스러워 재가 되어 사라지고 싶은 마음에, 문혁이 수린이 여인인 걸 이미 알고 있다는 사실까지 더해져 수린은 혼란의 도가니에 빠져 버리고 말았다.

천강은 수린의 표정을 보고 눈빛이 복잡해졌다. 천강이 집어 던졌던 자신의 옷을 들어 꿰어 입고 수린에게 말했다.

"일단, 방으로 돌아가거라."

문혁은 자리를 수습하려 드는 천강에게 화가 치밀었다. 멋대로 굴지 말라 소리치고 싶었다. 하지만 불안하게 떨리는 수린의 눈빛을 보고 이 자리에서 수린을 피하게 해 주는 것이 나을 것 같아 고개를 끄덕였다.

"그래. 너는 돌아가 쉬는 것이 좋겠구나. 내가 방까지 데려다주는 것이 좋지 않겠느냐?"

"아, 아닙니다. 저, 그리고 저……."

마음 같아서는 당장 꽁무니가 빠져라 도망가고 싶었다. 그러나 수린이 사라지면 당장이라도 천강을 물어뜯을 기세인 문혁의 눈빛이 수린의 발목을 잡았다. 수린이 눈치를 살피며 머뭇거리는 것을 본 천강이 긴 한숨을 내쉬었다.

"아무래도 앉아 이야기하는 것이 좋을 것 같군요."

"지금 내가 앉아서 얘기할 상황인 것 같으냐."

"그럼 서서 들으시든가요."

빠드득, 이 가는 소리가 들리는 것을 무시하고 천강이 수린에게 앉으라 눈짓했다. 그러나 수린은 열기가 가시지 않는 얼굴을 두 손으로 감싼 채 언제든 도망갈 태세로 어정쩡하게 서 있을 뿐이었다.

문혁은 당장 이가 나가도 이상하지 않을 정도로 이를 악물고 천강을 노려보았다.

"네가 낯짝이 두꺼워도 정도를 모르는구나. 그런 짓을 하고
도……."

"아, 아닙니다."

수린이 급히 손을 저었다.

"그것이, 그, 생각하시는 그런 상황은 아니…… 아니 어쨌
든……."

말을 할수록 혀가 꼬이고 얼굴이 뜨거워졌다. 도망갈걸. 괜히
미적거렸다. 수린이 땅을 치고 후회하는 것도 모르고 문혁이 눈에
불을 켜고 물었다.

"생각하는 그런 게 아니라니, 그런 이놈이 너를 강제로…… 그
런 게 아니라는 거냐."

죽겠다 정말.

"그럼 네가, 네 스스로 그, 그리했다는 것이냐."

할 수만 있다면 문혁의 입을 바늘로 꿰매 버리고 싶었다.

"아니, 그것도 아닌데, 여하간 그……."

"그만 물으십시오. 여인을 부끄럽게 하는 것도 사내의 도리가
아니니."

태연히 저지하는 천강의 태도가 문혁의 가슴속에 불화살을 당
겼다. 그리고 수린은 그 말에서 문혁과 천강 둘 다 자신이 여인임
을 오래전부터 알고 있었다는 것을 깨달았다.

수린의 눈 안에 불안이 차오르는 것을 확인한 문혁이 천강을
다그치려던 입을 다물었다. 천강이 수린을 향해 넌지시 말했다.

"자리를 피해 주겠느냐."

"……아니요."

수린은 떨리던 마음을 다잡았다. 갈피를 잡지 못하고 흔들리던 심경을 채찍질해 부여잡고 물었다.

"이야기해 주십시오. 두 분, 제가 여인이라는 것을 아주 오래전부터 알고 계셨습니까?"

"……그래."

천강은 곧바로 수긍했으며 문혁은 말없이 고개를 끄덕였다.

"헌데 왜 내색지 않으셨습니까? 저는 국법을 어기고 관군의 눈을 속인 죄인인데 말입니다."

그 물음에 대한 대답은 천강의 것과 문혁의 것이 다르지 않을 터였다.

"그건……."

그러나 둘 중 누구도 선뜻 대답할 수는 없었다. 너 때문에. 너에게 마음이 끌려서. 너를…… 은애해서.

"제가, 민진겸이 아니라 민수린이라는 것도 두 분 모두 알고 계셨습니까?"

대답을 확신하고 있는 물음이었다. 수린은 답하지 못하는 두 사람을 보며 피식 웃었다.

"재미있으셨습니까?"

"……."

"이미 다 알고 있는 두 분 앞에서 아등바등 사내인 척하는 제 꼴이 얼마나 우스우셨습니까?"

"아니다!"

문혁이 소리치며 수린의 팔을 잡았다.

"난, 내가 말을 하지 않았던 건 너에게 부담을 줄까 두려워서였다. 이전에도 말했지만 나는 그저 조용히 시간이 지나길 기다렸다가 너에게 자유를 주고 싶었던 것뿐이다."

다급히 설명하는 문혁의 얼굴에서 수린은 절박함을 읽었다. 그것이 무엇에 대한 절박함인 줄도 모른 채, 수린은 문혁의 얼굴을 외면했다.

"놓아주십시오."

"……."

"부탁입니다."

팔을 잡은 손가락이 느슨해지자 수린은 망설임 없이 팔을 빼냈다. 조금 전까지 달아올라 어찌할 바를 몰랐던 몸이 거짓말인 것처럼, 남의 것인 것처럼 차갑고 낯설게 여겨졌다. 수린은 복잡한 표정을 짓고 있는 두 사람을 향해 허리를 깊이 숙였다.

"송구합니다. 어떤 이유로든 저의 죄를 눈감아 주신 것은 감사히 생각합니다. 제 태도가 다소 무례하게 느껴졌다면 그것은 그저 놀라 그런 것이니 너그러운 마음으로 양해해 주십시오. 그럼 두 분 말씀 나누십시오."

행여나 무슨 말을 더 듣게 될까 봐 수린은 얼른 자리를 빠져나왔다. 붙잡는 목소리는 들리지 않았다. 문 앞에서 멈추었던 걸음을 몇 번이나 긴 호흡을 들이쉬었다 내쉬기를 반복한 후 다시 옮기기 시작할 때까지도.

침묵에도 무게가 있다면 천강과 문혁 사이에 자리한 침묵은 십 척짜리 석상의 무게쯤은 될 터였다. 문도 제대로 닫지 못하고 달아나듯 사라진 수린의 흔적을 눈으로 좇던 천강은 심드렁한 눈으로 문혁을 보았다. 할 말이 있으면 빨리 하고 나가 달라 말하는 얼굴에 문혁의 화는 금방 다시 불꽃이 되어 타올랐다.

"너는!"

"겁간 같은 건 생각도 안 했습니다."

"……."

"제가 원하는 건 마음입니다."

딱 잘라 말하는 단호한 어조에 조금 문혁의 기세가 누그러졌다. 천강은 거기에 굳이 붙이지 않아도 될 한마디를 더했다.

"뭐 그렇다고 몸을 안 원한다는 건 아닙니다만."

다시 주먹을 불끈 쥐려 드는 문혁을 가당찮다는 눈빛으로 흘겨봤다.

"형님. 정인에게 욕정을 품는 것보다는 아우의 여인을 탐하는 쪽이 부도덕으로는 한 수 위일 것 같습니다만."

"누가 네 정인이라는 말이냐!"

대번에 분노를 터뜨리는 문혁을 길게 상대하고 싶지 않았다. 문혁의 복잡한 심경은 이해하고도 남았다. 황제처럼 막강한 정혼자가 있는 입장에서 마음을 흔드는 이가 나타났다면, 그 혼란은 이만저만이 아닐 것이다. 문혁처럼 정도만을 걸어온 이라면 더더욱 마음이 어지러울 것이다. 만약 그 상대가 수린만 아니었다면 천강은 충분히 문혁을 다독이고 지지해 줄 의향이 있었다.

그러나 수린은 안 됐다. 세상천지 누구에게도 양보할 수도, 내어 줄 수도 없는 이를 마음에 품었다면 그것이 문혁이어도 천강은 척을 질 각오가 되어 있었다.

　"형님. 제 마음은 이미 알고 계시지 않습니까."

　그래서 문혁이 더 이상 일을 크게 만들지 않기를 원했다. 세상에 둘도 없는 형제였다. 성격이 다르고 가는 길이 다르고 살갑지 않은 탓에 데면데면하게 지냈어도 혈육이라는 울타리를 버리는 건 쉬운 일이 아니었다.

　"저는 형님과 등을 돌리고 싶지 않습니다."

　"그 말은, 내 마음 여부에 따라서 너는 나에게 등을 돌릴 각오도 되어 있다는 말이구나."

　권력의 중심에서 보낸 세월 동안 그들은 피를 나눈 이들의 배덕을 무수히 보고 들었다. 때문에 문혁의 말은 두 사람 모두에게 뼈아픈 것이었다.

　천강은 못 들은 척 말을 돌렸다.

　"긴히 할 이야기라는 것이 무엇입니까."

　늦은 밤에 찾아와 전할 긴한 말이라는 것 때문에 벌어진 일들을 머릿속으로 열거해 보며 반쯤은 이를 가는 심정으로 묻자 문혁이 서둘지 않은 기색으로 대답했다.

　"거문성 성주가 서찰을 보내왔다."

　"……."

　"성주의 아내가 건강이 좋지 못해 혼사를 서두르기를 바란다 하더구나."

천강이 입술을 깨물었다. 문혁에게 맞아 찢어진 입술의 피 냄새가 느껴졌다.

"아버님은 경으로 돌아가는 대로 혼례를 올려도 좋으니 성주에게 여식을 데리고 경으로 오라 답하셨다 한다."

황제와 문혁의 사이가 심상치 않은 것을 느낀 윤인호가 가장 먼저 했던 일은 천강의 혼사를 서두르는 것이었다.

"아버님은 참, 이런 시골구석에서도 경에 계실 때와 조금도 다름없으시군요. 대단하시다 해야 할지, 지독하시다 해야 할지."

찬사인지 비난인지 모를 평가를 내린 천강은 곧 자신의 행보를 정했다.

"황명으로 받은 일이 끝나지도 않았는데 경으로 떠날 수야 없지요. 경에는 아버님 혼자 가셔야겠군요."

"지금 피한다고 될 일이 아니지 않느냐."

"제 아내가 될 여자는 한 명뿐입니다."

딱 자르는 태도에 문혁이 말을 잊었다. 천강을 바라보는 문혁의 얼굴에는 복잡한 마음이 고스란히 떠올랐다.

"내 마음 또한 너도 알고 있겠지."

"……"

"나는…… 안주에서 처음 만났을 때의 그 원망에 찬 눈을 잊을 수가 없다."

기억을 떠올리는 눈동자는 어지러이 떨렸다.

"거칠어진 손으로 약초 바구니를 메고 익숙하게 산을 타던 뒷모습이 눈에서 떠나가질 않아서 나는 쉽사리 손을 내밀 수가 없어.

그런데 너는 그게 쉬이 되더냐. 나는, 내 살아온 세월이 모두 걸림돌인 것만 같고 죄인 것 같아 입조차 떨어지지 않는데."

"저라고 쉬웠을 것 같습니까."

뾰족한 말은 일견 비난처럼 들렸다. 그러나 비난은 아니었다.

"곱씹고 반성하고 생각하는 그것이 형님의 방식이겠지요. 형님이 저를 비난할 생각으로 하신 말씀이 아니듯 저 또한 형님을 책할 생각은 없습니다."

"……."

"저 또한 생각합니다. 생각하고 또 생각하지요."

화마가 붉은 혀를 날름거리던 그 밤에, 나이 든 여인의 품 안에서 제대로 숨도 못 쉬고 떨고 있던 아이를 생각했다. 커다란 눈에 가득 찬 공포를 제대로 읽지도 못하고 귀찮은 짐 치우듯 윤종명에게 보내라 했던 그 밤이 불현듯 떠오를 때면 익숙하지 않은 회한이 밀려오곤 한다.

그러나 흘러간 시간을 되돌릴 수 없듯 후회는 부질없었다. 천강이 선택할 길은 하나였다. 원망이든 미움이든 감정이 모두 닳아 없어질 때까지 옆에서 부딪치고 받아들이는 것. 그것이 천강의 방식이었다.

생각해 보면 천강이나 문혁이 알고 있다 해서 달라질 것도 없었다. 오랫동안 입을 다물어 준 두 사람이 갑자기 변심해 너를 당장 황제의 어전에 끌고 가겠다 하지 않는 이상은 말이다. 진겸이 말한 시간 동안만 숨죽여 지낸다면 문제될 일도 없을 것이었다.

"아으."

수린은 머리를 쥐어뜯고 싶었다. 몸 여기저기에 아직도 천강이 한 입맞춤의 열기가 남아 있는 기분이었다.

어쩌자고 앞뒤 없이 천강의 방에 달려가 거기서 잠이 들어 버렸을까. 자책하며 머리를 흔들어 봐도 이미 일어난 일이 없던 일이 되진 않았다. 수린은 입 안으로 괴상한 소리를 내며 탁자 위에 푹 엎드렸다.

시간이 얼마 남지 않았다는 말을 들은 초조함 때문이다. 이 불안하고 어정쩡한 마음은.

'그러니까 왜?'

자문하면서도 이미 답은 알고 있었다. 자신은 천강에게 끌리고 있었다. 하지만 그래서 어쨌다는 말인가. 끌린다 해서 여염집 여인처럼 제대로 된 혼사를 치를 수 있는 처지도 아니고 천운으로 가문의 누명을 벗는다 해도 윤인호의 아들과 함께 걸어가는 앞날이란 있을 수 없는데.

고민하고 고민해도 해답은 없었다. 자신과 천강은, 마음이 통한다 해도 이어질 수 없는 인연인 것이다.

뜬눈으로 밤을 지새우고 아침이 밝아 오자 문밖에서는 하나둘씩 오가기 시작한 사람들의 인기척이 들리기 시작했다. 한잠도 자지 못해 따가운 눈으로 수린은 문을 바라보았다. 혹여나, 만에 하나라는 마음이 해감되지 못한 조개 속의 모래처럼 자리하고 있었다는 걸 자각했을 때는 기가 막혀 웃음도 나오지 않았다. 뭘 바라고 열리지도 않는 문을 바라보며 누굴 기다린단 말인가. 기다림이 보답받아 누군가가 나타난다면, 그때는 어쩌려고.

껄끄러운 감정의 잔재들을 털어 내려 무거운 몸을 억지로 일으켰을 때는 이미 해가 중천에 떴을 시간이었다. 일부러 문을 벌컥 열어 젖히고 나서려던 수린은 마침 문 앞에 다가오던 소녀와 딱 마주쳤다.

"꺅!"

쟁반에 뭔가를 받쳐 들고 오던 소녀가 급작스레 열린 문에 놀라 작게 비명을 지르며 뒷걸음질을 쳤다. 수린이 비틀거리는 소녀의 팔을 얼른 잡아 주었다.

"놀라게 해 죄송합니다. 괜찮으십니까?"

다행히 쟁반은 엎어지지 않았고 소녀도 넘어지지 않았다. 소녀는 복숭아 같은 얼굴을 붉히고 고개를 끄덕였다.

"감사합니다. 제가 마침 기척을 내려던 참이었는데……."

"저를 찾아오신 겁니까?"

"예! 저, 이걸 좀 드셔 보시라고요! 아, 어제 식재료를 보내 주셔서 다들 감사하다고 말을 하고 있고…… 꼭 그래서는 아니지만 여하간 재료가 좀 남아 제가 만들어 보았습니다!"

횡설수설하는 소녀의 얼굴에는 기대와 걱정이 적절히 섞여 있었다. 수린은 쟁반 위 김이 모락모락 나는 황금빛 유동체를 바라보았다.

"절 주려고 일부러 가져오셨습니까?"

"저, 호박죽 싫어하시나요?"

"싫어하지는 않는데……."

눈을 빛내며 조심스럽게 물어 오는 소녀의 얼굴 속 기대를 외면하기 어려워 수린은 억지로 미소를 지어냈다.

"감사합니다. 이름이⋯⋯."

"향이라 합니다!"

기운차게 대답해 놓고 부끄러웠는지 수린이 쟁반을 받자마자 소녀는 얼굴을 감쌌다. 딱 그 나이대의 소녀다운 행동이 귀엽게 느껴져 억지가 아닌 웃음이 비어 나왔다.

"맛있어 보입니다. 감사합니다."

생기가 반짝이는 소녀의 얼굴에 마주 미소 지으며 수린이 물었다.

"어쩌 관사가 분주한 듯합니다. 무슨 일이라도 있습니까?"

향이의 등 뒤로 바쁘게 오가는 이들을 보며 묻자 향이는 기운차게 끄덕였다.

"경에서 손님이 오신다 합니다. 종주공에, 그 자제분들만도 총관께서 정신이 없으신데 신분이 높으신 다른 분들이 오신다 하여 다들 바쁘십니다."

"그런 중에 저까지 신경 써 주셔서 감사합니다. 잘 먹겠습니다."

호의 어린 대화에 향이는 얼굴을 붉히며 돌아갔다.

수린은 건네받은 쟁반을 들여놓고 밖으로 나섰다. 정신없이 돌아다니는 관사의 하인들은 무슨 할 일들이 그리 많은지 정신이 없어 보였다.

종주공에 버금가는 손님이 누구인지 아는 바 없으나 누구든 그 손님 대접에 손을 보태고 싶은 마음은 없었다. 해가 떠 있는 동안은 진겸에게 가 있다가 밤이 되면 돌아와야겠다 마음먹고 관사 밖으로 나섰다. 이제는 눈 감고도 찾을 만큼 익숙해진 길을 터덜터덜 걸어 진겸의 상단까지 도착한 수린은 다 도착하고 나서야 주변이 기이할 만큼 조용하다는 것을 깨달았다.

개미 한 마리 오가는 기척 없이 조용한 근방을 둘러본 수린은 굳게 닫힌 상단의 문을 뚫어져라 바라봤다. 다들 어딜 갔나?

확인이나 해 보고 돌아가려고 문고리를 잡아당기자 예상과는 다르게 문은 잠겨 있지 않았다. 문을 밀려고 내밀었던 손은 갑자기 안으로 열린 문 때문에 허공을 짚고 앞으로 쏠렸고, 결국 안에서 문을 연 누군가의 팔에 걸렸다.

"엇, 죄송합니다."

급히 손을 회수한 수린은 얼굴도 보지 않고 허리를 숙여 사과했다.

"뭐야 이건."

오만함이 배어나는 목소리가 불쾌함을 감추려 들지 않고 흩뿌렸다. 그러나 수린이 고개를 들지 않자 금방 흥미가 떨어졌는지 금세 발을 돌렸다.

"그럼 우린 돌아가 보겠소. 조만간 다시 연락하리다."

수린의 앞에 서 있던 남자가 수린을 살짝 비켜 지나가고 그 뒤의 남자가 안쪽을 향해 말을 건넸다. 그때서야 진겸의 목소리가 들려왔다.

"조심히 가십시오. 소식 전해 오시길 기다리겠습니다."

수린은 그제야 고개를 들고 밖으로 나가는 두 남자를 지나쳐 진겸에게로 다가갔다. 남자들을 배웅하던 진겸이 수린의 얼굴을 보고 밝게 눈인사를 건넸다.

"이게 누구야."

그런데 진겸에게로 가려던 수린의 팔목을 뒤에서 거칠게 잡아 채는 손길이 있었다. 크게 휘청이며 순식간에 벽으로 밀쳐진 몸이 쿵 소리를 내기도 전에 남자의 얼굴이 다가왔다.

미간에서 눈꺼풀 위를 길게 가로지른 붉은색 흉터가 수린의 시선을 옭아맸다. 수린의 얼굴을 확인한 흉터 진 얼굴 위로 흉포함이 서린 웃음이 퍼져 갔다.

"오래간만이구나."

맨 처음 사람에게 폭력을 휘둘렀던 기억은 대번에 그가 누구인지를 떠올리게 했다. 몸이 기억하는 혐오감에 얼굴이 절로 구겨졌다. 진겸이 놀라 다가오려는 것을 그 앞의 남자가 막아서고 입가를 비틀며 말했다.

"이런, 반가운 얼굴이로군."

잊을 수 없는 불쾌한 기억을 떠올리게 하는 인물들을 한꺼번에 둘이나 묶어 만나게 된 수린의 눈이 커졌다.

미간에서 왼쪽 눈꺼풀 위까지. 정확히 자신이 금화를 휘둘러 그어 놓았던 상처 그대로 남은 흉터였다. 수린은 이름 석 자까지 똑똑히 기억나는 남자의 얼굴에 걸린 야비한 웃음을 아찔한 기분으로 바라보았다.

"내 너를 꿈에서 본 것만도 몇 번인지 헤아릴 수가 없다. 이 먼 곳에서 만나다니. 하늘도 무심치가 않구나."

명원백. 스스로의 이름을 그리 밝혔던 남자는 기이할 정도로 흥분하고 있었다.

"원백아."

진겸의 옆에 서 있던 남자의 타이르는 것 같은 목소리에 원백은 한쪽 입가를 올려 이죽거렸다.

"형님. 아시지 않소. 제가……."

"이 자리는 좀 아니지 않느냐."

점잖은 척하고 만류하고 있지만 저 남자, 하석이 망가지는 모습을 수린은 똑똑히 기억하고 있었다. 천강과 설향주를 기울이다 저자가 제풀에 고꾸라지던 것이 그리 먼 옛일이 아니었던 것이다.

이자들과 진겸이 밀담이라도 나누듯 주위를 물리고 함께 있었던 이유가 뭘까. 수린이 진겸을 향해 묻는 시선을 던졌다. 그러자 원백은 수린의 턱을 거칠게 잡아 돌리고 얼굴을 들이댔다.

"하긴, 형님 말도 일리는 있지. 그럼 같이 가자꾸나."

실실 웃음을 흘리는 얼굴은 객관적으로 미끈한 미남 축에 속했다. 그 얼굴이 역하다 느낀 것은 오감을 넘어선 육감의 판단이었다.

"놓으시지요."

얼굴을 잡은 손을 뿌리치고 힘주어 말하며 몸을 뺐다. 손을 뿌리친 것에 불같이 화를 낼 것이라 생각했는데 원백은 희한하게 보이는 웃음을 짓고 있었다.

"그래. 호락호락하면 재미가 없지."

잘했다고 칭찬이라도 하는 것 같은 말투였다. 기특한 아이에게 사탕 쥐여 주며 건네는 말처럼 읊조린 원백이 눈을 가늘게 떴다. 그러곤 팔을 치켜들곤 휘둘렀다.

맞는다, 라고 생각한 순간 몸이 저절로 움직였다. 산에 오르다 휘어졌던 나뭇가지가 날아왔을 때처럼 재빨리 몸을 웅크리자 수린을 후려치려고 팔을 휘두른 원백이 균형을 잃고 앞으로 기울어져 볼품없이 주춤 기울어졌다.

일촉측발의 상황에 수린 쪽으로 몸을 날리려던 진겸은 전혀 예상치도 못했던 그림이 나오자 낮은 웃음소리를 내 버렸다.

"큭."

그 웃음이 원백의 분노에 도화선이 되었다. 방금까지도 능글맞게 웃던 얼굴은 시뻘게져 일그러졌다. 그는 수린의 멱살을 거칠게 잡아 올리고 손을 치켜들었다.

"죽여도 곱게 죽여 주지는 않으마. 내가 이날만 손꼽아…… 컥!"

혀끝에 닿는 차갑고 날카로운 감각에 원백의 말이 끊겼다.

어느새 단검을 뽑아 원백의 혀끝에 갖다 대고 있는 진겸이 싱긋 흠잡을 데 없는 미소를 짓고 있었다.

"제 손님입니다. 볼일이 끝날 때까지 제 손님께 폐를 끼치지 말아 주시겠습니까? 저는 이 손님 저 손님 다 받아야 먹고사는 장사치라서요."

"그윽."

행여 입이 다칠까 벌린 입을 다물지 못하는 원백이 어물거리는 사이 하석이 장검을 뽑아 진겸의 목에 가져다 댔다.

"웃으면서 하는 부탁에 칼은 어울리지 않는 물건이지."

"남의 손님을 가로채 무례를 저지르는 것 또한 좋은 손님의 본보기는 되지 못하겠지요."

목을 향해 겨눠진 검에도 당황하지 않는 진겸을 보는 하석의 눈이 차가워졌다. 어디에 숨겨 두었던 단검인지, 무사로서는 제법 인정을 받고 있는 하석조차 알아채지 못할 정도로 빠른 발검이었다.

탐색하듯 진겸과 마주 서서 미동도 없이 관찰의 눈빛을 던지던 하석은 천천히 진겸의 목에 가져다 댔던 검을 거뒀다. 진겸도 원백의 혀를 잘라 낼 기세로 입 안에 밀어 넣었던 단도를 회수했다. 목젖에 닿을 것처럼 파고 들어왔던 서슬 퍼런 단도가 사라지자 원백은 수린을 놓아 버리고 진겸에게 달려들었다.

"천한 상인 놈 따위가 날 협박해?"

"협박은 나리들과 저의 위치가 바뀌었을 때나 어울리는 말입니다. 저는 부탁을 드린 것입니다."

멱살을 잡히고도 진겸은 태연히 대꾸했다. 하석이 흥분하여 날뛰는 사촌 동생을 제지했다.

"원백아 그만."

씩씩거리는 원백을 제쳐 두고 하석이 진겸에게 물었다.

"저자와 어찌 아는 사이이지?"

"계약 사항에 제 주변의 일들에 대해서까지 알려 드린다 적었던가요?"

계약에 관련되지 않은 것은 묻지 말라는 선 긋기였다. 수린이 슬금슬금 진겸 쪽으로 다가가자 진겸은 티 나지 않을 정도로 수린을 막아서며 하석과 명원백에게 허리를 숙였다.

"주문하신 물건들은 조만간에 도착할 것입니다. 도착하는 대로 인편을 보낼 것이니 채비를 하고 계십시오."

정중한 배웅을 가장한 축객에도 하석과 명원백은 바로 돌아서지 않았다. 특히나 원백은 당장 수린을 어찌하지 못하고는 죽어도 못 돌아가겠다는 태도였다.

"네놈이 후환이 두렵지 않은 게구나. 당장 비키지 못해?"

"이런, 그리 분노하시는 건 건강에 좋지 않습니다."

"닥치고 비켜!"

흥분을 주체 못 하고 언성을 높이는 원백을 말리지 않고 하석이 차가운 눈으로 진겸을 응시했다. 진겸은 눈썹 한 올 까딱하지 않고 시선을 되받아쳤다.

"날 적으로 돌려 좋을 게 없을 텐데?"

"그러지 말아 주십시오. 부디."

차분한 진겸의 대구 속 진의를 캐내려는 시선을 보내오던 하석은 원백의 어깨를 잡아끌었다.

"가자."

"형님!"

"오늘만 날이 아니지 않느냐. 모처럼 기분 좋은 거래 끝이니 그만하거라."

원백이 자신을 가로막는 하석에게 항의하려 들었지만 하석은 듣지 않고 진겸을 향한 경고를 던졌다.

"다음번에 만날 때에도 날 저지하려 든다면 그때는 날 알게 된 걸 후회하게 해 줄 것이다."

하석과 명원백은 알지 못했다. 그 경고를 들으며 희미한 미소를 머금고 있던 진겸이 하석의 검과 자신의 손의 거리를 계산하고 있었다는 것을. 자칫 목숨을 건 혈투가 벌어질 뻔했다는 것도 알아차리지 못한 채 두고 보자며 두 사람이 사라진 후에야 진겸은 수린을 안으로 데리고 들어갔다.

주변을 거듭 확인하고도 문을 꽁꽁 걸어 잠그는 태도가 여간 조심스러워 보이지 않았다.

"질이 좋지 않은 자들인데 어찌 너와 알고 있느냐."

그 질문은 수린이 진겸에게 똑같이 묻고 싶은 것이었다.

"저자들이 질 안 좋은 걸 아는 오라버니는 저자들과 무슨 작당 모의를 하신 겁니까."

"곤란한데…… 저자들 필시 관사를 오갈 것인데 너와 마주쳤을 때 행패를 부리면 어쩌지."

"말 돌리지 마시고요."

"윤인호의 아들들보다 그 명원백이라는 자가 더 거슬리던데."

"제발 좀 모르는 척 말 좀 그만 돌리고 제대로 말을 해 보십시오."

답답한 마음에 진겸의 팔을 잡고 흔들며 애원했다.

"우연히 몇 번 만난 게 다인 자들입니다. 저 명원백이라는 자는 제가 옷을 더럽혀 옷값을 물어 주었는데 어째서인지 미련을 못 버리고 그 다음번 만났을 때 죽일 듯이 덤비더군요. 그래서 피하려다 저자 얼굴에 상처를 냈습니다. 저 미간의 상처요. 그 때문에 저러는 겁니다. 그리고 하석이라는 자는 경에서 한 번 만났는데…… 저자와는 연이랄 것도 원한이랄 것도 없습니다. 그저 한 번 본 게 다이니까요. 됐습니까?"

수린은 자신이 할 수 있는 모든 설명을 다 늘어놓고 진겸을 재촉했다.

"이제 오라버니가 말씀하십시오. 오라버니가 꾸미고 있는 일의 뒷배가 저자들입니까? 나라 안의 약재를 좌지우지한다는 세력 큰 자들 말입니다."

"……그래."

"약재를 빼돌리는 건 오라버니의 조언이라 치고, 저들이 주문한 물건이라는 건 뭡니까. 오라버니가 이유도 없이 움직였을 리도 없고, 윤인호를 치기 위해 필요한 물건인 겝니까?"

다그치듯 이어지는 질문에 진겸이 다소 김빠지는 표정을 지었다.

"너 참……."

"제가 뭐요."

"네가 참 많이 크긴 컸구나. 내 기억 속에 네가 너무 어려 이리 다 자란 널 보고 있으면서도 널 그저 열두 살 때의 아이로만 생각하고 있었나 보다. 그래. 네 짐작이 다 맞다."

"……."

"그래도 명원백이라는 자를 조심하라는 건 말 돌리기 위해 하는 말이 아니다. 가뜩이나 소문이 좋지 않은 자인데 널 보는 눈빛이 심상치 않았어."

배재공의 뒷조사를 하며 그 세력 그늘에 숨어 질 나쁜 짓을 하고 돌아다닌다는 조카에 대한 소문도 익히 들어 왔다.

뒷배가 없는 고아 출신 어린 기녀나 사창가의 창녀들을 상대로 가혹하고 가학적인 행위를 한다는 뒷담이 자자한 자였다. 그 소문이 퍼지기 시작한 것이 얼굴에 흉터가 생긴 이후라 하는데 상처를 낸 장본인이 수린이라면 더 말할 것도 없이 피해야 했다.

원백이 수린을 바라보던 눈빛이 떠올라 진겸은 속이 뒤틀렸다. 발정제를 먹었을 때 미쳐 날뛰던 수퇘지같이 번들거리는 눈빛이었다. 수린이 사내인 줄 알고 있는 것이 천만다행이지 여인인 줄 알았다면 누가 보아도 그 얼굴은 수린을 겁간하고 싶어 안달 난 얼굴로 보였을 것이다. 마음 같아서는 지금이라도 달려가 수린을 더럽게 바라보던 그 눈을 도려내 버리고 싶었다.

"그렇게 나쁜 소문이 도는 자들의 손을 빌려야 할 만큼 까다로운 일이었습니까?"

"……그래."

"그게 대체 무엇인데요."

답답해 울상을 짓는 수린을 진겸은 안타까운 마음으로 바라보았다. 자신이 수린이 행복하기를 바라는 마음만큼, 수린 또한 자신이 안전하기를 바라는 것은 당연했다. 널 위해서라는 말로 둘러대며 어린애 취급하는 것이 수린을 얼마나 속상하게 만들지는 충분히 짐작하고도 남았다.

"……보여 줄까?"

그림자 놀음처럼 말꼬리를 돌리며 속내를 감추던 진겸의 갑작스러운 제안에 수린이 입을 다물었다. 궁금했지만 두렵기도 했던 것이다. 진겸은 하석과 명원백과 대화를 나눈 후 미처 치우지 않았던 탁자 옆의 큰 상자를 가리켰다. 사방 모서리를 금색 장식으로 마감한 상자는 수린이 한 아름 안아도 부족할 정도로 컸다.

진겸은 천천히 상자를 열어 금색 비단 안감 위에 놓인 흑색의 금속 물체를 집어 들었다.

"먼바다 건너, 도문에서도 열흘은 뱃길을 거슬러 가야 당도하는 진연국의 화포다."

또 허탕이었다.

자그마한 규모의 산불과 화약 냄새를 따라 급히 달려왔지만 이미 다 타 버린 덤불 몇 군데가 재로 변해 있을 뿐 다른 흔적은 찾을 수 없었다. 이어 약재를 대량으로 취급하는 자가 있다는 소문을 듣고 달려간 곳에서는 당장 숨이 넘어가도 이상하지 않은 고령의 노인들이 길가의 질경이를 뜯어 마당에서 말리는 광경만을 목격했다.

"다른 꼬리를 찾아봐야겠습니다."

하루 종일 허탕만 치고 피곤해진 기색을 감출 여력도 없는 힘 빠진 목소리였다. 축 늘어진 의량의 의견에 천강은 부정적이었다.

"처음부터 방향을 잘못 잡은 것 같다."

천강은 차가운 바위 위에 대충 걸터앉았다. 수하들이 귀를 기울였지만 천강은 생각에 잠겨 금방 입을 열지 않았다.

화약을 뿌리는 것이 의도가 있어서라고 생각했다. 그런데 쫓으면 쫓을수록 그게 아니라는 생각이 점점 커져 갔다. 화약을 뿌리는 행동이 목적이라고 생각했는데, 그게 아니라면? 목적이 아니라 수단인 일에 휘둘리고 있는 건 아닐까. 이게 단순한 연막이라면, 이 일을 계획한 자는 의도를 파악하느라 지지부진하는 시간만큼을 번 셈이다. 의도 따위는 처음부터 없던 셈 치면, 집중해야 할 문제는 화약이 아니라 약재만 남는다. 화약의 위험성과 일의 의외성 때문에 어쩌면 약재를 싹쓸이하는 자들의 꼬리를 잡을 기회를 놓친 게 아닐까?

"두 가지를 다 쫓는 건 아니다 싶으신 겁니까?"

유능한 부관답게 의량이 핵심을 찔러 왔다. 천강은 곧바로 수긍했다.

"그래. 난 처음부터 약재를 쫓는 쪽에 집중하는 편이 낫겠다 생각했었다. 무언가를 감추려 드는 것이 무언가를 뿌리는 쪽보다는 숨기기 힘들 테니 말이다."

"허나 실마리가 없는 이상 현재로서는 두 가지 모두 오리무중일 수밖에 없지 않습니까."

그렇지만은 않았다. 한두 지역이 아니라 나라 전역의 약재를 사 모으려면 어마어마한 재력을 지니고 있어야 했으며, 많은 이들의 손이 필요한 일에 소문이 돌지 않게 하려면 그들의 입을 막을 수 있을 만치 세력이 커야 했다. 거기에 윤인호나 천강 자신이 모르는 일이라면 윤씨 일가와는 적대하는 가문의 손길이 닿았을 가능성이 높은데 모든 조건을 충족하는 자들을 따져 보면 손에 꼽을 정도의 수밖에는 남지 않는 것이다.

"짐작 가는 데가 있으신 겁니까?"

"확신은 못 하지만."

가볍게 나온 대답에 의량은 물론, 그 자리에 있던 무사들이 모두 긴장하여 몸을 반쯤 일으켜 세웠다. 천강은 그럴 필요 없다는 듯 손짓했다.

"확실한 건 아니니 미리부터 긴장하지는 마라."

모든 의혹을 모두가 알고 있을 필요는 없다. 지나친 의심은 사람을 피로하게 만드는 독이 될 수도 있으니 의심이 확신이 될 때까지는 고민하는 것은 천강만의 몫인 편이 낫다.

천강에게 익숙한 무사들은 그 말 한마디에 조금 전까지의 긴장이 거짓인 듯 다시 피곤에 찌든 한량의 모습으로 돌아갔다. 천강은 차가운 바위에서 일어나 관사로 돌아가자고 피곤한 무사들을 다독였다.

하루 일과에 지친 병호대 무사들이 총관의 관사로 당도했을 때, 그들은 빠른 곡조의 음악이 흘러나오는 환한 관사의 모습에 어리둥절해 고개를 갸웃거려야 했다.

윤인호가 총관의 관사에 발을 들여놓은 시점부터 교성의 총관 관사는 절간과 큰 차이가 없는 공간이었다. 헌데 관사의 현판이 보일 무렵부터 들리기 시작한 음악은 문턱을 넘고 중정으로 갈수록 점점 커졌다.

이윽고 도착한 중정에서는 기루의 연회장이나 다를 바 없는 향연이 벌어지고 있었다. 빼어난 미색의 기녀들이 음악에 맞춰 춤을 추고 있었고, 반강제적으로 수도승 비슷한 생활을 하고 있던 총관 위가현이 모처럼 혈색이 돌아온 얼굴로 상석에서 기녀를 끼고 웃음을 짓고 있었다.

그리고 그 양옆에 앉은 두 남자, 하석과 명원백이 중정에 들어선 천강을 보더니 너털웃음을 지으며 일어섰다.

"명광장군 아니십니까! 오래간만입니다."

거짓으로도 반갑다고 이야기하고 싶지 않은 자였다. 필시 위가현이 윤인호에게 위축되어 지내던 것에 대한 보상 심리로 배재공의 대리로 온 하석에게 과하다 싶을 정도로 화려한 연회를 열어 준 모양이었다.

곧 도착한다더니 오늘이었나. 하필이면 피곤한 날 피곤한 자를 만났다고 생각한 천강은 가벼운 목례만을 남기고 수하들에게 눈짓했다. 대부분 천강과 수년 넘게 생사고락을 함께해 온 무사들은 하석에 대해 크든 적든 나쁜 감정이 있었기에 천강이 보내는 신호를 알아채고 그 자리에서 가벼운 눈인사를 주고받은 후 일사불란하게 자신의 방으로 돌아갔다. 수하들이 모두 돌아간 것을 확인한 천강이 자신도 방으로 돌아가려는데 하석의 맞은편에 있던 남자가 한 팔에 기녀를 끼고 한 손에 술병을 든 채 천강에게 다가왔다.

"소문도 자자하신 분을 뵙게 되었는데 술 한 잔 따를 기회도 주시지 않는 겁니까? 아, 저는 배재공의 조카 되는 명원백이라 합니다만."

앳된 기색이 가시지 않은 기녀의 가슴을 주무르며 술병을 흔드는 껄렁한 태도에 한숨도 나오지 않았다. 천강은 얼굴에 긴 흉터를 새긴 원백의 얼굴을 살폈다. 천강을 기억하지 못하는 모양이었다.

천강은 똑똑히 기억하고 있었다. 수린이 쑥물을 들인 옷 때문에 분노하며 흥분하던 이자의 모습을. 그리고 비 오던 날 종이를 사러 갔던 길에 헝클어진 모습으로 돌아오던 수린이 이상해 뒷조사를 지시했을 때, 찢어진 상처 때문에 급히 의원을 찾았던 자의 이름이 명원백이었다 들었던 것도 기억하고 있었다.

어린 기녀가 가슴을 주무르는 거친 손길이 아팠는지 작은 신음

소리를 냈다. 싱글거리며 천강에게 술을 권하던 원백이 기녀의 신음이 거슬렸는지 대번에 인상을 구겼다.

"이년이 어디서 앙탈이야!"

보는 눈이 있는 것도 아랑곳하지 않고 원백은 기녀의 **뺨**을 후려쳤다.

"꺄악!"

바닥으로 나동그라진 기녀의 비명과 다른 기녀들의 비명 소리가 섞여 소란스러워졌다. 원백이 술병을 집어 던지고 기녀의 멱살을 잡아 가뜩이나 얇아 살갗이 비치는 저고리를 잡아 뜯었다. 속살이 드러나자 기녀는 가슴을 가리려 팔을 들었지만 거친 사내의 손길이 몇 번 움직이자 채 다 자라지 못한 작고 동그란 젖가슴이 드러났다.

익숙한 일인 양 위가현이 크게 웃음을 터뜨렸다.

"동기(童妓)의 신음 소리만큼 사내를 흥분시키는 음악도 없지요. 안 그렇습니까?"

"저야 동감하는 바입니다만 우리 고결하신 명광장군께서야 어디 그리 생각하시겠습니까?"

비아냥이 섞인 하석의 말에 천강은 기다렸다는 듯 경멸 어린 시선을 던져 주었다.

"힘도 없는 여인을 누르는 것으로만 사내다움을 느낄 수 있다면 그거 참 저열하고도 치졸한 사내다움이군."

술이 잔뜩 올라 있는 머리였지만 명원백은 그 말이 자신을 향한 비난임을 모를 정도로 취하지는 않았다. 흐느끼며 피하려 안간힘을 쓰는 기녀의 아랫도리마저 벗기려던 원백이 부릅뜬 눈으로 천강을 노려보았다.

"하석, 내 아비의 안위가 걱정되어 왔다 하지 않았나? 아버님을 문병하는 것과 이런 연회가 무슨 상관이 있는 것인지 모르겠군."

위가현이 천강의 싸늘한 물음에 얼른 변명하고 나섰다.

"하, 하, 명광장군. 이 연회는 그저 먼 길을 오신 분들의 피로를 풀어 드리기 위해 제가 마련한 자리일 뿐 다른 의도나 목적 같은 건 없습니다. 오해하지 마십시오. 안 그렇습니까?"

급히 동의를 구하는 말에 하석은 고개를 끄덕였다.

"당연하지요. 그저 사내의 풍류려니, 그리 여겨 주시면 될 것을 무에 그리 거슬리셨습니까. 아, 혹시 저 기생 년이 마음에라도 드셨습니까?"

잔뜩 웅크린 채 소리 죽여 울고 있는 기녀를 가리키며 묻는 말에는 조롱만이 가득 담겨 있었다.

"장군께서 저년이 마음에 드셨으면 당연히 양보해야지요. 총관께서 초야도 치르지 않은 기생들만 특별히 골라오셨다 하지만 장군에게야 양보 못 할 것도 없지요."

과연 하석의 옆에 앉은 기생도 긴장한 티가 역력해 보이는 어린 소녀였다. 원백이 바닥에 쓰러진 기녀의 팔을 잡아 억지로 일으켰다. 가느다란 몸이 짚단처럼 끌려왔다.

"그런 거였습니까? 그렇다면야 제가 양보하지요."

떠미는 힘에 기녀는 천강 쪽으로 밀려 부딪쳤다. 힘없이 맨어깨를 부딪쳐 오는 기녀를 밀어 내지 않았던 것은 단 한 가지 이유에서였다. 천강은 더 이상 저자들과 말 한 마디도 섞고 싶지 않았다.

바닥에 떨어진 옷가지들 중 가장 품이 넓어 보이는 치마를 집어 기녀의 어깨 위에 얹어 준 채 짧게 따라오라는 말 한마디만 던지고 천강이 성큼 가 버리자 기녀는 허둥지둥 치마로 몸을 가리고 천강의 뒤를 따랐다. 설마하니 기녀를 정말로 데리고 가리라 생각지도 못했던 하석은 억지 어린 웃음을 지었다.

"명광장군께서도 사내는 사내이셨군요. 하, 하하!"

억지로 지어낸 웃음이었지만 그 웃음을 따라 다시 음악이 연주되기 시작했고 원백은 자신의 몫이었던 기녀 대신 다른 목표물을 찾아 춤을 추던 기녀들을 훑기 시작했다.

천강이 자신의 방으로 돌아가는 동안 보폭이 큰 그 걸음을 놓칠세라 어린 기녀는 부지런히 발을 놀려야 했다.

술독에 빠진 아비의 손에 팔려 기녀가 된 이상 누군지도 모르는 사내에게 몸을 허락하는 것은 각오한 바였다. 그러나 수많은 눈이 지켜보는 가운데 겁간을 당하는 초야는 꿈도 꾸어 보지 않았던지라 굳게 먹었던 마음이 다 허물어지고 폭포수 같은 눈물만 흘렀다. 그 상황에서 벗어날 수만 있다면, 적어도 짐승처럼 구경거리가 되어 겁간당하는 상황만 아니라면 어떤 취급을 당해도 좋았다.

헌데 따라오라는 말만 던진 천강은 자신의 방에 돌아가서도 눈길 한 번 주지 않고 갑옷을 벗어 던지고 홀로 침상에 누울 뿐, 그녀에게는 일언반구의 말도 건네지 않았다. 이건 혹시 누워 있을 테니 알아서 봉사를 해 보라는 뜻인가? 기녀를 방으로 데리고 온 사내가 이러는 상황에 대해서는 듣도 보도 못한지라 당황하는데, 낮은 목소리가 반쯤 잠에 잠긴 채 말했다.

"알아서 쉬다가, 아침이 되면 돌아가라. 나는 잠귀가 예민한 편이니 다른 소리는 내지 말고."

손가락 하나 건드리지 않겠다는 말이었다. 믿어지지 않는 말에 눈을 끔뻑여 보았지만 꿈이 아니었다. 더 이상 설명할 생각이 없었는지 침상 위에서는 아무런 목소리도 들려오질 않았다.

"어, 어째서……."

"……."

"감사하옵니다만, 그럼 어째서 절 구해 주셨습니까."

어린 기녀의 떨리는 목소리에도 천강은 굳이 설명할 마음은 들지 않았다. 하석이라는 자와 한자리에 있기도 싫어 그랬노라고 어린 기녀에게 설명해 보아야 뭘 하겠는가.

그저 빨리 자고 싶다 생각했다. 하지만 예민한 잠귀는 어린 기녀의 거친 숨소리와 작게 흐느끼는 소리, 훌쩍거리는 소리를 못내 거슬려 했다. 그냥 나가서 자라고 할까, 까지 생각했을 때 기녀가 망설이는 기색으로 입을 열었다.

"아까 총관과 그 손님들이 이야기를 나누셨습니다."

듣고 싶지 않으니 조용히 하고 나가라고 하려는데 기녀의 목소리가 빨라졌다.

"세상은 한 치 앞을 모르는 거라며 이런저런 얘길 나누다가 명광장군 이야기도 나누셨습니다."

필시 같잖은 뒷담화일 터였다. 별로 궁금하지도 않았는데 기녀는 뭐라도 보답을 해야겠다 생각한 모양이었다.

"본래 사람은 등잔 밑이 어두운 법이라며, 명광장군도 자신의 눈 밑은 보지 못한다고, 그러니 혈육을 돌본다고 따라온 자가 역모 죄인인 것을 눈감아 줘 봐야 밖으로 나돌지 않냐 하셨습니다."

거슬리는 이야기나마 자장가 삼아 자 보려 했던 천강의 눈이 번쩍 뜨였다. 서슬에 놀란 기녀가 움찔 몸을 움츠렸다. 천강은 어서 더 얘기해 보라고 눈을 부라렸다.

"그, 그래서, 총관께서 무슨 이야기냐 물으시니 그 손님께서 그 의원이라는 자가 상단을 드나들며 오가는 것을 보았다고…… 지금 관사에 그자가 있느냐 물었더니 총관께서 하인들에게 전해 물으셨고, 하인들은 낮에 나가는 건 보았는데 아직 안 들어온 것 같다고……."

잠이 일시에 다 달아났다. 천강이 벌떡 일어나 기녀에게 물었다.

"그 이후에 다른 이야기는 없었느냐?"

"그, 그리고 저…… 제 옷을 찢으셨던 나리가, 그 의원이라는 자가 관사에 돌아오자마자 필히 자신에게 먼저 알리라 그리 말하셨습니다."

천강은 급히 벗어 두었던 갑옷을 다시 꿰어 입었다. 생각이 짧았다. 그 치졸하게 행동하던 자가 자신의 얼굴에 지울 수 없는 상처를 낸 수린에게 원한을 품지 않을 리가 없었다. 수린이 그 거슬리는 상단의 단주를 찾아간 것은 차치하고, 일단 그자들과 마주치게 둘 상황이 아니었다.

"너는 아까 말한 대로 여기 있다 아침에 돌아가라."

그 말만 남기고 나가려는 천강의 등에 기녀가 급히 소리쳤다.

"저, 저기 감사합니다!"

천강은 문턱을 밟은 발을 잠시 멈추었다.

"두 번은 없다. 내 정인이 만에 하나 오해할 만한 상황은 만들고 싶지 않으니 다음번에는 곤란한 상황이어도 돕지 않을 것이다."

냉정하기 짝이 없는 말에도 기녀는 가슴에 손을 모으고 닫힌 문 쪽으로 고개를 숙여 감사를 표했다.

천강은 소란스러운 중정 쪽이 아니라 관사의 뒷문 쪽으로 몸을 빼 거리로 나섰다. 한밤중이 다가오는 시간이었지만 화등(花燈)에 불을 붙여 하나둘 날려 보낸 하늘은 낮과는 다른 색으로 밝았다. 뱃터 쪽으로 급히 가는 중에 만난 인파는 각양각색 남녀노소를 가릴 것 없이 다양했다. 어린 아이들도 부모의 손을 잡고 나와 졸음을 잊고 떠들고, 노인들도 기운차게 탁주 한 잔을 들이켜며 세월의 무상을 목소리 높여 이야기했다.

허리께에 부딪치는 아이 서넛을 지나쳐 화등을 파는 상인 쪽으로 돌아서려는데 한 여인의 손이 천강의 팔을 붙들었다.

이건 또 어떤 여자인가 싶어 휘둘러 팔을 빼내려 했던 천강이 손을 멈췄다. 미색 바탕에 진달래색으로 소맷단을 덧댄 옷은 여간 해서는 볼 수 없는 질 좋은 비단으로 지은 것이었다. 그러나 그 손끝은 여염집 여인과는 달리 거칠었다.

보고 있는 것을 믿을 수가 없었다. 분명 단정하고 고운 이목구비지만 천하제일의 미녀도 아니고, 색스러운 눈짓으로 사람을 홀리는 것도 아닌데 여인의 옷을 입은 스스로의 모습이 어색해 어쩔 줄 몰라 하는 모습이 가슴이 저릴 정도로 아름다웠다.

천강이 어느 사이엔가 바짝 마른 입 안의 침을 힘겹게 삼켰다.

"너……."

허리띠로 두른 진달래색 비단만큼이나 붉어진 얼굴로 수린이 고개를 숙이고 천강의 손을 당겼다.

각양각색의 꽃 모양을 본떠 만든 색색의 화등은 크기만 키운 꽃처럼 섬세한 모양새를 뽐내고 있었다. 등의 꼬리에 소원을 적고 불붙여 하늘로 날려 보내면 멀리 날아가 하나의 불꽃이 되어 재가 되며 소원이 이루어진다는 화등을, 이 무렵이면 지위 고하를 막론하고 모두가 하나쯤은 날리곤 했다. 어두운 밤하늘에 피어나는 꽃송이처럼 소담스러운 꽃 모양 등불이 하늘을 향해 날아가는 광경은 나라 어디에서나 볼 수 있는 것이지만 바다에 비치는 꽃 등불의 그림자는 가히 장관이었다.

천강은 이 장관의 가운데에, 왜 수린이 이런 차림으로 있는가를 생각했다.

불을 붙이지 않은 화등의 실을 한 무더기 쥐고 있는 상인들이 한철 장사를 위해 소리를 높여 호객을 하는 목소리가 멍한 귀에는 딴 세상 소리 같았다.

대강 묶고 다니던 머리를 단정하게 틀어 고정한 벚꽃 모양 장신구가 수린만치나 화사했다. 목뒤까지 올라온 옷깃과 손등의 반을 덮은 소매가 금욕적이고 엄격한 여인네의 차림새였다. 헌데 소매 안쪽으로만 슬쩍 보이는 손목이며 잔머리가 불빛에 비쳐 보이는 목덜미가 어째서 속살이 다 비쳐 보이는 옷차림이나, 조금 전 맨살을 감추려 들던 어린 기녀의 몸보다 색정적으로 느껴지는지는 모를 일이었다.

"음, 그게……."

뭐라 설명해야 좋을지 모르겠다는 듯, 어색함을 무마하려고 수린이 미소를 지었다. 무채색의 시계(視界)에 오로지 그 웃음 하나만이 유일한 진리인 것처럼 형용할 수 없는 빛깔로 천강의 시야를 장악해 왔다.

"사실 오늘 관사에 오신다는 손님들과 미리 마주쳤습니다. 그런데 제가 마주치면 상당히 곤란한 분들이어서요."

급히 변명하는 말은 하나도 귀에 들어오지 않았다.

"해서 이리 있으면 좀 눈에 덜 뜨일까 싶었습니다. 아예 관사에 발을 들이지 않는 것이 좋을 것 같기는 한데 혹……."

주저하며 말끝을 흐리다가 슬쩍 눈치를 보고 덧붙인다.

"걱정……하실까 봐……."

스쳐 지나가는 수많은 사람들 따위 아랑곳하지 않고, 팔을 내밀었다. 남들의 눈은 신경도 쓰지 않고 수린을 품 안에 으스러져라 끌어안고 싶었다.

"여기 천생연분 연인 한 쌍이 계시는군요! 연인들에게는 해당화 화등이지요! 각각 하나씩 두 개! 이거면 백년해로의 다른 약속도 필요 없습니다."

순간 눈치 없게 끼어든 상인의 높은 목소리가 다가서려던 천강을 방해했다. 천강이 무섭게 눈을 부라리는 것이 안 보이는 모양이었다. 남녀가 함께 있는 경우에 상술은 여인에게 발휘하는 것이 효율적이라는 지론이라도 있는지 상인은 수린만 보며 목청을 높이고 있었다.

"고운 처자 옷 색깔과 똑같은 분홍색 해당화 화등이 마침 딱 있습니다! 오늘 같은 날 화등 하나 안 날리고 지나가서야 어디 섭해서 쓰겠습니까? 자 여기, 보세요."

실타래를 잡아당기자 상인의 손짓에 따라 허공에서 한 무더기의 커다란 꽃무리가 따라왔다. 어떤 실이 어떤 등에 연결되어 있는지 짐작도 안 가는데 상인은 솜씨 좋게 분홍색 해당화 화등 두 개를 골라내어 내밀었다.

산다는 말도 안 했는데 강매 분위기로 흘러가자 수린은 난감했다. 진겸의 말대로 명원백과 마주치지 않기 위해서는 여인의 차림을 하고 있는 편이 좋을 것 같아 그리 따랐다. 그러나 복잡한 처지는 몸에 딱 맞는 고운 옷을 입고 좋아라 할 여유도 주지 않았다. 관사에서 몸을 빼면 티가 날 터인데 천강이 찾기라도 하면, 그러다 진겸과 함께 있을 때 마주치면 일이 커질까가 가장 먼저 떠오른 걱정거리였다.

다른 사람 눈에 띄기 전에 어떻게든 천강과 만나 도망이나 도주한 게 아니라 당분간 관사에 못 갈 것 같다 말이라도 전해 두려고 급히 달려오는 길이었다. 진겸에게 잠깐만 나갔다 오겠다 던지듯 말해 놓고 대답도 듣지 않고 나온 길이라 혹 진겸이 따라오지 않을까도 염려되었고, 자신의 얼굴을 아는 다른 이들이 천강을 따라오지 않았는지 살피는 것도 정신없었다.

돈 같은 건 가지고 있지도 않은데 화등을 살 수 있을 리가 없다. 게다가 천강의 표정이 점점 험악해지고 있었다. 저러다 한 대 치겠다 싶어서 돈 안 가지고 왔으니 가시라고 말하려는데 상인은 눈치도 없이 기세만 좋았다.

"혹 이게 마음에 안 드시면 다른 걸 골라 드릴까요? 미래의 낭
군님께선 어떤 꽃을 좋아하십니까?"

수린에게 친한 척하는 상인을 밀어 내려던 천강의 손이 허공에
서 멈췄다.

"같은 색이 싫으시면 어울리는 다른 색으로 골라 드릴까요?"

"아닙니다. 저는 지금 돈을 안⋯⋯."

"그걸로 하지."

수린은 놀란 얼굴로, 상인은 환한 얼굴로 천강을 바라보았다.

"그러시겠습니까? 여기 있습니다. 두 분, 부디 행복하십시오."

싼 화등 두 개 값에 어울리는 가벼운 축복의 말을 남기고 값을 받
은 상인은 싱글벙글하며 다음 손님을 찾아 매의 눈을 하고 돌아섰다.

수린은 화등을 든 천강을 얼떨떨한 기분으로 바라보았다. 가만
히 있어도 범상치 않아 보이는 중갑옷을 입고 긴 대검을 허리에
찬 남자가 분홍 화등 두 개를 들고 다가와 내미는 모습이 지독히
도 어울리지 않았다.

"소원, 있으십니까?"

"소원이 없는 이도 있던가?"

그야 당연히 없을 터다. 수린은 내밀어진 화등을 선뜻 받지 못
했다. 행복에 겨운 얼굴로 지나가는 사람들이, 하나둘 하늘로 올
라가 피어난 화등의 빛깔이, 그 환한 사이에 마주 서 있는 천강이
모두 꿈같아서 손을 대면 깨져 버릴 것 같았다. 그래서 화등을 받
는 대신 다시 한 번 물었다.

"화등에 적어 기원하고 싶으신 그 소원이 무엇입니까?"

천강은 천천히 눈을 내리깔고 미소 지었다.

"너무 많은데. 여기에 다 적으려면 자리가 모자랄 것 같다."

"……."

"너는? 소원…… 있느냐?"

서둘지 않는 기색으로 천천히 천강이 수린의 한 손을 잡았다. 손끝이 닿자 수린은 눈을 아래로 내리깔았다. 손을 빼내지는 않았다. 무언의 허락 같은 태도가 천강의 심장박동을 빨라지게 만들었다.

"뭘 빌고 싶지?"

"저는……."

흐려지며 입 안으로 사라지는 말끝이 아까워 귀를 기울이려 고개를 숙였다. 그때 따뜻한 감촉이 입술에 와 닿았다. 천강의 눈이 휘둥그레졌다.

제가 입맞춤을 해 놓고선 당한 사람마냥 얼굴이 달아올라 있었지만 수린은 천강의 눈을 피하지 않고 똑바로 바라보았다. 믿을 수가 없어 손가락을 입술로 가져가려다, 행여 조금 전 입맞춤의 여운이 사라질까 겁이 나 만질 수가 없었다.

풀잎에 맺힌 이슬이 스르륵 굴러 떨어지는 것처럼, 미풍에 흔들리는 갈대의 춤처럼 부드러운 입맞춤을 남긴 수린은 손을 들어 천강의 손에 들린 화등 중 하나를 빼 들었다.

진겸이 국법에 어긋나는 타국의 무기까지 손을 댄 이상 여기에 머물 수 있는 날은 길지 않다. 섣불리 발을 뺄 수 없는 골치 아픈 자들과 손을 잡아 버렸기에 바랄 수 있는 최선의 결말은 진겸과 수린이 모든 일이 끝난 후에도 다치지 않고 무사히 살아 있기를 기도하는 것뿐.

하지만 단 한 번만이라도 자신의 마음이 원하는 대로, 순수하게 욕심이 이끄는 대로 움직일 수 있다면, 화등에 소원을 적어 날려 보내 그것이 하루만이라도 이루어질 수만 있다면…….

그렇다면 자신은 천강의 손을 잡고 싶었다. 잠시 꿈을 꾸는 것이라 생각해도 좋았다. 집안의 은원을 모두 잊고 아주 찰나의 순간이라도 바라고 싶었다.

"오늘 하루만, 제 옆에 있어 주실 수 있습니까? 종주공의 아들인 명광장군 윤천강이 아니라 그냥…… 그냥…….."

그냥 서로에게 끌리는 사내와 여인으로.

천강은 머뭇거리는 수린의 모습에 가슴이 옥죄이는 것처럼 아파 왔다. 그것은 천강이야말로 바라던 바였다. 수린에 대한 마음을 깨달았던 그 순간부터, 수린이 민씨 집안의 딸이 아니라 그저 민진겸의 이름을 뒤집어쓰고 살아온 노비이기만 해도 좋겠다 생각했었다. 자신이 수린의 집안을 몰락시킨 자의 아들이 아니라 그저 오다가다 스치듯 닿은 인연으로 만난 이였으면 좋겠다 생각했다.

천강은 수린의 손을 꼭 잡고 끌어당겼다.

화등을 쥐고 거리의 초입을 밝히기 위해 꽂아 둔 횃불로 다가간 천강이 화등의 심지에 불을 붙이고 잡고 있던 실을 놓았다. 진짜 꽃이었다면 꽃술이 자리하고 있었을 부분에 불이 붙자 화등은 가볍게 흔들리며 하늘로 날아갔다.

"꼬리에 소원…… 적으셔야 하는데요."

"너무 많아서 적을 수가 없다니까."

"무슨 소원이 그리 많으셔서요."

"다 얘기하면 너 도망갈까 봐 겁나서 얘기 못 하겠는데?"

천연덕스러운 대꾸에 수린은 픽 웃음 지으며 자신의 화등을 횃불 가까이로 가져가 심지에 불을 붙이고 손을 놓았다.

"너는 소원 안 적느냐?"

"저도 겁나서 얘기 못 하겠습니다."

이야기하면 당신이 날 도망 못 가게 붙잡을까 봐.

뱉을 수 없는 말을 삭이며 수린은 붙잡은 손에 힘을 주었다. 천강은 화답하듯 손을 꼭 쥐고 수린과 함께 하늘로 날아간 두 개의 해당화 꽃을 바라보았다.

수많은 사람들이 오가는 중에도 동상처럼 서 있던 진겸이 손을 마주 잡은 수린과 천강을 바라보다 발길을 돌리는 것을, 그들은 알지 못했다.

가슴 한가운데에 큰 구멍이 뻥 뚫려서 차가운 바람이 오가는 것 같았다.

화포를 보고 불같이 화를 내더니 진겸을 붙들고 왜 이렇게까지 하냐 하소연을 하다 눈물까지 글썽이던 수린이 갑자기 퍼뜩 생각이 났다는 듯 뛰쳐나가려 하는 것을 붙잡았을 때는 명원백과 마주치게 하면 안 된다는 생각만 앞섰다. 지어 둔 옷을 입히고 사두었던 머리 장식까지 꽂아 주니 상상했던 것보다 더 고운 누이의 모습에 지나간 세월이 아까워 입 안이 쓰기도 했다. 그런데 곱게 단장한 모습으로 급히 나갔다 오겠다고 한 수린이 향한 곳은 윤인호의 아들이 있는 곳이었다.

설레는 마음을 채 감추지 못하며, 떨리는 눈빛으로 윤인호의 아들을 응시하는 모습이 영락없이 사랑에 빠진 여인의 그것이었다. 그러라고 챙겨 입힌 옷이 아니었는데.

손을 꼭 마주 잡고 있는 수린의 모습이 진겸에게는 가시처럼 박혀 왔다.

힘 빠진 걸음이 비틀거리는 것이 스스로에게도 느껴졌다. 그러다가 멈춘 것은 자신을 향한 시선을 느껴서였다.

강매당한 것이 분명한 모양새로 화등을 들고 서 있던 여인은 아까부터 진겸을 알아보았던 모양이다. 앙증맞은 모양새의 개나리 화등이 어울리지 않아서 자신도 모르게 웃음이 나왔다.

당당하게 핀 대국(大菊)이나 장화(薔花)가 어울릴 여인인데 아이들에게 파는 개나리 화등을 쥐어 준 것을 보면 상인은 필시 저 잣거리의 흥정에 서툰 사람을 한눈에 알아본 듯했다.

진겸을 보고 멈춰 선 황제는 한참이나 말이 없었다. 화려한 거리의 활기와 상반되는 축 처진 어깨가 황제가 기억하는 진겸의 모습과 달라서 그냥 지나칠 수가 없었다.

"안색이 나빠 보입니다."

아프기라도 한 걸까, 걱정이 담긴 어조로 묻자 진겸은 씁쓸한 얼굴로 고개를 저었다.

"아닙니다. 구경을 나오신 듯한데 볼거리가 많을 터이니 재미있게 보고 가십시오. 그럼."

자르는 말로 대화를 끊고 지나쳐 가려는데 발이 휘청였다. 잠시의 부주의였을 뿐이었는데 황제는 당황해서 급히 다가와 진겸을 부축했다. 샛노란 개나리 화등의 꽃잎이 뺨을 스쳤다가 실을 놓치는 바람에 속절없이 하늘로 날아갔다. 진겸은 불도 붙이지 못하고 날려 버린 화등이 아까워 바라보았다.

"화등에 불을 붙이지 못하고 날리면 불운이 찾아온다 하는데 어쩝니까. 저 때문에 아까운 걸 날려 버렸군요."

"전 미신을 믿지 않으니 괜찮습니다. 그나저나 좀 쉬어야 하는 것 아닙니까?"

"그냥 발이 꼬인 것뿐입니다."

그렇게까지 벽을 치며 거절을 한다면 모르는 척 돌아서는 게 예의일 것이다. 헌데 황제는 모르는 척 가 버리고 싶지가 않았다. 고작 기분이 풀리는 말 몇 마디에, 되도 않는 대추절임 꼬치를 받아서가 아니었다.

파리해진 안색으로 등을 돌려 버리는 모습이 마치 선황이 붕어했을 때 틀어박혀 있던 자신의 모습 같아서 발목이 덫에 걸린 것처럼 움직이지 않았다.

"동생분과 다투었습니까?"

이 남자를 움직이는 것은 늘 동생이었다. 그래서 물은 말이었는데 그 말이 정답이었는지 진겸은 혼란스러워하는 얼굴이 되었다.

"애절한 피붙이 아닙니까. 다투었대도 금방 풀리겠지요. 너무 속상해하면 동생분도 마음 아플 겁니다."

의례적인 위로의 말을 건네는 동안 진겸의 얼굴은 점점 구겨졌다.

"감사합니다. 그래야지요. 풀어야지요. 헌데……."

"헌데요?"

"제가 너무 늦게 찾아서 제 누이가 저에게 벌을 주는 모양입니다."

조금만 더 빨리, 윤인호의 아들들과 마주치기 전에 수린을 안주에서 구해 내었다면 이런 광경을 보지 않을 수도 있었는데.

"너무 오래 고생하게 내버려 두어서 그 벌로 제 마음을 아프게 하는가 봅니다. 그런데 제가 또 누이의 마음을 아프게 할 것이 뻔해서, 그래서 미안해서 견딜 수가 없습니다."

말하며 숙여진 고개가 어깨에 닿아 와 황제는 조금 당황했다. 떨리는 진겸의 목소리가 자책으로 가득 차 있었다. 밀쳐 낼 수 없는 안쓰러움이 황제의 감정의 방을 꾸역꾸역 채워 갔다. 이상하게도 그 낯선 감정이 싫지가 않았다. 황제는 망설이다가 한 손을 들어 진겸의 어깨를 가볍게 토닥였다.

"마음을 아프게 했다고 돌아설 혈육이 어디 있겠습니까. 결국에는 끊을 수 없는 것이 피이고 천륜인 것을요. 돌아설 혈육조차 하나도 남아 있질 않은 저는 그 아플 마음마저 부럽습니다."

진겸이 그 말에 고개를 들었다. 차분한 목소리로 위로를 건네는 단정한 입술과 힘 있는 눈동자를 똑바로 바라보던 진겸이 가만가만 고개를 끄덕였다.

"그렇군요. 생사도 모르던 때도 있었는데 곁에서 지켜볼 수 있게 되니 또 다른 것을 걱정하고 있군요."

크고 긴 눈매에 서린 읽기 힘든 감정은 점점 형태를 굳혀 갔다.

"어릴 때 제 아내는 현명하고 당당한 여인이었으면 좋겠다 생각했었습니다."

"……."

"혼약자 되시는 분은 참으로 복이 많으신 분인가 봅니다."

진겸의 말에 심장이 몸 한쪽 어디론가로 쿵 떨어져 내리는 소리가 들리는 것 같았다. 황제는 영문 모를 떨림에 주먹을 꽉 움켜쥐었다.

"저 때문에 날려 버린 화등 대신 다른 것을 사 드려도 되겠습니까? 개나리 대신 어울릴 만한 것으로 제가 골라 드리겠습니다."

화등을 들고 돌아다니는 거리의 상인들 중 멀리에 있는 한 사람을 진겸이 가리켰다. 오만하다 느껴질 정도로 당당하게 핀 색색의 대국(大菊) 화등을 한 무더기 들고 있는 상인이 진겸의 손끝에 자리하고 있었다.

흰 새벽이 밝아 오도록 거리를 메운 사람들은 줄어들지 않았다. 긴 밤을 흥겨움에 취해 즐기던 사람들이 졸음을 이기지 못하고 하나둘 집으로 돌아가기 시작할 때까지 천강은 수린의 손을 잡고 거리를 거닐었다.

다정한 밀어도, 따뜻한 눈빛도 필요치 않았다. 손가락 사이로 전해지는 체온을 타고 천 마디 말 이상의 무언가가 오고 갔다.

끝나지 않기를 바라던 시간의 끝은 여명과 함께 다가왔다. 천강은 동이 트기 시작할 무렵, 한 객잔 앞에서 멈춰 섰다. 꾸벅꾸벅 졸고 있던 주인에게 며칠간 머물 방을 구한다 말하자 주인은 이 층의 방 중 한 곳을 가리켰고, 방을 확인하고 나서 다시 밖으로 나온 천강은 아쉬운 듯 손을 잡고 말했다.

"그자들이 돌아갈 때까지 넌 여기에서 머물러라. 필요한 게 있으면 보내 줄 테니 답답해도 당분간은 참고 지내봐."

피곤할 테니 어서 들어가 보라며 천강은 채근했다. 수린은 떨어지지 않은 걸음을 머뭇거리다 빙긋 웃었다.

"가시는 것 보고 들어가겠습니다."

그 말에 한 방 맞은 표정이 된 천강이 고개를 젓고 수린을 가볍게 끌어안았다.

"그리 말하니 꼭 등청하는 낭군 배웅하는 아낙 같다."

"……."

"내 곧 그리 만들어 주마. 이번 일 끝나고 경으로 돌아가면 그리하자. 네 신분 하나 위장하는 것 정도는 어려운 일도 아니니 돌아가는 대로 서둘러 그리하자."

수린의 어깨에 고개를 묻고 속삭이는 말에는 떨림과 기대가 한데 녹아 있었다. 수린은 대답 없이 천강의 등에 손을 두르고 눈을 감았다.

그런 날은 오지 않을 것이다. 어쩌면 마지막일지 모를 온기를 조금이라도 느껴 보려 손에 힘을 주어 봤지만 갑옷에 막힌 체온은 좀체 느껴지지 않았다.

"가 보셔야지요. 잠깐이라도 눈을 붙이셔야 할 테니."

언제까지고 그러고 있고 싶었지만 그럴 수 없다는 걸 너무나 잘 알고 있었다. 수린이 미련이 뚝뚝 떨어지는 목소리로 등을 떠밀자 천강도 못내 떨어지지 않는 걸음을 억지로 옮겼다.

내키지 않는 걸음에 서린 감정의 잔재들이 발자국을 따라 얽혀 떨어졌다. 천강의 뒷모습이 엄지손가락만큼 작아졌을 때, 수린은 급히 안으로 뛰어 들어가 계단을 올라갔다. 방문을 열어젖히고 닫혀 있던 창을 열자 점점 멀어지고 있는 천강의 뒷모습이 아련히 작아졌다. 수린은 입술을 꾹 다물었다. 어느새 입술이 떨려 오는 것이 느껴졌던 것이다.

홀로 있는 시간은 길지 않았다. 창문 너머로 천강의 모습이 사라지고 시간이 흘러 완연히 해가 떠오른 지 얼마 되지 않아 문을 두드리는 소리가 들렸다.

허락하지도 않았는데 열린 문으로 누가 들어왔는지는 보지 않아도 알 수 있었다. 수린은 창틀에 기댄 팔에 얼굴을 묻은 채 말했다.

"오라버니, 다 보셨지요?"

"……."

"저는 이걸로 됐습니다. 이제 할멈이 안주에서 몸을 뺐다는 전갈이 오면 전 바로 떠나겠습니다."

숨죽인 진겸의 기척이 등 뒤에서 들려왔다. 수린은 창에서 눈을 떼고 몸을 돌렸다.

"제 감정, 다 묻어 두겠습니다. 오늘 이후로 두 번 다시는, 감정의 흔적도 오라버니에게 비치지 않겠습니다. 그러니 오라버니도 저에게 딱 하나만 약속하세요."

"뭘 말이지?"

"죽지 마세요."

예상치 못한 발언에 진겸이 얼굴을 굳혔다.

"국법을 어기고 화포를 손에 넣으려는 자들이 갑자기 손을 끊겠다 하면 호락호락 놓아줄 리가 없겠지요. 윤인호를 치지 말라 말해도 오라버니는 듣지 않으시겠지요. 다 오라버니 뜻대로 하세요."

"수린아."

"하지만 다치지 마시고 죽지 마세요. 오라버니가 다치시기라도 하면 제가, 제 삶이 너무 허망하지 않겠습니까."

강직하게 살아온 아비를 질시한 자들에 의해 집안이 멸문지화를 면치 못했다. 훗날을 도모하기 위해 진겸을 살리고자 진겸 행세를 하며 홍안의 시절을 사내 옷을 입고 죄인으로 살아왔다. 원수의 아들이라 증오해야만 하는 자에게 가슴이 떨려도 누르고 또 누르며 숨겨야 했다.

"그러니 제가 오라버니가 원하시는 대로 오라버니가 가꾸신 울타리 안에서 곱게 살아가는 대신 오라버니도 다치지 않겠다 약조해 주세요."

일부러 과거를 외면하고 싶은 욕심을 억지로 덮기로 마음먹었는데 진겸마저 잃게 되면 수린의 삶에 남는 것이라고는 없어진다.

"그리고 말해 주세요. 화포로 그자들과 무엇을 거래하려 하셨는지. 약재의 행방에 대해서도요."

꿀 먹은 벙어리가 된 진겸을 다그치지 않고 수린은 기다렸다. 하지만 재촉보다 침묵하는 눈동자가 더 마음을 초조하게 만들었다.

"난…… 하……."

괜스레 머리를 한 번 쓸어 넘기고 진겸은 심호흡 같은 한숨을 내쉬었다.

"그래. 다 말해 주마. 네가 궁금해하는 것 모두. 어디서부터 이 야기할까."

의자를 끌어와 수린의 맞은편에 앉으며 진겸은 말을 골랐다. 해야 할 이야기가 많아 어디서부터 말을 꺼내야 할지 고민을 해야 했다.

"진연국에 대한 이야기부터 할까?"

수린이 고개를 살짝 끄덕였다. 사실 진겸의 말은 물음보다 운을 띄우는 것에 가까웠다.

"진연은 무척이나 넓지만 척박한 땅을 가지고 있는 나라지. 영토는 이 땅의 배는 되겠지만 일 년의 반 이상이 겨울인 데다 영토의 대부분이 산지라 백성의 수는 그리 많지 않다. 그러나 바다가 가로막고 있어 이쪽으로 진출할 수도, 산지에 막혀 진연의 남쪽으로 뻗어 나가기도 어려운 나라다."

너무 멀어 듣기도 힘들었던 진연에 대한 이야기를 어디서부터 꺼내야 할지 진겸은 조심스러운 눈치였다.

"진연의 현 황제는 나와 동년배의 장부다. 선황은 일찌감치 황위를 물려주고 태황의 자리를 지키고 있는데 선황제가 남쪽으로 영토 확장에 치중하는 자였다면 현 황제는 바다에 관심이 많은 자였다. 나와는 도문에서 만났지."

수린의 눈이 쟁반만큼이나 커졌다. 진연의 황제를 만났다? 이건 이야기의 규모가 커져도 정도를 모르고 커지는 게 아닌가. 진겸은 얼른 손을 들었다.

"너무 놀라지는 말거라. 만났다고는 해도 두어 번, 잠깐 만난 것뿐이지 특별한 우의를 다지거나 한 것은 아니다. 대국의 황제가 일개 상인에게 무슨 큰 관심이 있었겠느냐."

듣고 보니 그래서 수린은 겨우 놀란 가슴을 진정시켰다. 진겸은 수린을 달래 놓고 다시 이야기를 시작했다.

"어쨌든 진연의 황제는 도문까지는 뱃길을 터 봤지만 그 이상은 배로 진출하기에는 무리라 판단한 모양이었는지 도문 쪽에 무역을 위한 거점을 만들고 싶어 했단다. 그 덕에 나는 도문 쪽에서 제법 큰돈을 벌 수 있었지. 진연은 산지가 많아 광석이 풍부했고, 농지가 부족해 곡식과 약초들이 많이 부족했거든."

"그럼, 그 약초들 역시……."

역시 약초 사재기의 범인이 진겸이었나. 그러나 진겸은 고개를 저어 수린의 추측을 부정했다.

"내가 팔았던 약초는 처음에는 그리 많지 않았다. 내가 모을 수 있는 약초 자체가 그리 많지 않았으니. 헌데 교성에 자리를 잡고 진연의 물건들을 팔다 보니 나에게 접촉을 시도하는 자들이 있더구나."

그자들이란 필시 하석과 명원백일 터였다. 수린이 떠오른 이름에 기분 나빠 인상을 구기자 진겸은 쓰게 웃으며 추측에 쐐기를 박았다.

"그래 하석. 그자였지. 처음에는 배재공의 이름으로 사람을 보내오더니 나중에는 자신이 직접 날 찾아오더구나. 진연의 화포를 얻고 싶다고. 내가 구해 줄 수 있겠느냐고."

그렇게 만났구나. 그자와. 수린이 물끄러미 바라보자 진겸은 책하는 눈빛이라 생각했는지 멋쩍게 눈을 피했다.

"물론 처음에는 거절을 했었다. 화포는 위험한 물건인 데다 하석이라는 자는 한눈에도 야심이 만만치 않은 자였으니. 화포로 무슨 짓을 저지를지 생각하면 거절하는 게 맞다고 생각했다."

"그런데 왜 그 생각이 바뀌셨습니까."

탓하는 것이 아니었는데 진겸은 죄인처럼 난감해했다. 대답을 찾지 못해 달싹이는 입술 사이로 서너 번 헛바람이 나오고야 진겸은 겨우 대답했다.

"배재공의 집안은 윤인호와는 최대 정적이지. 대량의 화포를 손에 넣어 정국의 혼란을 야기하려 든다면 그 첫 번째 목표물은 당연히 윤인호일 테니까."

그리고 아마도 그다음은 문혁과 천강. 수린은 벌떡 일어섰다. 싹 핏기가 빠져나가는 소리가 귓가에 들리는 것 같았다. 진겸은 쓸쓸한 미소를 지으며 고개를 저었다.

"어쩌면 윤인호보다 그 아들들이 먼저 목표가 될 수도 있지. 어느 쪽이 먼저든 나는 상관없다고 생각했다. 내가 이 손으로 윤인호의 목을 칠 수 있는 기회만 주어진다면, 지옥 불에 떨어진다 해도 좋았으니까. 하태운이든 하석이든, 역적이든 화적 떼든 상관없다."

"오라버니……."

"나라가 혼란에 빠져 황제의 목숨이 위협받아도, 윤씨 일가가 몰살당해도, 그것은 모두 그들의 업보라 생각했다. 해서 나는 하석에게 약초와 약재를 대가로 화포를 구해 주겠다 일렀고 그들은 착실히도 나라 안의 약초와 약재들을 모아 오더구나. 그만큼 원하는 화포의 양도 어마어마했지."

"하지만 오라버니, 그자들이 나라를 어지럽히면 우리와 같은 이들이 또 생길 수도 있습니다. 죄 없이 억울하게 가족을 잃고 고통스러워할 이들이 생기길 원하십니까?"

떨리는 목소리에도 진겸은 단호히 고개를 저었다.

"너와 나는, 우리는 지은 죄가 있어 부모를 잃고 오랜 세월 동안 고통스러워했더냐?"

"……."

"네 마음의 행방은 전혀 생각지도 못한 것이다. 그래서 네가……."

똑똑. 문을 두드리는 소리에 진겸의 말을 끊었다. 수린과 진겸의 시선이 오갔지만 피차 이야기에 집중하고 있던 터라 갑자기 들린 소리에 바짝 긴장해 촉각을 곤두세웠다.

진겸이 소리 없는 걸음으로 문 쪽으로 다가섰다. 다행히 문을 두드린 자가 먼저 용무를 말해 왔다.

"관사에서 보낸 사람입니다. 이 방에 묵고 계시는 분께 뭘 전해 드리라 하셔서요."

긴장으로 뻣뻣했던 몸을 풀고 문을 열자 순박한 얼굴의 사내가 주머니 하나를 건네주고 곧바로 계단을 내려갔다. 진겸이 받아 들고 흔들어 보다 수린에게 내밀었다.

"위험한 물건은 아닌 것 같은데. 돈 같다만?"

천강이 보낸 것인가? 필요한 게 있으면 보내겠다 하더니.

얼른 받아 주머니를 펼쳐 본 수린의 눈이 금세 물기로 촉촉해
졌다. 작은 금화 주머니와 함께 종이에 곱게 싸인 나비 모양의 자
개 머리 장식이 들어 있었다.

"흐윽."

터지는 감정을 참으려는 소리가 금방 울음이 되었다. 슬쩍 보
기만 하고 지나쳤던 머리 장식을 언제 줄 줄 알고 여태 간직하고
있었을까. 내가 하고 싶은 것이 아니라 할멈 주고 싶은 것이라 얘
기했는데 어떤 마음으로 이걸 간직했을까. 후두둑 떨어진 눈물이
나비의 날개를 조각한 자개 위에 방울방울 맺혔다.

진겸은 가슴을 부여잡고 큰 소리도 내지 못한 채 눈물을 떨구
는 수린을 말없이 지켜보았다.

한참을 수린은 입술을 악물고 눈물만 뚝뚝 흘리며 울었다. 떨
리는 손안에 머리 장식을 꼭 쥐고 흔들리는 어깨가 안쓰러워서
마음이 찢어지는 것 같았지만 진겸은 손을 내밀어 달래 줄 수 없
었다.

하려던 일을 멈출 수도, 수린의 마음이 가는 대로 하라 내버려
둘 수도 없다. 소중하게 지켜 주기만 하리라 다짐한 수린을 아프
게 하는 이가 자신이 되어 버린 상황이 기가 막히고 슬펐지만 그
무엇도 해 줄 수가 없었기에 위로는 섣부른 짓이었다.

8장

"……하."

"……."

"……폐하."

"……."

"흠, 폐하?"

두어 번 불러도 무슨 생각에 빠진 것인지 대답조차 없는 황제를, 금군 대장은 헛기침을 한 후에 재차 목청을 높여 불러 보았다.

"아, 네."

그제야 자신을 향한 시선에 금군 대장은 우려의 시선을 보냈다.

"걱정되는 일이라도 있으십니까."

하루 종일 멍한 얼굴로 먼 산을 바라보는 황제는 평소와는 달라도 한참 달라 보였다. 황제는 얼른 미소로 표정을 갈무리했다.

"걱정되는 일이야 한두 가지겠습니까. 얼굴 한 번 비추지 않는 무정한 정혼자에, 짐작만 가지 갈피도 잡히지 않는 사건들이 수두 룩한데요."

의뭉스러운 말로 속내를 감추려 한다는 걸, 황제의 옆자리를 지켜 온 금군 대장은 금방 알아차렸다. 그러나 정도를 아는 신하 답게 그는 모른 척할 줄 아는 예의도 갖춘 자였다.

"헌데 무슨 용무입니까?"

"예, 명광장군이 폐하를 뵙기를 청하고 있습니다만."

황제가 성의 없이 손을 까딱였다. 만사에 의욕이 빠진 것 같은 행동거지였다.

"들어오라 해요."

걱정스러운 눈빛을 던지고 금군 대장이 나가며 그 자리를 대신 해 천강이 들어왔다. 복부에 손을 대고 허리를 굽혀 간단히 인사 를 마친 천강을 황제는 심드렁하게 바라보았다.

"폐하를 뵙습니다."

"예……."

마음이 콩밭에 가 있는 황제의 반응은 신경 쓰지 않고 천강이 입을 열었다.

"폐하께서 명하신 일에 대한 갈피를 잡은 것 같습니다."

황제가 반사적으로 허리를 꼿꼿이 세웠다.

"추측한 것과 찾아낸 것부터 말씀드리겠습니다."

의욕 없던 눈에 총기가 돌아왔다. 황제는 또렷한 눈빛으로 천 강을 바라보았다. 천강이 들고 온 커다랗게 말린 종이를 탁자에 내려놓았다.

"처음 약재가 달린다는 말을 들었을 때, 저는 누군가가 약재를 사재기해 차익을 챙기기 위해 일을 꾸민 것이라 짐작했습니다. 해서 약재를 사두고 저장해 둔 곳을 찾으려 했지요."

"나도 약재의 사재기일 것이라 짐작했었습니다. 헌데 아니었던 겁니까?"

"예. 찾으려 해도 대량의 약재를 옮기고 저장해 둔 곳을 찾아낼 수도 없었고, 그런 곳을 안다는 자들을 찾기도 어려웠습니다. 해서 저는 생각을 달리해 보았습니다."

황제가 기대하는 눈빛으로 다음 말을 기다렸다. 그에 보답하듯 천강은 대답을 지체하지 않았다.

"각지에서 약재가 동이 나기 시작한 시점을 따져 보았습니다. 전국적으로 약재가 동이 난다면 틀림없이 많은 인력을 소리 없이 부릴 수 있는 자일 테니 경이나, 아니면 그에 준하는 큰 성읍 근처가 거점일 것이라 짐작했지요. 그런데 아니더군요."

"허면요."

천강은 내려놓았던 종이를 펼쳐 황제가 보기 좋게 끌어다 주었다. 간략하게 그린 지도에는 지역별로 숫자가 쓰여 있었다.

"북쪽으로 갈수록 약재가 부족하기 시작한 날짜가 늦어지고 남쪽으로 갈수록 날짜가 빨랐습니다. 가장 먼저 약재가 동이 나기 시작한 곳은 교성, 그중에서도 바로 여기 정미곳 부근이었습니다."

지금 현재 그들이 머물고 있는 곳의 위치를 천강이 손가락으로 짚었다.

"여긴……."

"가장 남단에 위치한 항구, 많은 수의 군선이 오갈 정도는 아니지만 수척의 상선이 오가기에는 무리가 없는 규모, 그리고 바다 너머로 흔적 없이 물건을 옮기기 적당한 조건들이 갖춰진 곳입니다. 나라 안에서 무언가가 동이 나고 그것의 흔적을 찾을 수 없다면, 그 무언가는 나라 안에 없을 가능성이 높지 않겠습니까?"

황제는 손을 들어 턱을 감쌌다.

"누군가 나라 안의 약재를 모조리 **빼돌려** 외국으로 팔았다? 허나 교성에 전국적으로 손을 쓸 만큼 큰 상단이 있었습니까?"

"그리 큰 상단은 없지요. 하지만 작은 상단이라도 약재만을 옮기는 거라면 무리 없이 해낼 수 있었을 겁니다."

"그러니까 장군의 생각은, 약재를 사재기한 이들이 교성에 적을 두고 있는 상단과 손을 잡았다 이거로군요."

"그렇습니다."

깔끔하게 정리된 황제의 말에 천강이 수긍하자 황제는 고운 미간을 찌푸렸다.

"짐작 가는 자들이 있습니까?"

"예, 그러나 아직은 말씀드리기가 곤란합니다."

"어째서요?"

"폐하께서 제 의견을 정적을 향한 음해라 오해하시면 곤란하니까요."

용의자가 윤씨 일가와 정적 관계에 있는 자라는 뜻이었다. 은연중에 용의자를 암시하는 천강의 재치에 황제는 빙긋 웃었다.

"저런, 허면 장군이 더 나서면 안 되겠군요. 장군이 섣불리 움직였다가 오해받는 일이 생겨서야 쓰겠습니까."

말은 그렇게 하면서도 황제가 자신의 추측을 신뢰하고 있다는 것을 천강은 느끼고 있었다.

"장군이 오해받지 않을 방법은 생각해 보았겠지요? 오해는 가슴 아픈 일이 아닙니까."

범인을 잡을 방법을 제시해 보라는 은유적인 말에 천강은 마주 미소 지었다.

"오해받지 않기 위해서 저는 좀 잠복을 해 볼까 합니다만."

"잠복이요?"

"약재를 빼돌려 얻고자 하는 게 단순히 돈일 것 같지는 않습니다. 잡아들인다 해도 돈이 탐났다 둘러대면 끝일 테니 발뺌할 수 없도록 목적까지 알아내야 하지 않겠습니까."

"그렇기야 하지요."

"만약 폐하께서 저에게 약간의 월권을 허락하신다면 해상에서 상단들의 꼬리를 잡아 볼까 합니다."

황제는 천강의 제안에 선뜻 허락의 말을 내뱉을 수가 없었다. 상단과 상인이라는 단어가 한 남자를 떠올리게 했기 때문이었다.

화려하게 핀 대국 화등을 들고 와 사과의 뜻이라며 내밀던 남자……. 처음 만날 때부터 어렴풋이 황제는 그 남자가 상인일 것이라 짐작하고 있었다. 몸에 밴 예의와 상대를 기분 좋게 만드는 화법, 그리고 능숙하게 대화를 이끌어 나가는 사교성 등이 황제가 알고 있는 상인의 모범적인 모습 그대로였다. 다만 상인치고는 품

위가 느껴지는 용모였다. 가죽 장갑을 낀 것으로 미루어 도문 출신의 상인일 것이었다.

상단에 대한 대대적인 조사를 벌인다면 그 남자에게도 피해가 가게 되는 것은 아닐까 하는 마음이 황제를 주저하게 만들었다. 그리고 황제는 스스로의 생각에 깜짝 놀랐다.

잘못이 있다면 피해는 감수해야 하는 게 마땅하다. 정혼자의 아비 윤인호마저도 필요하다면 잘라 낼 수 있다 생각하고 살아온 자신이었다. 고작 몇 번 만난 남자의 사소한 피해를 걱정해 머뭇거리다니.

"그리해요. 군선이 필요하다면 불러오라 전갈을 보내겠습니다."

어지러운 마음을 떨치고자 일부러 단호히 말하며 황제는 마음을 단속했다. 천강이 고개를 끄덕였다.

"황송합니다."

"그 외에는요?"

황제가 넘어가지 않는 껄끄러운 감정을 억지로 삼키며 물었다. 천강은 펼쳐 놓았던 지도를 정리해 말아 들다가 황제를 바라보았다.

"폐하, 이것은 제 감입니다만 폐하께서 이곳에 머무시는 게 폐하의 안위에 그리 좋지 않을 것 같습니다."

거기까지만 이야기해도 천강이 무슨 이야기를 하려는지 알 수 있었다.

"아버님과, 그리고 형님과 함께 경으로 돌아가 계시는 게 좋지 않겠습니까."

교성에 너무 오래 머물러 있긴 했다. 이제 슬슬 돌아가 황좌에 다시 앉아야 할 때다. 하지만…….

"그리해야지요. 하지만 군선이 제대로 당도하는 것은 확인하고 가야 하지 않겠습니까."

어쭙잖은 핑계를 대서라도 조금이라도 더 이곳에 머물고 싶었다. 자신이 둘러댄 말이 그다지 설득력이 없다는 걸 알면서도 황제는 경으로 돌아가는 게 좋겠다는 천강의 말을 피하고 싶었다.

누가 봐도 나 수상하다고 써 붙인 모양새로 기웃거리는 뒷모습이 거슬렸다. 수린에게 가려다 수린의 방 앞에서 기웃거리는 낯선 자의 뒷모습을 발견한 문혁은 불쾌함에 눈썹을 치켜올렸다.

좋은 의도로 기웃거리는 게 아닌 듯한 남자가 왜 수린의 방문 앞에서 저러고 있는지 쉬이 짐작이 가지 않아 문혁은 어찌해야 하나 잠깐 망설였다. 수린이 요즘 본의 아니게 타박상이나 접골이 필요한 환자들을 돌보고 있다는 이야기를 들은 터라 저 남자도 수린의 돌봄이 필요한 환자인가 생각해 보았지만 그렇게 생각하기에는 남자가 입고 있는 옷이 지나치게 고급스러웠다.

주위를 둘러보던 남자가 문도 두드리지 않고 후다닥 문을 열고 들어갔을 때에는 더 생각할 여유가 없었다. 문혁이 급히 수린의 방으로 달려가 문을 열었다. 쾅 문이 열리는 소리에 선객은 깜짝 놀라 당황한 얼굴로 문혁을 바라보았다.

"누, 누구냐!"

"그건 내가 묻고 싶은 말인데. 주인도 없는 방에 혼자 들어와 뭘 하는 게요?"

문혁의 호통에 남자의 미간에 자리한 길고 붉은 흉터가 꿈틀거렸다.

"난 이 방의 주인에게 볼일이 있어 왔는데? 그러는 당신도 주인 없는 방에 혼자 들어오긴 마찬가지 아닌가?"

걸고넘어지는 화법이 치졸하기 이를 데 없었다. 문혁은 남자를 아래위로 한 번 훑어보고 몸을 돌렸다. 입고 있는 옷과 오만한 태도로 미루어 보아 배재공의 아들과 함께 온 일행인 모양이었다. 더 말 섞을 가치가 없다 판단한 문혁이 돌아서서 나오자 남자가 허둥지둥 문혁을 따라 나왔다.

"잠깐! 이 방 주인이 어디 갔는지 아나?"

"내가 왜 그걸 말해야 하지?"

알지도 못할 뿐더러 알아도 대답할 마음이 없었건만 명원백은 문혁이 아는데도 둘러대는 것으로 받아들였다.

"알면 대! 내가 그놈 때문에 이 먼 곳까지 왔는데 쥐새끼처럼 몸 빼며 도망 다니는 꼬락서니하고는!"

팔을 잡는 손을 뿌리치려다 원백의 말 중 거슬리는 부분이 문혁을 멈추게 했다. 수린 때문에 교성에 왔다고?

"그 상단 단주라는 놈도 이리저리 감싸더니 관사에서도 코빼기도 안 보이고! 대체 어디로 빼돌린 거야! 천한 역적 죄인 놈을!"

버럭버럭 소리치는 원백의 분기탱천한 모습에 문혁은 의아했다. 안주에서 예까지 오는 동안 수린이 원한을 살 만한 일은 없었을 텐데 이 남자의 울분은 어디에서 연유한 것일까.

"그자를 왜 찾는 거지?"

"네놈이 알 바가 아니야!"

금세 감정의 바닥까지 드러내는 사람을 상대하는 것은 피곤한 일이다. 문혁은 길게 상대할 필요성을 느끼지 못하고 원백을 외면했다.

질렸다는 얼굴로 피해 버리자 원백은 발끈해 옷깃을 잡고 소리쳤다.

"어디 있는지 대!"

문혁은 거칠게 원백의 손을 쳐 냈다.

"무례하기 짝이 없는 자군. 누군가에게 뭔가를 묻고 싶거든 예의를 갖춰 묻는 법부터 배워라."

"예의? 예의 같은 소리 하네!"

뿌리쳐진 원백이 불같이 화를 내며 문혁을 붙들려 했다. 문혁이 그에 아랑곳하지 않고 가던 길을 가자 원백은 분기를 참지 못하고 멱살을 잡았다.

"이, 네놈 내 손에 명줄 끊기고 싶으냐."

"국서(國壻)의 몸에 손을 대며 명줄을 운운하다니 그 명줄이야말로 오늘부로 끊겨야 할 모양이군."

메마른 강바닥 같은 목소리가 끼어들어 왔다. 문혁의 멱살을 잡아 올리던 원백이 성난 표정으로 고개를 돌리다 목소리의 주인을 확인하고 자신도 모르게 멱살을 잡았던 손의 힘을 풀고 말았다.

"종……주공?"

윤인호와는 초면이었지만 한눈에 알아볼 수 있는 존재감에 원백은 어느새 말을 더듬고 있었다. 국서라는 말에 자신이 멱살을 잡았던 이를 보는 눈빛이 흔들렸다.

"무슨 일로 시비가 붙었는지는 모르겠으나 남들 보기 썩 좋은 광경은 아니군. 그렇지 않나?"

원백이 어느새 두어 걸음 뒤로 물러서는 것을 보는 윤인호의 눈동자는 매서운 겨울 눈보라 못지않았다. 원백은 반사적으로 허리를 숙였다.

"종주공을 뵙는 건 처음이군요. 저는 태령에 적을 두고 일가를 이룬 명조량의 장남인 명원백이라 합니다. 교성에는 태재공의 조카 되는 자격으로 사촌 형님과 함께 왔습니다. 종주공의 안위가 걱정 되어 예까지 왔는데 무탈하신 것을 뵈어 기쁘기 한량없습니다."

침이 마르는 입을 축여 가며 겨우 말을 마쳤지만 윤인호는 싸늘했다.

"그래, 내 안위를 확인했으니 이제 돌아가셔도 되겠군. 국서가 될 내 아들 녀석과 드잡이질이나 할 것이 아니라."

"그, 그……."

"아니면 내 안위가 걱정되어 왔다니 나와 같이 돌아갈 텐가? 마침 나도 이제 슬슬 경으로 돌아가려던 참이야."

입술이 한데 붙어 버린 것처럼 떨어지질 않았다. 문혁이 꿔다 놓은 보릿자루가 된 원백을 제치고 윤인호에게 물었다.

"예까지는 어쩐 일로 걸음하셨습니까."

"널 찾으러 왔다. 말 그대로 여기 마무리는 이제 천강이에게 맡겨 두고 함께 경으로 돌아가자 하려고 말이다."

"제가 여기 있는지는 어찌 아셨습니까."

윤인호의 처소는 관사의 건물 이 층에 마련되어 있었다. 병호대의 처소로 사용되고 있는 뒤뜰 쪽으로 찾아올 이유가 없는 것이다. 윤인호는 속을 알 수 없는 얼굴로 태연히 대꾸했다.

"내 아들놈들이 꿀단지에 기웃거리는 개미들처럼 여길 드나든다는 소문이 자자하더구나. 뭐 그리 좋은 게 있는지 모르겠지만 말이다."

뒷덜미를 스치는 한기에 주먹이 절로 움켜쥐어졌지만 문혁이 애써 차분함을 가장한 얼굴로 고개를 숙였다.

"아버님의 부상도 완쾌되신 지 오래이니 당연히 경으로 돌아갈 일을 상의하는 게 수순이지요. 나머지 이야기는 폐하께 서신을 보내고 답신이 도착한 연후에 나누는 것이 어떻겠습니까."

고개를 한 번 까딱하고 나서 윤인호는 비릿한 조소를 머금은 얼굴로 원백에게 물었다.

"더 볼일이 남아 있던가?"

"아, 아니…… 아니 그게 저…….."

기세에 눌려 어물거리는 윤인호는 원백에게 두 번 시선을 주지도 않았다. 시선을 줄 값어치도 없다고 판단한 것이다. 문혁은 돌아서는 아비의 뒷모습을 일별하고 자신도 자리를 뜨려 했다.

"자, 잠깐!"

원백이 다급한 기색으로 급히 문혁을 잡았다가 문혁이 얼굴을 찌푸리자 얼른 손을 놓았다. 문혁이 누구인지를 알게 되자 쩌렁쩌렁하던 목청은 잦아든 모양이었다.

"이, 이 방 주인은 어디로 간 건지 모르는 게……요?"

끈질긴 물음에 문혁의 얼굴에도 짜증이 밀려 올라오기 시작했다. 원백은 기가 죽은 모습으로 중얼거렸다.

"그럼 대체 어딜 간 거지…… 돌아오지도 않고, 그 상단에도 없고."

무시하고 자리를 피하려던 문혁이 거슬리는 말의 내용에 귀를 세웠다. 돌아오지 않았다고?

❀　　❀　　❀

진겸이 수린의 거취를 옮기게 한 것은 당연한 수순이었다. 천강과 수린이 더 이상 마주치지 못하게 하는 것이 재회한 순간부터 진겸이 바라던 바였을 터였다. 수린도 진겸의 생각에 토를 달지 않고 따랐다.

진연에서 출발한 배가 도문에 닿았다는 내용의 서신을 받은 진겸은 자리를 떠나야만 했다. 화포는 이만저만 위험한 물건이 아니었다. 물리적으로든 정치적으로든. 남의 손에 맡길 수 없는 물건을 직접 확인하고 받아 와야 하는 입장이었던 진겸은 내키지는 않지만 수린을 뱃길에 동참시켰다.

"멀미가 나거나 불편한 게 있으면 언제든 얘기하거라."

곱게 차려 입었던 비단옷은 상자에 접어 두고 여느 때처럼 사내 복색으로 갈아입은 수린은 조용히 고개를 끄덕였다.

조가비처럼 입을 다문 수린이 속으로 무슨 생각을 하는지 걱정스러웠지만 섣불리 말을 붙이기도 겁났던 진겸은 해도(海圖)를 보고 파랑을 읽는 데에만 집중하며 일부러 수린에게 관심을 두지 않았다. 하지만 가장 믿을 만한 사람에게 수린의 편의를 봐 달라 부탁을 하는 것은 잊지 않았다. 젊은 얼굴에 비해 반쯤 세어 버린 흰머리가 눈에 띄는 사내는 늘 그랬듯 진겸의 말을 묵묵히 수행했다.

그러나 수린은 바닥에 고정된 탁자처럼, 벽에 걸린 해도처럼 있는 듯 없는 듯 조용했다.

오래도록 말없이 생각에 잠긴 수린을 그는 침묵으로 지켜보았다. 자신이 주인이자 형제로 모신 이와 수린의 아비는 오래 친우였다. 당연히 수린을 만난 적도 있었다. 비록 수린은 기억도 못하는 옛일이었지만, 그는 뽀얀 손안에 잘 익은 밤을 쥐고 까르르 웃던 수린의 어린 시절을 기억하고 있었다. 매서운 세월의 칼날이 통통하게 볼살이 올랐던 아이의 얼굴을 깎아 수심에 찬 여인의 얼굴로 빚어 놓았다. 해맑은 아이였던 진겸을 복수의 일념에 매진하는 냉철한 사내로 만들어 놓은 것처럼.

가족도, 자식도, 주인도 모두 잃은 그에게 세상과의 하나 남은 연줄인 진겸은 삶의 의지를 강제로 일깨워 주는 원동력 같은 존재였다. 그리고 기억마저 희미해진 상태에서 다시 만나게 된 수린은 따뜻했던 날을 박제한 서화(書華) 같았다.

처음에 수린은 생각에 빠져 자신을 지켜보고 있는 시선을 알아차리지도 못하는 모양이었다. 그러나 한 번, 두 번 시간에 맞춰 차려지는 밥상과 아침저녁으로 가져다주는 대야에 담긴 물, 깨끗한 영건을 계속 모를 수는 없었다.

"감사합니다."

배에 오르고 이틀이 지나서야 그는 처음으로 수린의 목소리를 들을 수 있었다. 쭉 입을 닫고 있었던 탓에 잠겨 있었지만 탁한 느낌은 전혀 없는 맑은 목소리였다. 그는 희미한 미소를 지었다. 또렷한 발음으로 내뱉은 말 한마디가 과거의 향수를 짙어지게 했다.

"용모만 마님을 닮으신 게 아니군요."

중후한 목소리에 수린이 손을 씻다가 멈추었다.

"저희 어머니를 아십니까."

그는 고개를 끄덕였다.

"보잘것없는 천것에게도 자애로운 분이셨지요. 제 주인과 함께 아가씨의 아버님을 뵈러 갈 때면 꼭 제 몫까지 화롯가에 따뜻한 밥을 마련해 주시던 분을 어찌 잊겠습니까."

수린은 기억도 가물가물한 옛이야기를 남자는 어제 일인 양 이야기하고 있었다.

"도련님과 아씨가 이리 장성하여 다시 만나게 된 것을 아시면 저세상에서도 기뻐하실 겁니다."

"……."

"두 분 모두, 아버님 어머님을 참 많이도 닮으셨습니다."

그리 말수가 많은 편이 아니었는데도 물끄러미 바라보는 눈동자가 옛 생각이 절로 나게 해서였는지도 모른다.

"오래지 않아 원하던 바를 이루시고 나면 그때는 모두 훌훌 털고 즐겁게만 사십시오."

감상에 잠겨 평소보다 많은 말을 늘어놓고 그는 조심스레 자리를 떴다. 수린은 파도에 맞춰 일렁이는 대야 안의 물로 시선을 떨궜다.

그즈음, 천강은 수린의 행방이 묘연해진 것을 알아차렸다.

수린의 행방을 캐묻기 위해 문혁이 찾아왔을 때는 모른 척 말을 돌렸지만 문혁은 수린이 어딜 갔냐고 묻는 말에 태연한 천강을 보고 대번에 천강이 수린을 숨겨 두고 있다는 것을 알아차렸다.

"네가 숨기고자 한다면 내가 알아낼 재주는 없다만, 느낌이 좋지 않은 자들이 노리고 있는 상황이니 위험하게 일 키우지는 말거라."

문혁의 충고가 기분 나쁘기는 했지만 사실 천강도 걱정하고 있는 부분이기는 했다.

군선이 도착해 해상에서 교전이 벌어질 상황에 수린을 달고 가고 싶지는 않았는데 두고 가자니 하석과 명원백이 거슬렸다. 문혁의 곁에 있다면야 큰 위험은 없겠지만 문혁의 마음을 알면서 수린을 그 곁에 두고 싶지도 않았다. 한참 경우의 수를 따져 보다 천강은 대웅을 수린에게 붙여 놓기로 마음먹었다. 대웅 정도면 실력도 믿을 만하고 수린도 경계하지 않을 것이었다.

대웅을 보내기 전에 수린에게 들렀다 와야겠다 마음먹고 일어서자 문혁이 따라나섰다.

"왜 따라오십니까?"

"난 나 가는 길 가는 것이니 넌 너 갈 길 가거라."

유치한 대꾸에 천강은 어이가 없어 잠시 말문이 막혔다.

"……그 갈 길 먼저 가시지요?"

"신경 안 써 줘도 되니 내버려 두어라."

"형님 지금 저랑 말장난하고 싶으신 겁니까?"

"네가 유치하게 나오니 나도 똑같은 수준으로 대응하는 것뿐이다."

요컨대, 수린을 숨겨 둔 곳을 감추려 드니 대놓고 뒤를 밟겠다는 뜻이었다. 천강은 기가 막혀 하는 기색을 숨기려 들지 않고 쏘아붙였다.

"최근에 평생 모르던 형님의 새로운 모습을 참 많이도 보게 되는군요."

"이하 동문이다."

"뭐, 마음대로 하십시오. 그리하실 수 있는 날도 많지 않을 터이니."

고운 여인의 모습을 한 수린을 문혁에게 보여 주고 싶지 않았지만 하는 수 없었다. 손위 형제의 멱살을 잡아떼어 놓을 수도 없는 노릇이니.

거리로 나서서 나란히 걸어가는 형제에게 여인들은 적지 않은 시선을 보내왔다. 대부분은 잘난 사내를 향한 흠모와 관심의 시선이었다. 문혁은 따가울 정도로 느껴지는 시선에 무슨 생각을 한 것인지 바람 빠지는 소리를 내며 웃었다. 왜 웃으냐 묻는 표정으로 바라보자 문혁이 선선히 답해 주었다.

"아주 어릴 적에 너와 손을 잡고 걸었던 기억이 나서."

문혁과 천강이 손을 잡고 걸었던 때라면 어림잡아도 이십 년은 족히 지난 옛일일 터다.

"네 손 꼭 잡고 글공부하러 간다고 문밖으로 나서면 사람들이 다 쳐다보던 때가 생각이 났다."

그랬었나. 그러고 보니 어렴풋이 생각이 나는 것 같기도 하다.

"세상천지에 너 지킬 사람은 나밖에 없다고 생각했던 때도 있었는데 세월이 참 빠르기도 빠르지. 지금은 누가 널 지킨다고 얘기하면 그 얘기를 꺼낸 사람이 미친 사람 취급을 받을 것 아니냐."

과연 그런 얘기를 꺼낼 사람이나 있을까.

"그래도 나에게 너는, 가장 가까운 피붙이임에는 변함이 없다."

"……"

"그러니 결국은 내가 너에게 질 수밖에 없겠지."

짙게 배어 있는 쓴 기색을 천강은 일부러 모른 척했다. 알아차린 티를 내 보아야, 피차 낯부끄러울 뿐이다.

그 말을 끝으로 약속한 듯 입을 꾹 다물고 수린과 마지막으로 만났던 객잔까지 도착한 두 사람이 주인에게 수린이 잘 있느냐 물었을 때 돌아온 것은, 수린이 천강이 떠나고 얼마 지나지 않아 누군가와 함께 나가 버렸다는 황당한 이야기였다.

문혁이 천강의 옷깃을 급히 붙들지 않았다면 천강은 비호처럼 몸을 날려 주인의 숨통을 조여 버렸을 것이었다.

"누구였지?"

목줄을 틀어쥐는 대신 위협의 기색을 뿜어 대며 묻자 주인은 주춤거리며 어깨를 움츠렸다.

"자, 잘생긴 청년이었습니다. 키도 크고."

특정 인물로 단정하기 힘든 단서들만 늘어놓는 말에 절로 인상이 써졌다. 천강의 분위기가 심상치 않아지는 것을 느낀 주인이 다급히 덧붙였다.

"좋은 옷을 입고 있었습니다! 푸른 비단옷이요!"

"……."

"그, 그리고 가죽 장갑을 끼고 있었습니다!"

한 발 다가서는 천강이 독기라도 뿜어 댄다는 양 두 팔을 들어 막으며 주인은 소리를 질렀다.

"가죽…… 장갑?"

"예! 질 좋은 가죽 장갑을 끼고 있었습니다."

천강이 반응을 보인 단서가 구명줄이라 생각했는지 주인이 화색을 띠고 소리쳤다. 천강은 급히 밖으로 달려 나갔다. 질세라 문혁도 그 뒤를 따라붙었다.

"누군가에게 끌려간 게냐? 누군지 짐작은 가고?"

"그 상인 놈!"

씹어뱉듯 중얼거리며 직감이 이끄는 대로 달려가는 천강을 따라 문혁도 전력 질주 했다. 그리고 도착한 뱃터에서 주인 없이 하인 몇 만이 지키고 있는 상단의 빈자리를 확인한 천강이 온몸으로 살기를 뿌리며 맹수의 얼굴로 돌변하는 것을 지켜보아야 했다.

진연과의 무역이 활발하지 못한 것은 험한 바닷길이 배들의 앞을 가로막았기 때문이었다. 거친 파도 사이로 드문드문 낯을 드러내는 작은 섬과 바람의 방향을 읽어, 암초를 피하고 노를 얽어매는 해초를 피하는 것은 이 해협을 훤히 아는 뱃사람에게도 힘든 일이었다. 도문에서 나고 자란 이들에게 수년간 이 뱃길을 오가는 법을 배운 진겸도 온 신경을 다 집중하지 않으면 아차 하는 순간에 길을 잃기 십상이었다.

꼬박 이틀이나 까다로운 뱃길을 헤치고 나가면 이후의 삼사 일은 무난하고 평탄히 항해를 할 수 있었다. 조타수와 함께 쉬지도 못하고 뱃머리를 지켜야만 했던 진겸이 겨우 숨을 돌릴 수 있는 때도 이때였다.

"이제 며칠간은 일직선으로 잔잔한 뱃길을 가게 될 테니 좀 쉬셔도 될 것 같습니다."

진겸은 조타수의 조언대로 뱃머리에서 자리를 떠 자신의 방으로 향했다. 문을 열자 따뜻하게 새어 나오는 불빛에 누가 와 있는가 싶었다가 차분하게 맞이하는 수린을 보고 허를 찔린 기분이 들었다.

"같은 배에 타고 있으며 얼굴 보기가 하늘의 별 따기여서야 쓰겠습니까. 그리워서 찾아왔습니다."

일부러 피해 왔던 것이 찔려 말을 잃은 진겸에게 수린이 싱긋 웃어 보이며 의자를 두드렸다.

"앉아 보세요."

의자를 두드리는 손짓에 홀린 것처럼 앉자 수린은 손을 뻗어 진겸의 어깨를 주물러 주었다. 딱딱하게 굳은 어깨를 풀어 주는 손길이 무척 야무졌다.

"깊은 잠을 못 주무시는가 봅니다. 뒷목이 뻣뻣하고 어깨가 굳으면 머리로 피가 잘 가지 않아 두통도 잘 생기지요."

목덜미를 꼭꼭 누르며 어루만져 주자 신기하게도 피로가 가시는 기분이 들었다.

"제법 의원 티가 나는구나?"

"이래 보여도 망국의 어의 곁에서 몇 년이나 눈동냥으로 키운 실력입니다. 안주에서야 워낙 실력 좋은 의원이 계시니 빛을 보지 못했지만 안주 밖으로 나오니 절 필요로 하는 이들이 꽤나 많더군요."

진겸이 어깨를 주무르는 손을 살며시 잡았다. 손바닥 안에서 거친 손끝이 느껴져 진겸의 마음이 싸해져 왔다.

"안 해도 되는 일 겪으며 고생 많았지?"

안쓰러워하는 목소리에 수린은 어깨를 주무르던 손을 떨궜다.

"고생……이었을까요."

진겸이 고개를 돌려 수린을 바라보았다. 호롱불이 내리깔린 눈썹에 긴 그림자를 만들어 수린의 얼굴에 드리웠다.

"안주에서 몸 편히 지냈다고 말할 수는 없습니다. 제 먹을 것을 제 손으로 구해야 했고, 제 밥값을 하기 위해 일을 해야 했고, 추운 겨울에도 약초를 구하기 위해 산을 올랐었습니다. 동상에 걸려 곱아드는 손을 문지르며 힘들어하다가도 덫에 걸린 토끼나 족제비가 있으면 기뻐 잡아 들고 달음질쳐 산을 내려가곤 했었습니다."

담담하게 힘들었던 일들을 입에 담는 말투가 여상스러워 진겸의 가슴은 더 쓰렸다. 그러나 수린은 하소연을 하기 위해 말을 꺼낸 것이 아니었다.

"안주에서는, 모두가 그리 살았습니다. 모두가 자신의 몫을 찾아서 일하고 풀포기 하나, 나무뿌리 하나도 허투루 낭비하지 않으며 그리 살았습니다."

"……."

"죄인이라 낙인찍힌 이들이었지만 다른 이들을 상처 입히려는 자들도 없었고 과한 욕심을 품지도 않은 채 그리 살았습니다. 그것이 고생이었을까요."

"수린아."

"제가 규중의 귀한 아가씨로 자랐다면 제 스스로 구한 먹거리의 소중함을, 제 손길에 아파하는 상처를 치료받고 고마워하는 이들을 알 수 있었겠습니까."

수린이였다면, 그들의 부모가 변을 당하지 않아 그 밑에서 자랐다면 규중의 아가씨로 자랐어도 모를 리가 없다고 진겸은 생각했다. 타고난 고운 천성이 하루아침에 뒤바뀔 리가 있겠는가. 추운 겨울에 온기를 찾아 창고로 숨어들어 온 고양이가 가엾다고 먹을 것을 주자 울먹이던 누이의 어린 시절을 진겸은 똑똑히 기억하고 있었다.

"오라버니, 저는 제가 대단한 희생을 하며 서러운 세월을 보냈다 생각하지 않습니다."

수린이 하고 싶은 이야기가 무엇인지 알 것 같아서 진겸은 수린의 손을 놓아 버렸다.

"피곤하구나. 이만 자야겠다."

"오라버니……."

"너도 자거라. 배를 타는 게 별거 아닌 것 같아도 힘든 일이다."

"오라버니."

수린이 자신을 밀어 내려는 진겸의 손을 붙들었다.

"오라버니, 저 오라버니를 설득하려거나 다른 이야기를 하러 온 것이 아닙니다. 약조드리지 않았습니까. 이제 제 감정의 그림자조차 내비치지 않겠다고."

"허면?"

"우리 너무 오래도록 그리워만 하고 정작 만나고 나서는 제대로 이야기도 나누어 본 적이 없지 않습니까. 그래서 저는 오라버니께서 어찌 지내 오셨는지, 어떤 고생을 하고 살아오셨는지 하나도 모릅니다. 제가 알고 있는 오라버니는 칠 년 전의 기억뿐이어서 지금 오라버니의 모습이 낯설고 당황스러울 때가 많습니다."

"……."

"그러니까 이야기를 나누고 싶다는 겁니다, 전."

배시시 웃는 수린의 청을 더는 거절할 수가 없었다. 진겸이 반쯤 넘어온 것을 느낀 수린이 조르는 투로 물었다.

"아버님 친우분들의 도움으로 도문에 가서, 뭘 배우고 어찌 사셨습니까?"

"……배울 수 있는 건 다 배웠지. 뱃사람들이 하는 밧줄 엮기부터, 짐을 나르고 상인들이 장부를 쓰는 법까지."

"상단을 차릴 생각은 어찌 하셨어요?"

"섬에서는 자급자족이 완벽히 이루어질 수가 없는 법 아니더냐. 도문은 크고 작은 상단들이 오가는 길목이란다. 귀동냥으로 듣고 익히며 배에 몇 번 오르내리다 보니 상인만큼 내 뜻을 이루기에 적합한 일이 없다 싶더구나."

스르륵, 수린이 진겸이 끼고 있는 가죽 장갑을 벗겼다. 손등에는 천강이 새겨 놓은 흉터가 큼지막하게 새겨져 있었다.

"어찌 자객 일까지 서슴지 않을 정도로 검술은 익히셨고요?"

굳은살이 박인 손바닥을 매만지는 손길이 어쩐지 부끄럽게 느껴져 진겸은 괜스레 주먹을 쥐었다.

"정식으로 배운 검술도 아니다. 뱃사람들을 졸라 두들겨 맞아 가며 배운 것이지. 얼치기나 다름없는 실력이다."

"그런 것치곤 살벌하던데요? 전 그때 정말 죽는 줄 알았습니다만?"

"그건…… 미안하다."

아픈 구석을 찔러 오는 말에 지레 사과를 하자 수린의 웃음이 짙어졌다.

"그럼요, 미안해하셔야지요. 그때 놀라 떨어진 심장이 아직도 바닥에 굴러다니는 거 안 보이십니까?"

장난치는 기색이 역력해 어느새 진겸의 얼굴에도 웃음이 서리기 시작했다.

"얼치기 실력이 그 정도면 저도 좀 배워 봐야겠습니다. 기껏해야 토끼 잡고 잡초 베어 내던 칼 솜씨지만 오라버니에게 배우면 저도 금방 소문난 칼잡이로 이름 좀 날릴 수 있을 것 같은데요."

"넌 칼 잡지 마라. 손에 피 묻히는 건 나 하나로 충분하다."

손바닥 안에 새겨진 손금 같은 흉터들을 물끄러미 바라보다가 수린은 한층 잠긴 목소리를 내었다.

"누군가에게 연정을 품어 보신 적은 없으십니까?"

"……뭐?"

처연한 눈에는 장난스럽던 기색은 어느새 온데간데없어져 있었다.

"애틋하고 그립고, 생각만 해도 가슴이 미어지는 것 같은 그런 이는 만나지 못하셨습니까?"

그 물음에 왜 대국처럼 당당하고 꼿꼿하던 한 여인의 얼굴이 떠오르는지는 모를 일이었다. 굳게 다문 입술로 자신을 흐트러짐 없이 응시하던 여인의 얼굴을 지우려 고개를 저었다.

"내가 연명하고 있는 목숨이 너에게 빚진 것인데 어찌 내가 그런 사치를 바랄 수 있었겠느냐."

"……만약 오라버니께 그런 이가 있었더라도 오라버니가 지금처럼 윤인호를 죽이고야 말겠다는 일념 하나로 살아왔을까요."

"……."

"오라버니께서 제가 칼을 잡지 않고 손에 피를 묻히지 않기를 바라는 만큼 저도 그러한데, 오라버니는 들어주시지 않을 테지요?"

수린이 애틋한 연정을 다 덮어 버린 채 진겸을 선택한 것을 진겸도 알고 있었다. 천강이 수린에게 속았다고, 배신당했다고 오해해도 무리가 아니었다. 그것까지 감수하기로 결심한 수린이 원하는 단 하나를, 진겸은 끝내 들어줄 수가 없었다.

"……미안하다."

못내 떨어지지 않는 한마디를 억지로 입 밖으로 내자 수린의 서글픈 눈매에 그림자가 짙어졌다.

"차라리 제가 그때 살아남지 못했다면 오라버니의 삶이 조금은 달라졌을까요."

"수린아!"

"끝내 제 원은 들어주실 수 없다는 거지요?"

"……."

"알겠습니다. 오라버니의 뜻, 다 알았습니다. 쉬십시오."

의미심장한 인사를 마친 수린은 그 길로 방에 틀어박혀 얼굴을 보이지 않았다.

❀　　❀　　❀

삼 일간의 순항과, 이어지는 이틀간의 난항. 그리고 하루 정도의 항로 조정이 이어지고 나서야 망망대해 한가운데에서 뭍이 그 낯을 드러냈다.

정미곶의 작은 뱃터와는 비교도 되지 않을 정도로 큰 정박항이 보이자 열흘 가까이 지속된 항해에 지친 선원들이 기지개를 펴며 반색했다.

마지막까지 항로를 지시하던 진겸도 어깨를 두드리며 몸을 풀었다.

"닻을 내릴 준비를 해라. 빼먹은 게 없는지 다들 한 번씩 더 확인하고."

노에 해초 한 번 걸리지 않았던 순조로운 항해를 마쳤다는 뿌듯함에 배에 올랐던 선원들과 상단의 모두는 목청 좋은 함성으로 답을 했다. 눈도장으로 그들의 상태를 하나하나 확인하고 진겸은 갑판 아래로 내려갔다.

정박 준비에 갑작스레 활기가 돌기 시작하는 것은 갑판 아래도 마찬가지였다. 짐 정리를 하느라 분주한 이들에게 눈인사를 건네며 진겸은 수린의 방으로 향했다.

"수린아. 이제 곧 배가 정박할 것이다. 내릴 준비를 해야 할 것 같다."

며칠간 두문불출하느라 눈도 못 마주쳤던 수린에게 어찌 이야기를 꺼내나 망설이다가 최대한 아무렇지 않은 척, 일상적인 대화를 건네듯 문을 두드리며 손잡이를 잡아당겼다.

입에 끈을 물고 머리를 묶고 있던 수린이 눈을 마주치고 고개를 끄덕였다. 서둘러 머리를 묶으려고 손을 바삐 움직이는데, 그때.

쾅!! 콰광!

천지가 요동치는 것 같은 굉음에 이어 배가 통째로 흔들렸다. 묶지 못한 머리카락이 허공에 나부꼈다. 휘청거리던 수린이 선체의 벽에 쿵 몸을 부딪쳤다. 다급히 수린을 안아 구석진 곳에 앉혀 놓기 무섭게 재차 쾅 하는 굉음이 울렸다.

수린의 머리가 부딪치지 않도록 감싸 안으며 진겸은 흔들리는 배에서 몸을 일으켰다.

"여기 있어라. 배가 기울어지는 느낌이 나거든 무조건 갑판으로 뛰어 올라가. 알았지?"

처음 겪어 보는 일에 수린이 정신없이 고개를 끄덕였다. 수린을 두고 갑판 위로 뛰어 올라가는 중에도 또다시 뭔가가 폭발하는 소리가 울렸다. 흔들리는 몸을 난간을 잡아 지탱하며 진겸이 겨우겨우 갑판으로 올라가자 상선의 두 배는 됨직한 크기의 거대한 배가 시야를 장악해 왔다.

붉게 나부끼는 황금 용 깃발에 간담이 서늘해졌다. 황제의 군대가 출전할 때 사용하는 깃발이었다. 군선의 선두에 서 있던 남자가 팔을 내리는 것이 보였다. 그와 동시에 군선의 대포가 불을 뿜으며 상선을 덮쳤다. 쾅!

"저, 저런 미친놈!"

조타수가 내뱉는 뱃속에서 올라오는 진심 어린 욕설에 진겸은 깊이 공감했다. 일부러 대포의 방향을 선미나 돛에 맞춰 치명적인 피해는 없도록 조절하고 있었지만 그게 배려가 아니라 피를 말려 죽이려는 의도라는 것을 진겸은 너무나 잘 알 수 있었다.

해풍에 펄럭이는 붉은 용 깃발이 달린 군선은 모두 다섯 척이었다. 대열의 가장 앞에 있는 배의 갑판 위에 사신 같은 모습으로서 있던 천강이 진겸을 알아보고 비릿한 미소를 지었다.

"단주!"

포문이 일제히 이쪽으로 향하는 것을 본 수하 하나가 숨 막히는 고함을 질렀다. 진겸은 뿌득 이를 갈았다. 그 사이에도 군선은 빠르게 다가오고 있었다.

애초에 해전을 위해 만들어진 배와 장사를 위해 만들어진 배가 상대가 될 리가 없다. 그리 많은 짐을 싣고 있는 것이 아닌데도 이 배의 속도와는 비교가 되지 않을 정도로 군선의 속도는 무시무시하게 빨랐다.

"과연, 황제가 무역항을 만들기 위해 선박 건조에도 헤아릴 수 없는 양의 금과 인력을 쏟아붓고 있다 하더니⋯⋯."

태연히 말할 처지가 아니었지만 감탄이 나오는 것은 어쩔 수 없었다. 군선을 끌고 오라 전갈을 보낼 시간, 다른 곳에서 끌고 오기까지의 시간을 합치면 며칠의 시간이 더 걸렸을 텐데 쉼 없이 달려온 진겸과 거의 동시에 도문에 도착한 것이다.

"단주! 백기를 올릴까요?"

저승 문이 눈앞에 보이는지 젊은 선원이 다급하게 물어 왔다. 진겸은 고개를 저었다. 그사이 천강이 탄 배는 소리를 치면 목소리가 닿을 지척까지 다가왔다. 그러나 진겸의 얼굴을 확인한 이후 추가 발포는 없었다.

천강이 바위산처럼 서서 묘한 웃음을 띤 채 진겸을 노려보고 있었다. 경멸과 희열? 상황에 어울리지 않는 감정이 담긴 표정에 진겸이 혼란스러운 감정을 제대로 느낄 새도 없이 갑판 위는 아수라장이었다.

"선미에 불이 붙었습니다!"

"돛이 기울어집니다!"

당황에 찬 목소리들이 진겸을 간절히 불렀다. 급하게 불을 끄고 돛을 내리라 지시하던 진겸을 응시하던 천강이 한 발로 갑판 난간을 딛고 서더니 돌연 대검을 뽑아 들고 몸을 날렸다. 장신에 큰 체구가 믿어지지 않는 가벼운 몸놀림이었다. 대번에 군선에서 진겸의 배로 도약해 온 천강이 쿵 소리도 내지 않고 발을 딛자마 자 은빛 검광을 내뿜는 대검을 진겸을 향해 내질렀다.

허리에 차고 있던 검을 뽑아 아슬아슬하게 천강의 검을 맞받아 치자 천강은 온 힘을 다 실어 진겸의 검을 눌렀다.

"한 번은 정식으로 너와 검을 맞대 보고 싶었다. 역시, 기대 이 상일 것 같은데?"

천강이 몸을 날리자 그 뒤를 따라 갈고리가 달린 밧줄들이 군 선에서 이쪽으로 줄줄이 날아와 걸렸다. 선원들이 급히 소지하고 있던 칼을 뽑아 들고 밧줄을 타고 건너오는 무사들을 막기 시작 했다.

진겸은 무지막지한 힘으로 내리누르는 천강의 검을 막아 내며 이를 갈았다.

"이유나 알고 당합시다."

"이유는 네가 더 잘 알 텐데?"

"난 잘 모르겠는데?"

이죽거리며 진겸이 천강의 정강이를 향해 발길질을 날렸다. 재 빨리 몸을 뒤로 빼며 회수한 대검을 천강이 수직으로 돌려 내리 찍었다. 진겸은 몸을 비스듬히 숙여 피하며 천강의 손목을 노리고 검을 그었다. 천강은 자신의 검을 몸 쪽으로 당겨 손목을 노리는 검을 막아 냈다.

창! 채앵! 철끼리 맞닿는 맑은 소리가 뒤쪽에서 들리는 크고 작은 비명과 만나 불협화음을 자아냈다. 몇 합이나 물러서고 치고 들어가기를 반복하며 팽팽히 맞서던 두 사람의 이마에 서서히 땀방울이 맺히기 시작했다.

천강이 복부를 노리는 정직한 공격을 하자 진겸은 검날로 막아 내며 측면으로 공격을 되돌렸고, 천강은 검을 세워 막으며 몸을 한 바퀴 크게 돌려 진겸의 옆구리를 향해 검을 찔렀다. 진겸이 발을 들어 검날을 차 내며 천강과의 거리를 벌렸다. 두어 번 숨을 들이킬 정도의 시간이 생겼다. 천강은 거칠게 숨을 들이쉬었다 내뱉는 것과 동시에 질문도 함께 뱉었다.

"무사한 거겠지?"

"뭐?"

"혹여 머리카락 하나라도 다쳤다가는 네놈, 갈기갈기 찢어서 구천에서라도 그 시신의 흔적조차 찾지 못하게 해 줄 테니 각오해라."

다시 날아오는 검을 다급히 막아 내느라 초조함이 섞인 목소리가 말하는 대상이 누구인지를 한 박자 늦게야 알아차렸다. 진겸은 심장을 쿡 찌르는 선뜻한 감각에 얼굴을 노리는 공격을 미처 피하지 못했다. 날카로운 칼날이 볼에 한 줄기 혈흔을 그었다. 핏방울이 금세 뚝뚝 떨어져 내려 붉은 얼룩을 만들었다.

진겸이 곧바로 대답하지 않자 천강은 미간을 구겼다.

"어디 있느냐. 지금."

뜨거워진 목소리의 온도가 진겸의 피를 얼어붙게 만들었다는 것도 모르고 천강이 소리 질렀다.

"네놈이 허튼 짓이라도 했다가는 네놈뿐 아니라 네놈의 혈육들까지 육시를 할 것이다. 어디 있어!"

얼음이 언 강에 던져진 것처럼 차가운 충격이 진겸을 덮쳤다. 혈육? 혈육이라고?

"네놈이…… 그 입에 감히 내 혈육을 담아? 네놈이!"

치솟는 분노에 크게 일갈하며 진겸은 방어 일변도였던 검을 내던지듯 휘둘렀다.

"네놈의 핏줄들이야말로 여태까지의 업을, 그 죄를 저승의 불구덩이에서도 갚지 못할 것이다. 그런데 네가 나에게 감히!"

이성을 잃은 칼부림은 살벌했다. 그 칼놀림 자체가 무시무시한 것은 아니었다. 하지만 토해 내는 감정의 격렬함이 천강을 당황케 했다.

"너를 육시해 네 아비의 눈앞에 뿌리는 것이야말로 내가 바라던 바다. 너든, 나든, 누군가가 죽어야 끝나는 악연인 모양이구나."

진겸이 눈에 핏대를 올린 채 앞뒤 재지 않고 미친 듯이 검을 놀렸다. 민낯을 드러낸 살기에 천강이 머뭇거리는 사이 진겸의 검이 귓가의 얇은 피부를 찢고 지나갔다.

"대장!"

저쪽에서 선원들을 제압한 의량이 선혈이 묻은 천강의 얼굴을 보고 놀라 외치며 달려왔다.

"오지 마!"

다른 사람이 끼어들게 하고 싶지 않았다. 그러나 천강이 피를 본 상황을 의량은 그냥 보아 넘길 수가 없었다. 의량이 진겸의 등 뒤에서 검을 치켜들었다.

그리고 그 광경을, 막 갑판 위로 올라오고 있던 수린이 목격했다. 각각 뺨과 귀에 상처가 나 얼굴에 피범벅이 된 진겸과 천강, 그리고 진겸의 등 뒤에서 칼을 든 의량. 한눈에 상황을 파악할 수 있었다. 수린은 생각할 것 없이 몸을 날렸다. 진겸이 급작스레 덮치는 수린 때문에 놀라 검을 놓치며 넘어졌다.

넘어진 진겸을 온몸으로 감싸 안으며 눈을 질끈 감았다. 그러나 기다려도 각오한 통증은 느껴지지 않았다.

"비켜!"

진겸이 소리치며 수린을 밀치려 했다. 하지만 수린은 죽기 살기로 진겸을 끌어안은 팔을 풀지 않았다.

"……왜."

믿을 수 없다는 감정이 실린 목소리에 조심스럽게 고개를 들었다. 의량의 검은 천강의 것에 막혀 허공에 머물러 있었다. 하마터면 수린을 칠 뻔한 의량의 검을 막아 낸 천강이 끔찍한 것이라도 본 듯한 얼굴을 하고 있었다.

"왜…… 네가……."

천강의 귓가 상처에서 흘러나오는 피가 안타까웠다. 그러나 닦아 주기 위해 손을 내밀 수가 없었다. 수린은 천강을 외면하고 대신 진겸의 뺨에 난 상처를 어루만졌다. 진겸이 수린의 손을 꼭 잡고 보호하듯 막아서며 일어섰다.

이미 갑판 위는 완전히 제압된 상태였다. 진겸이 밀무역을 했다 해도 그것은 진겸과 몇몇 수하들만이 알고 있는 일이었을 뿐, 배 안의 대부분은 평범한 상인과 뱃사람들이었다. 무사들의 상대가 될 자들이 아니었던 것이다.

"갑작스러운 포격에 당황하여 미처 정신을 차릴 수조차 없었습니다만, 연유는 말씀해 주시겠습니까."

더 이상의 저항이 무의미하다고 판단한 진겸이 모든 감정을 꾹꾹 눌러 담고 덮어 드러내지 않으려 애쓰며 물었다. 그러나 천강은 진겸을 보지 않았다. 맹호 같은 눈은 진겸의 옷깃을 붙들고 있는 수린에게 고정되어 있었다.

"이리 와."

수린의 손에 힘이 더해졌다. 그리고 그런 수린을 보는 천강의 숨이 거칠어졌다.

"이리…… 오라고 했다."

진겸이 옷깃을 꼭 붙든 수린의 얼굴을 보고 희미하게 미소 지었다. 오가는 시선에 타인은 끼어들 수 없는 특별한 감정이 실린 것만 같아, 천강은 더 참지 못하고 진겸의 멱살을 잡아 버렸다.

"내 오늘 널 기필코 죽여 버릴 테다."

"안 됩니다!"

수린이 진겸의 숨통을 조이는 천강의 팔을 붙들었다.

"놔!"

"제발! 제가 도망가게 도와 달라 이분을 조른 것입니다! 이분은 그냥 배를 태워 주신 죄밖에는 없습니다!"

필사적으로 변명하며 매달리는 수린의 모습에 천강의 가슴이 주체할 수 없는 질투로 가득 찼다.

"아주 눈물겹구나."

빈정거리는 말투로 비꼬며 천강이 진겸을 짚단처럼 밀쳤다. 바짝 긴장하고 대기하던 의량이 검날을 진겸의 목에 들이댔다. 진겸은 하는 수 없이 다가온 포박을 받아야 했다. 걱정스러운 눈빛으로 밧줄이 묶이는 진겸을 바라보는 수린의 팔을, 천강이 세게 잡아챘다.

"아……!"

"눈물이라도 떨굴 것 같은 얼굴이구나. 그새 정분이라도 났느냐? 저놈이랑?"

팔이 떨어질 것처럼 아팠지만 기가 막힌 감정이 배는 더 컸기에 항변은 하고 봐야 했다.

"무슨 말도 안 되는…… 그냥 제가, 배가 떠나는 것을 보고 졸라서 탄 것뿐이지 다른 건 없습니다."

"그리 눈빛이 절절해서야 누가 믿어 주겠느냐. 응?"

"……."

"게다가 나는 벌써 들으면 안 될 말을 들어 버렸거든."

수린의 팔을 꺾어 품 안으로 속박하듯 당겨 안으며 천강이 진겸에게 물었다.

"내 핏줄이 네 혈육들에게 지은 죄라 했지?"

진겸은 조가비처럼 입을 꽉 다물었다. 천강이 눈보라보다 차가워진 눈빛을 던졌다.

"넌 누구냐."

몸 안의 모든 박동이 일시에 멈추는 것 같았다. 호흡이 가빠져서 수린은 가슴팍을 부여잡았다.

"내가 과거에 단죄했던 자들의 핏줄이냐, 아니면 내 아비가 벌였던 일들의 잔재냐. 핏줄들이라 이야기한 걸 보면 후자일 가능성이 높은 것 같은데 맞느냐."

진겸의 표정에서 혈색이 빠져나가 하얀 종이처럼 보였다. 그 얼굴을 보는 수린의 콧등이 시큰해졌다. 뭐가 이리 어렵고 꼬이기만 하는 건가. 이제 다 내려놓고 떠나 버리겠다 마음먹었는데 그조차 마음대로 되질 않는다.

"이유가 무엇이든 너는 역모 죄인을 빼돌린 것만으로도 처벌을 면할 수 없을 것이다. 그 이외의 죄와 과거사는 차근차근 물어 주지. 지금은……!"

진겸에게 말하다 말고 수린을 가둬 두라 지시하려고 눈을 돌렸던 천강이 놀라 말을 멈췄다. 소리도 없이 수린이 울고 있었다.

통곡하는 것도 아니고 흐느끼는 소리도 없이 그저 하염없이 눈물만 흘리는 모습에 옷깃이 구겨지도록 꽉 쥐었던 손이 저절로 풀렸다.

속박하던 팔이 풀리자 수린은 두어 걸음 비틀거리며 뒤로 물러섰다. 천강이 다시 손을 내밀었지만 완강히 거부하는 몸짓으로 수린이 세차게 고개를 저었다.

뚝뚝 떨어지는 눈물을 닦을 생각도 하지 않고 수린이 천강을, 그리고 진겸을 보았다. 그리고 등 뒤의 바다를 보았다. 군선들의

대열 반대쪽, 망망대해가 펼쳐진 바다는 여섯 척의 배가 만들어
낸 일렁임에 맞춰 춤을 추고 있었다.

"안 돼……."

밧줄에 묶인 진겸이 뭔가를 느끼고 신음하듯 속삭였다. 작은
목소리였지만 기이한 대치 상황에 갑판 위는 고요했기에 진겸의
목소리는 모두에게 들렸다. 천강이 정수리로 쭉 치고 올라가는 소
름을 느끼며 수린을 잡기 위해 손을 뻗었다.

그 손을 바라보며 아련히 미소를 짓던 수린이 그대로 몸을 던
졌다.

"수린아!"

진겸이 소리를 지르며 자신을 누르고 있던 두 명의 무사들을
뿌리치고 앞으로 달려 나갔다. 아슬아슬하게 잡으려는 무사들의
손을 벗어난 진겸이 수린이 떨어진 바닷속으로 몸을 던지며 본
것은 거의 동시에 천강이 바다에 뛰어들며 만들어 낸 물보라였다.

"대장!"

"단주!"

바다에 뛰어든 이들을 부르는 남자들의 목소리가 절절하게 울
려 퍼졌다. 배를 내려라, 갑옷을 벗겨라, 이 밧줄을 풀어라. 저마
다 목청이 찢어지도록 내는 목소리가 차가운 물 너머로 아득해졌
다.

푸른 암흑. 차가운 물. 어둠 같은 깊은 물속.

바다는 익숙하지 않다. 황제의 궁은 대륙의 가장 중심에 자리

하고 있었고, 토벌해야 할 적들은 산에도, 평지에도 많았기 때문이었다. 몇 번 가 본 바다에서 수영을 해 보긴 했지만 그때는 갑옷을 입지 않은 상태였다는 건, 물살에 몸이 휩쓸린 이후에야 떠올랐다.

갑옷 안의 옷이 물을 먹어 무거운 갑옷을 더더욱 무겁게 만들었다. 갑옷을 매듭을 풀기 위해 손을 움직였을 때 실수로 들이켜진 물이 숨통을 막았다.

수린은? 옆으로 고개를 돌리다 밧줄에 묶인 채 자신처럼 숨을 잘못 들이켜 괴로워하는 철천지원수 같은 자를 발견했다. 멍청한 놈. 밧줄에 묶인 채 물에 뛰어들다니.

그러나 남 말 할 처지가 아니었다. 짠물이 들어찬 목구멍이 더 이상의 생각을 막았다. 천강은 아득해지는 시야 안에서 수린을 찾기 위해 애를 썼다. 하지만 보이지 않았다.

더 참지 못하고 숨을 토하자 다시 한 번 짠물이 들이닥쳤다.

마지막으로 본 게 소리도 없이 눈물만 흘리는 모습이라니. 그간 지은 업보에 대한 대가라 해도 너무하지 않은가. 천강은 누구에게랄 것도 없는 원망을 토해 내며 부여잡고 있던 정신줄을 놓았다.

❀   ❀   ❀

타닥. 탁.

뭔가 튀는 소리가 귀를 자극했다. 주황색의 춤사위가 닫힌 눈꺼풀 밖에서 천강을 유혹했다.

"으, 음."

한참이나 꿈틀거려 보았지만 의식은 금방 돌아오지 않았다. 천강은 몇 번이나 뒤척이며 정신을 찾기 위해 애를 썼다. 겨우겨우 가늘게 눈을 떴을 때 가장 먼저 보인 것은 모닥불이었다.

작은 모닥불이 타닥 소리를 내며 타오르고 있었다. 그 옆에는 굵직한 나뭇가지 몇 개로 세워 둔 받침대에 갑옷과 옷가지들이 걸려 있었다.

으슬한 추위에 팔을 문지르자 얇은 옷 하나만 걸치고 있는 몸이 느껴졌다. 하늘에 총총한 별들이 시간이 한밤중임을 알려 주었다.

누군가 모닥불을 피우고 갑옷과 옷가지들을 벗겨 말려 두려고 저리해 둔 모양이었다. 그런데 누가? 고개만 움직여서 누워 있던 모래사장의 이쪽저쪽을 살피던 천강의 눈에 한 남자가 들어왔다. 새색시마냥 곱게 누운 자태가 떡 벌어진 체구와는 어울리지 않는 자였다.

천강이 눈을 부릅뜨고 벌떡 일어났다. 그 순간 머리가 띵 울리며 날카로운 두통이 엄습해 왔다.

"으윽."

관자놀이를 세게 누르며 검을 찾았다. 검은 갑옷의 옆에 얌전하게 놓여 있었다. 그쪽으로 손을 뻗으려는데,

"여기서는 싸움 금지입니다."

또박또박 똑 떨어지는 목소리가 들려왔다. 천강은 얼음이 되어

멈춰 버렸다.

척척 불가로 걸어온 수린이 한 손에 들었던 것을 내려놓고 품 안의 것을 쏟았다. 와르르. 나뭇가지 더미가 한꺼번에 모닥불에 쏟아졌다. 배부르게 땔감을 받은 모닥불이 버겁게 깜빡이다가 이내 포식을 한 기쁨을 한껏 드러내며 덩치를 키웠다. 금세 주변이 따뜻해진 느낌이었다.

천강은 눈을 믿지 못하고 수린을 보았다. 수린은 눈길도 주지 않고 굵은 나무 하나로 모닥불을 들쑤셨다.

"갑옷 입고 바다에 뛰어드는 바보짓을 왜 하십니까."

"……."

"서슴없이 뛰어들기에 수영이나 잘하는 줄 알았더니 그도 아니고, 뭘 믿고 그러셨습니까. 산만 한 남자들 둘이나 건져 내느라 저까지 죽는 줄 알았습니다."

"네, 네가 바다에 뛰어드니까……."

"제가 어디서 살았다고 생각하십니까. 안주는 섬입니다, 섬. 그것도 난공불락으로 악명 높은 섬. 전 바다 수영이라면 누구보다 잘한단 말입니다."

생각해 보니 그랬다. 하지만 수린이 바다에 뛰어들기 전 얼굴을 생각하면 누구라도 투신해서 스스로 목숨을 끊을 작정일 것이라고, 그리 생각했을 것이다.

꾸중이라도 하는 양 천강에게 투덜거리던 수린은 천으로 싼 뭉치를 천강 쪽으로 슬쩍 밀었다.

"드십시오."

이게 뭐냐고 묻기도 전에 수린이 천을 풀었다. 풀고 보니 그것은 수린이 입었던 겉옷이었는데 수린은 그 안에 과일과 나무 열매들을 따서 싸 가지고 온 모양이었다. 탐스럽게 익은 열매 하나를 쥐고 모닥불 옆에 뉘어 놓은 진겸 옆으로 간 수린이 열매를 주먹 안에 꼭 쥐고 즙을 내 진겸의 입 안에 흘려 넣었다.

"갑옷 입고 바다에 뛰어들지를 않나 밧줄에 묶여 가지고 바다에 뛰어들지를 않나. 머리들도 좋으면서 왜 그리 생각들이 없는지 원."

말은 그리하면서도 한 방울도 흘리지 않으려 하는 손은 아주 조심스러웠다. 꼼짝 않고 누워 있는 것만 같았어도 미미하게 움직이는 목울대가 보였다. 다 짜내어 먹인 과일을 던지고 수린이 진겸의 이마며 뺨을 짚어 보았다. 찬찬히 상태를 살피는 수린을 말없이 지켜보던 천강이 물었다.

"깨어나지 못하는 거냐?"

"괜찮습니다. 물을 좀 많이 먹은 것뿐이지 호흡이나 맥이 이상한 건 아닙니다. 체온도 이 정도면 괜찮고. 금방 깨어날 겁니다."

담담히 답하며 맥을 짚는 손이 여간 세심하지가 않다.

"그자가 너를 수린이라고 불렀다."

맥을 짚던 손이 잠깐 멈췄다.

"진짜 민진겸이었던 거지? 그자가."

"……."

"그랬구나."

풀리지 않고 골치를 썩이던 매듭 하나가 풀린 기분이었다. 천강은 허탈함에 사로잡혀 자리에 주저앉았다. 전신을 감싸는 이 기분이 무엇인지 형용할 수가 없었다.

수린이 어찌 될지 몰라 초조하고 불안하던 시간이 며칠이었던가. 틀림없이 진겸이 수린을 납치해 간 것이라 생각했다. 진겸이 수린에게 보이는 호의가 천강이 수린에게 품은 마음과 같은 것이라 생각했던 것이다. 애틋하고 다정하게 인사를 마친 수린이 스스로 떠난 것이라고는 추호도 생각지 못했었다. 그래서 진겸을 감싸는 모습을 봤을 때는 질투에 사로잡혀서 진겸을 갈가리 찢어 죽이고야 말겠다는 생각밖에는 들지 않았다.

그런데 그자가 수린에게는 죽어서도 못 잊을 혈육이었다. 그렇다면 칼을 휘두르며 내뱉던 원망 어린 말도, 죽일 것 같던 눈빛도 모두 이해가 간다.

"바다에 뛰어든 건…… 무슨 생각으로 그랬던 거냐."

진겸의 상태가 괜찮다 판단되었는지 수린이 대충 마른 옷가지 하나를 걷어 진겸에게 덮어 주고 모닥불을 살피며 대답했다.

"죽을 생각은 없었습니다. 간절히 도망가야겠다는 생각만 했었지요. 설마하니 그 거친 바다에 같이 뛰어드실 줄을 몰랐습니다."

더 못 참고 천강이 수린에게 다가가 덥석 팔을 잡았다.

"그럼 넌, 내가 너 바다에 뛰어드는 꼴을 보고도 멀뚱멀뚱 손 놓고 보고 있을 줄로 생각했느냐!"

"적어도 갑옷 입고 뛰어들 줄은 몰랐죠."

"……."

아무도 없는 바닷가에서의 침묵을 파도 소리가 채웠다.

"군선을 끌고 따라오신 건 독단으로 하실 수 있는 일은 아니었을 텐데요."

말을 잃은 천강을 대신해 수린이 먼저 물꼬를 텄다. 천강이 한숨을 내쉬었다.

"그래. 맞다. 폐하의 허락을 얻었지. 교성의 상인들이 심상치 않으니 바다를 뒤져 봐야 한다고 진언해 군선의 사용을 허락받았다."

"오라버니를 제일 먼저 쫓은 건 저 때문이었습니까?"

"그 이유가 제일 크지만 네가 내 옆에 있었어도 가장 먼저 뒤를 캤을 거다."

"어째서지요? 무엇이 수상해서요?"

"그냥 직감이 그랬다."

짐승 같은 감이라는 게 저런 것인가 보다. 수린은 픽 미소 지으며 따 가지고 온 과일의 껍질을 벗겨 내밀었다.

"드세요. 배고프실 겁니다. 꼬박 하루 가까이 정신을 놓고 있으셨습니다."

"그럼 그동안 너 혼자……."

물에 빠진 사내 둘을 끌고 와서 돌보고, 모닥불을 피우고, 먹을 것을 구해 왔단 말인가? 수린은 천강의 표정을 보고 살래살래 고개를 저었다.

"그런 눈으로 보지 마십시오. 혹이 둘이나 딸려 더 힘이 들기는 했지만 저는 원래도 이러고 살았었습니다."

역모 죄인의 자식으로 끌려간 이에게 호화로운 집이나 먹을거리가 주어졌을 리가 없다. 윤종명이 공명정대한 성품이라 핍박이나 학대를 당하지는 않았었겠지만 여염집 규수들처럼 고운 생활은 아니었을 것이다.

"전장이며 난리가 난 곳도 많이 보셨을 텐데 뭘 그리 놀라십니까."

"놀란 게 아니다. 단지 네가……."

"안 해도 되는 고생을 했다, 내 아비 때문에 힘들었겠구나 같은 말이라면 안 하셔도 됩니다. 그런 말이라면 학사 나리께서 이미 다 하셨습니다."

정곡을 찔려 버렸다.

"게다가 저는 안주에서 보낸 시간이 불행하다 여기지 않습니다. 부모 형제의 생사를 몰랐다는 걸 빼고는요."

친절하게도 수린은 껍질 벗긴 과일을 손에 쥐여 주기까지 했다. 과일만 쥐여 주고 빠져나가려는 손을 천강은 덥석 쥐었다.

"도망가고 싶었느냐?"

애써 구해 온 과일이 아깝게 뭉그러졌다. 새콤한 향이 은근하게 퍼졌다.

"네 오라비 때문에? 내 아비 때문에? 그럼 하루만 곁에 있어 달라 했던 말은, 그 하루가 지나면 날 떠날 결심이었던 거냐."

말을 할수록 초조해지는 기색이 여실히 드러났다. 수린은 그런 천강의 손을 뿌리치지 못했지만 눈을 피하지도 않았다.

"멀리 오지 못했습니다. 여기는 배가 있던 곳에서 그리 멀지 않은 섬입니다. 아마 날이 밝으면 곧 사람들이 도착하겠지요. 그러면…… 모르는 척 저희를 보내 주시면 안 됩니까?"

"뭐?"

"안 되겠습니까?"

무슨 말을 들었는지 머리가 받아들이지 못했다. 말의 내용이 이해가 가지 않아서 멍한 천강의 얼굴을 보고 수린은 길게 심호흡을 했다.

"제 오라비, 죽을 결심으로 종주공을 죽일 마음이더군요."

"……꾸미고 있는 일이 그것이었더냐."

"그 오랜 세월 동안 저를 찾는 것과 종주공의 명줄을 끊는 것, 단 두 가지만 생각하며 살아온 제 유일한 혈육입니다. 저는 제 혈육을 외면할 수도, 그대로 죽게 내버려 둘 수도 없습니다."

"그래서?"

"모르는 척 떠나 주시면 여기에 남아 어떻게든 저는 제 오라비를 붙들어 보겠습니다. 그러니……."

천강이 더 듣지 못하고 수린의 팔을 당겼다. 수린이 천강의 가슴에 코를 박았다.

"그럼 나는, 너를 이대로 두 번 다시는 보지 못하고 살아가라고?"

숨 막히도록 꽉 끌어안는 힘에는 불안한 간절함이 가득했다.

"안 된다. 나는 그리는 못 하겠다."

"허면, 제 보는 앞에서 제 오라비를 끌고 가 참수라도 하시렵니까? 그리하면 저는 오라비인 척한 죄로 뒤따라서 참수되겠군요."

품 안에서 말하는 목소리는 차분했다. 그러나 천강의 팔이 저절로 풀릴 만한 힘이 실려 있었다. 고개를 들어 천강을 바라보는 얼굴은 평온했다. 이미 모든 마음의 결정을 다 내리고 결심을 굳힌 표정이었다.

"마음이 가는 대로만 할 수 있다면 얼마나 좋겠습니까. 하지만 우리는 그리하기에는 너무 많은 사연이 있지 않습니까."

"그건……."

"저는 당신을 은애합니다."

이번에야말로, 진정 심장이 멈추는 줄 알았다. 천강에게 강한 충격을 안겨 놓고 수린은 차분히 자기 할 말을 했다.

"당신이 좋습니다. 아마도 다른 곳에서 다른 형태로 만났다 하더라도 당신에게 끌렸을 것입니다."

천강이 입술만 달싹이는 것을 보면서도 수린은 담담했다.

"하지만 그것이 다입니다. 그 이상 무엇을 어찌하겠습니까. 당신의 옆에서 내 부모의 원수인 당신 아비를 보고 살아가는 일도, 내 오라비가 당신의 아비를 죽이고 스스로를 파멸시키는 일도 나는 용납할 수가 없는데."

"하아."

길게 숨을 뱉고 나서야 정말로 자신이 숨도 못 쉬고 있었다는 걸 알았다. 천강은 두 손으로 얼굴을 감쌌다.

"나는…… 교성에서 네가 죽었다고, 난리 중에 시신도 수습하지 못했다고 둘러댈 셈이었다. 그 후에 너에게는 여인의 옷을 입혀서 지방 작은 호족 가문의 여식이라 속이고 너와 혼례를 치르려 했었다."

"그런 생각을 하셨습니까."

"내 아비는…… 어차피 나는 경에 오래 붙어 있지 않고 마주칠 일도 없을 것이니 너를 꽁꽁 싸매고 드러내지 않으면 될 것이라 그리 생각했는데, 그리는 안 되는 것이냐."

대답 없이 수린이 진겸을 바라보았다. 그것은 진겸이 있는 한은 당신과 함께할 수 없다는 무언의 답. 천강은 수린과 함께 진겸을 물끄러미 바라보았다. 문득 진겸의 오른손 손등의 흉터가 눈에 띄었다.

"너를 덮쳤던 자객도 네 오라비였구나."

"그때 오라버니는 제가 저인 줄 몰랐었으니까요."

"역시 내 감이 죽지는 않았었군."

맞다. 천강이 자객이라 의심하고, 아무래도 수상해서 행적을 조사해 봐야 한다 여겼던 것 모두 천강의 감이 맞았다. 상당 부분 사감이 개입되긴 했었지만 말이다.

"나이 먹어 검 잡기 힘드실 때가 되면 점쟁이로 나서셔도 밥은 안 굶으시겠습니다."

어울리지 않는 농치는 말에 웃음이 지어졌다. 검 잡기 힘들 정도로 늙었을 때라.

"화등 날리며 늙어 죽을 때 네가 내 옆에서 손을 잡고 있으면 좋겠다 빌었는데 점쟁이나 하라고 등을 떠밀다니 매정하기 짝이 없구나."

허허로운 웃음이 밤바다에 퍼졌다. 화등을 날리며 바라본 바다

와 지금 보고 있는 바다가 하나로 연결되어 있을 것인데 여기는 다른 세상인 것처럼 고요하고 어두웠다.

수린이 소리 없이 손을 뻗었다. 모래사장 위에 놓여 있는 천강의 손 위에 손가락을 얹자 천강이 손을 꿈틀했지만 이내 수린의 손을 꼭 쥐어 왔다.

"손은 지금 잡아 드리겠습니다. 다른 이들이 올 때까지 놓지 않고 있겠습니다."

"다른 이들이 올 때까지만?"

"……네."

"그냥 모른 척, 내 손을 잡고 따라와 주면 안 되겠느냐. 네가 원하는 것 모두 이루어 주겠다 장담은 못 하지만 적어도 너를 더 이상 고생시키지는 않을 것이고, 네 오라비가 이후 국법을 어기는 일만 하지 않는다면 그 목숨과 안위도 내가 책임져 볼 것이다."

아마도 자아가 형성되기 시작할 때부터 일생을 황제의 충실한 무사로 살아왔을 천강으로서는 생을 통틀어 전무후무한 파격적인 결정이었을 것이다. 그러나 수린은 천강을 보는 대신 바다를 보았다.

"하늘 같은 부모를 잃고도 살아지더군요. 더 이상 살 의지가 없어져도 꾸역꾸역 살아지더군요."

"……."

"제가 없어도 살아지실 겁니다. 어쩌면 오래도록 생각이 날 수도 있고 어쩌면 금방 잊힐 수도 있겠지요. 먼 훗날이 되면 이름은 커녕 얼굴마저 희미해질 날이 올 수도 있지 않겠습니까."

아니다. 그런 날은 오지 않을 것이다. 천강이 손안에 꼭 쥔 손가락이 가늘게 떨리는 것이 여실히 느껴지는데 수린은 아무렇지 않은 척 말을 잇고 있었다.

"저 또한 잊을 겁니다. 살아가노라면 기억이란 삶의 풍파에 금방 퇴색되기 마련이 아닙니까."

수린은 알고 있었다. 열이 오르는 머리를 무심한 듯 가슴에 기대게 하던 커다란 손도, 품 한가득 안겨 주던 생강엿의 알싸한 향도, 환하게 빛나며 하늘로 날아가던 해당화 화등도. 그 기억 하나하나 모두 죽어도 잊지 못할 것이라는 것을. 그럼에도 거짓을 입에 담는 목소리는 태연해야 했다.

"거짓말."

허나 천강은 대번에 죽을 노력을 다 한 수린의 말을 부정했다.

"다 잊겠다고? 다 잊을 것이라고? 그럼 이 손은 왜 이리 떨리느냐."

큰 손이 불안하게 떨리는 가슴 위에 얹어졌다. 천으로 꽁꽁 동여맨 위로도 들썩이는 호흡이 느껴졌다.

"심장은 왜 이리 요동을 치느냐."

"이러지 마십시오."

"네 것이 아닌 마음을 진심인 양 말하지 마라. 잊지도 못할 거면서. 잊을 마음도 없으면서."

평정을 가장한 가면은 단 하나의 실금으로도 곧 와장창 깨어졌다. 수린의 얼굴이 울음으로 일그러졌다.

"제발 저를 몰아세우지 마십시오."

"제발 날 떠나려 하지 말아라."

눈물이 글썽이는 얼굴로 수린은 천강의 손가락만 꼭 쥐었다. 말없이 쥔 손이 하는 말은 단호했다. 억장이 무너지고 살이 찢기는 것 같아 천강은 더 이상 수린의 얼굴을 마주할 수가 없었다. 눈을 질끈 감은 천강의 귓가로 철썩 파도가 모래를 때리는 소리가 들려왔다. 그 소리가 가차 없이 뺨을 후려치는 매운 손길처럼 들린다. 으득 소리가 나도록 이를 악물었다. 파도가 한 번 칠 때마다 땅이 무너지는 기분이 드는 것은 착각만은 아니었을 것이다.

깊은 밤이 하얗게 샐 때까지 잡은 손을 놓지 않았다. 마주 잡은 손 사이로 땀이 배어 손안이 어느 사이에 축축해졌다.

"이번 생에……."

몇 시진이나 지나 조심스럽게 열린 수린의 입술 사이에서 나오는 말은 미풍처럼 흐렸다.

"이번 생에는 우리의 연이 여기까지라 여겨 주십시오. 저도 그리 여기겠습니다. 지울 수 없어도 가슴에 감추고 살아가겠습니다. 그러니, 그러니……."

차마 더 이어지지 못하는 말을 또륵 흘러내리는 눈물이 대신했다. 천강은 눈물이 흘러내리기 시작한 수린의 볼을 조심스럽게 감쌌다. 흐느낌도 없이 흐르는 눈물이 천강의 손바닥을 축축하게 적실 때쯤, 멀리 터 오는 동과 함께 수평선 너머에서 작은 검은 물체가 떠올랐다.

"정말로 여기까지인 모양입니다. 벌써 찾으러들 오셨군요."

이별을 고하면서도 수린은 못내 손을 놓지 못했다. 천강 또한 그러했다. 그러나 그런다 하여 잡은 손을 놓아야 할 시간이 미뤄지는 건 아니었다.

"나는, 돌아가서 너와 네 오라비의 행방을 불문에 부치겠다."

"……."

"역적의 아들인 민진겸은 이날 이후로 죽은 것이다."

깊은 색의 눈동자가 흔들리는 것을 단 한순간도 놓치지 않으려, 천강은 눈도 깜빡이지 않았다.

"네 오라비가 내 아비를 죽이기 위해 벌이던 일이 무엇이든 나는 관계된 모든 자들을 엄벌할 것이다. 단, 그 자리에 네 오라비가 행방불명된 채로 나타나지 않는다면 처벌할 수는 없겠지."

천강이 살아온 삶의 방식을 통째로 부정하는 말이었다. 그만치 수린을 향한 애정이 이보다 클 수 없음을 보여 주는 방법은 없었을 것이다.

"그리하셔도…… 되는 것입니까. 그리, 눈감아 주셔도 되는 것입니까."

그로 인하여 천강에게 해가 되는 것은 아닌지, 천강이 잃는 것이 많지는 않은지, 묻고 싶었지만 물을 수 없는 마음을 천강은 읽을 수 있었다.

"하나만 약조해 주겠느냐."

"무엇을 말입니까."

"이후, 너와 내가 다시 만나게 된다면, 그것이 어떤 형태이든 나를 피하지 않겠노라고."

이렇게 헤어져 다시 천강을 만나게 될 날은 오지 않을 것이다.

허나 마지막이 될 당부였다. 수린은 고개를 끄덕였다. 채 떨어지지 않고 맺혀 있던 눈물방울이 고갯짓을 따라 떨어져 모래를 적셨다.

잡고 있던 손이 떠나는 순간의 감각은 생경했다. 늘 따로 존재했던 것인데도 본래 하나였던 것이 떨어지는 양, 따듯했던 체온이 사라지자 으스스 몸 전체가 추워졌다.

눈 안에 깊이 새기듯 미련이 가득한 시선으로 수린에게서 얼굴을 못 돌리던 천강이 마침내 결심을 한 듯 모래를 박차고 일어난 것은, 배 그림자가 제법 형체를 알아볼 수 있을 만큼 가까이 다가왔을 때였다.

모닥불 옆에 둔 갑옷과 검을 챙겨 들고 물가로 걸어가기 시작한 천강은 다시는 뒤를 돌아보지 않았다. 그러나 상관없었다. 뒤돌아선 등을 본 순간부터 눈을 가린 눈물 때문에 이미 수린의 눈에는 아무것도 보이지 않았으니까. 울음소리도 나지 않았는데 숨이 쉬어지지 않을 정도로 가슴이 아팠다. 잠깐 가져다 댔던 손바닥이 금방 흥건해질 정도로 쏟아지는 눈물은 모래사장에 동그란 파문 같은 흔적들을 남기며 떨어져 내렸다.

제발 가지 말라고, 아무것도 필요 없으니 내 곁에 있어 달라 얘기할 수만 있다면 얼마나 좋았을까. 상황이고 처지고 아랑곳하지 않고 매달리고 싶었다. 혼자 좋아 매달리는 철모르는 풋사랑이었다면 차라리 나았을까. 은애한다고, 당신이 좋다고 처음으로 입 밖에 내어 말하자마자 두 번 다시는 만나지 말자 이별을 고하고 돌아서는 뒷모습을 봐야 하는 이 상황이 기가 막혔다.

그래도 다시는 만나고 싶지 않았다. 다시 한 번 이렇게 헤어져야 한다면 그때는 살 수가 없을 것만 같아서, 그래서 이 천지가 무너지는 것 같은 작별이 마지막이길 바랐다.

몸 안의 물기가 다 빠져나가도록 울고 또 울어 어찌 갔는지, 그 뒷모습이 어땠는지 알 길이 없었다. 완연히 동이 트고 어깨에 살포시 진겸의 조심스러운 손길이 와 닿고 나서도 수린의 눈물은 멈추지 않았다.

9장

　교성은 어지러웠다. 이례적인 소란에 혼란스러운 것은 민초들만의 문제는 아니었다. 정미곶에 느닷없이 나타난 숨이 막힐 정도로 거대한 군선들의 행렬을 보느라 목이 휘어지는 군중들의 뒤에서 한숨을 짓고 있는 관리들의 속은 시커멓게 타들어 갔다. 그리크지 않은 규모의 관할지가 자급자족으로 유지되는 데에는 한계가 있다. 난데없이 칙령이라며 교성을 오고 가는 모든 길목을 막은 황제의 의중은 그 누구도 섣불리 짐작할 수가 없었다. 그리고그 혼란은 황제의 직속 고위 관리들도 매한가지였다.

　있는 듯 없는 듯 조용히 지내고 있던 객잔에 황제의 붉은 깃발을 든 군사들이 속속 모여들기 시작하자 거리는 뒤숭숭해졌다. 차마 물을 수도 없어 전전긍긍 초조한 표정만 숨기지 못하는 금군 대장에게 황제는 의중을 알 수 없는 미소를 지어 보였다.

"묻고 싶습니까?"

황제의 질문은 섣불리 그렇노라 답을 내놓을 수 없는 종류의 것이었다.

"그냥 단순히 생각하고 행동하기로 마음먹은 것뿐입니다."

"무슨 말씀이신지 소신은 의중을 짐작키 어렵습니다."

"그냥요, 선대들께서 그리하셨던 것처럼 사냥을 나가고 싶으면 민가(民家)를 밀어 버리고 활을 쏘고, 귀한 것이 탐나면 군사를 보내 가져오라는 한마디로 수중에 넣으셨던 것처럼 나라고 그리 하지 못하리라는 법은 없다 생각한 겁니다."

"폐하. 그는……."

"후원을 꽃으로 가득 채우고도 성군 소리를 들었던 수많은 황제들이 있는데 나라 하여 그리해서 안 될 것은 없지 않겠습니까?"

이는 또 무슨 소리인가. 금군 대장은 잠시 머리를 굴려야 했다. 수많은 비빈들을 거느렸던 역대의 황제들과, 작은 항구에 군선을 불러들인 황제의 의중 속에 어떠한 연결 고리가 있는 것인지 도 통 알 수가 없었던 것이다.

황제는 금군 대장의 혼란은 아랑곳하지 않고 두루마리를 펼쳤 다. 유려한 필체로 급히 쓴 듯한 글을 읽는 황제의 옆선은 고왔 다. 굳게 다문 입술 위로 떠오른 단단한 표정은 늘상 보던 황제의 것과 다를 바가 없어 보였다. 실상 그 안에서 어떠한 폭풍우가 몰 아치는지 알 수 있는 이는 없을 것이었다.

황제는 생각하고 또 생각하고 있었다.

알고 있었다. 천강이 상인들을 입에 올리기 전부터 그 남자,

대국(大菊)을 건네며 눈에 선한 웃음을 짓던 그 남자가 어딘가 미심쩍은 부분이 있다는 것은. 상인치고는 품위가 느껴지는 언행이나 행동거지가 그러했고 뒤를 캐기 힘든 지방 출신이라는 것이 그러했다. 무엇보다 칼날 위를 걷는 것처럼 늘 곤두세우고 살아왔던 황제의 감(感)이 그리 말했다. 그 남자는 수상하다고.

그럼에도 애써 부정하고 싶어 하는 자신을 황제는 느꼈다. 고작 몇 번의 만남이었다. 인연이라 하기에도 민망할 정도로 짧은 몇 번의 스침이 다였다. 그런데, 그런데도 그 남자가 뇌리에서 떠나지 않았다.

그러나 살며 단 한 번도 몰랐던 생경한 감정에 혼란스러워만 할 정도로 황제는 어리지도, 어리석지도 않았다. 그만큼 그 감정은 명확했다. 그 남자가, 어찌할 수 없을 정도로 좋았다. 허나 좋다는 감정에 순수하게 자신을 던질 수 있는 처지가 아니었다. 그래서 확인해야 했다. 적어도 그 남자가 황제에게 칼을 겨누는 일당의 우두머리만은 아니라는 것을. 일련의 사태들이 단순히 돈을 노린 무리들의 잔꾀라면, 아니 설혹 그 끝에 역모를 꾀하는 이들이 있다 해도 그 남자가 우두머리만 아니라면 자신은 상관없었다.

천강이 군선을 몰고 해상으로 나갔다 돌아올 때까지 걸린 달포가 조금 넘는 시간 동안 황제는 나름의 방법으로 움직였다. 한결같이 뒤에서 지켜보기만 하던 황제가 전면에 나서 움직이는 모습은 주변인들에게는 당혹 그 자체로 느껴졌고, 막 교성을 떠나려 하다 발목이 묶인 윤인호에게도 예외는 아니었다.

천강이 무사들을 이끌고 떠난 뒤 며칠이 지나지 않아 경으로 돌아가려 했던 윤인호는 교성의 길목을 막은 군사들에게 저지당했다. 서릿발 같은 윤인호의 눈빛에도 군사들은 황제 폐하께서 그 누구의 예외도 두지 말라 하셨다는 말로 윤인호의 눈빛을 피할 뿐이었다.

명을 재고해 주십사 몇 번이고 비밀스레 청을 넣었으나 돌아오는 대답이 묵묵부답뿐이기를 몇 차례. 윤인호의 인내심은 바닥을 드러냈고, 이제는 거취를 숨기려 들지도 않는 것인지 대놓고 붉은 깃발의 군사들이 지키고 서 있는 황제의 숙소로 직접 찾아가기에 이르렀다.

"황성을 이곳으로 옮기려 하심입니까?"

비아냥에 가까운 윤인호의 물음에 황제는 희미한 미소를 지었다.

"황성은 내가 있는 곳이 바로 황성이라 말했던 사람은 다름 아닌 종주공이었던 걸로 기억합니다. 그러니까 그게…… 오 년 전쯤 그리 말했었지요."

"폐하께서 명민하신 것을 소신께 확인시켜 주고 싶으신 것입니까?"

"천만에요. 내가 기억력이 좋아 봐야 어디 종주공만 하겠습니까."

"폐하. 폐하와 담소를 나누는 것은 소신에게는 무한한 기쁨이오나 지금은 그 기쁨을 누릴 적절한 시기가 아닌 듯합니다."

즉, 말 돌리지 말고 돌아가게 군사들이나 물리라는 소리였다. 그 뜻을 모를 리 없는 황제였지만 황제는 경치 좋은 풍경을 감상하는 사람인 양 굴었다.

"급히 볼일이라도 있는 겁니까? 안타깝지만 지금은 안 됩니다."

단박에 돌아온 거절의 말에 윤인호의 눈빛이 차가워졌다. 황제는 못 본 척 딴청을 피웠다.

"차나 한잔하고 가시지요. 교성에는 좋은 차가 많더군요. 요즘
에는 저자에서 소소한 물건들을 구경하고 다니는 게 여간 재미있
지 않습니다."

"폐하. 소신, 차를 마시고자 폐하를 찾아온 것이 아닙니다!"

언성이 높아진 것은 무의식중의 일이었다. 하지만 느긋했던 황
제의 얼굴에 예기(銳氣)가 서리기에는 충분했다. 황제의 눈이 자
신을 직시하자 윤인호는 아차 싶어 얼른 고개를 숙였다.

"송구합니다. 소신이 그만 무례를 저질렀습니다."

황제는 재빠른 태세 전환에 침묵으로 답했다. 윤인호는 숙인
고개 위로 날아드는 따끔한 시선에 티 나지 않게 이를 악물었다.
황제가 변했다. 어디라고 꼬집어 이야기하기에는 미묘할 정도였
지만 확실히 예전과는 달랐다. 황위에 오르면서 늘 세우고 있던
벽과는 또 다른 경계선이 느껴졌다. 언제부터였던가.

"폐하. 잠시 들어가도 되겠습니까."

익숙한 목소리가 긴장된 침묵을 깼다. 황제에게도, 그리고 윤인호
에게는 더 익숙한 그 목소리에 윤인호의 숨통이 트였다. 천강이었다.

"……들어오세요."

경계를 풀지 않는 기색으로 황제가 천강의 청을 허했다. 초췌
해진 얼굴로 들어서던 천강이 윤인호를 발견하고 멈칫 멈춰 섰다.
그 태도가, 예민해진 윤인호의 심기를 건드렸다.

"그 얼굴, 내 속에서 나온 아들놈 얼굴이 맞는지 이제 다 잊을
지경이구나."

비아냥에 대꾸 없이 천강이 황제를 바라보았다. 황제는 조소에 가까운 미소를 머금고 천강에게 가볍게 고개를 끄덕여 보였다.

"어차피 알게 될 일입니다. 신경 쓰지 마시고 보고하세요. 갔던 일은 잘 해결되었습니까? 만족할 만한 결과였으면 좋겠군요."

그제야 천강이 눈을 깔고 입술을 열었다. 노골적으로 그 자리에 있는 윤인호를 석상 취급하는 태도였다. 윤인호의 눈썹이 분노를 담고 치켜 올라갔지만 황제도, 천강도 아랑곳하지 않았다.

"명, 받들고 돌아왔습니다."

잠긴 목소리에서는 까칠한 쇳소리가 섞여 나왔다. 강행군을 마친 증거나 다름없는 낯과 목소리에 황제는 수고했다는 눈빛을 보냈다.

"짐작했던 바대로 약재를 빼돌리는 자들은 바다 건너에 연결책을 가지고 있었던 것으로 보입니다. 건드리고자 하면 그 끝을 잡지 못할 바는 아니지만 끝까지 캐내고자 하면 그것은 외교상의 문제가 될 수도 있는지라 제 선에서 해결할 수는 없다 판단하였습니다. 폐하의 윤허가 있은 이후에 움직이는 것이 적절하다 여겨졌기에 섣불리 움직일 수 없었음을 이해해 주십시오."

"외교상의 문제라…… 그렇군요. 그러면 내 영토 내에서 함부로 움직인 자들의 머리는 역시나?"

"예. 배재공 하태운과 그 아들이었습니다."

담백하게 나온 대답치고는 말의 내용이 무거웠다. 윤인호가 바람이 일 기세로 고개를 돌려 천강을 바라본 것과는 대조적으로 황제의 얼굴은 차분했다.

"증거는 확실합니까?"

"일전에 의심스럽다 말씀드렸던 상단의 창고에서 몇 가지 서신과 화포 상자를 발견했습니다. 덮쳤던 상단의 배에서 동일한 필체의 서신이 있었고, 황궁 서관(書館)에 보관되어 있는 배재공과 그 아들 하석이 쓴 문서를 보내오라 전갈을 넣었으니 그것들이 도착해 비교하면 답은 더 명확하게 나오겠지요."

"필체 정도야 대필을 썼을 수도 있지 않겠습니까."

"그럴 수도 있습니다만 국법이 금하고 있는 행위를 저지르는 자들이 모략을 여러 사람과 공유하며 꾸밀 가능성은 낮겠지요. 물론 대필을 썼을 가능성을 배제하지는 못합니다. 빼돌린 약재의 행방을 잡아내는 것이 가장 확실한 방법이지요. 헌데 이미 다량의 약재가 물을 건너간 후인지라 그 또한 외교적 문제를 야기할 수 있습니다. 그리되어도 괜찮으시겠습니까?"

황제가 손가락을 들어 관자놀이를 지긋하게 눌렀다.

"이래저래 나라 안에서 완벽하게 해결이 나지는 않을 문제다 이거로군요."

"그렇습니다."

"다른 방법은 없습니까?"

"고전적이고 단순한 방법이 있긴 합니다만."

즉답에 그게 무엇이냐 묻는 눈빛을 보내자 천강이 쓴 표정을 지었다.

"혐의가 있는 자들을 추궁하는 것이요. 조금 강하게 말입니다."

고문과 신문을 말하는 것이다. 황제는 눈을 살짝 치켜떴다.

"그렇군요. 그 방법도 생각을 안 해 본 바는 아니지만……."

잠깐 동안 고민하느라 끊겼던 황제의 말은 곧 다시 이어졌다.

"좋습니다. 그 또한 장군에게 일임하겠습니다. 대신 확실하게, 철저하게 알아내 주세요."

허리를 숙여 존명의 뜻을 표하고 돌아서려는 천강의 뒷모습을 보며 입술을 달싹이던 황제가 천강의 손이 문에 닿았을 때 자신도 모르게 입술을 열었다.

"그……."

돌아서려던 천강과 분노에 가득한 얼굴로 그 뒤를 따르던 윤인호가 동시에 황제를 바라보았다.

"그, 운반책이었던 상인, 지금 어찌 되었습니까. 구금되어 있습니까?"

"예?"

"혹 그자가……."

황제의 말이 잠시 끊긴 그때, 천강의 뇌리를 스친 것은 진겸이 수린의 혈육이라는 사실이 아니라 저자에서 진겸과 마주 보고 있던 황제의 얼굴이었다. 천강은 평정을 가장한 그 눈 속에 담긴 감정이 자신이 속 깊이 숨겨 둔 것과 유사한 것임을 직감했다. 판단은 빨랐다.

"상단의 우두머리였던 자는 해상에서 혼전이 벌어지던 중에 행방이 묘연해졌습니다. 정황상 그저 하태운 일가의 말 정도였던 것으로 보입니다만."

복잡하게 흔들리는 황제의 눈빛을 천강은 놓치지 않았다.

"근처 섬과 해안가를 샅샅이 뒤졌으나 신병을 수습하지는 못하였습니다. 근처 바다에 익숙한 자일 터이니 아마 재빨리 몸을 뺀 것일 테지요. 상단의 단주인 그자를 비롯, 실종된 두어 명을 제외하고는 모두 구금하고 있으니 추가로 신문이 필요하다면 말씀하십시오."

천강은 황제가 듣고 싶어 하는 말이 무엇인지를 정확히 짚었다. 그자는 반역을 꾀하지 않았다. 죽지 않았을 것이다. 그리고 티 나게 안도하는 황제의 안색을 읽었을 때, 천강은 실타래처럼 얽힌 그들의 인연에 남모를 한탄을 삼킬 수밖에 없었다.

"폐하."

"말해 봐요."

"외람되오나 이 일이 모두 끝나면, 제게 현재 주어진 모든 관직을 회수하여 주십시오."

윤인호가 더 참지 못하고 아들의 팔을 거세게 잡았다. 핏줄이 선 그 손을 무시하고 황제가 물었다.

"공을 치하하여 더 큰 관직을 내리는 게 아니고 말입니까?"

"예."

"어째서죠."

"꼭 해야만 하는 일이 생겼습니다."

"그것이 무엇입니까."

"차차 말씀드리겠습니다. 과한 청을 드리지는 않을 터이니 부디 폐하께서 허해 주시길 바랍니다."

"내가 들어줄 수 있는 일이라면 기꺼이."

황제는 선선히 대답했다. 천강의 청이 무엇이든 반역을 꾀한 일당을 소탕하는 것에 비하면 가벼울 것이다. 그러나 즉답한 것은 대가의 경중이 맞아서가 아니라 천강의 청이 어쩐지 자신에게도 한 줄기 지푸라기가 될 것 같다는 예감이 들어서였다.

❀　❀　❀

물리적인 거리는 많은 것을 달라지게 한다. 기후가 달라지면 그 땅에서 자라는 꽃과 나무의 종류가 달라지고, 먹는 것이 달라지면 생활이 달라지며, 생활의 차이는 말의 차이에 이어 문화의 차이를 만든다. 예컨대 나무가 잘 자라는 지역에서는 목조 건물이 흔하게 지어지는 것에 비해, 나무가 생장하기 힘든 북쪽 지방에서는 목재보다 석재가 흔해 석조 건물이 더 많고 난방에 목재를 쓰는 대신 석탄을 사용하는 것이 그렇다.

석탄이 타오르는 소리는 나무가 타는 소리와는 사뭇 달랐다. 결이 불규칙하게 갈라지며 타닥 소리를 내는 나무와는 다른 소리가 신기해 바라보는 색 깊은 눈동자에 불꽃은 붉게 반사되었다.

집중하고 있는 옆모습을 귀엽다는 눈빛으로 바라보는 얼굴은 복잡한 감정을 담고 있었다.

"신기하냐?"

"예, 신기합니다. 석탄으로 불을 지피는 것은 책에서만 본 것이라서요."

"여기에서 조금만 더 북으로 가면 가축의 배변을 말려 연료로 쓰는 곳도 있다. 진연은 나무가 자라기에 좋은 환경이 아니니 나무를 태우는 것은 사치라 여기지."

"진연에까지 오게 될 줄은 몰랐습니다."

수린의 말에 진겸은 긴 한숨을 내쉬었다. 실상 진겸도 진연에 올 생각은 털끝만큼도 없었다.

진연의 황제가 자신에게 영문 모를 호의를 품고 있다는 것은 알고 있었다. 귀하게 쓸 터이니 자신의 사람이 되어 달라 청한 적도 몇 번 있었지만 반농담조의 말이 대부분이어서 가볍게 농으로 받아치고 넘어가기를 여러 차례였는데 외딴섬에까지 배를 보낼 정도로 자신의 거취에 관심을 보일 줄이야.

그 덕에 빠져나올 길이 요원하던 섬에서 무사히 빠져나올 수 있던 것은 천운이었다. 하지만 이제 어찌해야 하나.

이전에 몇 번 안면을 튼 적이 있는 마웅이라는 남자가 진겸과 수린이 망연하게 머물고 있던 해안가로 도착해 모시러 왔다며 따라오라 했을 때는 잠시 망설였다. 하지만 그를 따라가는 것 외에는 방법이 없었기에 은회색의 날렵한 선체를 뽐내는 작은 배에 오를 수밖에 없었다.

어찌 수습이 되었는지 만 하루가 지나기도 전에 잠잠해진 바다를 지나 큰 바위섬 몇 개가 병풍처럼 감싸고 있는 작은 섬에 배가 멈추자 기다리고 있었다는 듯 곱게 차려입은 여인들이 둘을 맞아 주었다. 어찌 이런 곳에 꽁꽁 감추듯 숨겨진 섬이 있을까 싶을 정도로 잘 다듬어진 섬에는 으리으리하다는 말이 아깝지 않을 정도의 석조 건물 몇 개가 맞춤하게 자리 잡고 있었다.

마치 좋은 계절에 휴양하기 위해 지어 놓은 별궁 같은 느낌의 섬에서 부족함 없이 시중들어 주는 여인들의 호의를 받으며 보내기를 며칠. 수린은 부쩍 추워진 날씨 탓에 여인들이 피워 주고 나간 난

로를 뚫어지게 바라보다가 다시 진겸에게 눈을 돌렸다.

"그런데 우리, 언제까지 여기 있어야 하는 겁니까?"

사실 그건 진겸이야말로 알고 싶은 것이었다. 마용이라는 자는 진겸과 수린을 이 섬에 데려다 놓고 사라져서 다시 나타나지 않고 있었고, 섬에 상주하는 여인들은 아무것도 아는 것이 없는지 아니면 모르는 척을 하는 것인지 그저 애매한 미소로 일관할 뿐이었다.

수린은 수심에 어두워지는 진겸의 얼굴을 보곤 애써 웃어 보였다.

"어찌 되겠지요. 어딜 가든 지금까지보다 더 최악이 있겠습니까. 전 산보나 하고 오렵니다. 쉬고 계세요."

옷자락에 묻은 먼지를 털어 내듯 말하고 일어선 수린은 가벼운 발걸음으로 문을 열고 밖으로 나섰다. 등 뒤에서 진겸이 걱정스러운 눈빛으로 바라보는 게 느껴졌지만 모른 척, 밝은 척하는 것이 수린이 할 수 있는 전부였다.

세상이 무너지는 것 같은 절망도, 가슴이 뻥 뚫려 버린 것 같은 상실감도 티 내지 않으면 그뿐이다. 입 밖으로 나가지 않은 감정은 속을 곪아 문드러지게 할 뿐, 그렇지 않노라 부정해 버리면 누구도 섣불리 건드릴 수 없는 영역이 되어 버리는 것이다.

은애한다. 그립다. 그에게 달려가고 싶다. 애써 지우고 묻으려 해 봐도 불쑥불쑥 고개를 드는 감정은 시간이 갈수록 머릿속을 좀먹어 들어갔다. 그래도 어쩌겠는가. 그래서 어쨌단 말인가. 수린은 울컥 눈가를 뜨겁게 달구는 감정을 누르고 잘 꾸며 놓은 화단 앞에 무릎을 굽혀 앉았다. 바위섬에 둘러싸인 섬은 해풍의 영향이라고는 받지 않은 것 같은 화단에는 안주에서도 흔히 볼 수 있는 약재들이 몇, 눈에 들어왔다.

"이건."

수린은 땅바닥에 딱 붙어 자라고 있는 풀포기 하나에 손을 뻗었다.

"그거 값이 꽤 나가는 거라 함부로 만지면 값을 치러야 해."

등 뒤에서 들려오는 느긋한 남자의 말에 수린은 반사적으로 뻗었던 손을 화들짝 거둬들였다. 거의 동시에 뒤를 돌아보니 질 좋은 백의를 차려입은 장신의 남자가 빙글거리는 미소를 지으며 수린을 바라보고 있었다.

"잡초인 줄 알고 그냥 뽑아 버리는 사람도 많던데 약초 보는 눈이 있는가 봐?"

"잡초랑 비슷하게 생기긴 했지만 진통에 효과가 좋은 함동초지요."

"잘 아는군. 손이 많이 가지는 않는데 따뜻한 곳에서만 잘 자란다 하더군. 키우는 데 애먹었어."

어깨를 으쓱하는 남자의 몸짓에는 여유가 배어 있었다. 큼직하고 시원한 이목구비를 빼고 보더라도 사내다운 매력이 물씬 풍기는, 게다가 본인 스스로가 자신의 매력을 잘 알고 있는 유형의 사람이었다.

"직접 키우신 겁니까? 약재를 잘 다루시는 분인가 보군요. 따뜻한 곳에서는 그냥 자연적으로 잘 자라나지만 추워지면 생육이 어려운 약초로 알고 있는데."

"약초를 다루는 게 생업인 건 아닌데 흥미가 좀 있어서."

남자의 눈가가 웃음으로 휘어졌다. 반사적으로 따라 웃는 수린의 가슴이 찌릿해졌다. 천강과 비슷한 또래일까. 이렇게 오만 군데에서 천강이 떠올라 가슴 아픈 것이 언제까지나 계속될까.

"그러는 그대야말로 약초에 조예가 깊은 모양이야?"

"그저 주워들은 잡지식이 좀 있을 뿐입니다."

"그럼 그 잡지식으로 설명 좀 해 줘 봐. 이거 말이야."

남자가 손가락으로 가리킨 것은 함동초 옆 비실비실하게 줄기가 휘어진 하얀 식물이었다.

"지혈에 효과가 좋은 놈이라고 해서 키워 보려 하는데 잘 안 자란단 말이야. 이건 어찌해야 잘 자라?"

수린은 남자가 가리킨 식물을 들여다보고 고개를 갸웃거렸다.

"지혈에 효과가 좋고 하얀색 줄기를 가진 여섯 잎 약초라면 향월화(向月華)입니까? 보통은 줄기가 이리 가늘게 자라지 않는데요."

"나도 그리 알고 있는데 이렇게 자라더라고. 비료도 넉넉히 주는데 말이야."

수린은 잠시 턱에 손을 가져다 대고 약초 쪽으로 고개를 숙였다. 그 옆모습을 남자는 흥미로운 시선으로 관찰하듯 바라보았다.

"기후는 이 정도면 그리 큰 차이가 날 것 같지는 않고, 토양도 비슷하게 조성해 주었다면, 역시 채광의 차이가 아니겠습니까?"

"채광? 여기도 햇빛은 잘 드는데."

"일조량보다는…… 향월화는 이름 그대로 달빛을 받아 피는 꽃입니다. 제가 머물던 곳에서도 가장 높은 곳에서 낮 동안 웅크리고 있다가 만월(滿月)이 뜨는 밤에 달빛을 넘치게 받으면 피어

나곤 하지요. 같은 섬이어도 산 위에서 받는 달빛과 겹겹이 바위가 둘러진 섬에서 받는 달빛은 다를 테지요."

그래. 딱 이 무렵. 지금 안주에 가면 만월의 달빛을 받아 터뜨린 새하얀 꽃잎으로 산등성이를 하얗게 수놓으며 피어 있을 테지. 해가 떠 있는 내내 꽃잎을 잔뜩 웅크리고 있는 게 흡사 너와 닮았다 했던 것이 윤종명이었던가.

막 윤종명의 일을 돕기 시작하던 무렵이었던 것 같다. 정 의원이 갖은 약초를 손질해 윤종명에게 가져다주라 일러 총관저에 갔을 때, 대청마루에 앉아 술잔을 기울이고 있던 윤종명은 잘 익은 술을 따른 청자 잔 위에 손질한 꽃송이를 하나 띄워 마시며 그리 말했었다. 영문을 몰라 눈을 동그랗게 뜨는 수린을 보며 윤종명은 눈을 휘며 소리 없는 웃음을 지었다.

문득 밀려오는 그리움에 잠기려는 수린을, 경쾌한 목소리가 끌어 올렸다.

"아, 그런 건가? 그런 걸로도 차이가 나는 거야? 난 풀은 햇빛하고 양분만 충분하면 다 잘 자라는 줄 알았지."

"당연하지 않겠습니까. 사람도 마찬가지가 아닙니까. 권력이 없이는 못 사는 어른이 있노라면 애정을 먹어야 자라는 아이도 있는 법이니까요."

수린의 말에 남자의 웃음이 짙어졌다.

"그래? 그대는 어느 쪽이야?"

"예?"

"태양 같은 권력보다는 달빛 같은 애정이 필요한 사람인가?"

남자의 질문에 말문이 막혔다. 수린이 물끄러미 바라보자 남자는 짙은 미소를 지었다.

"어쨌든 조언 고마워. 진연에는 약초에 대해 잘 아는 사람이 드물어서 조언을 구할 곳이 없었어. 약효도 약효지만 흐드러지게 피어난 모습이 절경이라기에 한번 키워 보고 싶었는데 욕심이었던 모양이야. 그나저나 귀한 조언에 대한 보답을 어찌 하지?"

"조언은요, 무슨. 대수롭지 않은 것인데요."

"아니야, 아니야. 사람이 은혜를 알아야지. 원하는 게 있으면 얘기해 봐."

친한 척 얼굴을 가까이 들이대며 하는 말이며 태도가 심히 부담스러웠다. 수린이 주춤 뒤로 물러나며 고개를 저었다.

"아, 아니요. 됐습니다."

"정말? 원하는 게 없어?"

"그, 예."

"아깝네."

씨익 웃으며 던지는 아깝다는 말에 어째서인지 모를 소름이 오스스 돋았다. 뭐가 아깝다는 거지?

"뭐, 시간은 많으니까. 그나저나 지낼 만은 해?"

"예? 그야 여러 분들이 배려를 해 주셔서…… 그런데 뉘십니까?"

정작 중요한 남자의 정체에 대해서는 듣지 못했다는 생각이 그제야 들었다. 남자는 수린의 질문에 응? 하더니 금세 호탕한 웃음을 터뜨렸다.

"아 맞아. 내가 내 소개를 깜빡했네. 난 휘랑(彙琅)이라 해. 이제 들어갈 거지? 같이 갈까? 단주는 잘 있어?"

휘랑이라 자신을 소개한 남자가 말하는 단주라는 사람은 필시 진겸일 터였다. 역시 진겸과 안면이 있던 사람인 것이었나. 얼결에 고개를 끄덕이자 그는 수린의 어깨에 척 팔을 걸쳤다.

"그간 그 잘난 얼굴 좀 많이 축났겠네. 아까워라. 그러게 내 말을 좀 귀담아들을 일이지 말이야."

알아들을 수 없는 말을 흥겹게 떠들며 수린의 어깨에 팔을 걸치고 수린과 진겸이 머물고 있는 곳으로 향하는 휘랑의 걸음은 거침이 없었다. 벌컥 서슴없이 문을 열어젖히는 태도까지도 말이다.

"산책 나간다더니 금방……!"

수린이 돌아온 줄 알고 부드럽게 말을 건네던 진겸이 수린을 끌다시피 함께 데리고 들어온 남자를 보고 대경실색해 눈을 부릅떴다. 휘랑은 수린을 조금 더 자신 쪽으로 끌어당기며 진겸에게 씨익 웃어 보였다.

"오래간만이야. 잘 지냈어? ……라는 질문은 안 어울리겠구만. 잘 지내지는 못한 듯하니. 어이구, 얼굴이 아주 반쪽이 됐네 그래. 내가 자네 잘생긴 얼굴을 얼마나 아끼는데."

그리 말하는 휘랑의 얼굴도 누구에게도 뒤지지 않을 미모였다. 그는 수린을 놔주고 진겸에게 다가가 정말 안타까워 죽겠다는 표정으로 어깨에 두 손을 올렸다.

"야윈 것 좀 봐. 살이 얼마나 빠진 게야? 응?"

"송구…… 아니, 구해 주셔서 감사합……."

"지금이라면 어때? 내 사람이 되어 주기만 하면 온갖 부귀영화는 다 손에 쥐게 해 준다니까."

진겸의 말은 다 잘라먹고 자기가 말하고 싶은 대로 떠드는 휘랑의 태도에 진겸의 미간에는 서서히 뿔이 생겼다.

"그것은 제게는 너무나 과분한 제안이신지라……."

"난 손해 보는 장사는 안 해. 자네는 내게 꼭 필요한 인재라니까."

"말씀은 감사합니다만 저는……."

"끝끝내 거절이야? 그럼 이건 어때?"

휘랑이 실망스러운 표정을 짓다가 손가락을 들어 수린을 가리켰다.

"자네 여동생을 내 후궁으로 주는 거야."

도대체가 맥락이라고는 없는 대화의 결론에 진겸은 물론이요, 수린의 눈까지 튀어나올 듯 휘둥그레진 것은 당연한 일이었다. 수린이 이게 대체 무슨 말인지 몰라 눈만 깜빡이자 진겸은 급기야 화를 감추지 못하고 입술을 깨물었다.

"진연의 황제께옵서 심히 유쾌하신 분인 줄은 알고 있으나 저희 같은 범인들은 그 속 깊은 농을 농으로 받아들이기 어려울 때가 있습니다. 부디 진의를 알기 어려운 농은 그만두어 주십시오."

진연의 황제? 놀라움의 연속도 정도가 있다. 저 백의의 능글거리는 잘생긴 남자가 진연의 황제라니. 게다가 후궁? 이건 또 무슨 소리인가. 수린이 눈만 굴리는 사이 남자, 진연의 황제 휘랑은 한결 장난기가 가신 진지한 표정으로 가면을 바꾸었다.

"난 진심이라고 몇 번을 얘기했어. 그대가 내 옆에 있었으면 좋겠다니까. 전에도 이야기했잖아. 난 관상을 제법 잘 본다고."

"저를 귀히 봐 주신 것은 감사드린다 말씀드렸습니다. 허나 저는 폐하께 큰 도움이 될 사람이 아닙니다."

"아니, 그대는 봉(鳳)의 상이야. 황제의 옆에 있어야만 하는 사람이라고. 그대를 곁에 둔 군주는 날개를 단 용이 될 테지."

진겸은 짧은 한숨을 뱉었다.

"그리 높이 쳐주셔서 감사하긴 합니다. 하지만 제 누이까지 끌어들이지는 말아 주십시오. 그보다 저 아이가 제 누이인 것은 어찌 아셨습니까."

특색도 없는 수수한 사내 옷을 입고 있는데 수린의 정체를 알아챈 것을 짚자 휘랑은 별거 아니라는 듯 대꾸했다.

"자네가 오매불망 찾던 사람에 대해서는 이전부터 알고 있었잖아. 저리 곱상하고 연령대도 맞는 데다 자네가 그리 끼고도는 사람이 세상에 둘이겠어? 뻔하지. 게다가."

휘랑이 휙 몸을 돌려 자신을 보자 수린은 긴장으로 몸을 뻣뻣하게 굳혔다. 굳어진 수린의 안색을 본 휘랑이 짙은 미소를 지었다.

"난 사람을 가린다니까. 내 마음에 드는 사람은 흔하지 않아."

"제 누이는 순진하니 놀리는 건 그만둬 주십시오."

"난 놀리는 게 아닌데. 자네가 내 사람이 되어 주었으면 하는 마음도 있지만 정말 자네 누이가 마음에 들기도 해. 박식하고, 차분한 태도도 그렇고."

긴 손가락이 슥 수린의 턱을 들어 올렸다.

"이 정도면 용모도 어디 가서 빠지지 않을 테고 말이야. 응? 본인 생각도 들어 볼까?"

"사, 사양하겠습니다."

수린이 생각할 겨를도 없이 뒤로 한 걸음 물러나며 즉각 내뱉어 버리자 휘랑은 시원하게 웃음소리를 냈다.

"하하하, 고생하며 자란 것치고는 순진한 것도 마음에 들어."

고생하며 자란 것은 어찌 안 것일까. 수린은 방어하듯 두 팔로 몸을 감싸며 물러나면서도 휘랑의 눈썰미가 신기했다. 휘랑은 웃음을 머금고 수린을 보던 시선을 그대로 진겸에게로 돌렸다.

"어쨌든 난 그대와 그대의 누이를 구하기 위해 위험을 무릅쓴 셈인데, 그럼 아무런 보답도 안 할 셈이야?"

"물론, 큰 은혜를 베풀어 주신 것은 송구히 생각하고 있습니다. 허나 저를 곁에 두신다면 폐하께도 훗날 화가 돌아가지 않겠습니까? 저는 어찌 되었든 불화의 씨앗이 될 죄를 저지른 자이지 않습니까."

"그런 것도 감당하지 못할 그릇으로 보이나, 내가?"

휘랑의 얼굴에서 순식간에 웃음이 걷혔다. 여유 넘치던 한량 같은 기색이 싹 사라지자 진지해진 얼굴은 마치 태산처럼 위엄이 넘쳐 보였다. 진겸은 고개를 저어 그 질문을 부정했다.

"그렇지 않습니다. 폐하께서는 군주로서 부족함이 없으신 대장부이시지요. 제가 저어하는 것은 저로 인하여 이 이상의 분란이 생기는 것뿐입니다. 제 누이 또한 더 이상의 마음고생은 시키고 싶지 않습니다. 이미 많은 고생을 한 아이이니 소박해도 자신의 행복을 찾는 삶을 살게 해 주고 싶을 뿐입니다."

"내 후궁으로 사는 게 불행할 것 같아?"

"적어도 저 아이에게는요."

생가슴을 찢어 가며 정인을 보낸 것이 며칠 전 일이다. 황제의 후궁이 아니라 옥황상제의 옆자리라도 수린에게는 지옥 불이요, 가시방석일 터였다.

"그래? 그럼 난 헛짓을 한 건가? 보답받지도 못할 수고를 한 게야?"

"제가 할 수 있는 일이라면 보답을 하겠습니다. 허나 저를 옆에 두시겠다는 것은 폐하께 누가 될 듯하니 그 말씀은 거두어 주십사……."

"됐어. 사람 구차하게 만드는 화법 구사하지 말고, 내가 원하는 건 자네가 내 옆에서 내가 원할 때 도움을 주는 거니 그런 줄 알아. 자네 핑계대로 자네 존재가 나한테 피해가 될 것 같으면 그림자 고문 역할이나 하면 되잖아. 그 이상은 양보 못 해."

"폐하……."

휘랑이 휙 고개를 돌려 말꼬리를 붙들려는 진겸을 무시하고 수린을 보았다.

"그대는 어때?"

"예?"

"난 진심으로 그대를 후궁으로 두어도 좋겠다 생각했는데, 싫어?"

"……어, 예."

"쳇. 남매가 똑같이 매정하구만. 그래도 뭐 좋아. 그대 오라비가 내 곁에 있을 테니 함께 머물 거처 정도는 마련해 주도록 하지."

삽시간에 남매의 처지를 정리해 버리는 휘랑의 말에 정신이 하나도 없었다. 이래도 되는 것인가 싶어 수린이 진겸을 바라보자 진겸도 정신없기는 매한가지인 모양이었다.

"호의…… 감사드립니다만 저는, 또 제 누이는 그런 호의를 받을 만한 입장이 못 됩니다."

"호의를 받을 만한 입장이라는 건 또 뭔데? 내가 꿍꿍이가 있기는 하지만 그냥 순수하게 내 마음에 든 이들을 위해 호의를 베풀지도 못할 만큼 악랄한 인간도 아니거든. 그냥 주면 주는 대로, 좋으면 좋은 대로 물 흘러가듯 받아들일 수는 없는 거야?"

난처해 몸 둘 바를 모르는 진겸의 얼굴을 수린은 슬픈 마음으로 바라보았다. 휘랑의 말이 틀린 것은 아니다. 휘랑의 입장에서 자신의 마음에 든 사람을 곁에 두고 거처를 마련해 주는 정도는 어려운 일도 아닐 터. 하지만…….

"그렇다면 저희들에게 약간의 시간을 주시면 안 되겠습니까?"

수린이 진겸을 대신해 입을 열고 나서자 진겸과 휘랑의 눈이 다른 의미의 빛을 띠었다. 휘랑은 짙은 호기심을, 진겸은 당혹과 난처함을 고스란히 드러낸 것이었다.

"시간이라. 무엇을 하려고?"

"수린아. 무슨 말을 하는 게냐."

수린은 진겸에게 자신이 말하겠다는 의미로 손을 내밀었다. 수린은 휘랑의 얼굴을 똑바로 바라보았다.

"말씀하신 대로 저희 남매는 곤란한 처지입니다. 또한 저희를 곁에 두시는 분은 저희 때문에 곤란한 일에 휘말리실 수도 있습니다. 허나 그 곤란을 감수하시면서까지 저희를 곁에 두고 싶으시다면, 저희가 할 수 있는 한은 힘이 되어 드릴 수도 있습니다. 오라버니의 칼 솜씨나 저의 비루한 약재에 관한 지식이라도 필요하시다면요."

"그거 좋지."

"하지만, 제게는 아직 마무리를 지어야 할 일이 있습니다. 허락하신다면, 그리고 그 후의 저희의 신병을 보호해 주신다면 그 일만 마무리 짓고 돌아오겠습니다. 어차피 저희에게 다른 방도가 없으니까요."

"그 일이란?"

"……제 어미와 같은 이를, 데리고 와도 되겠습니까?"

수린의 말에 진겸이 눈빛을 흐렸다. 상처에 박힌 쐐기 같은 이, 그것이 수린에게는 유모였을 것이다. 그리고 진겸에게도 그 쐐기 같은 이들이 몇 있었다. 명줄이 연결된 것이나 다름없이 생사고락을 함께한 이들부터, 이래도 되는 것인가 싶어 차마 떠올리기조차 조심스러운 한 여인까지…….

휘랑의 입장에서 수린의 청은 건방진 요구나 다름없었다. 어차피 남매에게 다른 선택지는 존재하지 않았고, 시간을 준다 하여 약속을 지키리라는 보장도 없었다. 그럼에도 흔쾌히 수린의 청을 받아들이고 힘이 될 사람까지 붙여 주겠다 하는 여유가 수린으로서는 휘랑에게 호의적인 인상을 품을 수밖에 없게 했다.

"교성은 지금 들고 나는 자들의 발목을 모두 묶어 놓은 상태라지."

느긋하게 교성의 소식을 전하는 휘랑의 말에 수린은 고개를 끄덕였다. 그랬을 것이다. 천강이 몰고 온 군선은 황제의 것. 황제가 직접 군선을 몰고 나갈 것을 허락했다면 그에 걸맞은 결과물을 가져가야만 했을 터다. 진겸에 대해 눈을 감아 준다 해도 그 외의 자들 모두를 오라로 묶어 황제의 앞에 끌고 가는 것이 천강의 임무였을 것이고, 그렇다면 배재공 하태운과 그 일가, 진겸의 상단 모두가 도마 위에 올라 시퍼런 칼날을 보며 떨고 있을 상황일 것이었다.

떨고 있을 이들의 얼굴이 떠오르자 진겸은 가슴이 저렸다. 상인의 신분은 위장이었지만 오랜 시간을 함께한 이들이다. 죽음을 각오한 이들이 대부분이라 해도 그들이 그대로 죽게 내버려 두는 게 마음 편할 리가 없다.

"모든 것이 다 내 탓인데……."

허공에 혼잣말처럼 중얼거리던 진겸이 잠시 후 결심하듯 말했다.

"교성에 다녀오마."

"예? 거긴 왜 가시겠다는 겁니까!"

진겸은 달래듯 수린의 어깨를 다독였다.

"할멈을 데려오라 이른 자에게 연락할 이가 교성에 있다. 소식을 알아야 할멈을 데려오든가 중간에 만나든가 할 것이 아니냐."

"하지만 교성에는 오라버니의 얼굴을 아는 사람이 많습니다. 위험합니다."

"남의 눈을 피해 지내온 세월이 하루 이틀이 아니다. 너무 걱정 말거라."

"거 뭐하면 대신 사람을 보내지그래? 내가 보기에도 직접 가는 건 좀 아닌 것 같은데."

휘랑의 참견 같은 배려에 진겸은 고개를 가로저었다.

"다른 이가 가면 순순히 말해 주지 않을 겁니다. 그리 신의 없는 자를 연락책으로 둔 게 아니라서요. 의심하고 도망이나 가지 않으면 다행이지요."

"하지만!"

진겸이 만류하려는 수린의 입을 손을 들어 막았다.

"걱정 마라. 너에게 약조했지. 절대 죽지 않겠다고. 꼭 살아 돌아올 테니 걱정 말거라."

그럼에도 걱정에 어두워지는 수린의 얼굴을 조심스레 감싸며 진겸은 미소 지었다.

"늘 너에게 그런 얼굴을 하게 만드는구나. 이제 그러지 않을 테니 마지막으로 믿고 기다려다오."

"허면 저는 무엇을 해야 합니까."

그 물음에 진겸은 딴청을 피우고 있는 휘랑에게 시선을 한 번 주었다. 생각 같아서는 수린이 휘랑을 따라 진연의 황궁으로 가서 기다리고 있었으면 했지만 수린이 순순히 그러겠다 할 리도 없었고, 휘랑을 전적으로 믿기에는 아직 신뢰가 부족한 것도 사실이었다.

"안주에서 할멈을 데리고 나오면 연통이 닿을 때까지 기다리라 일러둔 곳이 있다. 너는 거기로 가 있는 게 좋을 것 같다."

"교성에는 어찌 들어가시렵니까."

"내가 거기에서 산 게 하루 이틀이냐. 자객 노릇을 하려면 쥐도 새도 모를 길도 잘 알아 둬야 하는 법이지."

씨익 웃는 얼굴에서 자연스럽게 배어나는 자신감에 수린은 걱정스러운 한편 어이가 없었다.

"자부심 가질 것이 없어 자객 일에 자부심까지 생기셨습니까."

"그……."

"이래서 사람은 자고로 맑은 물에서 놀아야 한다는 말이 생겼
나 봅니다."

생각지도 못한 곳을 찔린 진겸이 당황스러워하자 휘랑은 뭐가
재미있는지 너털웃음을 터뜨렸고 수린은 이마에 손을 올리고 한
숨을 쉬었다.

❀　❀　❀

불야성(不夜城)의 공간은 활기로 가득 찬 경우만 있지는 않다.
눈을 뜰 수 없을 정도로 환히 타오르는 횃불은 사방에 튄 핏방울
위에서 주홍색 육신을 너울거렸다. 불과 얼마 전까지만 해도 주안
상이 차려지고 풍악이 울려 퍼지던 위가현의 관저 마당은 끌려와
문초당하는 이들의 피를 머금어 검붉게 물들어 있었다.

"끄아아아악!!"

살이 찢기는 고통에 내지르는 비명은 처절했다. 무쇠 못이 박
힌 철퇴가 한 번 허공을 가를 때마다 핏방울과 함께 살점이 떨어
져 나갔다. 이미 사지 육신에 성한 곳이라고는 찾아볼 수 없어,
사람이라기보다는 고깃덩어리라 부르는 게 더 어울릴 몰골이 되
어서도 죽지 않은 목청만이 저주를 퍼부었다.

"윤천강! 내, 내 죽어서도 너를…… 으아악!"

이를 가는 하석을 무심한 눈으로 바라보며 천강이 손가락을 내
리자 가차 없는 철퇴가 다시 내리쳐졌다. 피범벅이 되어 꿈에라도

나올까 무시무시한 몰골이건만, 과연 호락호락한 각오로 일을 벌이지는 않았던 모양이었다.

"내가 너를 너무 과소평가했던 모양이야. 생각보다는 강단이 있군."

약을 올리려는 것인지, 감탄하는 것인지 알 수 없는 천강의 말에 하석은 으득 이를 갈았다. 천강은 비릿하게 웃고는 하석의 옆으로 눈을 돌렸다. 피에 절어 정신을 잃고 있는 남자를 향해 눈짓하자 대기하고 있던 물바가지가 남자에게 끼얹어졌다. 철썩! 따가운 물 세례에 피가 씻겨 나가며 정신을 잃고 있던 남자가 어푸 눈을 떴다.

"어흑…… 아으."

천강이 일어나 그에게 다가갔다.

"하지만 입은 여기에도 있으니 말이야."

허리에 차고 있던 검을 검집째 잡아 턱을 들어 올리자 넋이 나가 있던 명원백은 짐승 같은 울음을 쏟아 냈다.

"사, 살려 주시오. 아니 살려 주십시오. 제발……."

"인명이 귀한 것이니 함부로 해치는 것은 큰 죄지."

천강의 차분한 말에 명원백의 눈이 희망으로 빛났다. 그러나 이어지는 말에 그 눈에는 절망이 차올랐다.

"그런데 목숨 귀한 줄을 알았으면 경거망동을 하지 말았어야지."

"제, 제발……."

"게다가 난 내 것을 탐내는 자는 용서하고 싶지가 않거든."

"무슨 말이오? 내가 언제!"

천강이 검의 손잡이로 원백의 미간에 남은 흉터를 지그시 눌렀다. 수린을 남자라 생각하면서도 끝내 떨어지지 않던 원백의 시선을 천강은 알고 있었다. 탐내고, 더럽히고 싶어 하는 욕망을. 그 감정의 끝이 향하는 방향이 다를 뿐 자신의 감정과 그리 다르지 않은 소유욕을 어찌 모를 수 있었겠는가. 그래서 천강은 명원백의 존재를 참을 수가 없었다.

"그리 많은 선택지가 존재하는 것은 아니지만 그래도 선택할 수 있게 해 주지. 순순히 자백한다면, 고통스럽지는 않게 해 주겠다. 약속하지."

천강의 말은 진심이었다. 거슬리는 자이지만 마지막 떠나는 길에 자비 정도는 베풀어 줄 아량은 있었다. 원백은 천강의 말을 어찌 받아들인 건지 불안한 얼굴로 하석을 바라보았다.

"형님."

입 다물라고, 아무 말도 하지 말라고 노려보는 눈빛은 형형했다. 하지만 원백은 천강이 옆에 있던 병졸에게 건네받는 빳빳한 채찍이 더 두려웠다. 이미 삼 일이나 꼬박 처참하게 고문당한 정신은 육체와 마찬가지로 만신창이였다. 올바른 생각을 할 여력도 남아 있지 않았다. 끼얹어진 물과 한데 섞여 흘러내리는 눈물과 타액으로 지저분해진 원백의 얼굴에서 원래의 준수한 용모는 흔적도 찾아볼 수가 없었다.

"마, 말을 하면 살려 주시는 겁니까."

"원백아!"

"살려, 살려 주십시오. 모두 말씀드릴 테니."

"입 다물어!"

결박된 사지를 비틀어 매달리듯 애원하는 원백의 호소에 하석은 소리를 질렀다. 멍청한 사촌 동생을 향한 답답함은 곧 분노가 되어 폭발했다.

"윤천강! 네 기고만장함이 영원할 거라 생각하지 마라."

"글쎄…… 일전에 경에서도 나에게 그러지 않았던가. 네 발밑에 내가 무릎을 꿇는다면 어떨지 궁금하다고. 헌데 그날은 영영 오지 않을 것 같군. 안타까워 이를 어쩌나."

일말의 비꼬는 기색도 없이 책 읽듯 무미건조한 말투였다. 그 딱딱한 말투가 더 굴욕감을 불러일으켰다. 하석은 피거품이 이는 입가를 앙다물었다.

"저승에 가면 네놈이 오는 길목을 지키고 있을 것이다."

"기대하고 있지."

발톱을 잃은 짐승의 울부짖음은 그 어떤 도발도 의미 없는 발악에 지나지 않는다. 천강은 굳이 비웃을 마음까지도 들지 않았다. 이제 더 이상의 신문(訊問)조차 무의미하다. 진겸이 타고 있던 배에 남겨진 약재와 상단에 남아 있는 하석의 서신, 그리고 화포들까지. 모든 증거는 완벽했다. 남은 것은 주변인들의 자백뿐이었다. 하석 스스로 자백을 할 리는 없으니 명원백의 자백을 받는다면 모든 일은 끝난다. 하태운의 세(勢)도 여기까지인가.

"하나 궁금한 게 있다. 네 아비는 네가 하려 했던 일들을 모두 알고 동조했었나?"

"하, 그랬다면 어떻고 그렇지 않다면 어쩔 거냐. 네놈이 선처라도 베풀어 줄 게냐."

"그럴 생각은 없다. 그저 궁금해서 말이야. 지금으로서도 충분히 넘칠 만한 권력을 지니고 있으면서 어째서 무모한 짓을 벌이려 들었는지 말이야."

하석은 할 수만 있다면 천강을 찢어 죽이고 싶었다.

"난 널 처음 보는 순간부터 네놈이 마음에 안 들었어."

"그래? 그건 나도 마찬가지였는데. 우리도 공통점이 있었군."

"퉤!"

비웃음이 떠오른 천강의 얼굴을 향해 하석이 더 못 참고 피 섞인 침을 뱉었다. 깜짝 놀라 몽둥이를 내리치려 하는 수하들을 만류하며 천강은 손으로 슥 문질러 얼굴을 닦았다.

"이게 내가 너에게 베풀어 줄 수 있는 마지막 아량이다. 하석."

천강은 의량을 향해 입을 열었다.

"혀를 깨물지 못하게 압구를 채우고, 자진하지 못하도록 팔다리의 힘줄을 끊어라. 처형은 경으로 돌아간 후에 할 것이다. 또한 저자에게는 자백과 지장을 받은 후에는 자비를 베풀어 주도록 해라."

명원백이 자신을 가리키며 내려진 지시에 희미하게 희망의 낯빛을 띠었다. 그 자비라는 것이 고통 없이 저세상에 보내 주라는 의미임을 알고 있는 의량은 원백의 얼굴에 나타난 부질없는 희망이 안쓰럽기까지 했다. 그러나 그는 어디까지나 강직한 무사였다.

"그리하도록 하겠습니다."

곱게 죽을 수도 없어짐을 알게 된 하석이 다급하게 혀를 물었다. 아니, 물려 한 찰나 입 안으로 지저분한 천 뭉치가 쑤셔 넣어졌다.

"그으읍!"

막힌 목구멍 안쪽으로 비명을 질러 보았지만 아랑곳하지 않고 거친 손길들이 달려들었다. 사지를 결박한 밧줄들이 풀리는가 싶더니 굳은살이 박인 손아귀가 밧줄을 대신해 팔다리를 붙들었다. 하석은 눈에 핏발을 세우고 발버둥을 쳤다. 지시를 남기고 자리를 뜨는 천강의 뒷모습이 이미 자신은 뇌리에 없는 존재라는 사실을 말해 주었다. 그것이 견딜 수가 없었다. 예정된 비참한 죽음보다, 갖은 모욕과 고문보다, 저자에게서 버려지만도 못한 하찮은 존재로 취급받고 잊히는 것이.

한 번이라도 천강을 발밑에 두고 호령하고 싶었다. 삐뚤어진 욕망이라 해도 좋았다. 어린놈이 상관이랍시고 부임해 와 자신에게 명령을 내리던 첫 만남의 순간부터, 단 한 번만이라도 천강을 꺾고 싶었다. 가문과 실력, 그가 처한 모든 상황이 천강을 넘을 수 없다 말해 주었지만 그 욕심을 버릴 수가 없었다.

"붙들어라."

오래 함께 있어서였을까. 달군 칼을 들어 올리며 지시하는 의량의 말투는 천강과 비슷할 정도로 딱딱했다. 하석은 시뻘게진 눈으로 의량을 노려보았다. 그 시선을 똑바로 맞받아치며 의량은 불처럼 뜨거워진 날을 하석의 손목에 가져다 댔다.

하늘에 구멍이 뚫려도 사람은 밥을 먹어야 살아갈 수 있는 법이다. 안과 밖으로 모두 발이 묶여 민심은 불안하게 들썩거렸지만 골목골목 고개만 슬쩍 돌려도 보이는 군사들의 행렬에 목청 높여 떠들 수 있는 간 큰 자는 없었다.

총관 위가현이 붙잡혀 갔다는 소문이 입에서 입으로 전해지며 콩 한 쪽이라도 총관저에 바쳤던 자들은 몸을 떨었지만, 민가에까지 군사들의 창칼이 쳐들어오지는 않는 날이 하루 이틀 계속되자 숨죽이고 있던 사람들도 한숨을 돌리고 일상으로 돌아갔다. 사람들은 그렇게 조심스럽게나마 추수한 곡식들을 정리하고 가판을 열어 생계를 이어 나갈 준비를 했다.

"변 씨. 오늘 베 한 필 값은 얼마야?"

포목점 변 씨도 그중 한 사람이었다. 황제의 명이 떨어진 후로 물건이 없어 몇 가지 안 되는 포목들을 정리하는 변 씨에게 전당포의 중년 여인이 포목점 안으로 들어서며 물어 왔다.

"글쎄…… 거 값을 매기기도 애매허이. 시세대로 따질 수도 없고, 내키는 대로 받을 수도 없고 말이야. 왜, 뭔 일인데."

"우리 막내 옷이 다 헤져서 말이야. 나도 이런 시기에 물건 사기가 애매한 건 아는데 여벌 옷이 없으니 별수가 있나."

"그래. 그럼 달아 둘 테니 값은 나중에 치러 줘."

변 씨는 선뜻 베 한 필을 꺼내 여인에게 건넸다.

"그래도 되겠어? 내가 떼어먹으면 어쩌려고."

"떼어먹기만 해 봐라. 전당포를 통째로 들어먹을 테니."

으름장 놓는 소리에 살집 좋은 중년 여인은 깔깔 웃으며 알았다고 베를 흔들고 포목점을 나갔다. 덜컹. 문이 닫히는 소리를 흘려들으며 절반 이상이 비어 있는 선반을 건성으로 정리하는데 또 문이 덜컹거렸다. 저놈의 문. 기름칠이라도 해야지 왜 저리 요즘 들어 삐걱거리나. 기름을 어디다 뒀던가. 뒤를 돌던 변 씨는 화들짝 놀랐다.

"어이쿠야!"

경기를 일으킨 변 씨를 탓할 사람은 없을 것이다. 문소리만 들렸을 뿐 누가 들어오는 기척도 없었는데 갓을 푹 눌러쓴 장신의 남자가 서 있다면 누구라도 놀라는 것이 당연했다.

"뉘, 뉘신…… 단주?"

빛을 등진 남자의 갓 아래로 드러난 턱 선이 눈에 익었다. 반신반의하며 묻자 갓 아래의 턱이 위아래로 끄덕여졌다. 변 씨는 흡, 숨을 삼키고 후다닥 문 쪽으로 달려가 문을 걸어 잠갔다. 혹 누가 볼세라 발까지 내렸다.

"단주! 무사하십니까? 돌아가신 줄로만 알았습니다. 단주는 배 떠나고 소식이 없지, 같이 떠났던 상단 사람들은 굴비 엮듯 줄줄이 엮여서 군사들에게 끌려오지, 하루가 멀다 하고 교성에 군사들이 속속 몰려들지. 어찌 된 겁니까. 아니, 그보다 교성에 계셔도 되는 겁니까."

"괜찮네. 진정하게."

"일단, 일단 좀 앉으십시오."

변 씨는 진겸의 몸을 확인하듯 더듬다가 의자를 끌어다 자리에 앉히고 한숨을 쉬었다.

"그래도 이리 무사하셔서 얼마나 다행입니까."

"끌려온 자들, 모두 어디에 있지?"

"다들 총관저에 구금되어 있다 하더군요. 저도 직접 가 보지는 못했습니다만. 듣자 하니 총관이랑 경에서 온 높으신 양반들이 좀 많이 두들겨 맞았다 합니다. 역모죄니 뭐니 하는 소리까지 나온 모양이던데."

거기까지 말하던 변 씨는 슬쩍 진겸의 눈치를 살폈다.

"아니……지요?"

"그럴 리가."

즉각 안심하는 변 씨의 안색에 진겸은 따끔하는 양심의 통증을 무시하기로 했다. 알아봐야 좋지 않은 일이다. 자신을 밀거래로 부당이득을 좀 취하는 상인인 것으로 아는 것이 변 씨에게도, 관련된 모든 이들에게도 더 나은 일이다.

"그렇지요. 단주께서 그럴 리가 없지요."

밀거래에서 떨어지는 콩고물에 정보책 역할을 하는 사람인 편이, 자신도 모르는 사이에 역모죄에 엮여 있는 반역자의 여러 패 중 하나인 것보다는 백번 낫지 않겠는가.

"오해를 좀 사고 있어서 몸을 피해야 하는 상황일세. 지금 나서 봐야 다 뒤집어쓸 것 같아서 말이야."

"하긴 그렇습니다. 높으신 양반님들이야 어디 세세한 사정까지 들여다봐 주나요. 큰불이 꺼질 때까지 몸을 피해 있는 편이 좋을 겁니다."

"알아주니 고맙네. 헌데 몸을 피해 있다가 일이 꼬일 것 같아서 자네한테 그 일 좀 확인하러 위험을 무릅쓰고 온 거야."

"그 일이요?"

"안주에서 오는 소식을 전달받기로 한 것 말이야."

"아, 그것 말이군요."

변 씨는 손바닥을 탁 치고 목소리를 낮췄다.

"그게 사실 일이 좀 꼬였습니다."

"뭐?"

한숨과 함께 나온 변 씨의 말에 진겸은 미간을 구겼다. 변 씨는 심각한 얼굴로 진겸 쪽으로 몸을 기울였다.

"바로 얼마 전에 말입니다. 그러니까 군선들이 정미곶에 닻을 내리던 딱 그 무렵이었던 것 같지요. 급작스레 안주 부근에서 전서구가 날아왔습니다. 안주의 총관이 바뀌게 되었다고요."

"……뭐?"

"총관이 바뀌는 일이 부침개 뒤집듯 바로 되는 것은 아니니 아직 바뀐 것은 아니지만 일단 바뀐다 결정되었으니 안주에서 누가 나오는 것도, 누군가 들어가는 것도 당분간은 불가능하게 되었지 말입니다."

"갑자기 왜?"

"자세한 사정까지야 제가 어찌 알겠습니까. 듣자 하니 지금 총관 몸이 안 좋다는 말도 있고, 뭔가 밉보인 게 아니냐는 말도 있지만 자세한 건 더 소식이 와 봐야 알 것 같습니다."

이런. 낭패다. 생각지도 못했던 변수가 생겼으니 이를 어쩐다. 마냥 시간을 끌 수도 없고 포기하는 건 더더욱 말이 안 되는 일인데.

"당분간은 무조건 몸을 사리셔야 합니다. 어떻게, 머무실 곳은 있으십니까? 없으시면 저희 집 뒷방에라도 머무시는 게 어떻습니까?"

위험할 수 있는 상황에도 선뜻 내밀어 주는 호의는 고마웠지만 오래 지체하고 있을 수는 없었다.

"내 또 들르겠네. 또 다른 소식이 오면 잘 받아 주게. 몸조심하고."

수린이 애먼 곳에서 기다리고 있게 만들 수는 없었다. 마음이 급해진 진겸이 발을 내린 문의 잠금쇠를 열고 밖으로 뛰듯이 달려 나갔다.

"단주! 잠깐!"

붙잡을 틈도 주지 않고 나가는 진겸의 등에 대고 변 씨가 불러 보았지만 이미 허망한 외침이 된 후였다.

"이런……."

못한 이야기가 있는데. 단주의 오른팔과도 같던, 사람들이 우스갯소리로 단주의 그림자라고 부르던 그 중년 사내. 그를 얼마 전에 총관저 근처에서 본 것 같다고 이야기를 했어야 했는데.

"괜찮……겠지."

둘 다 몸 성하게만 있으면 곧 만나게 될 테니 별일이야 있겠는가. 변 씨는 애써 이야기하지 못한 찜찜함을 털어 버리기 위해 자조했다.

뱃길로 열흘, 뭍길로 또 닷새. 왔던 시간에 지체한 시간과 돌아가는 시간까지 모두 합하면 한 달하고도 열흘이 지나서야 돌아온 교성은 잔뜩 날카롭게 날을 갈아 놓은 칼 같았다. 야음(夜陰)을 틈타 산을 거슬러 올라가 산등성이에서 내려다본 교성은 과연 개미 한 마리 빠져나갈 틈이 없어 보였다.

붉은 깃발이라……. 황제의 깃발이 곳곳에 세워져 있었고 횃불이 어둠을 몰아내고도 남음 직할 정도로 환하게 타오르고 있었다.

어지간히 일이 커지기는 한 모양이었다. 하긴, 국법이 금하고 있는 화포를 들여오려 한 것이니 황제의 입장에서도 단호하게 대처해 본보기를 보일 필요를 느낀 거겠지.

고목 위에서 총관저를 내려다보던 진겸은 훌쩍 몸을 날렸다. 착. 장신의 몸은 날렵하게 큰 소리도 없이 땅에 안착했다.

물샐 틈 없이 지키고 선 군사들의 벽도 교대 시간에는 한두 군데쯤 빈 곳이 생긴다. 군인이라는 집단은 대개 고지식하기 짝이 없어서 교대 시간이나 식사 시간 같은 기본적인 생활 체계는 잘 바뀌지 않게 마련이었다. 보통 시간을 알리는 타종 소리에 맞춰 교대가 이뤄지기에 진겸은 그때를 틈타 총관저를 살피다가 몸을 뺐다.

코까지 눌러썼던 갓은 벗어 조심스럽게 품에 넣었다. 군사들이 둘러싸고 있는 총관저에 민간인은 보이지 않았고, 모여든 군사들도 외지인들이라 진겸의 얼굴을 아는 이가 드문 터에 갓을 쓰고 얼굴을 가리고 다니는 건 오히려 나 수상한 사람이라고 소문내고 다니는 꼴이 될 터다.

천천히, 교성의 근황을 살피고 수린에게 갈 셈이었다. 천강의 아량인지 상단에 관계된 자들이 문초를 당하거나 처형당했다는 소문은 들리지 않았다. 직접적인 연관이 없는 자들은 구금되지도 않은 상태였고, 짐작건대 천강은 하석과 그 일가들을 일망타진하는 데에 전념하고 있는 모양이었다. 아마 이참에 정적을 제거하려는 속내도 없지는 않을 것이다.

이래저래 적으로 돌리고 싶지는 않은 자다. 여러 가지 의미에서 말이다.

스릉—

한숨을 쉬며 모퉁이를 돌자 목덜미에 바람결처럼 검날이 와 닿았다. 차가운 은색 검날이 달빛에 반사되어 하얀빛을 뿜었다. 목에 와 닿는 검의 기척도 못 느끼다니. 정신이 나가도 어지간히 나갔다. 진겸은 자조 섞인 쓴웃음을 지으며 검날을 손으로 밀어 냈다. 순순히 밀려 난 검날은 회수되지 않고 허공에 머물러 있었다. 진겸은 돌아보지 않고 물었다.

"날 죽일 건가."

대답 대신 돌아온 침묵은 많은 의미를 내포하고 있었다. 진겸은 침묵으로 답하는 천강을 똑바로 바라보았다. 마지막으로 보았을 때보다 야윈 것 같은 얼굴이었다. 당신도 참 속 많이 끓였구나 싶어, 알 수 없는 동지감이 생기는 것이 신기했다.

"내 누이는."

흠칫. 운을 뗀 말 한마디에 철근으로 만든 것 같은 강직한 사내가 동요하여 눈빛이 흔들린다. 어지간히도, 그 마음이 진심이구나.

"내 누이는 잘 있소. 궁금할 것 같아서."

"……고맙다고 해야 하나."

"뭘 굳이 그럴 필요까지는."

어깨를 으쓱하며 건네는 말에 한순간에 긴장은 느슨해졌다. 천강은 잠깐 고민하는 기색이었지만 검을 거둬 검집에 밀어 넣었다.

"죽고 싶어 제 발로 여기까지 찾아온 건가. 내가 아닌 다른 사람 눈에 띄면 그 목숨 부지하기 힘들 텐데."

"죽고 싶었다면 이미 죽었겠지. 죽을 기회야 차고 넘치는 인생이었던지라 말이야."

"그렇다면 돌아가라. 보는 눈이 많아지면 나로서도 막아 주는
데 한계가 있어."

"고맙다고 해 드릴까?"

"뭘 굳이 그럴 필요까지는."

방금 전의 말을 똑같이 반복하는 대화에 피식, 둘 사이에 웃음
이 터졌다. 죽일 듯이 날을 세우고 경계하던 사이였는데 기묘하게
그 순간에는 친근감이 느껴졌다. 진겸은 천강을 바라보며 살짝 고
개를 숙였다.

"고맙소."

"뭐가 말이지?"

"상단 사람들을 가혹하게 다루지 않은 것, 상관없는 자들을 끌
어들이지 않은 것. 감사히 생각하고 있소."

진심이 느껴지는 말이었다. 천강은 빙긋 웃었지만 그 속에서
고개를 드는 생각은 천성이라는 것은 어쩔 수가 없구나 하는 것
이었다. 윤인호가 민씨 일가에게 저지른 일이 있을진대, 여태껏
진겸이 쌓아 온 것들이 모두 무너졌는데 고작 주변인들에게 가혹
하게 굴지 않았다고 진심으로 감사를 전하는 말이 물러 터진 진
겸의 천성을 읽게 했다.

"그리 고마우면 가슴에 잘 묻어 둬. 나중에 갚을 일이 있겠지."

그런 성품으로 자객질은 어찌했을까. 그만치 윤인호에 대한 원
한이 컸던 것일 테지.

"그럴 날이 오지는 않겠지만 기억은 해 두겠소."

"세상일은 그리 쉽게 장담하는 게 아니야."

말속에 뭔가가 숨겨져 있는 것 같은 어조였다. 천강이 숨기고 있는 의도가 무엇인지 진겸은 굳이 캐묻지 않았다. 다시 만날 일이 이제는 없을 터다. 천강은 일을 마무리 지으면 교성을 떠나 경으로 갈 테니 말이다.

"이리 얼굴 보는 게 이제 마지막이겠군."

그리 생각하니 시원섭섭한 마음이 들었다. 마지막 인사 정도는 제대로 할까 말까 망설이는데 천강이 진겸을 뚫어지게 바라보더니 뜬금없는 소리를 했다.

"잠시만 나에게 시간을 내어 줄 수 있나."

"뭐?"

"아니…… 내가 볼일이 있는 건 아니고, 음."

이건 또 무슨 말인가 싶어 가만히 듣고 있는데 천강이 말을 잇기가 어려운지 몇 번 입술을 열었다 닫았다를 반복했다. 그러다가 손을 척 들어 올려 진겸을 가리켰다.

"각설하고, 여기서 일식경만 기다려."

"그러니까 그게 무슨 소리……."

"여기서 움직이면 군사를 풀어 잡아 버릴 테니까 기다리라면 기다려."

어울리지 않는 어린아이 떼쓰는 것 같은 명령에 반발심보다는 황당함이 앞섰다. 선언하듯 말해 놓고 천강은 정말 진겸을 남겨 놓고 자리를 떠 버렸다. 어두운 담벼락 뒤에 홀로 남겨진 진겸은 이걸 기다려야 하나 말아야 하나 한참을 갈팡질팡했다. 딴생각이 있는 것 같지는 않은데. 잡으려 들자면 그냥 직접 잡았겠지 이런 말도 안 되는 핑계를 대지는 않았을 것이다.

"자기가 할 말이 있는 게 아니라고?"

혹 수린에게 전해 줄 뭔가라도 있는 건가? 그런 거라면 한 식경 정도는 기다려도 좋을 것이다. 진겸은 팔짱을 끼고 벽에 기대섰다. 등에 닿는 담의 냉기가 정신을 맑아지게 했다. 천천히 서쪽으로 가는 달로 시간을 재다가 눈을 감았다. 얼마나 그렇게 서 있었을까.

바스락. 신발에 자갈이 밟히는 소리가 묘하게 가볍다 느껴졌다. 기척을 죽였다 해도 천강 정도의 몸집에서는 더 큰 소리가 날 텐데. 그렇게 생각하며 고개를 돌린 진겸의 눈이 커졌다.

"어떻게……."

놀라움에 살짝 벌어진 붉은 입술이 꿈에서 봤던 것처럼 고왔다. 물에 빠져 죽는다 생각했을 때 이상하게도 떠올랐던 여인. 스치는 몇 번의 만남이었을 뿐인데 희한할 정도로 뇌리에서 떠나지 않던 여인이 믿어지지 않는다는 표정으로 거기에 서 있었다.

"폐하."

천강의 부름에 황제는 바라보고 있던 창밖에서 눈을 떼었다.

"자백은 받아 내었습니까."

"예."

"하씨 일가는 이제 관적에서 그 이름을 찾아볼 수 없게 되겠군요."

그리될 것이다. 보고해야 할 사항이 몇 있었지만 지금은 길게 이야기를 나눌 시간은 없었다. 천강은 단도직입적으로 말했다.

"폐하. 아무것도 묻지 마시고, 잠시 저와 함께 가 주시면 안 되겠습니까."

"그는 안 될 말입니다."

뜻밖의 청에 황제가 뭐라 하기도 전에 금군 대장이 먼저 나서서 제지했다.

"이 뒤숭숭한 와중에 폐하를 어디로 모시고 간다 말이오. 밀담이라면 주위를 물리고 나서 나누면 될 일 아니오."

"내가 미덥지 못한가."

"이건 미더움의 여부와는 상관이 없는 문제지."

"그만."

황제는 손을 들어 언성이 높아지려는 두 사람을 막았다. 그리고 천강에게 물었다.

"긴히 할 이야기라도 있습니까."

"그러합니다."

"여기서는 나눌 수 없는 이야기입니까."

"꼭, 가 주셨으면 하는 곳이 있습니다."

사실 황제로서도 이런 험악한 와중에 밖에 나가는 것은 경거망동이라는 자각은 있었다. 하지만 천강의 간결한 청은 그 짧은 말속에서도 거부할 수 없는 무언가가 있었다.

"오래 걸립니까."

"폐하! 안 됩니다."

금군 대장이 기겁해 목소리를 높였다. 천강은 금군 대장의 말은 못 들은 척 고개를 저었다.

"저도 모르겠습니다. 가 보시면 알게 되겠지만, 폐하께서 원하신다면 그리될 수도 있겠지요."

"그게 무슨 말도 안 되는 이야기요. 장군!"

천강의 말이 무슨 뜻인지 이해가 가지 않아 황제는 조금 고민해야 했다.

"……좋아요. 잠시 나갔다 오지요."

"폐하!"

금군 대장이 기겁하는 것을, 황제는 걱정 말라 손짓했다.

"나라 안의 제일가는 무사가 함께 있는데 별일이야 있겠습니까. 게다가 사방에 깔린 군사들이 한둘이 아닌데요. 금방 돌아올 터이니 걱정 말아요."

"하지만……."

"명광장군이 날 지키지 못하면 그때는 대장께서 처단하세요."

장난스럽게 건네는 말이었지만 그렇게까지 얘기하는데 더 만류할 재간이 없었다. 금군 대장은 불안한 마음으로 황제가 천강을 따라 나가는 뒷모습을 지켜보아야 했다.

"헌데 정말 어디로 가는 겁니까?"

머물고 있는 객잔에서 나와 살벌한 무사들의 인사를 뒤로한 채몇 번의 갈림길을 지났을 때 황제가 물었다. 천강은 희미한 미소를 지었다.

"저를 원망하실지, 아니면 고맙다 하실지 저도 확신은 할 수 없습니다. 허나 폐하께서도 원하시는 일이라 생각합니다."

당최 무슨 일인 걸까. 속 시원히 이야기할 것 같지 않아 닦달이라도 좀 할까 싶었을 무렵, 총관저가 보였다.

"내게 죄인들을 직접 대면이라도 시키려는 겁니까."

"아닙니다."

정문 쪽이 아닌 총관저의 측면 쪽으로 황제를 안내하던 천강이 걸음을 멈췄다.

"여기서부터는 혼자 가십시오."

"네?"

"가 보시면 압니다."

몸을 뒤로 물리며 길모퉁이를 가리키는 손짓이 도대체 의도를 알 수가 없었다. 황제는 망설이다가 모퉁이를 향해 걸어갔다. 바작. 뒷길 쪽의 정돈되지 않은 노면에는 자잘한 자갈들이 제법 밟혔다. 얇은 신 바닥에 고스란히 느껴지는 자갈의 감촉을 느끼며 모퉁이를 돌자 벽에 기대어 서 있던 긴 그림자가 이쪽으로 몸을 돌렸다.

"어떻게……."

그 그림자가 이쪽으로 얼굴을 돌리는 순간, 그 어떤 말로도 형용할 수 없는 감정이 해일처럼 밀려들어 가슴을 옥죄어 왔다. 어떻게 당신이 여기에 있을까. 꿈이려니 싶다가 야위고 까칠해진 얼굴을 보자 꿈이 아니구나 싶었다. 믿어지지 않는 것은 피차일반이었던 모양이다. 진겸도 아무런 말도 하지 못하고 눈만 깜빡거리고 있었다.

자박. 한참 만에 진겸이 한 걸음을 내딛는 소리가 천둥처럼 크게 들려왔다. 황제의 눈가에 그렇게 눈물이 맺혔다. 다가온 진겸이 촉촉해진 그 눈가에 손을 올리려다 머뭇거리며 다시 손을 내렸다.

"하…… 이런."

머뭇거리던 손은 머쓱하게 진겸의 뒤통수로 갔다. 의도한 것이
아니라 맺힌 눈물을 보고 자연스럽게 손이 뻗어졌던 모양이다. 그
것을 자각하고 손을 거두는 진겸이, 황제는 야속했다.

"죄송합니다. 제가 뭐라고."

황제는 예의를 갖추는 진겸을 자신도 모르게 노려봤다. 진겸은
황제의 눈빛을 읽지 못하고 변명을 늘어놓았다.

"제가 저도 모르게 그만……. 헌데 이 늦은 시간에 이렇게 외
진 곳에는 어쩐 일이십니까. 야심한 시간에 여인의 몸으로 홀로
다니시는 건 위험하지 않겠습니까. 괜찮으시다면 제가 가시는 길
에 배웅해 드릴 테니…… 엇!"

더 듣기 싫어서 황제는 진겸의 옷깃을 확 잡아당겼다. 무방비
로 있던 진겸이 중심을 잃고 기우뚱 휘청거렸다. 황제는 그 참에
진겸의 허리를 꽉 끌어안아 버렸다.

"아, 저, 저기……."

허리를 끌어안는 힘이 그리 강한 것은 아니었다. 그러나 당황
하여 갈 곳 모르는 손을 어찌할 줄 몰라서 진겸은 두 팔을 들고
벌받는 모양새로 돌이 되었다.

"저……."

어쩔 줄 몰라 하는 모습이, 당황하는 목소리가 사무치게 좋았다.
지저분해진 옷도, 땀내가 밴 품 안의 체온도, 놓치고 싶지 않았다.

"보고 싶었습니다."

흠칫 놀라 굳어지는 몸이 느껴졌다. 황제는 옷을 쥔 손아귀에

꼭 힘을 주었다.

"당신에겐 나는 아무런 상관도 없는 지나는 사람이겠지만, 나는 당신이 보고 싶었습니다."

"……."

"이런 말…… 하는 게…… 아니, 아닙니다."

돌아오지 않는 대답에 확 얼굴이 달아올라서, 주절주절 이야기하는 자신이 구차하게 느껴졌다. 황제는 얼른 끌어안았던 팔을 풀고 손으로 얼굴을 감싸 쥐었다.

"못 들은 걸로 해 주세요. 미안합니다."

얼굴에 불이 날 것같이 열이 올랐다. 부끄러워 땅이라도 파고 숨고 싶었다. 그대로 달아나려는 황제의 어깨를, 진겸은 깊이 생각도 못 하고 붙들었다.

"아!"

확 끼쳐 오는 체온은 방금 전과 비슷한데도 신기하게 뜨겁게 느껴졌다.

"무례를 용서하십시오."

이어 와락 끌어당겨진 몸이 진겸의 품 안에 꼭 안겨 들자 황제는 저도 모르게 눈을 감아 버렸다.

"죽는다고…… 생각했을 때 당신의 얼굴이 떠올랐습니다. 당신이 보고 싶다고 생각했었습니다."

"……."

"정혼자까지 계신 분께 이런 마음을 품는 게 죄인 줄은 알지만 그래도 당신이 그리운 마음이 눌러지지가 않았습니다."

고백이라기보다 낭독 같은 말이었지만 콧등이 시큰해지기에는 충분했다.

　"저는…… 당신이……."

　말을 끝맺지 못하고 진겸이 황제를 으스러져라 끌어안았다. 그걸로 족했다. 알 것 같았다. 이 남자에게 이 말과 행동이 이 남자가 할 수 있는 최대한의 고백이라는 것을. 그래서 벅차오르는 충만한 감정을 순수하게 기쁜 마음으로 받아들였다.

　"나와 혼약을 했던 사람이 혼약을 파기하자 할 때의 마음을 이해할 것 같습니다."

　진겸의 품 안에 얼굴을 묻고 심장의 고동을 들으며 하는 말은 스스로의 귀에도 신기할 정도로 편안하게 들렸다.

　"다른 이를 마음에 품고 있어서 저와 혼인을 할 수 없다 하였을 때, 그때는 이해하지 못했는데 이젠 알 것 같습니다."

　"무엇을 말입니까."

　"정혼자에게도, 마음에 품은 이에게도 죄스러워 도저히 마음을 속이고 혼인을 할 수 없는 마음을 말입니다."

　고개를 들어 눈을 맞추자 색 깊은 눈동자가 다음 말을 기다리며 흔들렸다.

　"혼약은 파기할 것입니다."

　"그러지 마십시오."

　진겸이 급히 황제의 팔을 붙들었다.

　"저는, 당신이 저 때문에 그러시는 건 원치 않습니다."

　"아니요. 당신에 대한 마음과 내 혼약은 별개의 문제입니다."

황제는 단호하게 끊어 말했다.

"당신 때문이 아니라 내가 원치 않는 것입니다."

"하지만."

원하는 것은 당신이 내 옆에 있는 것이라 말하고 싶었다. 그러나 차마 입이 떨어지지 않아 그 말은 할 수가 없었다. 당신의 이름이 무엇이냐고 물어볼 수도 없는데, 어찌 내 옆에 있어 달라는 말이 입에서 나오겠는가. 할 수 있는 것은 그저 언제 다시 볼 수 있을지도 모르는 얼굴을 눈에 담아 두기 위해 바라보는 것뿐.

"그리고 보니 우리, 서로 이름도 모르는군요."

같은 생각을 진겸도 하고 있었던 모양이다. 그 말이 무척이나 뼈아프게 들렸다. 황제는 망설임 없이 입을 열었다.

"진화(臻禍)."

어감은 곱지만 그 뜻은 어쩐지 곱지만은 않을 것 같은 느낌의 이름이었다. 진겸은 그 이름이 무척 어울린다 생각하며 자신도 입을 열었다.

"제 이름은……."

쾅―!

지축이 흔들리는 굉음에 몸이 흔들렸다. 진겸이 황제를 보호하듯 감싸 안았다. 안 그래도 가뜩이나 낮처럼 환하던 총관저에서 불기둥이 치솟아 올랐다. 이 정도의 굉음에 큰불이라면……

"화약."

"화약인가."

고개를 돌려 불기둥을 확인한 황제와 진겸이 거의 동시에 말했다. 그래 놓고 서로의 얼굴을 마주 보았다. 진겸은 황제의 몸을 끌어안았다.

"안전한 곳으로 피하시는 게 좋겠습니다."

대꾸할 틈도 없이 진겸이 황제를 안아 들고 몸을 날렸다. 그래서 놀란 천강이 황제를 데리러 달려왔을 때에는 이미 두 사람이 자리를 뜬 후였다.

"어디로 가면 됩니까."

바람이 부는 항구 쪽으로 달리며 묻자 황제는 무의식중에 머물고 있는 객잔 쪽을 가리켰다. 진겸은 고개를 끄덕이고 발길을 재촉했다. 총관저에서 솟아오른 불기둥은 멀리까지 선연하게 보일 정도로 환했다. 마치 총관저가 거대한 횃불이 된 양 타오르는 와중에 펑펑 터지는 소리는 멈추지 않고 계속 울려 퍼져 교성의 모든 이들이 웅성거리며 거리로 쏟아져 나오게 만들었다.

진겸은 그 굉음의 정체를 잘 알고 있었다. 진겸을 비롯한 상인들이 총관저에 가져다 바쳐 창고에 차곡차곡 쌓여 있을 화약들이었다. 누군가 고의로 불이라도 놓은 것일까.

"여기까지 오면 큰 위험은 없을 테지만 그래도 안전하게 몸을 피해 계십시오."

객잔 근처, 사람들이 멀찍이 서서 불구경을 하고 있는 길까지 황제를 데리고 온 진겸은 곧장 몸을 돌려 다시 총관저 쪽으로 달려가려 했다. 황제의 머리는 재빠르게 상황을 판단했다. 갑작스러운 큰불에 당황한 이들이 달아나며 갇혀 있는 자들을 모두 챙길 수 있을 리가 만무하다. 총관저에 갇혀 있는 자들 중 많은 수가 이 남자와 관계된 이들일 터. 이 사람 입장에서는 구하러 달려가는 것이 마땅하지만 그 와중에 많은 이들의 눈에 띄고 이번 문초와 관계되어 있다는 것을 아는 사람이 많아지면, 혹여 그러다 붙들리기라도 하면 덮어 줄 수 없는 상황이 생길지도 모른다.

"가지 말아요."

"가야 합니다."

"가면 안 됩니다."

진겸은 황제의 거듭되는 만류에 안심시키듯 미소를 지어 보였다.

"걱정해 주시는 겁니까? 감사합니다. 다치지 않도록 하겠습니다."

단순히 다치지 않기만 하면 되는 문제가 아닌데. 게다가 이렇게 헤어지게 되면 다음에 언제 다시 만날 수 있단 말인가.

"우리……."

언제 다시 만날 수 있느냐고, 헤어지고 싶지 않다고, 나와 함께 있으면 안 되겠느냐고. 입 안에서 맴돌던 말이 가슴께로 내려가 가슴이 미어질 것만 같이 답답했다. 은애한다. 겨우 다시 만나게 된 이 사람의 손을 놓고 싶지 않았다. 진겸은 말을 잇지 못하는 황제를 물끄러미 바라보다가 조심스러운 손길로 뺨을 감쌌다.

"언젠가……."

"……."

"우리가 정말 인연이어서 살아서 다시 만날 수 있다면."

천천히 다가오는 숨결이 따뜻했다.

"그때 제 이름을 말해 드리겠습니다. 그때까지 몸 건강히, 잘 지내고 계셔야 합니다."

입술 위에 다가온 온기가 찰나의 순간, 닿았다 떨어졌다. 닿았던 흔적조차 남기지 않은 순식간의 입맞춤을 남기고 진겸은 몸을 돌려 달려갔다. 뒤에 남겨진 여인의 눈에 맺힌 눈물이 보지 않아도 보는 것처럼 눈에 선했지만 뒤돌아볼 수는 없었다. 돌아보는 순간 붙잡고 싶어질 것 같아서 그리할 수가 없는 마음을, 수린이 천강을 떠나보낼 때의 마음이 어땠는가를 이해할 수 있을 것 같았다.

그리 생각하고 있는데 느닷없이 총관저 앞에서 천강이 나타나 멱살을 잡을 기세로 달려오자 진겸은 기겁을 했다. 호랑이도 제 말 하면 나타난다더니 마침 제 생각을 하고 있던 참에 나타나다니.

"왜 혼자 있는 거지?"

"뭐?"

"어디 계, 아니 어디 있어?"

"뭘 말하는 거요. 설마, 그 진화라는 분 말이오?"

"진화? 그게 누구…… 아."

한발 늦게야 그것이 황제의 아명(兒名)이라는 것이 떠올랐다.

"그래. 그 사람."

"혹시나 했는데 그분을 데려온 게 당신이었나."

기다리라 해 놓고 왜 온다는 천강 대신에 다른 사람이 나타났던 건지 의구심이 들긴 했다.

"왜지?"

무슨 의도로 둘을 만나게 해 준 건지, 어떻게 둘의 마음은 읽었는지 묻고 싶은 것이 많았지만 천강은 그에 대해 설명할 생각이 없는 것 같았다.

"지금은 얘기할 수 없다고만 해 두지."

시간을 길게 끌 여유는 없었다. 총관저에서는 그사이에도 불길이 치솟고 굉음이 쉴 새 없이 들리고 있었다.

"그분은 정미곶 근처까지 모셔다드렸다. 위험하지는 않을 거야."

"정미곶 근처라면……."

황제가 머물고 있는 객잔 근처인가. 그렇다면 안심해도 될 것이다. 총관저의 소동은 아직 안심할 수 없었지만 말이다. 천강이 황제의 안위를 확인받고 나서 총관저 쪽으로 고개를 돌렸다.

총관저의 하인들부터 뿔뿔이 비명을 지르며 달려 나오고 고급스러운 비단옷을 입은 이들이 군사들의 호위를 받으며 총관저를 빠져나오고 있었다. 그 선두에 선 꼿꼿하게 허리를 세운 한 사람의 얼굴을 확인한 순간. 진겸의 손이 허리춤으로 갔다. 허전한 옆구리를 더듬고 나서야 자신도 모르게 검을 찾고 있었음을, 그리고 의심을 피하기 위해 검을 두고 와 비무장 상태임을 깨달았다. 그리고 자신이 무의식중에 검을 찾는 것과 동시에 천강이 검의 손잡이를 쥐었다는 것도.

"쓸데없는 생각은 하지 마라."

음산한 목소리로 내뱉는 말에 쓴웃음이 지어졌다. 만약 자신이 무기를 지니고 있어서 천강과 다시 맞붙는다면 이길 수 있을까. 그리고 천강을 이긴 후에 달려가서 저 많은 무사들을 모두 물리치고 윤인호의 명을 끊을 수 있을까.

"아비는 아비라 그건가. 애틋한 정은 없는 부자인 줄 알았더니."

"정이 있고 없고의 문제가 아니지."

애틋함이라든가 친밀함과는 거리가 먼 부자지간이긴 했다. 그러나 잡아먹을 듯 으르렁거리는 사이여도 눈앞에서 아비의 목숨을 노리는 자를 그냥 두고 볼 수는 없었다.

 천강의 무언의 경고를 읽었는지 진겸은 흐린 눈으로 자신의 빈손을 아쉬운 듯 바라보았다. 그 눈이 담고 있는 감정을 천강은 감히 짐작할 수 있었다. 훤히 보이는 거리에 철천지원수가 있는데. 꿈에서도 그 목숨을 거두는 것만을 바라며 살아왔을 것인데 이리 아무것도 할 수 없는 상황이 비통할 터였다.

 하지만 진겸의 마음을 이해하는 것과 행동을 허락하는 것은 별개다. 검을 쥔 손등의 힘줄이 솟아올라 천강의 뜻을 대변해 주었다. 진겸은 깊은 한숨을 쉬었다.

 "……나는 무슨 일이 있어도 죽지 않겠다고 수린이와 약속했어."

 "……."

 "솔직히 얘기할까?"

 진겸이 한쪽 입꼬리를 올리고 비릿하게 웃었다.

 "너를 물어뜯어서라도 죽이고 네 검을 뺏어 네 아비의 멱을 따 버리고 싶다."

 빠득. 이 가는 소리가 귓가에 선명하게 들려왔다. 천강의 눈매가 찌푸려졌다. 진겸은 살기 가득한 눈빛으로 천강을 노려보다가 곧 제가 먼저 고개를 떨구었다.

 "허나 그리하는 것은 수린이를 슬프게 하는 결과만을 낳겠지. 그러니 오늘은 아무 짓도 하지 않을 거다."

 "오늘만?"

"평생 원한을 버리고 살겠다는 말도 안 되는 맹세를, 한다 한들 믿을 수 있겠나?"

"그 말을 믿으면 내가 뒷산 곰이지."

그리 대꾸해 놓고, 어쩐지 만담 같아진 대화가 우스워 픽 웃음이 나왔다. 진겸도 같은 생각이었는지 마주 웃음을 터뜨렸다. 실없는 웃음이 오고 간 후에 진겸이 총관저를 가리켰다.

"구금되어 있는 자들을 구할 수 있도록 허락해 주지 않겠나. 대부분은 내 장기판의 말이었던 자들일 뿐, 아무것도 모르는 사람이 더 많아."

"굳이 그리 말하지 않아도 내 수하들이 구금되어 있는 자들을 그대로 죽게 내버려 두지는 않을 거다."

때를 맞추기라도 한 것처럼 군사들의 호위를 받으며 빠져나온 이들의 뒤로 오라에 묶인 초라한 옷차림의 사내들이 줄줄이 끌려나오고 있었다. 족히 십수 명은 넘어 보이는 이들이 살벌한 창검을 든 군사들의 눈치를 보면서도 잰걸음으로 총관저를 빠져나오자, 그 뒤로 총관저의 커다란 기둥 하나가 쿵 소리를 내며 무너졌다. 화들짝 놀라며 후다닥 달려가는 이들도 더러 보였지만 줄줄이 엮어 놓은 밧줄 때문에 행렬을 이탈하는 자는 없었다.

모두 무사히 빠져나온 건가. 눈짐작으로 묶여 있는 자들을 헤아려 보는 진겸을 향해 천강은 의심의 눈초리를 보냈다.

"총관저의 창고에 화약이 쌓여 있는 걸 아는 누군가가 방화를 저지른 게 아닌가 싶은데."

그게 설마 너는 아니겠지? 하는 기운을 쏘아 보내자 진겸은 즉각 부정했다.

"그런 생각을 안 해 봤다고는 못 하겠는데, 난 갇혀 있는 사람들의 안위가 보장되지 않은 상태에서 그런 짓을 저지를 만큼 극악무도하지는 않아."

"그럼 다행이고."

진겸은 한 발 뒤로 물러섰다. 거의 비슷한 눈높이의 천강이 지지 않고 시선을 되받아쳤다. 원수의 자식으로가 아닌 다른 형태로 만났더라면 사내로서, 무인으로서 서로를 인정하는 벗이며 좋은 경쟁자가 되었을지도 모른다. 진겸이 손을 내밀었다.

"이런 말 하기는 싫지만, 오늘은 내가 빚진 걸 인정하지."

"받기 싫은 감사지만 받아 두겠어."

맞잡은 손에 뼈가 으스러질 정도로 힘이 들어갔다. 질세라 부들부들 떨릴 정도로 힘을 주며 진겸이 씩 웃었다.

"살아생전에는 다시 만나지 말자."

"죽어서도 다시 만나기는 싫지만 사람 일이라는 게 어디 뜻대로 되던가."

"끔찍한 예언이군그래. 그런 건 안 덧붙이면 더 좋을 텐데 말이야."

내버려 둔다면 날이 새도록 맹수 두 마리가 으르렁거리는 기세로 물러서지 않고 기 싸움을 할 두 사람이었지만 큰 건물의 대들보가 무너지는 상황에서는 그럴 여유가 없었다. 부서져라 쥐고 있던 손을 놓고 천강은 총관저에서 빠져나오는 사람들 쪽으로, 진겸은 총관저의 뒤쪽 산등성이로 달려갔다.

서로 각자가 가야 할 곳을 바라보며 달려가느라 혼란한 틈 속에서 비틀거리며 뒤늦게 총관저를 빠져나가는 그림자를 그 누구도 알아차리지 못했다.

❀　　❀　　❀

　멀리, 까만 먹으로 물든 종이 같은 밤 풍경에 밝은 빛 한 점이 보였다. 수린은 창문 밖으로 보이는 그 빛을 먼눈으로 바라보았다. 바늘로 콕 찍어 놓은 크기로밖에 보이지 않는 빛이었지만 어쩐지 마음이 불안하게 술렁거렸다.

　"아씨. 들어가도 됩니까?"

　똑똑. 문을 두드리는 소리와 함께 들려온 목소리에 수린은 두근거리는 가슴을 꾹 누르며 문에 대고 말했다.

　"들어오세요."

　수린의 허락에 문을 열고 들어온 중년 부인이 수린을 보고 환하게 웃으며 들고 온 나무 쟁반을 내려놓았다.

　"고구마를 좀 쪘는데 아직 잠이 들지 않으셨으면 좀 드셔 보시라고요."

　"감사합니다."

　입맛은 없었지만 생각해 준 성의가 고마워 고개를 끄덕이자 객잔 주인의 아내인 중년 여인은 단주께서 올 때까지 건강을 챙기셔야 한다며 직접 고구마를 까서 손에 쥐어 주기까지 했다.

　인연이라는 게 참 신기하기도 하다. 객잔 주인 부부는 어떻게 보아도 자객이니 밀매업이니 하는 것과는 거리가 멀어 보이는 순박한 사람들이었다. 개미 한 마리 죽이지 못할 것 같은 사람들이 어떻게 진겸의 연락책이 되었는가를 물어보니 그들의 아들이 관리에게 밉보여 죽게 생긴 것을 진겸이 몰래 죽은 것으로 위장하여 빼돌려 준 일이 계기가 되어 인연을 이어 나갔다 했다. 사실 진겸은 위가현의 치부를 찾기 위해 뒤를 캐다가 우연히 몇 사람을 돕게 된 것이었지만 도움을 받은 입장에서는 진겸의 존재가 천운 같기도 했을 것이다.

"워낙 신출귀몰한 분이니 걱정은 안 하셔도 될 거예요."

진겸이 직접 써 준 편지와 진겸의 검을 보여 주자 그들은 수린을 대번에 믿었다. 편지와 검보다는 진겸과 닮은 수린의 얼굴이 더 신뢰를 준 것일 테지만 말이다.

여인의 모습으로 지내는 것이 더 안전할 것 같다는 진겸의 의견에 동의했기에 진겸과 헤어지면서부터 수린은 고운 여인의 옷을 입고 있었다. 알맹이는 그대로인데 옷이 달라진 것만으로도 수린을 대하는 이들의 태도는 조심스러워졌다.

"잠이 안 오세요?"

"이상하게 마음이 불안하네요."

수린의 눈은 저 멀리에 고정되어 있었다. 먹으로 그린 것 같은 세상에 떨어진 한 방울 혈흔 같은 붉은빛. 왜 저 빛이 이리 불안하게 신경 쓰일까. 중년의 여인은 수린의 눈이 향한 곳을 바라보고 별거 아니라며 안심시켰다.

"아, 저거요. 교성이 대낮처럼 횃불 밝힌 게 요 근래 매일인데 뭘 그리 불안해하세요. 별일 아닐 거예요."

"그랬으면 좋겠지만요."

근원 모를 불안감은 사라지지 않고 털어도 떨어지지 않는 먼지처럼 수린을 따라다녔다. 하루가 지나고 이틀이 지나도 두근거리는 마음은 쉬이 진정되지 않았다. 그 불안이 실체가 된 것은 두 번의 밤이 지나고 동이 틀 무렵의 일이었다.

이제나저제나 진겸이 돌아올까, 혹여나 무슨 소식이라도 들려올까 불안해하며 잠 못 이루고 서성이며 기다리던 수린은 채 해가 다 떠오르기도 전에 소란스러워지는 거리의 분위기에 객잔 문을 나서 밖을 살폈다.

"뭐야, 뭐?"

"무장한 병사들인데?"

일찌감치 하루를 시작하는 상인과 아낙들이 삼삼오오 모여 먼발치에서 점점 가까워지는 무리를 보며 수군거리고 있었다. 깨금발을 하고 고개를 쭉 뺀 아이 하나가 옆에 있던 제 아비에게 물었다.

"아버지, 붉은 깃발은 황제 폐하의 깃발이라 하지 않았수?"

"쉿, 조용히 해라 이놈아."

"왜? 근데 저 무섭게 생긴 할배는 누군데 저리 기세등등하게 호위를 받아? 저 할배가 황제 폐하야?"

아이의 아비는 누가 들을세라 아이의 입을 틀어막았다. 황제의 깃발을 든 군사들에게 호위를 받는 그 남자의 얼굴을, 먼발치에서였지만 수린은 똑똑히 볼 수 있었다.

'윤인호!'

황제의 군사들을 거느린 윤인호는 그 본인이 황제라 해도 의심

받지 않을 만큼 강한 존재감을 드러내고 있었다. 작은 마을과 초라한 건물들이 마뜩잖은지 거리를 슥 둘러보는 윤인호의 표정은 냉랭했다. 호위하는 자들에게 뭐라 지시하는 윤인호를 노려보느라 그 뒤에 서 있는 문혁은 잠시 뒤에야 알아차릴 수 있었다. 윤인호와 문혁이 이런 곳에는 어쩐 일이지?

"아버지! 왜 그러우? 이거 좀 놓으시오."

아이가 숨 막히게 입을 틀어막는 아비의 팔을 뿌리치며 빽 소리쳤다. 큰 소란은 아니었다. 하지만 가던 이들의 눈길을 돌리기에는 충분한 소요(騷擾)였다. 근방 사람들의 눈이 한데 쏠리자 수린은 지레 찔려서 휙 얼굴을 돌리고 자리를 피했다. 한 번씩 이쪽을 보았던 이들은 곧 작은 아이의 대수롭지 않은 투정쯤으로 여기고 하던 이야기로 돌아갔다. 그러나 문혁은 소동 중에 급히 자리를 피하는 소녀의 뒷모습을 놓치지 않았다.

'설마?'

긴 머리를 다홍색 천으로 곱게 반묶음한 뒷모습은 그 또래 여느 소녀들의 뒷모습과 다름이 없었다. 그러나 애타게 그리워하던 마음은 평범한 모습에서도 그리운 이의 그림자를 놓치지 않았다.

"왜 그러느냐."

거리 뒤쪽으로 사라지는 뒷모습을 쫓아가려던 발걸음을, 윤인호의 차가운 목소리가 붙들었다. 문혁은 잠깐 눈을 돌린 사이 사라진 뒷모습을 흔적만 눈으로 더듬어야 했다.

"아무것도…… 아닙니다."

얼버무리는 말에 윤인호의 시선은 한층 싸해졌다.

"쯧."

혀 차는 소리가 잔뜩 불만스러운 심정을 대변했다. 갑자기 불이
나 전소(全燒)되어 버린 총관저의 지하 창고에는 화약이 쌓여 있던
흔적들이 남아 있었다. 뇌물을 받은 혐의에 화약까지 숨겨 둔 혐의
가 더해져 위가현의 처분은 이미 돌이킬 수 없어졌다. 눈에 거슬리
던 자들을 한꺼번에 처리할 수 있게 된 건 반가운 일이지만 급작스
레 머물 곳이 없어져 급히 여장을 꾸리게 된 것은 달갑지 않았다.

천강은 황제와 무슨 작당을 했는지 일이 마무리되면 관직을 거둬
달라는 말도 안 되는 청을 한 후에 코빼기도 볼 수가 없고 황제는 문
혁에게 뜻대로 혼약을 없던 일로 해 줄 터이니 경으로 먼저 돌아가
있으라는 명을 내렸다. 그게 무슨 소리냐 물어도 문혁은 묵묵부답,
혼 한 줄기가 빠져나간 사람처럼 멍하니 넋을 놓고 있기만 일쑤였다.

종주공이라는 이름만으로도 산천초목(山川草木)이 벌벌 떨었
다. 지금도 그 위세가 줄어든 것은 아니다. 그런데, 손안에 가득
쥐고 있던 금모래가 조금씩 티 나지 않게 흘러내리는 것 같은 이
기분은 무엇일까.

"일단 오늘 하루 머무실 곳을 마련하겠습니다."

그리 말을 한 것은 금군의 무사 중 한 명이었다. 윤인호가 말없
이 그를 응시하자 무사는 덥지도 않은 날씨에 뒤통수에 땀이 나
는 기분이었다. 이 작은 마을에 윤인호의 성에 찰 곳이 있을 리가
만무했던 것이다.

"수고해 주게."

문혁이 어깨를 두드리며 격려하는 말에 숨이 막힐 것 같은 긴

장이 풀렸다. 답이 없는 윤인호를 대신해 문혁에게 목례하고 곧
무사들 몇이 흩어졌다.

　수린은 숨이 끊어져라 달려가 담벼락 뒤로 몸을 숨겼다. 문혁
이 자신을 본 것 같았는데 설마 들키진 않았겠지?
　"후우……."
　길게 한숨을 내쉬고 나니 문혁에게 미안한 마음이 스멀스멀 고
개를 들었다. 이래저래 문혁과는 가벼운 연이 아닌데 이렇게 제대
로 된 인사도 못 하고 도망쳐서 숨어 다니다니.
　"할 수 없지……."
　고맙다는 감정만으로 다가가기에는 얽힌 실타래가 너무나 많은
인연이다. 때로 풀리지 않는 실타래는 꼬인 채로 상자에 넣고 덮
어 버리는 편이 나을 수도 있다. 문혁이 좋은 사람이라는 건 알지
만 거기까지다.
　그때, 턱 하고 등 뒤에서 묵직하게 어깨를 짚는 손에 수린은 심
장이 철렁 내려앉았다. 기겁을 하고 몸을 빼자 커다란 그림자가
수린 쪽으로 기울어졌다.
　"엇?"
　비틀거리며 쓰러지는 남자의 몸을 얼른 안자 남자는 그으윽,
하며 망자(亡者) 같은 신음 소리를 냈다. 수린의 어깨로 흐트러지
는 머리카락은 반절 이상은 하얗게 세어 있었다.
　"아저씨?"
　특이한 머리 색 때문에 단번에 남자가 누구인지를 알 수 있었다.

도문으로 가는 배에서 수린의 수발을 들어 주었던 진겸의 오른팔이
었던 사내였다.

"아저씨! 정신 차리세요."

엉망이 된 얼굴은 자잘한 상처투성이였다. 허름한 옷도 옷이었
지만 등 뒤로 배어 나오는 진득한 피가 남자의 상태가 심상치 않
음을 여실히 보여 주었다.

"아저씨! 어디서 이런 상처를⋯⋯."

그를 마지막으로 본 것은 진겸의 배에서였다. 혼전의 와중에
헤어져 아마 황제의 군선에 끌려갔을 것이라고만 생각하고 있었
는데 그간 무슨 일이 있었기에 몸이 이 지경인지. 무명천으로 지
은 옷에 흥건하게 묻어나는 피의 양이 겁이 날 정도였다. 수린은
남자를 어깨에 기대게 하여 여관으로 끌고 갔다. 천만다행히 사람
들이 대로로 나가 구경을 하는 중이라 뒷길 쪽에는 인파가 없어
눈길을 피해 목적지까지 갈 수 있었다.

"에구머니나! 이게 무슨 일이야! 기정! 이 사람아!"

오랜 세월 진겸과 인연을 이어 온 주인 내외는 대번에 남자를
알아보고 식겁해 그의 이름을 외쳤다. 수린에게서 남자를 받아 든
내외는 이게 어떻게 된 일이냐고 수린에게 외쳐 물었지만 수린이
라고 알 턱이 없었다.

"갑자기 뒤에서 어깨를 잡는 사람이 있어서 놀라 돌아보니 아
저씨였습니다. 많이 다친 것 같은데 상처를 봐야 하니 안에 좀 눕
혀 주세요."

그를 끌고 오는 동안에 수린의 옷에도 피가 묻었다. 겉옷을 벗

고 팔을 걷어 올리며 부탁을 하자 여관 주인 내외는 얼른 시키는 대로 기정을 안으로 옮겨 침상에 엎드리게 했다. 수린은 급히 기정의 옷을 벗겼다. 상처에 들러붙은 옷을 떼어 내자 정신이 혼미한 상태임에도 괴로웠는지 메마른 입술에서 신음이 흘러나왔다.

상처를 확인한 수린이 눈살을 찌푸렸다. 심한 화상이었다. 불에 지져진 상처를 제대로 치료하지도 않고 움직여 환부가 옷에 쓸리고 살갗이 벗겨져 피고름이 올라오고 있었다.

"윽."

수린을 도우려고 다가왔던 주인 부부가 놀라 멈춰 섰다. 수린은 급히 그들을 향해 말했다.

"깨끗한 천과 차가운 물이 필요합니다. 약도 필요해요. 제가 말하는 약을……."

거기까지 말하다가 수린은 입술을 깨물었다. 황궁에서도 지금 약재가 달린다 했다. 이런 작은 마을에 급할 때 쓰기 좋은 약이 넉넉히 있을 턱이 없다.

"약은 구하기 힘들 겁니다. 지혈제로 쓰는 백초(白草) 말린 건 좀 있을 텐데 그거라도 가져올까요?"

수린과 같은 생각을 했는지 떨리는 목소리로 여인이 물었다. 수린은 힘없이 고개를 끄덕였다. 지혈초 같은 게 곪은 상처에 얼마나 도움이 되랴마는 그거나마 없는 것보다는 낫겠지.

"구할 수 있다면 그거라도 부탁드리겠습니다."

다급히 달려 나가 수린이 말한 것들을 챙겨 온 부부의 도움으로 수린은 일단 응급처치를 하고 깨끗한 천으로 상처를 닦아 냈다.

등 전체가 짓무를 정도로 상처가 심한데 이 지경이 될 때까지 방치하다니.

"어휴. 무슨 일이 있었기에 몸이 이 지경이래요."

"화상인 것 같습니다."

"화상이요?"

"상처가 넓은 데다 이미 곪기 시작해서 큰일입니다. 이제라도 움직이지 말고 상처가 덧나지 않게 주의해야 할 텐데 말이에요."

긴 사연이 있을 법한 상처였지만 상처의 주인이 의식을 잃고 쓰러진 마당이라 들을 길이 요원했다. 수린은 머리를 굴렸다. 윤인호와 문혁이 금군의 호위를 받으며 이 작은 마을까지 온 것, 그리고 꼼짝없이 끌려간 줄 알았던 기정이 화상을 입고 윤인호와 거의 동시에 같은 곳에 나타난 것.

'설마 아저씨가 윤인호의 뒤를 밟으며 무슨 일이라도 벌인 건가.'

그것이 그나마 가능성 있는 가정이지만 설명해 줄 당사자가 의식이 없어서야 진상은 알 길이 없다. 수린은 엎드려 식은땀을 흘리고 있는 기정을 걱정스레 바라보다 자리에서 일어났다.

"어딜 가시려고요?"

"약재가 없으면 약초라도 좀 구해 와야겠습니다. 이미 몸에 열이 오르고 있어 그냥은 안 될 것 같아요. 근방에서 캘 수 있는 약초라도 캐 올게요."

"저도 같이 가겠습니다."

주인 남자가 벌떡 따라 일어섰다. 수린은 손을 들어 만류했다.

"군사들이 머물 곳을 찾고 있는 것 같았습니다. 인원이 많으니

한 번에 머물 곳을 찾기 힘들어 여기까지 올지도 몰라요. 핑계를 대서 여기에 묵는 건 막아 주세요."

"군사들이 여기저기 있는데 혼자 괜찮으시겠어요?"

"설마 여자 혼자 약초 캐러 돌아다니는 걸 의심스럽게 보지는 않겠지요. 제가 여자 옷을 입고 있는 걸 본 사람이 저들 중에 없으니 괜찮을 겁니다."

수린이 그렇게 말리자 주인은 하는 수 없이 고개를 끄덕였다.

"알겠습니다. 저희가 이 사람을 돌보고 있겠습니다. 조심해서 얼른 다녀오세요."

"네, 빨리 다녀올게요."

상처에 열이 올라서 어서 빨리 뭐라도 조치를 취해야 했다. 수린은 가장 가까운 야산의 위치를 떠올리며 여관을 나섰다.

그사이 윤인호와 문혁을 호위하던 군사들은 머물 곳을 정했는지 거리에서 모습을 감춘 후였다. 수많은 무사들을 본 사람들은 그들이 사라진 후에도 자신이 본 것에 대해 떠드느라 입을 바삐 놀렸다.

"뭘, 뭘 공?"

"종주공! 종주공이랬어."

"그래. 경에서 황제 폐하 못지않은 세(勢)를 지니고 있다는 양반. 근데 그런 대단한 양반이 왜 이런 곳까지 온 거래? 그것도 군사들까지 거느리고."

"교성이 요새 뒤숭숭하다더니 그것 때문 아니야? 들고 나는 길목이 다 막혔다며. 교성의 누가 역모죄를 저질렀다는 얘기가 있던데 말이야."

"높으신 양반님들네 사정이야 우리가 알 게 뭔가. 세금이나 더 올리지 않고 우리한테 죄만 뒤집어씌우지 않으면 우리하고 상관 없는 일이지 뭐."

수린은 스쳐 가는 이야기를 들으며 걸음을 재촉했다. 역모죄. 하석이 붙잡힌 걸까. 진겸이 다시 나타나지만 않는다면 진겸에 대해서는 불문에 부치겠다 했던 천강의 약속은 믿어 의심치 않았다. 문제는 진겸이 교성에서 혹여 누구의 눈에라도 띄지 않았을까 하는 것.

하석, 그자는 어찌 될까. 국법이 금한 죄를 저지르고 서슴없이 야욕을 드러내던 자가 그 간계(奸計)가 드러났을 때의 말로는 뻔했다. 그에 대한 좋은 기억이라고는 손톱만큼도 없었지만 얼굴을 아는 자가 죽게 된다 생각하니 입맛이 쓴 건 어쩔 수가 없었다.

정리되지 않은 생각의 편린들을 머릿속으로 흘려보내며 민가의 마지막 골목쯤을 지났을 때, 갑자기 등 뒤에서 끌어당겨 안는 긴 팔에 몸이 딸려 갔다.

"아!"

"역시 너였구나."

휘청하는 몸이 진정할 틈도 없이, 절절한 그리움이 배어나는 목소리가 귓가에 울렸다. 등에서 느껴지는 가슴의 체온이 뜨거웠다.

"제발 무사하기만 빌었는데 이리 만나게 될 줄 몰랐다."

"나리?"

익숙한 목소리였다. 감싸 안은 팔을 풀려 하자 문혁은 팔에 힘을 주어 수린이 몸을 돌리지 못하게 막았다.

"내 얼굴 보지 말아라. 지금은 널 마주 볼 자신이 없다."

틀림없이 얼굴에 고스란히 드러나 있을 감정을 수린이 확인하게 되는 것이 두려워, 문혁은 수린의 목덜미에 고개를 묻고 속삭이듯 말했다.

"다시는 널 볼 수 없을 줄 알았다. 난리 중에 어떻게 된 것은 아닐까. 다치기라도 한 것은 아닐까 걱정 많이 했어."

"……나리."

"이리 무사한 모습을 봤으니, 되었다."

문혁이 손끝이 누구도 알아차리지 못할 정도로 미세하게 떨렸다.

"나는……."

곁에 두고 싶었다. 일생에 단 한 번 욕심이 났던 여인이었다. 그러나 자신은 수린에게 철천지원수의 아들이며, 수린의 마음은 이미 다른 곳으로 흘러가 버렸다. 수린이 천강과 함께하든 아니든, 그 마음이 자신에게 향할 일은 없을 것이다.

황제가 그랬지. 고아한 척, 고매한 척, 가지고 싶은 걸 다 가지려 하는 자신이야말로 가장 비겁하다고. 맞는 말이다. 자신은 살며 단 한 번도 치열하게 부딪치며 쟁취해 본 적도 없고 피 튀기면서 싸워 본 적도 없으며 더럽고 비열한 감정들에 직면해 본 적도 없다. 윤종명이 살아가는 것을 업으로 살아가는 이도 있다 이야기했을 때 그 말이 무엇인지 깨닫지도 못했었다. 감히 수린에게 욕심을 내세워 다가갈 수 있는 주제도 되지 못하는 위인인 것이다. 그러니…….

"이대로 흔적을 지우고 사라지는 것이 너에게는 더 좋은 일이겠지. 죄인으로, 네 오라비의 이름으로 사는 것보다 지금처럼 평범한 여인의 모습으로 사는 게 말이다."

수린은 대답을 할 수가 없었다. 문혁이 한 마디 한 마디 말을 할 때마다 배어 나오는 감정은 자신이 감당할 수 있는 종류의 것이 아닌 것 같아서 입을 떼기가 겁이 났다.

"쫓지 않으마. 잊지 못해도, 입 밖에 내지 않고 살아가마."

스르륵, 어깨를 끌어안았던 팔이 풀렸다.

"행복하거라."

속박하고 있던 팔이 풀렸지만 뒤를 돌아볼 수가 없었다. 수린은 등 뒤의 발걸음 소리가 다 사라지고 나서도 그 자리에 못 박힌 것처럼 서 있어야 했다. 등에 닿았던 체온이 다 사라지고 나서야 수린은 겨우 고개를 돌려 뒤를 보았다. 스산한 바람이 지나가는 거리에는 이미 그 누구의 흔적도 보이지 않았다.

"……행복하십시오."

누구도 모를 기원을 허공에 날리며 수린은 홀로 작별 인사를 마무리 지었다. 어쩐지 가슴이 찌릿한 것은 보답할 수 없는 마음이 안타까웠기 때문인지도 모른다. 아주 어렴풋하게, 부러 외면하고 있던 마음은 문혁의 감정을 알고 있었던 것도 같다.

인연의 끈을 또 하나 잘라 내고 돌아서는 걸음은 무거웠다.

몇몇씩 나뉘어 묵게 된 곳들 중 가장 규모가 큰 객잔에는 당연히 윤인호와 문혁이 머물렀다. 교성의 총관저가 변을 당해 급히 떠나온지라 제대로 휴식도 취하지 못한 이틀이었다. 피곤과 짜증으로 잔뜩 예민해진 윤인호는 한참이나 사라졌다가 힘없는 걸음으로 돌아오는 문혁의 모습이 눈에 거슬렸다.

"어딜 다녀오는 게냐."

"바람을 좀 쐬고 왔습니다."

문혁의 대답이 윤인호의 마음에 차지 않은 게 옆얼굴에 닿는 시선만으로도 느껴졌다. 아니, 시선을 느끼지 못했더라도 알 수 있었다. 살며 윤인호를 만족시켰던 적이 단 한 번이라도 있었던가.

"무슨 바람을 어떻게 쐬었기에 얼굴이 그 모양이냐."

"피곤해 그리 보이는 모양입니다. 들어가 좀 쉬겠습니다."

"쯧."

늘 듣던 소리였다. 윤인호가 무언가 마뜩잖을 때 습관처럼 내던 혀 차는 소리. 그러나 심장 한 덩어리를 잘라 내고 온 것 같은 기분이었던 문혁의 귀에 그 소리는 참을 수 없는 분노를 불러일으켰다.

"오늘은 제발 절 내버려 두십시오!"

윤인호가 삼백안을 매섭게 치켜떴고 호위하는 무사들과 주인이 놀라 바라보았다. 문혁은 이를 악물고 주먹을 움켜쥐었다. 단 한 번도 문혁이 보인 적 없던 반항적인 모습에 윤인호가 느낀 감정은 당혹보다는 울화였다. 근래에 느낀 명치가 꽉 막힌 것 같던 답답함의 근원을 문혁의 소리 지르는 모습에서 본 것 같았다.

"죄송합니다, 아버님. 몸이 좋지 않다 보니 그만 결례를 저질렀습니다. 저는 잠시…… 나갔다 오겠습니다."

나갔다가 이제 들어와 놓고서 다시 나가겠다 하는 것이 급히 자리를 수습하고 피하려는 핑계임이 역력했다. 윤인호는 문혁이 자리를 뜨자 눈을 떼지 못하고 이쪽을 주시하고 있던 무사들을 노려보았다. 무사들은 그제야 깜짝 놀라 보지 못한 척 눈을 돌렸다.

"다들 꼴 보기 싫으니 나가거라."

"종주공, 그는 안 될 말입니다. 저희는 호위를……."

"이 좁아터진 마을에서 누가 노리고 덤벼든다 한들 한달음에 달려오면 될 일이 아니냐. 공관(空官)하거라!"

그렇게까지 말하는데 명을 따르지 않을 수가 없어 무사들은 서로 눈치를 살피다 하나둘 객잔을 빠져나갔다. 쭈뼛거리던 주인까지 마지막으로 나가 문을 닫자 윤인호는 탁자를 탕 내리쳤다.

감정을 추스르느라 수린이 쓸 만한 약초를 캐 돌아왔을 때는 이미 꽤 시간이 흐른 후였다.

"아저씨는요?"

"아직 정신을 못 차리고 있습니다."

상처가 심한 데다 쉬지도 못한 듯 보였으니 무리도 아니었다. 수린은 뜯어 온 약초를 탁자 위에 늘어놓고 가림하기 시작했다.

"저러다 영영 못 깨어나는 건 아니지요?"

"예끼! 주책맞은 여편네 같으니. 그런 소리 하는 거 아니야."

"왜 소리는 지른대! 난 걱정돼서 그러지."

부부의 투닥거림에 수린이 고개를 저었다.

"괜찮을 겁니다. 상처가 심하긴 하지만 워낙 건장한 분이시고 체력도 나빠 뵈지 않으셨고요."

"그렇죠? 그래야죠."

가슴을 쓸어내리는 여인을 뒤로하고 기정이 누워 있는 방으로 들어간 수린은 몇 가지 약초를 으깨 기정의 상처 위에 조심스럽게 발라 주었다.

"오라버니가 기뻐하실 거예요. 어서 일어나세요."

베개 위에 올려진 기정의 손이 꿈틀거렸다. 수린은 그 손을 꼭 잡아 주었다. 정신을 놓고 있는 상황에서도 자신에게 닿은 온기를 놓치지 싫었는지 기정의 손에 힘이 들어갔다. 수린은 식은땀을 흘리는 이마를 닦아 주며 거친 풍파를 견뎌 낸 사내의 얼굴을 찬찬히 살폈다.

생사의 경계선을 몇 번이고 넘나들었을 얼굴에는 세월만으로는 새길 수 없는 깊은 골이 새겨져 있었다. 그것은 아마도 속을 갉아 먹는 쓰린 고통과 견디기 힘들 만큼 큰 복수심의 합작품일 것이다. 어찌 보면 동지나 다름없는 고통을 나눈 사내의 얼굴을 바라보는 수린의 가슴에 시린 바람 한 줄기가 지나갔다.

자신을 방패 삼아 도망친 가족들을 원망하는 마음이 아예 없었다고 하면 거짓말이다. 왜 나만 두고 갔느냐고, 죽더라도 같이 데려가서 죽지 왜 나를 버렸느냐고 말로 나오지도 않는 원망을 베갯잇 사이로 꾹꾹 눌러 흐느끼던 밤도 있었다. 안주에서의 첫 이 년은 소리 없이 나약한 짐승처럼 웅송그리고 있던 흐릿한 기억뿐이지만 그 시간 동안 수린을 사로잡았던 감정은 안다. 슬픔과 분노와 원망과 자책과 그 모든 것을 합한 아픔.

수린이 그 크기를 감당하기 힘들어 물처럼 흘려보내어 차츰 비워 내는 것으로 세월을 견뎠다면 진겸은 오로지 복수만을 다짐하며 자신을 혹독하게 몰아쳤을 것이다. 그리고 그런 진겸의 옆에서 가장 오랜 시간을 보낸 이 사람도 진겸과 그리 다르지 않을 터.

"무탈한 세월을 보냈다면 우리는 지금 어찌 살고 있었을까요."

나직한 속삭임에 화답이라도 하듯 기정이 긴 숨을 내쉬었다. 수린은 상상해 보았다. 귀한 규중의 아가씨로 자라 무난한 집안의 아들과 혼인하여 굴곡 없이 무난한 가정을 이루어 살아가고 있는 자신의 모습을. 정 의원의 곁에서 어깨너머로 의술을 배우는 대신 수틀 속 비단에 꽃을 수놓고 살았을 것이고, 산을 오르내리며 약초를 캐는 대신 규방에 앉아 부인네들과 다과를 나누고 살았을 것이다. 그런 인생의 그림 속에서 기정은 수린의 혼사를 돕기 위해 들르는 일손들의 그림자 정도로 그려졌을 수도 있었겠지.

"그랬다면 아저씨의 머리가 이렇게 하얗게 세지 않았을 것이고 제 손도 이리 거칠어지지는 않았겠죠."

수린은 굳은살이 박인 손끝으로 기이하게 색이 변한 기정의 머리카락을 쓸어 주었다.

"복수심을 어찌 버리겠습니까. 그 고통을 겪었는데. 저도 버릴 수 없습니다. 하지만 스스로를 몰아세우지는 마세요. 복수심 때문에 스스로가 괴로워진다면 그 복수를 한다 한들 행복해질 수 없지 않겠습니까."

묻어 두고, 모른 척 살아가면 또 살아지지 않겠는가. 다치고 아파하며 괴로워하는 것보다는 눈을 감고 외면하는 것도 살아가는 방법이지 않겠는가.

수린은 눈물이 차는 눈꺼풀을 닫았다. 수린의 생각은 스스로에게 하는 다짐이나 다름없었다. 묻어 두고 모른 척해 버리자. 그러면 잊혀질 날이 올 것이다. 수린은 고개를 저어 또 치밀어 오르는 얼굴 하나를 떨쳤다.

그러다 깜빡 잠이 든 것이 눈을 떴을 때는 이미 깜깜한 밤이 된 후였다. 벽에 머리를 기대 잠든 수린은 뺨을 스치는 바람 한 줄기에 화들짝 놀라 눈이 떴다. 휑한 느낌에 번뜩 바라본 침상은 텅 비어 있었다.

"아저씨?"

싸한 기분이 전신을 훑고 지나갔다. 수린은 벌떡 일어나 문을 열고 달려 나갔다. 밤이 깊어 불이 꺼진 실내는 어둠침침했다. 부리나케 달려 나가는 기척에 졸린 눈을 비비며 나온 주인 내외가 무거운 눈꺼풀을 비비며 물었다.

"무슨 일이세요?"

"아저씨가! 아저씨가 없어졌습니다."

"네?"

정신도 못 차리고 누워 있던 사람이 사라졌다는 말에 내외의 눈이 쟁반만 해졌다.

"우리가 여태 깨어 있다가 좀 전에 잠들었는데 나가는 소리도 못 들었습니다. 문간방이라 어지간하면 소리가 들렸을 터인데."

바로 옆을 지키고 있던 수린도 기척을 모르고 잠들어 있었다. 수린은 아랫입술을 깨물었다.

"몸도 성치 않은 사람이 어디로 간 걸까요."

주인 사내의 말에 수린은 고개를 돌려 문을 바라보았다. 어쩐지, 기정이 어디로 갔는지 알 것 같았다. 수린은 잴 것도 없이 문을 박차고 달려 나갔다.

수린을 따라가야 할지 어째야 할지 주인 내외가 망설이던 중에 진겸이 나타난 것은 그야말로 간발의 차였다. 발을 동동 구르고 있던 주인 내외가 영문도 모른 채 수린은 자고 있느냐고 웃으며 묻는 진겸을 붙들고 아씨가 반송장이 된 채로 나타났다 사라진 기정을 찾으러 이 밤에 달려 나갔다는 이야기를 쏟아 냈다. 진겸의 얼굴이 딱딱하게 경직되었다.

❀ ❀ ❀

"어으."

깜빡 졸고 있던 무사 하나가 꾸벅 숙였던 고개를 번쩍 들고 뒷목을 주물렀다. 길게 하품을 하자 옆에 서 있던 동료가 눈총을 주었다.

"졸리구만, 거."

"졸려도 정신 챙겨라. 나중에 경을 치고 싶지 않거들랑."

"쳇."

동료의 말에 젊은 무사는 입을 댓 발 내밀었다.

"이 손바닥만 한 곳에서 무슨 위험한 일이 있다고 여기서까지 불침번이야."

"장소가 문제가 아니라 위험이 따르는 인물이 있는 곳은 어디나 위험한 거지."

"하긴."

실없이 낄낄거리는 대꾸를 날리며 그는 졸린 눈으로 자신이 지키던 문을 바라보았다. 저 방 안의 인물이 누군가. 일각에서는 숨은 황제라고 불리는 권력가가 아닌가. 본래라면 이런 작은 마을에, 이런 허름한 객잔에 머물고 있을 리가 없는 사람이다. 당연노리는 자도 따르는 위험도 많다.

"가뜩이나 위험이 따르는 양반들 호위도 부담스러운데 왜 부자가 서로 날을 세우고 있는 거야. 불편하게."

"쉿!"

누가 들을세라 주의를 주는 경고의 소리도 조심스러웠다.

"네놈은 목이 두 개냐."

"아, 알았어. 불편하다고 말도 못 하냐."

의미 없는 대화가 이어지는 조용한 밤의 공기가 몸을 나른히 늘어지게 만들었다. 그는 한 번 더 길게 하품을 하고 걸음을 떼었다.

"어디 가?"

"잠깐 뒷간 좀."

"가지가지 한다. 빨리 다녀와."

알았노라 건성으로 대꾸하며 사라지는 설렁거리는 뒤통수가 시야에서 사라졌다. 등불이 그려 낸 그림자의 끄트머리가 사라지고 얼마나 지났을까. 동료에게 핀잔주던 말이 무색하게 홀로 남은 무사의 입에서도 긴 하품이 나왔다. 혼자 남은 공간의 침침한 어둠은 굳건한 긴장을 유지하기 힘들게 만들었다. 그는 눈꺼풀이 무거워지려는 것을 눈에 힘을 주어 참았다. 정신 차려야지. 몇 차례 정신을 다지다가 문득 뒷간에 간다던 동료가 꽤나 오래 돌아오지 않고 있다는 데에 생각이 미쳤다.

왜 안 오지? 동료가 갔던 쪽을 한 번 보고, 윤인호가 머물고 있는 방의 문을 한 번 본 그는 고개를 갸웃거렸다. 속이 많이 안 좋은가? 아니면 농땡이라도 치러 갔나. 그러고 보니 그 자식 아까 오랫동안 주색잡기를 못 했다고 투덜거렸었는데.

생각이 거기까지 뻗어 나가는데도 돌아오지 않는 동료의 존재는 의심을 확신으로 바꾸어 갔다. 이 자식이 그런데……. 점점 의심은 구체화되었다. 별일 없을 것 같으니 몰래 빠져나가 유흥거리를 찾으러 나간 게 틀림없다. 손바닥만 한 마을이니 몇 발짝 걷기도 전에 유흥거리를 찾았겠지. 뿌리를 뻗어 나가는 상상은 슬금슬금 울분을 키워 냈다. 여기까지 오면서도 게으르고 불성실하기 짝이 없는 그놈 때문에 일을 배는 힘들게 해 왔는데 또냐.

그는 굳게 닫힌 윤인호의 방문을 한 번 보고 걸음을 떼었다. 지금 조용하니 얼른 가서 그놈을 잡아다가 목에 밧줄을 묶어서라도 끌고 와야겠다. 그리고 두 번 다시 헛짓 못 하게 단단히 혼쭐을 내야지. 그리 생각하며 객잔의 문을 열고 나간 그가 뭔가 이상하다는 것을 깨달은 것은 응당 객잔 문 앞을 지키고 있었어야 할 이들의 눈인사가 없어서였다. 작은 객잔을 많은 이들이 지키고 있을 수가 없으니 문 앞에 둘, 윤인호의 방 앞에 둘씩 지키고 시간마다 교대를 하기로 정해 두었었는데 객잔 문 앞에는 아무도 서 있지 않았던 것이다.

머릿속에서 다급한 경종(警鐘)이 울렸다. 당장 검을 뽑아 들고 소리를 지르려던 그는, 그러나 그 무엇도 실행에 옮기지 못했다. 객잔의 경사진 지붕 위에서 덮친 검은 그림자가 머리 위로 묵직한 충격을 가한 것이다.

노련한 무사답게 그는 단박에 정신을 잃지 않았다. 반격을 위해 몸을 돌리고 비틀거리며 물러서는 그의 얼굴로 뿌연 가루가 확 뿌려졌다. 어질하던 시야가 흐려졌다. 마비를 일으키는 가루인 모양이었다. 필사적으로 정신줄을 붙들려 하는 노력도 무의미하게 그는 눈꺼풀을 몇 번 깜빡이지 못하고 스르륵 쓰러져 버렸다. 쓰러진 그의 몸 위로 검은 손길이 다가와 차고 있던 검과 갑주를 벗겨 냈다.

굳게 닫혀 있는 윤인호의 방문을 다급한 손길이 두드리기 시작한 것은 그로부터 일각이 채 지나기 전의 일이었다.

쾅쾅쾅쾅!

본래도 잠귀가 밝은 예민한 사람이었기에 그 정도만으로도 윤인호가 잠에서 깨기에 부족하지 않았다. 하지만 애초에 윤인호는 잠이 들지 않은 상태였다. 낯선 잠자리가 불편했고 아들들의 반항이 거슬렸고 뜻대로 돌아가지 않는 지금의 상황이 마음에 들지 않아 잠을 이룰 수가 없었던 것이다.

"일어나십시오! 피하셔야 합니다!"

굵직한 목소리가 날 선 윤인호의 눈살을 찌푸려지게 했다. 쾅쾅쾅쾅. 거듭 문을 두드리며 일어나라 외치는 목소리에 윤인호는 문밖을 향해 물었다.

"무슨 일이냐."

"습격이 있었습니다. 작은 소요이긴 하지만 자리를 피하시는 게 좋을 것 같습니다."

급히 서두르는 목소리에 윤인호는 침상 옆에 걸쳐 두었던 겉옷으로 손을 뻗었다. 옷을 걸치고 문을 열자 투구를 쓴 건장한 사내가 고개를 숙였다.

"이곳은 위험합니다. 제가 안내하겠습니다."

윤인호는 주변을 둘러보았다. 습격이 있었던 것치고는 너무나 조용했다.

"헌데 왜 이리 조용한 것이냐."

"다들 습격자를 쫓아갔습니다."

"그래?"

윤인호는 문혁이 머물기로 했던 방 쪽을 바라보았다. 그러고 나가 들어오지 않은 겐가.

"이 객잔은 비어 있습니다."

윤인호의 생각을 읽은 듯 사내가 부연했다. 알았다고 고개를 끄덕이고 윤인호는 옷깃을 여몄다.

"습격자는 누가 보낸 놈이더냐."

"아직 붙잡지 못해 누가 보낸 자인지는 모르겠습니다. 곧 잡아 대령할 터이니 걱정은 마십시오."

이자는 황제가 붙여 준 무사인가. 기이한 이질감이 들었던 것은 아랫사람이 이리 길게 자신에게 대꾸하는 것을 들어 본 적이 없어서 였다. 자신의 밑에 있는 자였다면 단답식으로 대답하라 언질 정도는 들어왔을 것인데. 어중이떠중이가 섞인 무리이니 별수 없는 일이다. 윤인호는 마뜩잖게 사내의 뒷모습을 바라보며 불만을 삼켰다.

객잔을 빠져나가 뒷길로 안내하는 사내의 모습은 조심스러웠지 만 서두르는 기색이 역력했다. 상황이 상황이니 마땅히 그래야 하 는 건데도 이상하게 그 모습이 어색해 보였다.

"어디로 가는 거지?"

"몸을 피해 계실 만한 장소를 물색해 뒀습니다."

말이 길어지는 것은 딱 질색인지라 어물쩍 넘기는 화법이 거슬렸다. 그러니까 거기가 어디냐고 물어도 따라와 보면 안다는 대답이 돌아올 것 같았다. 윤인호는 발을 멈췄다.

"여기서 기다리겠다."

앞서가던 남자가 멈춰 섰다. 이미 민가를 벗어나 인적은 아예 끊겨 있었고 불빛들도 멀리 보이는 산길의 초입이었다. 슥 몸을 돌리고 돌아보는 남자의 표정은 투구에 가려 제대로 보이지 않았다. 그러나 보이지 않아도 그 눈빛이 심히 불손하다는 것은 너무나 잘 알 수 있었다.

"너는 누구냐."

"……."

"감히 나를 그런 태도로 쳐다보는 놈이 내 밑의 놈일 리가 없다."

남자가 천천히 머리에 썼던 투구를 벗었다. 주름도 거의 없는 얼굴과 대조적으로 반은 백색이 된 머리카락이 보름의 달빛을 그대로 받아 시리도록 희게 빛나고 있었다.

"내가 누구인지가 중요하오?"

"역시 내 밑의 놈은 아니구나."

평소의 윤인호라면 여기까지 낯선 무사의 말만 듣고 따라나서지도 않았을 것이다. 교성에서의 일과 아들들의 반항 때문에 구석으로 몰린 초조함과 급한 여정으로 인한 피로가 윤인호로 하여금 삐끗 잘못된 판단을 하게 만들었던 것이다.

"중요한 건 당신이 오늘 여기에서 죽을 거라는 게지."

그리 말하며 사내, 기정은 칼을 빼 들었다. 윤인호는 주위를 눈으로 훑다가 옆에 떨어져 있던 긴 나뭇가지를 주워 들고 언제나 호신용으로 지니고 다니던 품 안의 단도를 꺼냈다.

"교성에서 화약이 있던 창고에 불을 지른 것도 네놈 짓이냐."

"역시. 공으로 권력을 쥐고 계신 건 아니라 머리는 잘 돌아가시는군. 아니면 감이 좋은 건가."

"내가 네놈 따위에게 평가당해야 할 위인으로 보이나."

"아니. 내 입에 오르내릴 가치도 없는 놈이다. 너는."

목소리를 낮추며 기정이 윤인호의 가슴을 향해 칼을 겨누었다. 윤인호는 흔들리지 않는 눈빛으로 그를 쏘아보며 단검을 가슴 쪽으로 들어 올렸다. 칼을 잡는 모양새가 제법 노련한 태가 났다. 탁상공론으로 나라를 좌지우지하는 인물인 줄만 알았더니 과연 나라 제일의 무인을 키워 낸 아비이기도 한 모양이다.

삭—!

날카로운 검광이 밤의 어둠을 갈랐다. 숨 쉴 틈도 주지 않는 맹공을 윤인호가 급히 단도를 세워 막았다. 챙. 금속이 거세게 맞닿는 소리와 함께 거구의 남자가 몸을 날려 가중된 힘이 윤인호의 팔을 부들부들 떨리게 했다. 그러나 윤인호는 곧장 기정의 정강이를 걷어차며 몸을 뒤로 빼냈다. 딱딱한 신발에 정강이를 맞은 기정은 잠시 움찔했고 그 틈에 윤인호는 단도를 휘둘렀다. 기정이 몸을 피하며 비껴 나간 칼날이 팔뚝의 옷을 찢고 상처를 만들어 핏방울이 튀어 올랐다. 제법 많은 피가 솟구쳤지만 기정은 아랑곳하지 않고 윤인호의 복부를 노리고 검을 내질렀다.

"아저씨!"

멀리에서 들리는 다급하게 외치는 목소리에 칼부림이 흐트러졌다. 기정의 주의가 흩어진 찰나를 놓치지 않고 윤인호는 기정의 가슴에 단도를 박았다.

"끄윽!"

쨍강. 기정이 쥐고 있던 검이 바닥에 떨어져 맑은 금속성을 냈다.

"검을 쥐고 있을 때 다른 곳에 한눈을 파는 게 아니지."

박아 넣은 칼에 힘을 더하며 윤인호가 목소리를 낮춰 말했다. 왈칵 입으로 뿜어져 나오는 피가 기정의 얼굴을 타고 흘러내렸다. 피범벅이 된 얼굴로 기정이 입꼬리를 올렸다. 윤인호가 상황에 맞지 않은 그 표정에 멈칫하는 순간. 푹! 근육을 가르고 뼈를 긁는 소리가 들렸다.

"검을 쥐고 있을 때는 한눈을 파는 게 아니다. 윤인호."

허리에 두르고 있던 가죽 혁대에서 단검을 꺼내 윤인호의 어깨에 찔러 넣은 기정이 피범벅이 된 얼굴로 웃으며 말했다.

"아, 아아."

하얀 비단천이 무서운 속도로 피에 물들었다. 옷을 적시는 걸로 모자라 후두둑 떨어지기 시작하는 피가 믿어지지 않아 윤인호는 자신의 팔을 바라보았다.

"네놈도 피가 흐르는 인간이긴 했구나."

"이, 이놈이……."

윤인호가 비틀거리며 기정의 어깨를 붙들었다. 멀리서 보면 흡사 다정하게 끌어안는 자세로 윤인호는 칼이 박힌 기정의 복부를 있는 힘껏 움켜쥐었다. 울컥 재차 피를 토하면서도 기정은 윤인호의 어깨에 박은 단도를 놓지 않았다.

"천것이 주제도 모르고……."

"그 천것의 손에 생채기를 입었으니 저승에서도 눈을 못 감겠지. 진정 내가 바라던 꼴이다."

"그 입 다물어!"

노호성과 동시에 피가 토해졌다. 기정이 윤인호의 어깨에 박힌 단도를 꾹 누른 것이었다. 두둑. 살이 갈라지는 소리가 귓가에 울렸다. 정신이 혼미할 정도의 고통 속에서도 기정은 단도 손잡이를 돌려 돌이킬 수 없는 치명상을 남기는 데에 사력을 다했다.

"기억해라. 이는 네가 손에 묻혀 왔던 피들이다."

"으흡."

"피는 피로 돌려받아야 하는 법이지. 네가 흘려야 하는 피는 아직 강을 이룰 만큼 많다."

"닥쳐!"

윤인호는 발을 들어 기정의 배를 걷어찼다. 사력을 다한 힘에 밀려 난 몸이 나동그라지며 곪아 터진 등의 상처가 땅바닥과 충돌했다. 이루 말할 수 없는 고통에 비명도 나오지 않고 눈앞이 하얘졌다.

"아저씨!"

맑은 목소리의 외침이 아까보다 가까워졌다. 그래도 아직은 멀게 들렸다. 피를 쏟아 내는 복부로 손을 가져가 보았지만 막기에는 역부족이었다. 기정은 색색 새된 숨소리를 내며 나무에 겨우 몸을 기대고 서 있는 윤인호를 노려보았다. 윤인호는 시선을 놓치지 않고 어깨에 박힌 단도를 단번에 뽑아냈다. 쏴악 폭포수처럼 뿜어져 나오는 피에 옷은 물론이고 땅바닥까지 피로 축축하게 젖어 들어갔다. 그럼에도 쓰러지지 않고 서 있는 모습이 참 대단타 싶었다.

기정은 가물가물해지는 눈을 감지 않으려 애쓰며 비틀비틀 자신에게 다가오는 윤인호를 보았다. 뽑아낸 단검을 들고 다가오는 피범벅이 된 모습이 흡사 사신이나 다름없어 보였다. 넝마나 다름없는 몸으로는 여기까지인 모양이었다. 그래도 너덜너덜해진 윤인호의 어깨를 보니 웃음이 비어져 나왔다. 저 팔은 이제 성히 쓸 수 없겠지.

윤인호가 기정의 목덜미를 노리고 단도를 치켜들었다. 기정은 눈을 감았다.

"안 돼!"

챙―!

"으윽!"

목을 가르는 고통 대신 윤인호의 낮은 비명이 들려왔다. 기정이 천근만근인 눈꺼풀을 들어 올려다본 곳에는 윤인호의 앞을 가로막고 기정의 검을 세워 들고 있는 수린이 있었다.

"아씨……?"

수린의 육탄 공격에 나가떨어졌던 윤인호는 나뭇가지에 지탱해 몸을 일으키며 자신을 노려보고 있는 낯익은 얼굴을 바라보았다. 여인의 옷을 입고 있어 그 얼굴을 어디서 봤었는지를 떠올리는 데에는 조금 시간이 걸렸다.

"그렇군. 민두혼의 자식이 아니라 여식이었던 게냐."

비상한 머리는 기억 깊숙한 곳에 넣어 두었던 수린의 모친을 떠올리자 단박에 복잡한 인연의 끈을 읽어 냈다. 부정하지 않고 바라보는 수린을 보며 윤인호는 입술을 벌렸다. 쇳소리가 나는 목 안쪽에서 피비린내가 끼쳐 왔다. 윤인호는 쿨럭 피가래를 토하며 말을 이었다.

"내 아들놈들이 이상할 정도로 싸고돈다 싶었더니만. 변변찮은 사내놈 안쓰러워서가 아니라 계집 냄새를 맡고 그랬던 게구나. 어지간히도 홀리고 다녔구나. 목석같은 놈들을 둘이나 홀릴 정도였으면 말이다."

깎아내리려는 저열한 비난에 수린의 눈빛이 냉랭해졌다.

"제 아비에게도 버림받은 쓸모없는 계집이 명줄을 재촉하려고 여길 왔느냐. 그게 원이라면 그 명 내가 끊어 주마."

빈정거리는 윤인호의 말과는 달리 윤인호의 처지는 그리 좋지 못했다. 정신을 붙들고 말을 하고 있는 게 신기할 정도로 피를 많이 흘린 데다 벌어진 어깨의 상처는 뼈가 다 보일 정도였다. 수린은 신경을 긁는 윤인호의 말에 동요하지 않았다. 험악한 말과 형편없는 윤인호의 몰골 사이의 간극이 오히려 머리를 차갑게 만들었다.

"당신은."

수린은 평온한 어조로 입을 열었다. 피범벅이 되어 처참하기 그지없는 모습으로 비틀거리던 윤인호는 나뭇가지에 간신히 몸을 기대어 섰다. 천하의 윤인호가 저런 모습이 될 것이라 상상이나 해 보았을까.

"당신은 내 집안을 그리 짓밟아 놓고 그 후로 단 한 번이라도 나에 대해 생각해 본 적이 있습니까?"

"뭐?"

"당신이 밟고 지나가 시들게 된 정원의 풀포기를 살아가며 한 번이라도 떠올려 본 적이 있느냐 말입니다."

치켜 올라간 눈썹 끝이 꿈틀거렸다. 고통이 잠식해 가는 의식을 간신히 부여잡고 있는 윤인호에게 수린의 말이 제대로 들릴 리가 없었다.

"무슨 헛소리냐."

"헛소리……. 그럴 테지요. 당신에게는 헛소리로 들리겠지요."

수린은 손가락으로 건드리기만 해도 무너질 듯 위태로워 보이는 윤인호를 보며 검을 내렸다. 수많은 이들의 크고 작은 상처를 만져 본 수린은 한눈에 윤인호의 팔이 두 번 다시는 쓸 수 없을 지경이라는 것을 알았다. 뼈가 보일 정도로 벌어진 데다 흙으로 범벅이 되어 빨리 상처를 치료하지 않으면 목숨까지 위태로운 상태였고, 설사 제대로 치료를 한다 해도 저 팔은 잘라 내는 게 최선일 정도로 악화될 것이었다.

"쓸데없는 소리 하지 말고…… 죽일 테면 죽여 봐라. 네 부모의 뒤를 따라가는 게 내가 될지 아니면 네가 될지는 두고 봐야 알일이지만 말이다."

고통이 엄청날 텐데 저렇게 버티며 말을 할 수 있는 정신력 하나는 인정할 수밖에 없었다. 수린은 고개를 저었다.

"아니, 나는 당신을 죽이지 않을 겁니다."

"뭐?"

"당신은 내 하늘을 무너뜨려 놓고 단 한 번도 나를 떠올려 본 적 없이 살았을 테지요. 그러니 나도 이제부터 당신을 뇌리에서 깨끗이 지우고 살아갈 것입니다. 대신 당신은 나를 생각하며 살아 보십시오."

"그게 대체……."

"두 번 다시 쓸 수 없는 팔을 볼 때마다 자괴감을 느끼고, 허물 어진 육신을 끌어안고 당신을 그리 만든 이들을 원망하며 살아가 십시오."

윤인호가 자신의 팔을 본 것은 반사적인 행동이었다. 두 번 다 시 쓸 수 없다고?

"보잘것없어진 당신의 몰골에 눈길을 주는 사람들을 마주할 때 마다 비통해하고 분노하십시오. 그러다가 스스로를 좀먹게 되어 상처 입은 짐승처럼 외로이 굴에 틀어박히게 되길 빌겠습니다. 물 론 나는 이 자리에서 돌아서는 순간 당신을 잊고 잘 살아갈 것이 지만 말입니다."

그럴 것이다. 보란 듯이 꿋꿋하게 살아갈 것이다. 윤인호의 삶 이 나락으로 떨어져 비참하게 전락하든 아니든 이제는 깨끗이 잘 라 내고 살아갈 수 있을 것 같았다.

수린은 어느 사이엔가 소리도 없이 혼절한 기정을 향해 몸을 돌렸다. 그리고 언제부터 거기 서 있었는지 자신을 바라보고 있는 진겸을 보았다.

"오라버니!"

진겸은 가볍게 고개를 끄덕이고 기정을 안아 부축해 일으켰다. 의식을 잃고 축 늘어진 몸에서 떨어지는 핏방울이 심상치 않아 수린은 얼른 다가가 거들었다. 진동하는 피비린내가 코를 찔러 왔다.

"살릴 수 있겠느냐."

"상처를 보아야 합니다."

"어서 가도록 하자. 무사들이 호위하던 이가 없어진 것을 알아차리는 데 오래 걸리지 않을 것이다. 어서 피해야 한다."

"예."

"멈춰라!"

윤인호의 호통은 상처 입은 짐승의 포효였다. 진겸과 수린이 기정을 양옆에서 부축한 채로 윤인호를 돌아보았다.

"오라버니라. 그래, 네가 민두혼의 자식 놈이냐. 어린 누이를 방패 삼아 꽁무니를 뺐던 놈이 잘도 낯짝을 들고 돌아왔구나."

빤한 도발에 울컥하는 수린에게 참으라 눈짓하고 진겸은 윤인호에게 말했다.

"내 비겁한 행동에 대한 질책을 할 수 있는 오직 내 누이뿐이다. 쥐구멍도 막아 놓고 쥐를 쫓은 자가 할 말은 아니지."

그 말에 뿌드득 이를 가는 것이 고통 때문인지 분해서인지 분간이 가지 않았다.

"복수를 하고 싶었느냐. 그래서 한다는 복수가 내 아들놈들을 흔들어 놓는 것이었느냐."

수린과 진겸은 무시하고 가려 했다. 그런 그들의 뒤에서 끝끝내 윤인호는 그륵거리는 피거품을 물며 한마디를 더 보탰다.

"한 놈은 관직에서 물러나게 만들고 한 놈은 파혼하게 만들어 국서가 될 길을 막아 놓으니 이제 속이 후련하겠구나."

진겸이 상인들의 틈바구니에서 가장 먼저 배운 것은 일견 의미 없어 보이는 일상적인 대화 속에서 정보를 읽어 내는 방법이었다. 오늘 아침에 무엇을 먹었네, 하는 소소한 대화 속에도 전날 그 재료를 구하기 위해 움직였을 동선을 읽을 수 있는 법이다. 그렇게 단련되어 온 진겸의 사고(思考)는 윤인호의 말속에서 봇물 터지듯 많은 것을 깨달았다.

윤인호에게는 두 명의 아들이 있다. 하나는 국서가 될 예정이었던 윤인호의 장남. 그리고 하나는 천강. 그렇다면 관직에서 물러난다는 이는 천강일 터였다. 이런 시기에 관직에서 물러난다는 것은 그럴 만한 이유가 있어서일 것이다. 그리고 안주의 총관이 바뀌게 된다는 변 씨의 이야기와 다시는 만나지 못할 것이라는 진겸의 말에 사람 일은 모르는 것이라며 의뭉스레 답하던 천강이 떠올랐다. 천강이 무슨 일을 꾸미고 있는지 알 듯해 진겸은 수린의 옆얼굴을 바라보았다. 그자는 그렇게까지 하려 하는 것이로구나. 어쩐지 그리 절절하던 수린을 순순히 보내 준다 싶었지.

그리고 파혼하여 국서가 될 길이 막혔다는 장남의 이야기에는 시의적절하게 파혼을 한다 하였던 한 여인이 자연스레 떠올랐다. 천강의 호위를 받던, 대국(大菊)이 어울리던 홍의(紅衣)의 여인. 그렇다면.

"후우."

낮은 한숨이 새어 나왔다. 머리를 한 대 맞은 것 같은 충격도,

크나큰 절망도 들지 않았다. 자연스레 그렇구나 하고 납득하고 받아들이게 되었다. 그 여인에게는 그 자리가 과하지 않다 여겨질 정도로 잘 어울렸다. 다만 공허한 웃음이 나오는 것은 기막힌 인연이 우스워서였다. 대체 무슨 악연의 끈으로 두 남매가 원수의 아들과, 원흉이나 다름없는 여인과 마음을 나누게 되었단 말인가.

진겸은 천강에게 마음을 준 수린을 닦달하던 자신의 모습이 떠올라 씁쓸한 웃음을 지었다. 우습고 또 우스운 일이다. 비난할 자격도 주제도 못 되는, 누이에게 기대어 연명하는 삶을 살고 있는 처지에 수린을 나무라기까지 한 못난 인간이다 자신은.

진겸이 스스로를 욕하며 수린을 바라보았다. 수린은 발에 못이 박힌 것처럼 멈춰 서 있었다.

"수린아."

진겸의 부름에도 창백해진 얼굴로 맨땅을 응시하고 있던 수린은 곧 기정을 부축한 손을 다잡았다.

"가요. 서둘러 가야 아저씨 상처를 돌보지요."

천강이 관직에서 물러나게 되었다는 윤인호의 말에 놀란 게 역력한데 티를 내지 않으려고 애쓰는 모습이 안쓰러웠다. 하지만 지금은 설명할 시간이 없었다. 안간힘을 쓰며 악에 받친 목소리를 내던 윤인호가 푹 고꾸라지고 때를 맞추기라도 한 듯 저 멀리 어두운 밤하늘 위로 한 줄기 폭죽이 쏘아 올려져 펑 소리를 내며 불꽃을 수놓았다. 군사들이 비상사태 때 사용하는 폭죽이었다. 윤인호가 사라진 것을 벌써 알아챈 모양이었다.

"여관으로 돌아가는 건 위험해. 마을 외곽으로 빠져나가면 은

신처로 쓰던 오두막이 있다. 시간이 좀 걸려도 그리로 가는 게 좋겠다."

"먼 곳은 아저씨가 버티기 힘들 겁니다."

"돌아갔다 붙잡히면 당장 죽게 될 거다."

그는 그렇다. 수린은 진겸이 안내하는 곳으로 걸음을 재촉하며 뒤를 돌아보았다. 피투성이가 되어 쓰러진 윤인호의 인영(人影)이 눈 안에 박혀 왔다. 오금이 저리도록 무섭고 치가 떨리도록 증오스러웠는데. 저리 힘없이 쓰러진 모습은 상상도 못 했었다.

'결국 당신도 붉은 피가 흐르는 똑같은 인간일 뿐인데.'

무엇이 잘났다고 그 많은 이들을 짓밟았으며 무엇을 누리겠다고 더한 권력을 바랐던 걸까. 그 속에 담긴 생각이 무엇이든 이제와서는 상관없는 일이다. 수린은 눈을 내리감고 고개를 돌리는 것으로 윤인호의 잔상을 지웠다.

❀　　❀　　❀

산속 깊은 곳에 지어진 오두막에서 기정은 그 후로 이틀을 더 버텼다. 열악한 환경에서 최선을 다 해 보았지만 만신창이가 된 몸에 더해진 검상은 치명적이었다.

수린이 약초를 구하러 간 사이 명을 달리한 기정의 곁에서, 진겸은 홀로 임종을 지켰다. 의도한 바는 아니었지만 마지막 순간을 두 사람이 보내게 배려한 격이 되었다. 두 사람 사이에 오간 마지막 말이 무엇인지 수린은 굳이 묻지 않았다. 진겸 또한 수린에게 기정의 임종을 설명하지 않았다. 켜켜이 쌓인 세월 동안 단단해진 유대감은 복수의 칼날을 던지고 눈을 감는 순간에는 더욱 남달랐을 것이다. 수린의 도움으로 기정의 묘를 만든 진겸은 봉분을 다 만든 이후에 잠시만 혼자 있게 해 달라며 꼬박 하루를 묘 앞에서 고개를 숙이고 있었다.

먼발치에서 그 모습을 보며 밤을 꼬박 지새우는 동안 수린은 가슴 아파하는 것보다 먼저 산재한 일들을 걱정해야 했다. 윤인호가 죽든 살든 종주공쯤 되는 인물에게 큰 횡액이 닥쳤는데 무탈하게 넘어갈 리가 없다. 일대에 피보라가 몰아칠 수도 있는데 당장 피해야 하는 것이 아닌가.

'그리고……'

천강. 이름을 떠올리는 것만으로도 심장이 저미는 고통이 따르는 그 사람의 이야기는 무엇일까. 관직에서 물러났다니, 역시 진겸을 보내 준 일로 문책을 당한 것일까.

무엇이든 알아봐야겠다는 생각에 혼자라도 마을에 나가 볼까 하고 채비를 하던 참이었다. 자리를 털고 일어나 수린에게로 돌아온 진겸은 초췌한 얼굴로 말없이 수린의 손을 꼭 잡았다. 백 마디 말보다 절절한 그 몸짓 하나에 수린은 무척이나 마음이 아파 왔다. 수린은 머뭇거리다가 조심스럽게 물었다.

"오라버니는 그것으로 되었습니까."

"음?"

"복수……할 수 있었지 않습니까."

직접 윤인호의 명줄을 끊을 수 있는 기회였다. 어쩌면 살아생

전에 다시 오지 않을, 기정이 목숨과 바꾸어 만들어 준 단 한 번의 기회. 그 기회를 수린이 그냥 놓아 버렸는데 진겸은 거기에 대해 가타부타 말하지 않았던 것이다. 진겸은 수린을 향해 희미한 미소를 지어 보였다.

"내 삶이 너에게 기대어 이어져 온 끈인데 네가 그것으로 되었다 생각한다면 나 또한 그것으로 되었다."

"하지만……."

"게다가 애초에 내 복수의 방향은 그쪽을 향해서는 안 되었던 것 같고 말이다."

그것은 또 무슨 말일까. 진겸은 수린의 의문 섞인 시선에 오묘한 표정을 지었다.

"거기에 대해서는 아주 오랫동안 고민을 해 보아야 할 듯하구나. 지금으로서는 이대로 영영 사라져 죽었는지 살았는지조차 모르게 숨어 버리는 것이 최대의 복수일 것 같기는 한데, 내가 어쩌고 싶은지 내 마음을 나도 잘 모르겠으니 말이다."

뜻 모를 말에 수린이 고개를 갸웃하는 것을 진겸은 다정한 눈으로 바라보았다.

"그것은 내가 결정해야 할 문제이니 내 몫의 고민으로 남겨 두마. 너는 네 문제를 생각하려무나."

"제 문제요?"

"그래. 할멈을 데려올 구체적인 방도 말이다. 교성에서 안주의 총관이 바뀌게 되었다는 이야기를 듣고 왔다. 계획을 바꾸어야 할 듯해."

"안주의 총관이 바뀐다고요?"

수린은 심장이 철렁 내려앉았다. 안주를 떠날 때 윤종명이 따스한 눈빛으로 바라보며 건네던 당부가 떠올랐다.

'꼭 돌아오거라. 내 옆에. 부디 몸 건강히 무사하게.'

그 당부를, 지킬 수 없게 되어 버리는 건가.

"왜, 왜요? 윤 총관님의 신변에 무슨 일이라도 생겼답니까? 혹여……."

설마하니 윤종명이……. 떨리는 목소리에 진겸은 고개를 저었다.

"그런 건 아닌 것 같아. 그저 새 총관이 임명되었다는 이야기만 들었지. 하지만 자세한 것은 나도 모른다. 직접 확인해 봐야 할 것 같구나."

수린은 고민에 빠졌다. 하지만 진겸이 깊어지려는 수린의 고민을 잘랐다.

"그러니 안주에 네가 직접 가서 확인해 보는 것이 좋지 않겠느냐."

"예?"

"새 총관이 누구이든 할멈을 만나야 한다는 데에는 변함이 없다. 지금은 안주에서 나올 수 있는 사람이 없다. 하지만 새 총관이 부임하게 되면 사람이든 물건이든 안주로 들어가게 되는 것은 많을 테지. 그때를 틈타 네가 안주로 가 보거라."

수린은 진겸의 권유가 의아했다. 자신은 죽은 사람으로 되어 있는데 안주로 가라고? 위험할 게 뻔한데 진겸이 수린에게 위험을 감수하라 권하는 게 납득이 되질 않았다.

"나는 미리 진연으로 가 있을 것이다. 훈련된 전서구를 보낼 것이니 연락은 걱정 말거라."

진겸이 그리 말하며 재차 손을 꼭 잡았다.

"한번 놓은 다리는 다시 놓기도 쉽지 않겠느냐. 일단 안주에 줄을 댄 적이 있으니 두 번째는 더 쉬울 것이다. 다녀오너라."

어딘가 말을 돌리고 있는 느낌이었다. 일부러 속내를 숨기고 등을 떠미는 것임이 분명했다. 대체 왜?

"네 삶이 네 것일진대 네 스스로 결정지을 수 있는 일들이 많지 않았지. 네가 원치 않아도 등 떠밀려 그리할 수밖에 없는 일들 뿐이었으니. 그러니 이번에는 네가 직접, 가서 보고 결정하거라."

"오라버니. 그게 무슨 말씀이십니까?"

가 보면 안다며 웃는 웃음이 아련했다. 다녀오라며 말하는 사람의 얼굴이 흡사 먼 이별을 고하는 듯 보여 수린은 철렁했다. 진겸은 수린의 마음을 읽었는지 그런 것이 아니라며 고개를 저었다.

"언제든 네가 원하면 내 옆으로 돌아오면 되는 일이다. 네가 걱정할 만한 일은 그 무엇도 하지 않으마. 돌아가신 부모님을 두고 맹세할 것이다."

유명을 달리한 부모까지 입에 올리며 하는 맹세는 무거운 것이었다.

10장

　살랑 불어오는 해풍에는 짭조름한 소금 냄새와 함께 미미한 온
기가 실려 있었다. 귀 옆 머리가 하얗게 센 초로의 여인은 고개를
돌려 먼바다를 그렸다. 요즘 들어 부쩍 뼈가 시리는 게 실감될 정
도로 날이 추워지고 있는데 가뜩이나 매서운 바닷바람에 온기라
니.

　"내가 노망이 났나."

　입 안으로 중얼거리며 여인은 파도가 정성스레 다듬어 놓아 맨
들맨들해진 바위 위에 자리를 잡고 앉았다. 정 의원에게 해초를
뜯으러 갔다 온다고 말해 놓고 나왔지만 정 의원은 믿지 않는 눈
치였다. 하긴 매일 바닥을 드러낸 바구니를 들고 돌아가는데 믿으
면 천치지.

　여인은 가슴께를 잡으며 하염없이 파도 너머를 바라보았다. 그

립고 그리워 재가 되어 버릴 것 같은 마음이 오늘따라 유독 심하게 술렁였다.

"우리 아가, 돌아오지 않아도 괜찮아. 건강만 하거라."

풀방구리 쥐 드나들듯 총관저 근처를 기웃거리며 혹여나 날아오는 소식 하나 없나 귀동냥이라도 하려 열심이었지만 소득은 전무, 게다가 근래 총관저의 공기는 심상치가 않았다. 자신도 아는 게 없다는 수돌 아범을 족쳐 들은 바로는 경에서 역모 죄인이 나타나 나라 전체가 흉흉하다는 것과, 황명으로 새 총관이 부임하게 될지도 모른다는 이야기뿐이었다.

새 총관이 윤종명처럼 공명정대하고 곧은 인물이라는 보장은 어디에도 없다. 그렇다면 뒤숭숭할 때 그대로 종적을 감추고 죄인의 굴레를 벗어나 살아가는 것이 더 좋을 것이다. 그러나 죽기 전에 다시 한 번 만나 보듬어 주고 싶은 마음은 이기적이게도 사그라지지가 않으니 이를 어쩐단 말이냐. 우리 아가…… 내 아기씨.

여인은 실낱같이 가느다란 긴 한숨을 내쉬었다.

❀　❀　❀

나라 안이 들썩일 정도로 큰 사건들이 연달아 일어났다. 귀머거리가 아닌 이상 모를 수가 없을 정도로 연일 사람들의 입은 배재공 일가의 역모와 종주공의 일신에 일어난 참변을 떠들었다.

남부러울 것 없는 권력을 지닌 집안에서 과욕을 부려 천벌을 받았다며 한결같이 혀를 끌끌 차던 이들은 종주공이 습격을 당해

한 팔을 잃고 생사를 오가다 겨우 목숨만을 건지고 칩거하게 된 일에 대해서는 의견이 갈렸다. 권력 잡은 높은 양반들 속내야 거기서 거기이니 종주공도 뭔가 구린 구석이 있었을 것이다, 필시 종주공의 세를 견제한 황제의 술수일 것이다 하고 주장하는 목소리와 아니다, 배재공의 역모를 막으려다 당한 참변일 것이다 하고 말하는 목소리가 거의 반반에 가까웠다.

안주로 교성에서 경까지, 경에서 다시 안주까지 홀로 거슬러 돌아가는 길은 수많은 이들과 함께했을 때보다 길게 느껴졌다. 거리를 가득 메운 소문과 끊임없이 귀로 흘러들어 오는 이야기들은 그 긴 시간을 더 길게 느껴지게 만들었다.

그중에서 가장 수린의 발걸음을 무겁게 만들었던 것은 역시 천강에 대한 소문이었다.

"이러니저러니 해도 황제 폐하가 큰일 아닌가? 종주공이야 그렇다 쳐도 그 아들들이 황제 폐하의 양 날개였지 않아."

"병호대 대장이라는 장군이 사의를 표한 게 그 배재공 일가와 연이 깊었어서 안타까움에 회의를 느낀 거라던데?"

"아니지 아니야, 모르겠나? 황제 폐하가 종주공 일가도 함께 잘라 내 버리려고 수를 쓰신 게야. 아귀가 딱딱 맞아떨어지지 않아?"

끼니를 때우기 위해 들른 점막(店幕)에서도 떠드는 목소리는 각양각색이었다. 그러나 속내를 짐작하는 목소리의 다양성과는 대조적으로 그들이 입에 올리는 사실은 모두 같았다. 배재공 하태운과 그 일가는 모두 참수를 면치 못했고 종주공 윤인호는 한쪽 팔을 잃고 칩거에 들어갔으며 두 아들들은 모두 관직에서 물러나 황궁에서 모습을 감췄다.

등 뒤의 목소리에 먹던 밥이 얹히는 기분에 젓가락을 내려놓았다. 안 넘어가는 밥을 꾸역꾸역 넘기기 위해 물 잔을 들어 한 모금 물을 들이켜고 억지로 삼키자 목구멍에 걸린 체기가 더욱 구체적으로 느껴졌다. 더는 못 먹을 것 같아 대강 자리를 정리하고 몸을 일으키려는데, 뒤에서 들려온 목소리가 수린의 발목을 붙들었다.

"그나저나 안주 총관은 무슨 생각이래. 느닷없이 상선들을 받아들이겠다니."

"새 총관 말이지? 뻔해. 자기 업적 만들고 싶은 게지. 하지만 그런다고 폐하께서 윤허하시겠나. 거긴 죄인들의 섬인 것을."

상선들을 받아들이다니? 안주가? 수린은 귀를 쫑긋 세우고 남자들의 대화에 집중해 보았다. 그러나 거기에 대한 이야기는 더 이어지지 않고 남자들은 주거니 받거니 술잔을 기울이며 잡담을 나눌 뿐이었다. 혹 더 뭐가 안 나올까 촉각을 곤두세우고 기다리던 수린은 남자들의 술병이 다섯 병을 넘어가자 더 못 참고 남자들에게로 향했다.

"저, 실례합니다."

"으잉?"

대화를 방해받은 남자들이 초점 흐린 눈으로 돌아보았다. 수린은 서두르는 기색을 감추지 못하고 물었다.

"안주에서 상선을 받아들인다는 게 무슨 말입니까."

"뭐이? 댁은 뉘슈?"

"그, 저는, 상인입니다!"

진겸이 혹시 쓸 일이 있을지 모르니 가져가라며 건네주었던 상인의 호패가 퍼뜩 떠올라 품에서 꺼내 내밀자 남자들은 아, 하고 납득하는 표정으로 고개를 끄덕였다.

"상단 단주의 호패구만? 상로(商路)라도 물색하러 다니시는 길인가? 어려 보이는데 말이야."

흥미 반 고까움 반이 담긴 시선은 탯줄 잘 잡아 어린 나이에 상단을 물려받은 잘난 놈이구나, 하고 말하고 있었다. 그러나 술이 들어가 기분이 좋았는지 시비 없이 기분 좋게 답했다.

"안주에 새 총관이 왔다는 건 아나?"

"예. 귀동냥으로 들었습니다."

"그 새 총관이 황제 폐하께 청을 넣은 모양이야. 안주를 상선들의 궤(軌)에 넣고 싶다고 말이야. 듣자 하니 임명을 받은 것도 아니고 안주에 총관으로 부임하고 싶다고 자청을 했다지?"

"누군지는 몰라도 정보통이 빠삭한 모양이야. 거 안주가 뱃길이 험해 들고 나기가 힘들어 그렇지 살기는 여간 좋은 곳이라지 않아."

옆에서 거드는 말에 이야기를 하던 남자가 고개를 끄덕였다.

"그래. 가 보지는 못했지만 거기에서 나는 약초며 술이 일품이라 하는 이야기는 근방에서 유명하지."

그렇다면 새 총관이라는 자는 지나가는 소문만 듣고 부귀영화를 누리고자 안주 총관을 자처했다는 말이었다. 가슴이 묵직하니 내려앉았다. 남의 떡이 더 커 보이는 심리인지, 알지 못하는 것을 크게 생각하는 심리인지……. 안주는 살기 좋은 곳이기는 했지만 큰 돈벌이가 될 만한 건덕지는 없는 곳이었다. 부족하지 않게 자급자족하고 거기에 만족하며 살아가는 곳일 뿐이다. 소문만 믿고 돈을 노리는 자가 실상 큰돈이 안 된다는 걸 알게 된다면 죄인 신분인 섬사람들을 어찌 다룰지는 명약관화(明若觀火)였다. 윤종명처럼 공명정대하고 자애로운 자가 아니었다면 안주는 지금처럼 순탄하게 유지되지도 못했을 것이다.

말씀 감사하다고 서둘러 인사하고 수린은 급히 객점을 나섰다. 남자들은 별 싱거운 놈 다 보겠다며 다시 껄껄 웃는 술자리로 돌아갔다.

꼬박 말을 타고 이동할 수는 없는 탓에 꽤나 오래 걸린 여정이었다.

진겸이 장담했던 대로 곳곳에 심어 둔 연락책을 통해 소식은 꾸준히 받아 볼 수 있었다. 수린이 안주로 향하는 동안 진겸은 진연으로 돌아가 휘랑과 약속했던 것처럼 휘랑을 위해 일을 하기로 했다고 전했다. 매 연락마다 진겸은 혹 위험하거나 일이 뜻대로 풀리지 않을 것 같거든 언제든 돌아오라는 말을 잊지 않고 덧붙였다. 넉넉히 받은 여비와 진겸이 쓰던 호패는 퍽 유용했다.

더디기는 해도 별 고생 없이 항구까지 도착한 수린은 항구에 정박되어 있는 배들을 찬찬히 훑어보았다. 거의 모든 배가 본토에서 바다 건너 항보(杭譜) 지방으로 가는 배들이었다. 남동쪽으로 외따로 떨어져 있는 안주는 황명하에만 허락되는 땅. 돈을 주고 거기로 가는 배를 찾는다고 한다면 당장에 관군의 오라에 묶여 관가로 끌려갈 터였다.

안 되는 걸 알면서도 부둣가를 서성이던 수린은 얼마 거닐지 않아 곧 뭔가 이상하다는 것을 눈치챘다. 수많은 오가는 사람들 중 상인의 호패를 손에 쥔 이들이 이상하리만치 들떠서 목청을 높이고 있었던 것이다.

"나는 청한에서 온 명공 상단의 단주요!"

"내 호패를 봐 주시오. 나는 태도에서 왔소!"

서로 목청 높여 자신을 소개하고는 호패를 보라며 들이미는 곳은 커다란 탁자를 놓고 앉아 책자에 뭔가를 적고 있는 남자의 앞이었다. 남자의 등 뒤로 위풍당당한 위용을 자랑하는 군선이 버티고 서 있었다. 상인들이 군선의 앞에서 자신의 호패를 어서 봐 달라고 줄을 선다니, 대체 무슨 상황인 걸까.

"그럼 여기까지…… 응? 어이, 댁도 상인이시오?"

책자에 상인들이 부르짖는 이름을 빠르게 적어 내려가던 남자가 기웃거리는 수린을 보고 물었다. 얼결에 고개를 끄덕이자 이리로 와서 이름을 부르라 손짓하는 남자는 피곤한 기색이 역력했다. 그는 어서 빨리 일을 끝내고 싶어 하는 태도로 건성건성 수린을 불렀다.

"아, 저는……."

"왜? 안주에 들어가려고 신청하는 상인 아니었소?"

그 질문에 반사적으로 수린의 귀가 쫑긋 솟았다.

"예?"

"아니면 가시고."

"아, 아닙니다! 맞습니다."

남자가 자리를 정리하려는 기색을 보여 수린은 급히 달려갔다. 남자는 수린이 급히 지어 낸 이름을 성의 없이 받아 적었다. 이미 이름을 적은 남자들은 그 옆에서 군선을 보며 대화를 나누고 있었다.

"모두가 들어갈 수 있는 건 아니잖아."

"그래도 대부분은 받아 주지 않겠어?"

"한번 들어간다고 해도 상거래가 허락되는 것은 아니지. 아닐 걸세. 일단 들어가서 새 총관의 마음에 드는 게 중요하지."

상인들의 출입을 허락한다더니 일단 상인들을 안주로 불러 면담을 한 후 그중에서 몇을 골라 거래를 할 모양이었다. 기이할 정도로 운 좋게 안주로 들어갈 길이 생겼다. 어떻게 들어갈지 머리를 쥐어짜 내야 할 판이었는데.

그 후는 일사천리였다. 군선에서 내린 남자들은 책자에 이름을 적은 자들에게 각각 숫자가 적힌 패를 하나씩 나누어 주며 숫자에 맞는 선실에 머물면 된다고 말한 뒤 일정까지 설명해 주었다. 수린은 이렇게 거저먹어도 되는지 혼란스러워 자신을 의미심장하게 바라보는 시선이 있다는 것은 미처 눈치채지 못했다.

앞다투어 선 상인들의 틈에 섞여 배에 오르고, 닻을 올린 배가 뱃고동을 울리며 출항을 알린 것은 수린의 이름이 남자의 책자에 적힌 지 만 하루가 지나기 전의 일이었다. 수린은 꿈을 꾸는 것 같은 기분으로 갑판 위에서 출항하는 배가 만드는 물보라를 바라보았다. 마치 누군가 수린을 안주로 불러들이기 위해 사술(邪術)이라도 쓰고 있는 것 같은 기분이었다.

"하아—"

수린은 갑판에 팔을 기대고 얼굴을 묻은 채 한쪽 눈으로 바다를 보았다.

그 옛날 할멈의 품에 안겨 사시나무 떨듯 떨면서 눈을 꼭 감고 건너던 바닷길을 몇 달 전에는 문혁을 간호하며 되돌아왔었다. 남동쪽 바다의 따뜻한 해풍을 맞고 펄럭이는 돛의 소리도, 남쪽으로 남쪽으로 향할수록 색이 짙어지는 영롱한 바닷물도 볼 겨를이 없었다.

이제 고작 스무 해 가까이 살았을 뿐인데 되돌아 생각해 보면 참 치열하게도 살았다 싶었다. 안주로 들어가 할멈을 만나고 정 의원과 함께 진연으로 갈 수 있게 되면, 그때는 편안히 살 수 있을까.

배는 무심하게, 또 평탄하게 바다를 갈랐다. 순탄한 며칠이 지나고 나타난 휘몰아치는 격류(激流) 지대에서도 노련한 선원들은 흔들림 없이 배를 움직여 나갔다. 격랑에 흔들리는 배 안에서 두근거리는 마음은 불안함 때문이 아니었다. 지루한 수평선이 끝나고 바다 한가운데 소담스러운 꽃처럼 모습을 드러낸 섬이 수린의 마음을 흔들었다.

가슴이 뛰었다. 할멈. 정 의원님. 총관 어르신. 다들 안녕하신 거죠? 섬이 가까워질수록 마음이 진정되질 않았다. 도저히 가만

히 기다릴 수가 없어 서성이는 수린의 걸음에 초조한 티가 역력
했다.

자, 이제 어쩔까. 낯을 드러낸 섬을 보며 수린은 고민에 빠졌
다. 죽은 것으로 되어 있는 수린이 자신의 얼굴을 아는 사람이 수
두룩한 안주에 그대로 나타나는 것은 모험이었다.

배가 정박할 때는 사람들의 관심이 선착장으로 쏠릴 것이니 그
때 몰래 물속으로 헤엄쳐 들어가 인적 드문 곳에 숨어 있다가 야
음을 틈타 정 의원의 집으로 가는 것이 좋겠다.

수린은 얼굴을 어루만지고 지나가는 해풍을 느끼며 기회를 기
다렸다. 기다림은 길지 않았다. 사람들이 하나둘 갑판으로 나와
이름만 듣던 안주를 구경하기 시작하느라 분주해지는 틈을 타서
수린은 반대편 갑판으로 향했다.

파도치는 수면과의 거리와 한껏 늦춰진 배의 속도를 재어 보
다, 수린은 수면으로 몸을 던졌다. 첨벙— 하고 몸이 수면으로 빨
려 들어가는 소리는 반대편 갑판 위의 사람들에게 들리지 않았을
터다. 몸을 세게 때리는 바닷물의 타격감에 수린은 빙그레 웃음을
지었다. 됐다. 이대로 헤엄쳐 가자. 예측이 딱딱 맞아떨어지는 상
황에 기분은 더욱 고조되었다. 북쪽으로 조금만 헤엄쳐 가면 수린
의 집 근처 해안가에 닿을 것이었다. 수린은 지금은 비어 있을 집
에서 어두워질 때까지 기다릴 참이었다.

헌데 예상치 못했던 봉변이 들이닥쳤다. 배의 측면으로 잠영을
해 나가며 팔을 젓던 수린은 별안간 얼굴로 날아오는 커다란 나
무를 보고 눈이 휘둥그레졌다. 아차. 너무 설렌 나머지 노의 방향

을 생각 못 했다. 퍽—! 강한 충격과 함께 수린의 눈앞이 깜깜해
지며 꼬르륵 물이 목구멍으로 가득 들어찼다.

❀　❀　❀

촘촘히 짠 대자리 위에 약초를 펼치던 손이 멈췄다. 정 의원은
마주한 유모를 보고 혀를 찼다.

"아, 왜 하다가 말아. 해 떠 있는 동안 해 놔야 빨리 마르지."

탓하는 목소리에 유모가 대번 인상을 썼다.

"거 노비 들였나. 하다가 다 못 하면 내일 하면 되지 이 늙은이
야."

"늙은이? 누구더러 늙은이래. 내가 중산댁보다 두 살이나 어
려."

"허이구. 젊은이 대접받고 싶으면 연장자 대접부터 하시든가.
꼬박꼬박 반 토막 말이나 해 대며 맞먹는 주제에 왜 어린 척이
야."

두 노년들의 투닥거림이 익숙한지 다른 식솔들은 커지는 목소
리에도 피식 웃고 지나갔다. 유모는 손을 털었다.

"난 오늘 일 더 못 하겠으니 혼자 하슈."

"어딜 가. 오늘 중으로 해야 한다니까. 총관께서 부탁한 일인
데."

그 말에 인상 쓰던 얼굴이 한층 험악해졌다.

"그 얼어 죽을 총관이 날 죽이든 말든 상관없으니 난 못 한다

고 전하라니까."

"저, 저. 경을 칠 소리를."

혀를 차는 정 의원의 말에도 몸서리쳐지게 싫다는 기색은 수그러들지 않았다.

"흥. 누구 좋으라고 내가 시키는 대로 다 해? 어차피 저승 가는 날 받아 놓은 늙은이 잡아 죽이려면 빨리 죽이라고 하든가."

"죽는 건 내가 곤란한데."

쪽 가라앉는 저음의 목소리가 드리워지는 그림자와 함께 나타났다. 기세 좋게 외치며 일어나던 유모는 흠칫 놀라 뒷걸음질을 쳤다. 그러나 곧 다시 눈을 부릅떴다.

"하루가 멀다 하고 드나드느라 문지방이 닳겠습니다그려. 여기 무슨 꿀단지를 숨겨 놨다고 그리 열심히 드나드십니까."

시비조의 말에 주변인들이 조마조마해서 안절부절못했다. 유모는 말도 섞기 싫다는 듯 고개를 팩 돌렸지만 그런 태도가 기분 나쁘지도 않은지 돌아오는 것은 낮은 웃음소리였다.

"꿀단지 여기 있지 않은가. 자네가 꿀단지지. 자네가 있어야 날아올 나비가 있거든."

"별 실없는 소리."

뜬구름 잡는 대꾸에 팩 외면하고 몸을 돌리자 사색이 된 것은 주변의 사람들이었다.

"중산댁, 총관 나리께 무슨 무례야."

옆구리를 찌르는 주 영감의 속삭임에도 유모는 팩 돌아간 고개를 돌릴 생각을 하지 않았다.

"두게. 중산댁에게 나는 백번 당해도 싼 사람이 아닌가."

"하지만 총관 나리."

안주의 젊은 새 총관은 낮게 웃으며 고개를 저었다.

"아쉬운 사람이 손 내밀어야지. 나는 중산댁에게 미운 정이라도 들어야 하는 입장이니 말이야."

미운 정 같은 소리 한다고 쏘아붙이고 싶은 걸 꾹 참고 유모가 준수한 용모의 새 총관을 흘겨보았다. 안주에 부임하고 나서 하루가 멀다 하고 정 의원 집을 드나들며 사람을 들쑤시는데 꼴도 보기 싫어 죽을 맛이었다. 첫날에는 정말 새 총관의 얼굴을 보는 순간 과장 없이 욕지기가 치밀어 토해 버리고 말았었다.

저 사람 좋게 웃는 낯 속에 시뻘겋게 피 칠갑을 한 살인귀의 면(面)이 숨어 있을 것인데 왜 자꾸 죽어라 싫다고 질색하는 자신에게 치대는지 유모는 정말 도통 알 수가 없었다.

"의원님! 정 의원님!"

안주의 유일한 의원인 정 의원의 집에 달려 들어와 다급히 정 의원을 부르는 목소리가 들리는 것은 달에 두어 번은 있는 풍경이다. 오늘은 아무래도 차분히 앉아 약초를 말릴 날이 아닌가 보다 하고 정 의원은 일어나 옷을 털었다.

"뭔 날이구먼, 오늘이."

길게 한숨을 쉬고 옷매무새를 가다듬은 정 의원이 숨이 깔딱깔딱 넘어가는 젊은 청년에게 물었다.

"그래, 무슨 일인가. 어디의 누가 다쳤나?"

"그, 그게!"

심상치 않은 목소리에 정 의원 집 마당에 모여 있던 이들이 모두 고개를 돌려 청년을 바라보았다.

흙 천장은 수년을 보아 온 그대로였다. 언제나 아침에 눈을 뜨면 보아 온 낡고 허름한 천장. 하지만 익숙한 풍경이 낯설게 느껴지는 것은 이곳을 떠나 있던 동안의 일들이 다시없을 만큼 강렬했기 때문이리라. 어째서 눈을 뜨고 보이는 첫 광경이 저 천장인 걸까. 수린은 손에 힘을 주어 바닥을 짚었다.

깨끗하게 빨아 햇빛에 보송하게 말린 이불이 손에 닿았다. 집을 비운 시간 동안 누가 이불을 빨고 햇빛에 말려 깨끗하게 침상에 깔아 놓았을까. 둘러본 방 안의 몇 없는 세간살이들은 반짝반짝 먼지 하나 없이 닦여 있었고, 흐트러짐 없이 정리되어 있었다. 어쩐지 눈물이 날 것만 같아서, 수린은 괜스레 천장을 한 번 더 올려다보았다. 누구의 손길인지 알 것 같았다. 기억이 시작되는 순간부터 맡아 왔던 포근한 살냄새가 집 안 곳곳에 배어 있는 듯했다.

침상 밖으로 다리를 뻗어 바닥에 내려서자 온몸은 사나운 근육통의 기세에 삐그덕거렸다. 어서 와서 더 누우라 유혹하는 침상을 뒤로하고 손을 뻗어 문을 밀었다.

"겸아!"

눈부신 햇살이 눈꺼풀을 아프게 찌르는 것과 거의 동시에 저쪽에서 마당을 쓸던 청년의 목소리가 울려 퍼졌다. 쓸던 비를 집어 던지고 달려온 청년의 얼굴이 역광을 받아 처음에는 눈에 잘 들어오지 않았다.

"일어났어? 다행이다. 깨워도 깨지 않기에 어찌나 걱정했는지 몰라."

친근한 목소리였다. 힘들게 눈을 가늘게 뜨고 바라보자 떨어져 있는 동안 훌쩍 커진 눈높이의 남자가 환하게 웃었다.

"수돌이?"

"그래! 나야, 나. 어휴, 오래간만의 재회가 물 뚝뚝 떨어지는 실신한 상태여서 난 네가 물귀신 돼서 나타난 줄 알았지 뭐냐."

다다다 쏟아 내는 빠른 말은 여전했다. 한창 클 시기의 사내여서 그런지 수돌이 탕탕 두드리는 가슴은 마지막으로 보았을 때보다 부쩍 넓어진 것 같았다.

"시체 떠내려온 거 아니냐는 소리에 급히 바다로 나갔다가 널 보고 얼마나 놀랐는지. 지금 생각해도 심장이 철렁하다."

"네가 날 구한 거야?"

"그거야! 그랬으면 좋겠지만 사실은 내가 아니고 한발 늦어서 다른 분이 널 구했어."

겸연쩍게 웃는 수돌의 얼굴에 저도 모르게 따라 웃음이 나왔다. 하여간 떵떵거리며 큰소리부터 치고 보는 버릇은 여전하구나.

"어, 왜 웃냐. 내가 조금만 빨랐으면 널 구하고도 남았어. 그저 내가 발이 조금 느렸을 뿐이야."

"알아. 고맙다."

수린이 수돌에게 다가가 가볍게 어깨를 두드렸다. 반가웠다. 홍안(紅顏)의 시절을 함께 보낸 벗이 반갑지 않을 리가 없었다. 친근한 대답에 수돌이 감격 때문인지 당황 때문인지 말을 잇지 못하다가 곧 겸연쩍은 듯 코를 문지르며 웃었다.

"할멈이 며칠 전부터 괜스레 들뜬다고 부둣가 근처를 산책하더라고. 네가 오는 걸 다 느꼈는가 봐."

오래 살면 반무당이 된다고 입버릇처럼 이야기하던 그대로여서일까, 아니면 자식처럼 끔찍한 애정의 발로였을까. 할멈이라면 어쩐지 그러고도 남았을 것 같았다.

"할멈은?"

물에 빠져 정신도 못 차리는 수린을 두고 자리를 비울 사람이 아닌데. 왜 눈을 뜨고 보인 첫 사람이 할멈이 아닌 걸까.

"정 의원님이 너 괜찮다고 하셔서 총관께서, 아 새 총관님 말이야. 새 총관님이 네가 깨면 사람을 보낼 테니 돌아가 있으라고 지시하셨거든. 내가 가서 할멈 불러올까? 아니면 같이 갈래?"

같이 가 보는 게 좋을 것 같았다. 그나저나 새 총관이라니.

"그럼 윤 총관님은?"

꼭 돌아오라, 너는 내 딸 같은 아이이니 돌아오겠다 약조해 달라 했던 윤종명은 이제 보지 못하게 되는 것일까. 수돌은 수린의 마음을 읽었는지 얼른 고개를 저었다.

"아니야. 뵐 수 있어. 총관저에 그대로 계셔."

"어떻게?"

새로운 관리가 임명되면 전관(前官)은 관저(官邸)를 내어 주고 물러나는 게 당연한 관례였다. 아직도 윤종명이 총관저에 머물고 있다니. 무슨 사정이라도 있는 것일까? 수린의 얼굴에 궁금증이 떠올랐다.

"그게 말이야, 이제는 총관 자격이 아니라 총관의 가족으로 총관저에 머물러 계셔."

"무슨 소리야? 새로 부임해 온 총관이, 윤 총관님 가족이라고?"

"그렇다나 봐. 아, 그래서 새 총관님도 윤 총관님이시다."

윤종명의 가족? 그건⋯⋯.

"마침 저기 오시네. 여태 몇 번이나 왔다 갔다 하셨었어."

수돌이 가리키는 쪽에서는 해를 등지고 언덕길을 올라오고 있는 태산 같은 남자의 그림자가 보였다. 역광에 저도 모르게 눈살이 찌푸려졌다. 손 그늘을 만들어 햇빛을 가리자 조금 뚜렷해진 그림자가 수린을 보고 멈춰 섰다.

"이제 정신이 든 건가."

칼로 뚝뚝 자른 것처럼 절도 있는 말투와 목소리였다. 하지만 수린은 저 말투가 그가 할 수 있는 최대한의 다정함을 담은 말투라는 것을 이미 알고 있었다.

"왜 말이 없지."

말을 할 수 있을 리가 없지 않은가. 수린이 멍하니 바라보고 있자 수돌이 급히 끼어들었다.

"인사드려. 이분이 새 총관님이셔."

믿을 수가 없어서, 꿈인 것만 같아서 몸이 반사적으로 뒤로 물러섰다. 그 모양새가 마음에 들지 않는지 단박에 지적하는 목소리가 날아왔다.

"약속했을 텐데. 다시 만나게 되면 그때는 그게 어떤 형태이든 날 피하지 않겠노라고."

"……."

"약속, 지키지 않을 거냐?"

"흑."

말 대신 겨우 나온 소리는 억눌린 흐느낌뿐이었다. 수돌은 두 사람 사이에 오가는 심상치 않은 분위기를 뒤늦게야 감지했는지 고개를 갸우뚱거리며 수린을 톡톡 건드렸다.

"어, 저 겸아. 총관님하고 아는 사이야?"

수린을 조심스럽게 건드리는 수돌의 손가락을 싸늘하게 노려보며 새 총관은 저리 가라는 듯 손짓을 했다. 수돌은 저도 모르게 주춤거리다 급히 고개를 숙였다.

"저, 그, 그럼. 겸아, 나중에 봐."

급히 수돌이 자리를 피하자 수린은 그제야 겨우 웃음 비슷한 것을 지을 수 있었다.

"치사합니다."

"치사라니. 말이 심한데."

"이건 편법이지 않습니까."

"편법이든 뭐든 난 상관없었으니까."

터져 나오려는 웃음과, 솟구치는 눈물과, 미칠 것 같은 반가움과 참았던 그리움이 한꺼번에 쏟아져 나와 대체 어떻게 이 감정을 표현하고 말을 해야 좋을지 알 수가 없었다. 떨어지는 눈물이 배시시 웃음 지어지는 뺨으로 흘러내려 옷깃을 적셨다. 눈물범벅이었지만 그래도 웃음은 웃음. 천강은 겨우 안심한 기색으로 손을 내밀었다.

"이리 와."

"싫습니다."

"그럼 내가 가지."

투정하듯 고개를 젓자 긴 다리가 성큼성큼 움직여 서너 번 만에 수린에게 다다랐다. 수린은 자신을 조심스럽게 끌어안는 팔을 거부하지 않았다. 제자리를 찾은 것처럼 편안한 온기가 온몸을 감싸며 긴장이 풀렸다.

"보고 싶었다. 하루가 억겁처럼 느껴질 정도로 그리웠어."

수린의 옷깃을 적시던 눈물이 천강의 가슴팍에도 동그란 흔적을 남겼다.

"바다 수영 못 하지 않으셨습니까?"

"너한테 구명받고 흐른 시간이 얼마인데, 그 실력 그대로면 자존심이 상하지. 죽어라 연습했다."

자존심이 상해서? 어이가 없어 웃어 버리는 수린을 꼭 안고 천강은 속삭였다.

"기다리는 시간이 천 년처럼 길었다."

귀를 댄 가슴 안쪽에서 울리는 목소리가 따뜻했다.

천강이 황제에게 장군 직함을 버리고 안주의 총관으로 임명해 달라 청했던 것은 교성에서의 일이 채 마무리되기 전의 일이었다. 청을 들어주겠노라 해 놓은 약조가 있어 별다른 질문 없이 받아 주기는 했지만 전 총관인 윤종명의 거취가 문제였다. 지은 죄도 없는 관리를 뜬금없이 내쫓을 수는 없는 노릇이었다. 천강은 거기에 대해서는 자신이 알아서 할 것이니 심려하실 것 없다 말했다.

천강이 경에서 신변을 정리하는 것과 윤인호가 횡액을 당한 것, 문혁과 황제의 파혼이 거의 동시에 일어난 일이라 황궁은 한바탕 난리가 휩쓸고 갔다. 정작 당사자들인 윤씨 삼부자와 황제는 주변의 목소리에 귀를 닫고 자기 할 일에 매진했다.

상처가 덧나 결국 한 팔을 잃어야 했던 윤인호는 두 아들들의 병문안을 매몰차게 내치고 돌아앉아 문밖으로 나오지 않았다. 진겸이 사라진 시기와 윤인호가 변을 당한 시기가 맞물리는 것으로, 천강은 일의 전말을 짐작할 뿐이었다. 그러나 품 안에서 눈을 동그랗게 뜨고 있는 수린에게는 아무것도 묻지 않았다.

"이리될 줄 알고 안주의 총관을 자처하셨던 겁니까."

"뭐."

상인들을 받아들이면 진겸이 낚일 것이라 예상했고, 진겸을 붙들어 놓고 수린을 낚을 예정이었다는 말은 굳이 하지 않았다. 대충 뭉뚱그리는 대답에 수린이 별다른 의심을 하지 못하고 고개를 끄덕였다.

"예까지 오는 동안 풍문으로 주워듣기는 했습니다만 교성의 일들은 모두 마무리가 된 것입니까."

"그래. 역모 죄인에게는 역모죄를 물었고 탐관오리에게는 그에 합당한 처벌을 했지."

"윤 학…… 아 아닙니다."

문혁에 대한 물음은 급히 입 안으로 삼켰다. 스쳐 가듯 건네받은 작별 인사에서 내비쳐진 문혁의 마음이 떠올랐기 때문이었다. 천강은 수린의 생각을 읽었지만 모른 척 외면했다. 황제와의 혼약이 깨진 것으로 황궁이 들썩거렸는데 여기까지 들썩거리게 만들 필요는 없었다.

"어릴 때부터 백부님의 서신에 쓰여 있던 안주가 어떤 곳인지 궁금했었지. 예 와서 직접 보고서야 알 것 같더구나. 백부님이 애정을 쏟은 땅의 가치를 말이다."

주제를 환기시킬 겸 꺼낸 말에 수린이 동조의 눈빛을 보냈다. 천강은 따스한 미소를 지었다.

"그러니 이제 네가 하나씩 알려 주거라. 안주에 대해 말이다."

"예? 저도 여기서 살아야 하는 겁니까?"

농조로 던진 말에 천강은 살벌한 눈빛으로 웃었다.

"도망가겠다고 하면 여기 드나드는 배를 다 침몰시켜 버릴 것인데?"

"풉."

웃음이 터지는 것을 손으로 틀어막자 천강은 눈가에 들어갔던 힘을 풀고 부드럽게 미소 지었다. 그 말이 농으로 치부하기에는 진심이 꽤나 섞인 것이라는 것을 수린은 알고 있었다. 군선을 동원해 달려와 진겸의 배에 포탄을 날려 버리던 모습이 아직도 생생한 것이다. 무시무시한 협박인데도 한편으로는 안심이 되는 이 율배반적인 마음이 눈치도 없이 스멀스멀 피어났다.

"윤 총관님은 건강하십니까? 정 의원님과 다른 분들은……."

할멈은? 생략된 뒷말 속 물음을 알아챈 천강이 고개를 저었다.

"내 생에 최강의 적을 만나 버린 기분이야. 대체 어찌 상대를 해야 할지 감을 잡을 수가 없어."

"그게 무슨 뜻입니까?"

"그러니까 그게……."

거기까지 말하던 천강이 말을 끊고 먼 곳에 시선을 두고 씩 웃었다.

"무슨 뜻인지는 직접 확인해 봐."

수린은 천강이 바라보던 곳으로 고개를 돌렸다. 그리고 신발이 벗겨진 것도 모른 채 달려오고 있는 여인을 보았다. 아무런 생각을 할 겨를도 없었다. 수린은 숨도 제대로 쉬지 못하고 달려오는 여인에게로 달려갔다. 언덕길 아래로 몸을 내달려 팔을 한껏 뻗고 달아오른 몸을 끌어안자 그리운 체온과 함께 마주 안아 오는 팔이 있었다.

"우리 아가. 우리 아가."

하염없이 부르는 목소리가 눈물에 푹 젖어 있었다. 젖은 뺨에 볼을 대고, 수린은 그립고 그리웠던 체취를 맡으며 눈을 감았다. 저녁 해무(海霧)가 섬을 감싸 안듯 피어오르며 하늘 높이 떠오르기 시작한 큰 달빛에 물들어 가는 풍경이 수린의 닫히는 눈꺼풀 아래 아로새겨졌다.

고향이었다.

종장
(終章)

부쩍 야윈 윤종명의 맥을 짚는 손길이 조심스러웠다.

"나이를 먹어 기력이 달리는 게지."

기침 섞인 말은 틀린 데가 없었다. 수린이 수긍했다.

"그렇습니다. 기가 많이 약해지셨습니다. 뭘 많이 드셔야 기운이 보충될 터인데 듣자 하니 요즘 끼니도 거르실 때가 많다고요."

"늙으니 먹는 것도 그리 큰 낙이 되지 않는구나."

"낙으로 끼니를 챙기는 사람이 어디 흔합니까. 몸 생각하고 건강 생각해서 거르지 않고 끼니를 챙기는 거지요. 안 되겠습니다. 약초라도 좀 캐다가 달여 드려야겠어요."

윤종명의 주름진 눈가가 살며시 휘어졌다. 따박따박 말대꾸를 하는 야무진 입매를 바라보는 눈빛이 따사로웠다. 끼니마다 조금이라도 고기를 먹어라, 과일도 제대로 먹는 것이 좋다 등등 잔소리를 늘어놓던 수린은 윤종명의 시선을 느끼고는 의아해하는 시선을 되돌렸다. 윤종명은 입가에 짙은 웃음을 지어 보였다.

"부쩍 말수가 늘었구나. 제법 의원 티가 나는 잔소리도 할 줄 알고."

그 말에 자신이 너무 잔소리가 심했나 민망해져 눈을 깔자 윤종명은 맥을 짚고 있던 수린의 손을 잡았다.

"천강이 놈이 많이 괴롭히냐."

"아닙니다. 괴롭히긴요."

"처음 봤을 때부터 내 사람처럼 느껴지긴 했다만 인연이란 게 참 희한하지. 네가 정말 내 식구가 될 줄 누가 알았겠느냐."

수린의 얼굴이 확 붉어졌다. 식구라니. 아직 뭐가 어찌 된 것도 아닌데. 민망해 눈을 피하자 윤종명은 다 알았다는 얼굴로 수린의 손을 다독거렸다.

"그놈, 겉보기에는 안 그래 보여도 은근히 어리광이 있는 놈이다. 사내란 족속들이 다 그렇지. 제 여인에게는 때로는 투정도 부리고 떼도 쓰고 그러는 게야. 너무 깊게 생각하지 말고 받아 주거라. 그래도 제 사람 하나는 잘 지킬 놈이다."

그야 천강의 마음을 의심하는 것은 아니다. 그러나……

"저, 전 이만 물러나겠습니다. 푹 쉬십시오."

자리를 피하고 싶은 마음에 눈을 돌리고 일어서자 윤종명이 알았다며 고개를 끄덕였다. 수린이 도망치듯 자리에서 빠져나와 마당을 달리듯 가로질렀다. 수돌 아범이며 식솔들이 인사를 건네는 것도 대충 넘기며 빠져나갔지만 대문 앞에서 또 다른 난관이 기다리고 있었다.

"겸아!"

수돌이 저놈. 수린은 이를 아득 물고 수돌을 어깨로 퍽 치고 지나갔다.

"총관 나리가…… 억!"

반갑게 인사를 하다 급습을 당한 수돌이 강타당한 가슴팍을 쥐고 물러섰다. 보나마나 뻔했다. 천강이 윤종명을 돌보라는 핑계로 불러 놓고 수돌을 시켜 붙들어 놓으라 했을 것이다.

"겨, 겸아……. 총관 나리가 너한테!"

할 얘기가 있다고 했겠지. 그야 수린도 천강과 할 이야기가 없는 게 아니었다. 함께 있고 싶기도 했다. 하지만.

"……하아."

대문을 나오자마자 마구 뛰어 바다까지 한달음에 내달렸다. 탁 트인 바다는 보는 것만으로도 복잡한 마음을 진정시켜 주었다. 수린은 철썩이는 파도를 보며 깊은 한숨을 내쉬었다.

천강이 좋다. 하지만 혼인이라니. 죽 같이 있고 싶다고 생각했어도 그런 문제를 당장에 결정할 수 있는 게 아니지 않은가.

천강은 수린에게 어서 혼인하자 선언했지만 그 말을 전해 들은 유모는 당장에 도끼눈을 뜨고 천강을 바라보았다. 어미나 다름없는 이가 그리 나오는 데에야 별수가 없지 않은가. 이리되었으니 천천히 시간을 두고 할멈의 마음을 돌려 보자고 이야기해 보았지만 천강은 그 반대가 대수롭지 않게 여겨지는 모양이었다.

이래저래 난처해진 수린이 당장 할 수 있는 것은 천강을 피해

다니는 것뿐이었다. 유모는 수린이 눈에 안 보이면 난 너를 그렇게 경박하게 키우지 않았다고 불을 뿜었고, 천강은 갖은 핑계로 수린을 옆에 붙들어 두려 하고 있으니 곤란하기 짝이 없었다.

게다가…… 마음을 인정하는 것과 모든 것을 받아들이는 것에는 하늘과 땅만큼이나 큰 거리가 있었다. 천강이 좋고 그 옆에 있고 싶다. 그렇다고 당장 혼인하자는 말에 고개를 끄덕이기에는 심정적인 걸림돌이 너무나 많다.

뿌우— 갖은 고민에 끙끙거리고 있던 수린의 귓가에 멀리 소라 나팔 소리가 들려왔다. 수린은 번쩍 고개를 들었다. 뭐지?

부두에 도착한 것은 황제의 배가 아니었다. 아니, 황제의 배이기는 했으나 진연의 황제가 보낸 배라는 것이 달랐다. 늘 오던 붉은 선체의 군선이 아니라 청색의 선수상을 달고 있는 배의 모습에 부두에 모인 이들의 눈은 휘둥그레졌다.

"안주의 총관을 뵙습니다. 저는 진연의 황제께서 보내신 사자 마융이라 합니다. 여기, 양국 황제들께서 안주의 출입을 허가하신 서신입니다."

방문객을 맞아 부두로 나온 천강에게 건네진 서신에는 두 개의 옥새가 선명하게 찍혀 있었다. 천강은 고개를 끄덕여 그의 방문을 허락했다.

"어서 오시오. 양국의 주군들께서 방문을 허하셨다면 그대는 나의 귀한 손님이지. 귀빈 대접을 하기에는 모자란 곳이지만 환영하오."

"천만의 말씀입니다. 크기는 작지만 한눈에 보기에도 곳곳에 이곳에 거주하는 이들의 정성스러운 손길이 느껴지는 섬입니다."

말 그대로였다. 죄인들의 섬이어도 안주에 사는 이들은 그곳을 자신들의 터전이라 진심으로 받아들이고 있었기에 길거리의 표석 하나도 사람의 정성스러운 손길로 다듬어져 있었다.

"그리 봐 준다면 고맙지. 나야 부임한 지 얼마 되지도 않은 신임 총관이지만 말이야. 그대가 머물기에 마땅한 곳은 총관저밖에 없을 터이니 함께 가도록 하지."

천강이 말끝에 의량에게 손짓했다. 배에서 내려야 할 짐들과 사람들에 관한 임무를 의량에게 일임해 두고 천강은 마용에게 따라오라 일렀다. 선선히 그 뒤를 따르며 마용은 몰려든 사람들의 무리를 둘러보았다.

"누구 찾는 사람이라도?"

"예? 아…… 아닙니다. 그저 안주에 머무는 이들의 얼굴이 참, 제 생각과 달리 고아한 인상이 많아서 말입니다."

그리 생각하는 것도 무리는 아니라 건성으로 그 말을 흘려들으며 천강은 구경꾼들을 일별했다. 그러나 사람들 틈에서 조용히 빠져나가려는 호리호리한 뒷모습을 발견하자마자 매처럼 재빨리 몸을 날렸다.

"어이쿠!"

"꺅!"

천강과 어깨를 부딪친 이들이 작게 비명을 질렀다. 전광석화 같은 몸놀림에 놀란 사람들이 썰물처럼 몸을 뒤로 물렸다.

"잡았다."

씨익 웃으며 수린의 팔을 낚아챈 천강이 나지막하게 읊조렸다. 놀란 토끼 눈을 한 수린을 끌어당겨 자신의 옆에 세우고 마용에게 뭐 하느냐며 어서 따라오라 눈짓하는 통에 수린은 더 민망해져 고개를 들 수가 없었다. 의량이 어쩔 수 없다는 얼굴로 한숨을 내쉬고, 구경꾼들 절반 정도는 흥미진진한 눈으로, 또 절반 정도는 영문을 모르겠다는 얼굴로 서 있는 것을 마용은 놓치지 않았다.

"정말, 이러지 마십시오. 보는 눈이 많습니다."

"뭐가 어때서. 고작 이 정도가 신경 쓰이면 나중에는 어쩌려고."

수린은 들리지 않게 속으로 구시렁거렸다. 입 안으로 삼켜지는 욕설을 눈치챈 천강이 번지는 웃음을 흠흠 헛기침으로 눌렀다.

"백부님은 뵙고 온 거냐."

"……예. 딱히 안 좋으신 데는 없지만 기력이 좀 약해지신 듯합니다. 약재를 좀 드시고 기력을 보충할 만한 음식을 잘 챙겨 드시면 좋을 것 같습니다."

"그래. 부쩍 건강이 안 좋아지신 것 같아 걱정스러웠는데 다행이구나."

애틋함이 배어 있는 말투에 수린은 천강을 슬쩍 올려다보았다. 문혁도, 천강도 윤인호에게보다는 윤종명에게 아비의 정을 더 느끼는 느낌이었다. 그야 가까이 다가가기만 해도 오금이 저리는 윤인호보다는 누구에게나 공명정대하고 푸근한 윤종명이 보편적인 아비의 상에 어울리긴 했다. 그렇지만 정말로, 윤인호의 부재가 천강은 아무렇지도 않은 걸까?

"왜 그런 눈으로 보지?"

시선을 느낀 천강이 눈을 모로 뜨고 수린에게 물었다.

"예?"

"꼭 물가에 내놓은 어린애 보듯 날 보는군."

"아, 아닙니다."

그렇게 느껴졌었나. 얼른 손을 저으며 부정하자 천강은 원 싱겁다며 웃었다. 괜히 머쓱해져 고개를 돌리다 눈이 마주친 마용은 수린에게 미미한 고갯짓으로 인사를 건넸다. 수린 또한 눈인사로 화답을 대신했다. 알은척을 해야 하나 말아야 하나 고민되던 차에 이리 눈인사를 주고받았으니 대놓고 인사하기도 뭐한 상황이 되어 버렸다.

"총관저의 사랑채를 치워 두라 이르겠소."

천강은 산책하듯 유유히 잠시 기다리라는 말과 함께 자리를 떴다. 둘이 남게 되자 마용은 수린에게 슬쩍 다가왔다.

"잘 지내시는 모양입니다."

"하하, 예. 오래간만에 뵙는군요."

"휘랑 님에게서의 전언이 있습니다."

역시 아까부터 눈치를 살피더니 목적이 있긴 있었던가 보다. 그런데.

"오라버니에게게서가 아니고요?"

"물론 그것도 있습니다만 제 임무는 휘랑 님이 먼저이니까요."

그 말에 수린이 고개를 끄덕였다.

"그렇습니까. 제게 전하실 말씀이라니. 무엇입니까."

"휘랑 님께서 자기 사람이 되겠다 약속했던 것은 언제 지킬 것인지 확답을 달라시더군요."

순간 낭패다 싶은 생각이 들었다. 당연히 지킬 생각을 하고 했던 약속이었지만 상황이 이리될 줄은 몰랐던 것이다. 그러나 이내, 수린은 그 말을 전하는 마융의 얼굴을 보고 웃어 버렸다. 마융은 재미있다는 기색으로 미소 짓고 있었던 것이다.

"그 약속, 말이군요."

애초에 휘랑의 목적은 진겸을 곁에 두는 것이었다. 수린이 정말 마음에 들었다고 해도 그것은 진겸에게 딸린 덤 같은 것이었을 터다.

"휘랑 님께서 어서 빨리 당신을 곁에 두고 싶다고 전해 달라 하셨습니다."

말을 전하는 사람의 태도가 반 장난에 가까우니 말을 전하라 한 사람이 어떤 태도였는지도 충분히 짐작이 갔다. 수린은 배시시 웃으며 고개를 끄덕였다.

"안 그래도 마무리 지어야 할 이야기였지요."

안타깝지만 그 제의는 진겸을 곁에 둔 것으로 마무리 지어야 할 것 같다 이야기하려 했다. 어느새 뒤에서 나타난 천강이 성난 목소리로 끼어들지 않았다면 그랬었을 것이다.

"그건 무슨 이야기지?"

뒤통수에서 느껴지는 살벌한 기운에 놀라 휙 돌아보자 천강의 모습이 곧장 눈에 들어왔다. 꽉 움켜쥔 주먹에는 부들부들 떨릴 정도로 힘이 들어가 있었다. 어서 변명을 해야 하는데 당황스러워 무슨 말을 꺼내야 좋을지 알 수가 없었다. 천강의 얼굴이 점점 험악하게 구겨져 갔다.

"오해하셨습니다. 설명하겠습니다."

"휘랑 님……이라 함은 진연의 황제 되시는 분의 존함 같은데, 아닌가?"

천강의 물음은 마용을 향하고 있었다. 마용은 침을 꿀꺽 삼켰다.

"그렇습니다만……."

"진연의 황제 되시는 분께서 이 사람을 자기 사람으로 두고 싶으시다니…… 후궁으로라도 삼고 싶어 하시는 건가?"

휘랑이 반은 장난으로 그리 말했었기에 한 번 숨을 들이쉬고 내쉬는 정도의 간격 동안 대답을 잇지 못했다. 그리고 그 간극이 천강의 화를 하늘 끝까지 치솟게 만들었다.

"……정말 그런 모양이군?"

"아닙니다! 그것은 그저 농으로 하신 말씀일 뿐 진의가 아니셨습니다."

수린이 급히 하는 변명에 노려보는 천강의 눈이 심상치 않았다. 천강은 빠득 소리가 날 정도로 이를 갈았다.

"농이라. 일국의 황제가 하는 말이 농이었다 한들, 그게 가벼울까?"

"그건 정말……."

"왜 그리 날 피해 다니나 했지. 난 할멈이 날 꺼려 해서 그런 줄만 알았는데 그도 아니었던 모양이야?"

천강은 싸늘해진 얼굴로 몸을 돌렸다. 저릿한 가슴을 누르고 팔을 들어 붙들려 했지만 천강은 뒤도 돌아보지 않았다.

토라졌다. 토라졌어.

한번 마음 상한 티를 내더니 그 뒤로 천강은 대놓고 수린을 무시했다. 오죽 그 티 내기의 정도가 심했으면 유모까지도 옆구리를 쿡 찌르며 무슨 일이냐고 물어볼 정도였다. 별거 아니라고 대강 둘러대 보아도 그녀가 순순히 넘어갈 위인이 아니었다.

"쯧쯧, 사내놈이 되지도 않는 투정 하는 게로구만."

어감은 좀 달랐지만 그 말이 정답이었다. 수린은 자신을 공개적으로 없는 사람 취급하는 천강 때문에 곤란해졌다. 쌩하고 무시하는 천강보다 천강이 그리 나오자 사람들이 죄다 천강이 아니라 수린에게로 관심의 화살을 돌린 게 더 괴로웠던 것이다.

"왜 그래? 다퉜어?"

"그러게 어지간하면 받아 주지그래."

"뭣 때문에 다툰 건데? 응? 할멈이 계속 날 세우고 있는 게 마음에 안 드신대?"

한 마디씩만 거들어도 지나가는 사람들이 열이면 열 마디다. 수린은 그런 게 아니라고 대답했지만 사람들은 다 안다는 눈으로 짓궂은 웃음을 지었다. 아마 안주의 사람들에게는 천강과 수린의 관계가 즐거운 안줏거리 정도 되는 모양이었다.

"미치겠네……."

저렇게 유치하게 질투하는 사람인 줄 몰랐다. 조금만 생각해 보면 말도 안 되는 이야기라는 걸 알 텐데 무턱대고 저렇게 귀를 막아 버릴 게 뭐람. 그래도 찔리는 건 이쪽인지라 수린은 숙이고 들어갈 수밖에 없었다.

"바쁘시다 전해 달라는데?"

기껏 찾아간 문 앞에서 이야기를 전해 주는 의량의 말은 그게 다였다. 오늘로 삼 일째. 역시나 문전박대였다. 수린은 풀이 죽어 어깨를 축 늘어뜨리고 돌아갈 수밖에 없었다. 그 뒷모습이 어찌나 처량맞은지 수린을 탐탁잖게 여기는 의량마저도 그냥 넘길 수가 없었다.

수린을 문 앞에서 일별하고 천강에게 수린이 돌아갔노라 이야기하러 들어간 의량이 거기에 한마디를 더했다.

"무슨 잘못을 한 건지는 모르겠지만 그만 용서해 주시죠."

사람들의 말도 귀에 심심찮게 들려오고 수린이 처진 모습도 그리 보기 좋지 않아 한 말에 돌아온 천강의 반응은 뜻밖에도 웃음이었다.

"잘못은 무슨."

"예?"

"잘못이라면 지나치게 고운 게 잘못이지 뭐 잘못이랄 게 있겠나."

오스스 소름이 돋았다. 천강을 오래 알아 온 의량의 입장에서 지금의 말은 마른하늘에 우레가 치는 것에 버금가는 발언이었다.

"그, 그럼 왜 그러시는 겁니까."

"핑계 김에 쐐기를 좀 박아 보려고."

알아들을 수 없는 말로 의량을 혼란스럽게 만든 천강은 그 후로도 삼 일을 더 수린을 문전박대했다. 의도치 않게 원인 제공자가 된 마융은 수린에게 다가가고 싶어도 눈치가 보여 총관저에서 하릴없이 천강의 술 상대를 하느라 덩달아 죽을 맛이었다.

칩거 아닌 칩거 일주일째가 되는 날에는 급기야 수린은 속병이 날 것 같아 참지 못하고 대문 안으로 쳐들어갔다. 만약 수린이 쳐들어올 시의 행동 지침을 미리 하달받았던 대웅은 지시받은 대로 천강이 무척 아프다는 말을 전했다. 맨손으로 소도 때려잡을 형형한 눈빛을 하고선 앓아누웠다는 말을 전하라니 양심도 없다 싶었지만 상관에게 충성하는 부하인 대웅은 그 명을 그대로 따랐다.

"아프시다고요?"

아니나 다를까 수린은 깜짝 놀라 눈을 동그랗게 뜨고 되물었다.

"어, 음."

양심이 아팠던 대웅이 시선을 피하며 대답을 얼버무리는 것을 알아차리지 못한 수린은 수심에 가득 찬 얼굴이 되었다.

"아프시다니 어디가 어떻게 아프신 겁니까."

"그, 글쎄. 마음의 병이 아니실까."

마음의 병은 무슨. 얼토당토않은 이야기다. 하지만 입이 근질근질하다고 다 사실대로 불었다가는 나중에 크게 혼이 날 것이 자명해 대웅은 입을 굳게 닫아걸었다. 걱정하는 수린이 안쓰럽기는 했지만 말이다.

"지금 안채에 계십니까?"

"아니, 지금 이 시간이면 정 의원네 집에 가 계실걸?"

안주에 온 이래로 하루에 한 번씩은 꼬박꼬박 정 의원의 집에 들러 유모에게 눈도장을 찍는 것을 빼먹지 않는 천강이었다. 하지만 '아프다'와 '정 의원'이라는 두 단어만 듣고 수린은 천강이 어지간히 아프구나 싶어 깜짝 놀라 달려 나갔다.

"어어."

대웅은 수린을 불러 세우려다가 어색해진 손을 다시 내려야 했다. 뭐, 어찌 되겠지.

한편 수린에게 단단히 오해를 심어 준 천강은 그 시각 무엇을 하고 있었느냐면, 꽃을 따고 있었다.

팍팍, 꽃대가 휘어질 정도로 거칠게 꽃봉오리를 따 바구니에 넣던 유모는 한량처럼 자신의 뒤꽁무니를 따르며 꽃을 따 하나씩 자신이 든 바구니에 넣는 천강을 보며 부글부글 끓는 속을 삭이고 있었다.

시위하는 것도 아니고 천강은 보란 듯이 무시하는 유모를 향해 유들유들한 웃음만 지으며 함께 침묵을 지켰다. 홱, 팍. 홱, 팍. 집어 던지듯 꽃을 따 바구니에 넣던 유모는 팔 하나 정도의 간격을 유지하며 따라오는 천강에게 마침내 폭발해 버렸다.

"거 따라오지 마시라고요!"

"나는 신경 쓰지 말고 하시던 일 하게나."

"신경을 안 쓰게 해 줘야 안 쓸 게 아닙니까!"

매일 거의 비슷한 시간에 찾아오는 천강이 꼴 보기 싫어 피하려고 약초를 캔다는 핑계로 밖에 나왔는데 천강은 대문을 나서자마자 꼬리처럼 따라붙었던 것이다. 유모는 천강을 노려보며 바구니를 탁 내려놓았다. 바구니에 가득 담긴 수줍은 흰 꽃봉오리가 팽그르르 날아올랐다 다시 살포시 바구니로 내려앉았다.

"무작정 따라다니면 미움이 애정으로 바뀐답니까? 쓸데없는 일에 힘 빼지 마십시오."

"내가 할 수 있는 게 이것밖에 없는데 어쩌겠나. 내가 할 수 있는 것을 하는 수밖에는 없지. 도저히 포기할 수는 없으니 말일세."

"대체 언제까지요."

"글쎄. 자네 마음이 돌아설 때까지 십 년 정도?"

그 말에 유모는 기가 막혀 헛웃음을 지었다.

"십 년이요? 누굴 노처녀로 늙혀 죽이려고."

"나한테 시집보낼 생각은 있는 모양이지?"

"말도 안 되는 소리 마십시오. 잘 익은 과실을 시장에 내놓아도 날파리가 꼬이면 아무도 사 가지 않을 테니 하는 말 아닙니까."

졸지에 천강을 날파리 취급하는 말에도 천강은 피식 웃을 뿐이었다. 잘생긴 얼굴에 떠오른 침 못 뱉을 서글한 웃음을 빤히 보다가 유모는 홱 고개를 돌렸다.

"돌아가십시오. 저도 보고 싶지 않은 얼굴 안 볼 권리 정도는 있습니다."

아직까지도 천강을 보면 심장이 요동을 친다. 흙이 피를 머금은 마당에 머리채 잡혀 질질 끌려 나갔던 밤은 꿈에서라도 떠올리기 싫은 끔찍한 기억이다. 그 기억 속에서 사신같이 우뚝 서 있던 천강의 모습이, 지금의 천강을 마주하면 떠올라 괴로웠다.

"이해하실 수 없으실 테지요. 저같이 미천한 것들의 발악이 우습기도 하시겠지요. 허나 어쩝니까. 저는 싫습니다. 싫어요. 속도 없는 우리 아가까지 불쑥불쑥 미워질 때가 한두 번이 아닙니다."

"나를 좋아해 달라고 말할 처지가 못 되는 거 잘 아네."

천강은 유모가 내려놓은 바구니를 들었다. 꽃봉오리 하나를 집어 들자 바구니 안에 그득하게 차 있던 은은한 향기가 천강의 손길을 따라 피어올랐다.

"자네가 죽어라 싫다 한다면 수린은 결국 날 받아들일 수가 없겠지. 그리되기를 원하나?"

비겁한 화법이었다. 죄책감을 떠넘기려 하는 말투에 화가 나 노려보자 천강은 그럴 의도가 아니었다는 듯 손을 들어 올렸다.

"나는 말이야, 수린이 황후의 자리를 원한다면 작은 나라를 만들어서라도 그 원을 들어줄 수 있어."

어지간히도 큰 포부다. 유모는 기가 차다는 표정을 지었다.

"아기씨가 그런 걸 원할 사람으로 보이십니까?"

"아니, 그렇지 않다는 건 너무나 잘 알지. 그 사람이 바라는 건 하나 아닌가. 자신에게 소중한 사람들과 웃으며 사는 것."

"그래서, 아기씨 소원 위해서 큰 권세를 버렸으니 제 뜻 따위는 상관없이 받아들이라 이겁니까?"

"그런 게 아니야."

천강은 한숨을 푹 내쉬었다.

"나는 권력이나 권세 따위가 아쉽지 않아. 권력이라는 건 언제든 내가 원하면 다시 거머쥘 수 있는 것이니까. 하지만 이렇게 면

전에 구박받는 것은 나로서도 조금 힘들어. 그러니 그 힘든 만큼만 날 좀 너그러이 봐 달라는 걸세."

유모는 입을 앙다물고 있다가 천강이 들고 있던 바구니를 확 뺏었다. 소복하게 담긴 꽃봉오리들 몇 송이가 바닥에 날려 떨어졌다.

"제가 받아들이면 그다음은요? 비명에 가신 대감님, 마님, 그리고 우리 도련님은 순순히 받아들이실 것 같습니까."

"그건……."

이미 명을 달리한 부모의 문제야 어쩔 수 없는 것이고, 진겸은……

"오라버니는 알고 계실 거라오."

산등성이를 둘러싸고 핀 꽃 덤불을 헤치고 다가오는 목소리에 천강과 유모가 몸을 돌렸다. 정 의원의 집에 갔다가 허탕을 치고, 중산댁은 향월화를 따러 갔다는 이야기에 산으로 올라온 수린이였다. 유모는 수린의 말이 무슨 뜻인지 설명을 요구하는 눈빛을 보냈다.

"오라버니가…… 그러셨다오. 여태까지 내 삶이 내 것이되 내 스스로의 의지로 이루어지지 않았으니 이번에는 안주로 돌아가 직접 보고 결정하라고. 그때는 그것이 무슨 뜻인지 몰랐는데, 아마 오라버니는 알고 계셨던 것 같소."

정보가 빠른 진겸이다. 천강이 안주의 새 총관으로 부임하게 되는 것도 알고 있었을 것이다. 그걸 알면서도 수린을 보낸 데에는 진겸도 큰 결심이 필요했을 것이다. 그리고 수린은 진겸의 말처럼 이번만큼은 자신의 뜻대로 욕심을 부리고 싶었다.

"할멈."

유모를 직시하며 부르는 목소리는 살짝 떨리고 있었다. 유모가 수린의 목소리에 바구니를 꼭 쥐었다.

"나, 한 번만 욕심을 부려 보면 안 되겠소?"

"……."

"그래도 끝까지 싫다 하면 욕심 안 내겠소. 할멈이 죽어도 싫다 하면 내 어찌 고집을 부리겠소. 할멈이 내 은인이고 내 어미인데."

유모가 허락하지 않으면 포기하겠다는 말에 천강이 입을 벌려 끼어들려다 간신히 참았다. 수린은 유모의 손을 꼭 잡았다. 천강과의 관계를 알게 된 이후 쌀쌀맞게 구느라 수린을 냉대했던 유모는 움찔 손을 빼려다 말았다. 수린은 배시시 웃었다.

"나는 이 손도 놓기 싫고 내가 처음으로 마음 준 정인도 가지고 싶소. 할멈 마음 잘 아오. 내가 왜 모르겠소. 그래도 이해해 주면 안 되겠소? 오라버니의 이름으로 산 세월 대신에 내 이름으로, 내 마음이 가는 대로 살고 싶은 마음을 말이오."

"나, 나는……."

입을 열어 말을 하려다 급작스레 울음이 터져 나와 유모는 입을 틀어막았다. 웃음 짓는 수린의 얼굴 위로 곱디곱던 마님의 얼굴이 겹쳐 보여서 감정이 북받쳐 올랐다. 언제 이리 컸누. 마님 살아 계실 적에 아기 같기만 하던 수린이었는데. 이제 다 커서 자기 좋다는 사내 만나 고집부리는 모습이라니. 그 사내가 집안을 무너뜨린 원수의 아들만 아니었다면 당장 죽어도 여한이 없다 생각했을 텐데.

"나는 모른다. 몰라."

눈물이 차는 고개를 돌려 손사래를 치고 유모는 달리듯 자리를 피해 버렸다. 바구니에서 꽃봉오리들이 하나씩 떨어져 발걸음 뒤에 표식처럼 남았다. 수린은 유모를 잡으려다 그만두고 떨어진 꽃봉오리들을 하나씩 주웠다.

"이 시기에만 피는 꽃이라 지금 따서 잘 말려 둬야 일 년을 쓸수 있지요. 저 몸으로 산 오르내리기가 쉽지 않을 터인데 제가 좀따다 줘야겠네요."

옷자락에 꽃을 담는 수린을 보는 천강의 눈이 가늘어졌다.

"진심이야?"

"뭐가요?"

"할멈이 끝까지 싫다 하면 정말 마음 접을 것이야?"

평이한 어조 속에 숨은 은근한 초조함에 수린이 빙그레 웃었다.

"아프시다더니 괜찮으신가 봅니다?"

"그……."

"정말로, 진연의 황제 되는 분과는 아무런 일도 없었습니다. 오라버니를 붙들기 위해 반 농담으로 이야기하신 것뿐이고 피차 진지하게 생각하지 않은 이야기입니다."

알고 있다. 다만 토라졌다는 핑계로 수린에게 응석을 좀 부려볼 요량이었는데 어째 일이 이상하게 꼬인 것뿐이다. 수린은 꽃송이 하나를 들어 천강에게 건넸다.

"향이 좋지요?"

손바닥 위에 올려진 꽃을 바라보자 수린은 그 꽃처럼 잔잔하게 미소 지었다.

"향월화입니다. 지혈에 효과가 좋지요. 이렇게 봉오리로 따 두어도 달이 뜨면 달빛을 받아 꽃송이가 벌어집니다. 은은하게 퍼지는 꽃 향은 약을 지으면 약재의 진한 냄새를 중화시켜 주기도, 술잔에 띄우면 술의 향취를 돋워 주기도 하지요. 총관 어르신께서 그렇게 약주를 드시는 걸 즐겨 하시곤 했습니다."

"지금 총관은 나인데?"

"그럼 그렇게 술 한잔하시겠습니까?"

작게 웃음소리를 내며 묻자 천강은 고개를 끄덕였다.

"속 타니 술 한잔이 그립기는 하군. 생전에 이리 대놓고 냉대를 받아 본 적이 없어서 말이야."

수린은 유모가 내려간 비탈길을 내려다보았다.

"결국 할멈은 저에게 져 줄 수밖에 없을 겁니다. 그러니 이해하십시오. 입장이 바뀌어 생각해 보면 얼마나 청천벽력이겠습니까. 제가 할멈이었대도 그리했을 겁니다. 더 심하게 욕하지 않는 것이 다행이게요."

"그 백기를 언제쯤에나 볼 수 있을지 너무나 요원하구나."

"글쎄요……."

수린은 말끝을 흐렸다. 정 의원은 말했다. 할멈의 병세가 언제 악화될지, 언제 명이 다할지는 천지신명만이 아실 것이라고. 어쩌면 아무것도 모른 채 할멈이 눈을 감는 날까지 천강을 모르는 척 지내는 것이 할멈에게는 효도일지도 모른다. 그러나 할멈에게 이 사람이 내 짝이라고 인정받고 싶었다.

"총관 어르신께서 저더러 그러셨지요. 이 꽃이 너를 닮았다, 고요."

그 말에 새삼스러워져 겹겹이 꽃잎을 말고 있는 꽃봉오리를 들어서 살펴보았다. 수린은 윤종명의 말을 떠올렸다.

"잔뜩 웅크리고 있는 것이 너 같다, 피워 줄 달빛을 기다리며 숨죽이는 것이 너 같다 하셨습니다."

"백부님도 참 시인이시로군."

수린은 천강의 눈을 똑바로 바라보며 입술을 열었다.

"은애합니다."

"……은애한다."

천강이 수린의 손을 잡아 자신의 뺨 위에 올리고 그 손바닥 위에 입을 맞추었다. 한숨 같은 입김이 손바닥을 간지럽혔다. 부드럽게 미소 짓고 있는 얼굴에 떠오른 잔잔한 홍조가 천강의 심장을 간질거리게 했다. 버들강아지 풀로 가슴께를 간질이는 것 같은 따뜻한 감정을 참지 못하고 천강은 웃음을 터뜨려 버렸다. 갑작스러운 웃음에 놀라기도 하고 민망하기도 해 수린이 찌릿 천강을 노려보았다. 노려보는 기세는 매서웠지만 그 모습마저 천강의 눈에는 귀엽기 그지없었다.

"너에게는 이리 매번 질 수밖에 없구나."

수린을 와락 끌어안으며 천강은 수린의 정수리에 애정이 듬뿍 담긴 입맞춤을 했다.

"은애한다."

귀 끝까지 피가 쏠려 뜨거워지는 게 느껴졌다. 수린은 머뭇거리다가 천강의 허리를 꽉 끌어안았다.

"마냥 좋은 날만 있지는 않겠지요. 앞으로도 힘든 날이 더 많을지도 모릅니다."

유모의 마음, 진겸의 존재, 윤인호의 일 등. 하나하나가 언제 터질지 모르는 폭약 같은 시련들이다. 그러나 시간은 많았다. 그들은 아직 젊었으며, 남은 여생을 모두 함께할 것이었기에 조급하게 서두르지 않아도 좋았다. 천강은 끌어안고 있는 수린의 이마에 입술을 내리고 여린 어깨를 다독였다.

"힘들어도 괜찮다. 네가 내 옆에만 있으면."

대답도 약속도 필요 없었다. 천강의 말은 그 자체로 스스로에게 하는 맹세였다.

"다시는 헤어지지 않고 영원히 네 옆에 있을 거다."

그럴 수 있을까. 그럴 수만 있다면, 지금 이 자리에서 생이 끝난다 해도 좋았다.

❀　　❀　　❀

수년이 지난 후, 안주는 총관의 간곡한 청에 의해 유배지에서 벗어나게 된다. 모든 죄인들의 기록이 사라진 것은 아니었지만 외부인들의 출입은 자유로워지고 전대 총관이었던 윤종명 때부터 정성을 들여 만들던 토항주(土姮酒)는 꽤나 많은 수익을 올리는 근방의 명물로 자리 잡게 된다. 물론 그 명물이 유명세를 떨치게 된 데에는 새 총관과 그의 처가 되는 이의 공이 지대했다.

그 무렵 황궁에서는 자신을 보는 눈이 불손하다며 궁인 하나의 목을 베어 버려 무기한 자택 근신을 명받은 종주공을 대신해 그의 장남인 윤문혁이 그 자리를 메워 황제를 도와 정사를 돌보게 된다. 급작스레 큰 권력을 손에 쥐게 되었기에 다른 중신들의 격한 반대가 따른 것은 당연한 일이었지만 나라를 위해 국서의 자리까지 버리고 희생하는 것이라는 황제의 말에 반대를 외치는 입은 다물어졌다. 어찌 그럴 수 있느냐 수군거리는 목소리도 많았지만 황제와 문혁은 희한하게도 국사를 돌보는 동료 정도의 관계를 무척이나 잘 유지하게 된다.

진연의 황제가 잠행을 즐기겠다며 간 크게도 안주에까지 방문을 해 천강의 속을 뒤집고 수린을 곤란하게 만드는 것도, 방문이 자유로워진 안주에 천강에게 신세를 진 것을 갚겠다며 어린 기녀가 찾아와 수린을 분노하게 만드는 것도 그즈음이다.

후에 진연의 사신이 정식으로 국교를 청하기 위해 경(京)을 방문하게 된다. 그 사신의 대표로 방문 행렬의 선두에 선 사람은 진연의 황제를 위해 일하게 된 진겸이였다. 그때가 되어서야 오래도록 그리던 이의 정체를 제대로 알게 된 황제와, 속 모를 얼굴로 황제를 마주하게 된 진겸 사이에는 많은 이야기가 남아 있지만 그것은 아직은 먼 훗날의 일이다.

〈終〉

외전
(外傳)

——
후일담

"아……."

멍한 목소리가 스스로의 귀에도 멀게 느껴지는 걸 보니 상태가 어지간히 안 좋긴 안 좋은 모양이다. 금방 머리 위에 올려놓았던 물에 적신 천이 벌써 뜨끈해져 있었다. 머리가 어지러울 정도로 열이 오르고 있는 것이다.

너무 무리했나. 수린은 고개를 젓다가 그마저 어지러워 관두었다. 힘들다.

"어리석은 짓을 했어……."

힘없는 목소리가 천장에 닿았다 되돌아왔다. 홀로 있는 공간에서의 독백은 아플 때는 더더욱 크게 느껴진다.

천강이 엊그제 진겸에게서 온 서신을 먼저 펼쳐 본 것 때문에 불같이 화를 내고 이틀 동안 시위하듯 무리해서 움직였다. 그 탈이 이제 난 모양이다. 어제는 추적추적 비까지 내렸는데 하루 종일 산을 오르내리며 내리는 비를 고스란히 맞았으니 원. 이래 봐야 축나는 건 제 몸인데 어리석기 짝이 없었다.

자조를 한숨에 섞어 내쉬는데 쾅쾅쾅. 무례하지 않을 정도로, 그러나 다급함을 충분히 느낄 수 있을 정도의 강도로 문을 두드리는 소리가 들렸다. 수린은 지끈거리는 관자놀이를 꾹 누르며 고개를 돌렸다. 뉘시냐고 묻는 것조차 귀찮아 문을 가만히 보고만 있자 다시금 쾅쾅 소리가 울렸다.

"안에 없느냐?"

급한 기색이 역력한 목소리였다. 수린은 닻처럼 가라앉는 몸을 억지로 일으켰다. 대웅의 목소리였다.

"들어…… 들어오십시오."

열이 올라 목이 탔는지 목소리가 갈라지고 있었다. 허락의 말에 문을 벌컥 열고 들어온 대웅도 수린의 몰골이 초췌한 건 보였던 모양이다.

"어디 아픈 게야? 응?"

수린은 고개 저을 힘도 없이 멍하니 대웅을 바라보는 것으로 대답을 대신했다. 대웅은 난처한 얼굴로 머리 뒤꼭지를 긁적였다.

"이것 참. 정 의원이 널 빨리 데려오라 했는데."

"정 의원께서 저를요? 왜요?"

"총관저의 암말이 새끼를 낳을 것 같은데 새끼가 거꾸로 있는 것 같다는구나. 급히 끄집어내야 할 것 같은데 손이 필요하다고 말이야."

"아."

안주에 있는 몇 안 되는 말 중 암말은 두 마리뿐이다. 그중 한 마리가 새끼를 배고 있었는데 이제 새끼가 나오려나 보다.

"거꾸로 있다니 큰일이네요."

힘 쓸 장정들도 많을 텐데 굳이 자신을 부르는 걸 보니 정 의원도 좀 곤란한 상황인가 보다. 일부러 불렀다면 가서 뭐라도 돕는 게 도리다. 흐느적거리며 일어서는 수린을 보고 대웅은 얼른 부축을 하려다가 흠칫 뒤로 물러섰다. 수린은 그런 대웅을 보고 픽 웃고 말았다.

수린이 천강의 정인이라는 것을 알게 되고서 대웅은 무척이나 수린을 대하는 것을 어려워했다. 대웅뿐 아니라 의량을 비롯한 병호대 사람들은 물론이고 수돌이 같은 안주의 이들도 마찬가지였다. 희한한 것은 나이 지긋한 양반들은 그래그래, 하고 고개 한 번 끄덕이고는 넘어갔던 것인데 윤종명의 말에 따르면 눈치 좀 있는 노인네들은 알면서도 모르는 척, 물에 물 탄 듯 지내 왔다는 것이다. 무던하기도 하지, 하루 이틀도 아니고 칠 년 넘게 알고도 모른 척 살아 준 것이 고마운 한편 경탄스러울 지경이었다.

상관의 정인에게 함부로 손을 대기가 뭐해서 머뭇거리는 대웅을 더 곤란하게 만들고 싶지 않아서 수린은 비척비척 제 발로 총관저로 걸어가기 시작했다. 대웅은 주춤거리다가 후다닥 수린의 뒤를 따랐다.

"엊그제까지는 새끼 낳을 기미가 안 보였는데 언제부터 진통을 했답니까?"

"새벽부터 그랬던 것 같아."

처음에는 호칭을 어찌해야 좋을지, 존대를 해야 하는지도 애매해 대웅은 수린에게 눈짓 발짓으로만 의사 전달을 했었다. 천강과 혼인을 한 것도 아니고 무엇이 달라진 것도 아니니 그냥 하던 대로 말하라고 수린이 부탁한 이후에야 겨우 이전처럼 자연스럽게 대화는 했지만 절대 전처럼 어깨를 두드린다거나 옆에 붙어 서는 행동은 하지 않게 된 대웅이였다.

"새벽부터면 꽤나 난산이네요. 서둘러야겠습니다."

수린은 자신의 거처에서 총관저까지 한달음에 달려······가고 싶었지만 몸이 무거워 그러지는 못하고 있는 힘을 다 짜내서 겨우겨우 이동했다. 총관저에 딸린 마구간은 마구간 특유의 흙냄새와 퀘퀘한 냄새 대신 낡은 철에서 나는 것 같은 비린내가 뭉글하게 퍼져 있었다.

"정 의원님."

정 의원은 괴로워서 몸을 주체 못 하고 비틀거리는 배부른 암말을 앞에 두고 한숨을 쉬고 있었다. 수린이 부르자 정 의원은 식은땀을 흘리며 이마를 슥 닦고 돌아보았다. 손에 남아 있던 피가 이마에 멋진 그림을 남겼다.

"왔구나. 좀 도와라."

수린이 다가가자 정 의원은 밧줄을 수린에게 건넸다.

"아무래도 새끼를 끄집어내야 할 것 같다."

"밧줄로 묶어서 꺼낸단 말씀이십니까?"

"그래. 더 두었다가는 시체를 꺼내게 생겼어. 조금 무리가 되더라도 한시바삐 꺼내야 새끼도 어미도 살릴 수 있다."

수린은 흥건하게 젖은 바닥의 짚 더미를 바라보았다. 양수가 터졌다면 탯줄이 새끼의 무게에 눌리기 전에 꺼내야 한다. 숨통이 트이지 않은 채 배 속에서 시간을 지체하면 결과는 불을 보듯 빤하다.

"제가 합니까? 저는 아직……."

"재작년에 누렁이 새끼 꺼낼 때 생각나지? 그때처럼 하면 된다."

정 의원의 말에 수린은 급히 초산우(初産牛)였던 누렁이가 새끼를 낳지 못해 애쓰고 있을 때 정 의원을 도와 송아지를 꺼내던 때의 기억을 더듬어 보았다. 그때는 새끼가 거꾸로 있었던 건 아니었지만 열 몇 시간이나 새끼가 나오지 않아서 정 의원이 팔을 집어넣어 새끼가 나올 수 있게 도왔었다. 그때 정 의원이 수린에게 잘 봐 두라며 세세하게 대처법을 일러 주었던 것이다.

"그때는 거꾸로 있었던 게 아니었으니 이번이 더 힘들 것이다. 다리에 밧줄을 걸어 묶어라."

수린은 침을 주룩주룩 흘리며 색색거리고 있는 암말을 바라보았다. 할 수 있을까. 정 의원이 머뭇거리는 수린의 어깨를 두드리고 대웅에게 외쳤다.

"자네는 목책에 기대서 말 목 좀 잡아!"

"예? 예!"

대웅이 얼른 말고삐를 잡아 목책 쪽으로 당겼다. 수린이 주저하자 정 의원은 수린을 재촉했다.

"이제부터는 네가 해야 한다. 내 나이가 올해 몇인데, 나 죽고 나면 누가 안주의 사람들을 돌볼 것이냐. 내가 할 줄 아는 건 다 너도 할 줄 알아야지."

수린이 오기 전에 오랫동안 씨름을 해서인지 정 의원의 백발은 땀에 푹 젖어 있었다. 수린은 지친 정 의원의 얼굴을 보다가 결심을 굳히고 밧줄을 쥔 채 팔을 걷어붙였다. 어깨까지 옷을 쭉 올려 둘둘 말아 고정시키고 맨팔을 몸 안으로 밀어 넣자 거부감을 느낀 암말은 뒷발질을 하며 위협적으로 푸르릉거렸다. 재빨리 몸을 피했지만 완전히 피할 수는 없었다. 비껴 맞은 쇄골 쪽의 충격은 만만치 않았다.

"윽."

입 안으로 고통을 삼키며 뜨끈한 체온이 느껴지는 팔을 더듬자 딱딱한 막대기 같은 무언가가 만져졌다. 망아지의 다리다. 수린의 손이 닿은 다리가 도망이라도 치려는 건지 퍼뜩 움직였다. 다행이다. 아직 살아 있다. 수린은 매듭짓지 않은 밧줄을 망아지의 다리에 걸고 재빨리 팔을 꺼냈다. 터진 양수와 오로가 얼굴로 훅 튀었다. 수린은 망아지의 다리에 건 밧줄을 재빨리 매듭지어 당겼다.

"된 거냐."

정 의원의 다급히 물었다.

"된 것 같습니다. 그런데 묶는 건 둘째 치고 무작정 당겨도 됩니까?"

"지금으로서는 그 수밖에 없지. 얌전히 있으란다고 말이 말을 듣겠느냐."

정 의원은 매듭을 확인하며 무심히 말했다. 아무렇지도 않다는 듯 말하고 있었지만 정 의원의 말 속에 숨은 성실함을 수린은 읽을 수 있었다. 일국의 어의로, 죄인으로, 고립된 섬의 유일한 의원으로 살며 정 의원이 보고 살았을 수많은 삶과 죽음. 염증을 느끼고도 남을 세월이었을 것인데 정 의원은 어떠한 상황에서도 자신을 찾는 이들에게 소홀한 적이 없었다.

윤종명의 고뿔을 돌볼 때도, 할멈의 병을 살필 때도, 뒷집 강아지가 새끼를 낳을 때조차 정 의원은 공평하게 성실했다. 어찌 그럴 수 있을까 싶을 정도로 늘 한결같았던 정 의원의 모습들이 새록새록 떠올랐다.

"뭘 봐. 당겨라."

그러나 지금은 감상에 젖을 시간이 아니었다. 수린이 정 의원의 타박에 퍼뜩 정신을 차리고 밧줄을 당기려는데 그 밧줄을 뺏어 드는 손이 있었다.

"어……."

"마구간의 말이 난산이라기에 와 봤더니 난리도 이런 난리가 없군."

낮은 저음의 목소리가 혼란의 와중에 이질적으로 느껴질 정도로 차분하게 끼어들었다. 정 의원은 밧줄을 들고 감상하듯 말하는 천강이 마음에 들지 않는지 언성을 높였다.

"거 보고만 있을 시간이 없다니까. 어서 당겨!"

고통스러워하는 암말의 신음성에 마지막 말은 호통에 가까운 반말이었다. 천강은 자신을 향해 던져진 반말을 질책할 새도 없이 움찔 밧줄을 당겼다. 암말의 울음은 고통에 찬 절규처럼 울려 퍼졌다. 심상치 않은 소리에 천강이 얼른 밧줄을 고쳐 잡고 함께 온 의량에게 눈짓을 했다. 의량은 얼결에 천강과 밧줄을 함께 잡고 온 힘을 다해 당겼다.

이히히히힝— 수린은 처절하게 내지르는 말의 비명에 입술을 깨물었다. 괜찮아. 힘내. 마음속으로 달래며 말의 목을 꽉 끌어안자 푸릉거리며 침을 흘리던 말이 잠시 지친 눈으로 수린을 빤히 바라보았다. 그리고 또다시 고통스러운 몸부림이 시작되었다.

한참이나 말 스스로에게도, 함께 있는 사람들에게도 고통스럽기 짝이 없는 시간을 보냈다. 밧줄에 엮인 망아지를 겨우 꺼낸 것은 마구간 안의 모두가 땀범벅이 되고 나서였다. 철푸덕. 피와 양수에 젖은 망아지가 장정들의 손에 의해 어미의 몸 밖으로 끌려나와 이미 흥건히 젖은 짚단 위로 툭 떨어졌다.

수린은 꿈틀거리는 망아지에게로 달려갔다. 정 의원이 지쳐 나가떨어지려는 어미를 살피는 사이 수린은 천강이 쥐고 있는 밧줄을 뺏어서 얼른 망아지에게서 풀어내고 맥을 확인했다.

"어떠냐. 새끼는."

정 의원의 물음에 수린은 고개를 저었다. 맥은 있는데 숨을 쉬지 못하고 있었다. 망설일 겨를 없이 재빨리 두 손으로 입을 꼭막고 양수가 가득 들어차 있는 망아지의 코로 입을 가져갔다. 평소였다면 비릿한 양수의 냄새에 욕지기가 치밀어 올랐을 테지만지금은 냄새를 느낄 정신도 없었다. 코 안에 차 있는 양수를 입으로 빨아내 뱉어 버리고 또 빨아내 뱉어 버리고 몇 차례나 반복하는 동안 얼굴이며 머리카락이 엉망으로 지저분해졌다.

푸우— 얼마나 그리했을까. 죽은 듯 늘어져 있던 망아지가 작은 숨을 내쉬며 몸을 크게 꿈틀거렸다. 색색 가쁜 숨이 새어져 나오며 망아지의 가슴께가 움직이기 시작했다.

됐다. 긴장이 탁 풀린 수린은 한숨을 쉬며 고개를 푹 숙였다.

"잘했다."

정 의원이 널브러지다시피 바닥에 앉은 수린에게 다가와 어깨를 쳤다.

"갓 태어나 숨을 못 쉴 때에는 기도를 확보하는 것이 중요하다 한 것을 잘 기억하고 있었구나. 어디 보자…… 오래 고생한 것치고 상태는 좋구나."

망아지를 살피며 칭찬하는 정 의원의 말에 뿌듯한 마음이 피어나는 것이 주책은 아니겠지? 수린이 미소 지으며 고개를 돌리다가 천강과 눈이 딱 마주쳤다. 그러고 보니 천강이 와 있었다. 언제부터 그러고 있었던 걸까. 천강은 눈을 부릅뜨고 석상처럼 굳어진 채로 수린을 뚫어지게 바라보고 있었다. 뭘 저리 놀란 눈으로 보나 싶다가 자신의 몰골이 말이 아니라는 데에 생각이 미쳤다. 피와 양수로 범벅이 된 얼굴이며 축 젖은 옷이며 아파서 앓다가 오느라 퀭한 눈이며.

"아……하하."

괜히 겸연쩍어져 어색한 웃음을 흘리는데 천강의 표정은 딱딱하게 굳어진 채 풀릴 줄을 몰랐다. 거 사람이 웃으면 웃는 시늉이라도 좀 해 주지 민망하게. 수린은 머쓱해져 웃음을 거두고 몸을 일으켰다. 그리고 눈앞이 깜깜해졌다.

몸살에, 말발굽에 얻어맞고, 거꾸로 들어선 망아지 꺼내느라 젖
먹던 힘까지 뺏으니 혼절하는 건 당연한 결과였다. 아파 죽겠는데
신음조차 나오지 않았다. 끙끙거리는 수린의 머리 위로 두런두런
이야기가 오가고, 몇 날이 지났는지도 모르게 시간이 지났다.

깜빡깜빡 나갔다 들어오는 의식 너머로 정 의원이 뼈는 다치지
않았다, 잘 좀 먹고 살을 좀 찌워야겠다 이야기하는 소리와 유모
가 우리 아가 험한 일 시켜서 다치게 만들었다고 정 의원을 타박
하는 소리가 들렸다. 몸살은 망아지 빼내느라 난 게 아니라고 항
변하는 정 의원의 목소리와 이 늙은이 언제 한번 제대로 혼쭐내
주겠다 으름장 놓는 유모의 목소리가 시끄러운데도 마음을 편하
게 만들었다.

몇 번인지 모르게 눈을 떴다 감을 때마다 근심에 가득 찬 준수
한 얼굴이 옆에서 자리를 지키고 있는 것이 보였다. 목이 깔깔해
목소리가 나오지 않으니 걱정 말라는 이야기를 해 줄 수가 없어
해 줄 수 있는 거라고는 희미하게 웃어 주는 것밖에 없었다. 그때
마다 천강은 수린의 손을 꼭 잡고 말없이 수린의 눈을 바라보았
다.

제대로 정신이 돌아온 것은 꼬박 삼 일이 지나고 나서였다. 죽
천강이 옆에 있었던 것 같은데 눈을 뜨고 보니 천강은 보이지 않
았고 이부자리를 정리해 주던 유모가 이제야 눈을 떴느냐며 반색
을 했다.

"에이그. 몰골이 많이 아니야. 정신 좀 들었으면 뭐라도 좀 먹어야지. 일단 미음이라도 좀 들어 볼 테야?"

"아니, 나 물 좀 주오."

호들갑을 떠는 유모를 만류하려 일단 물 좀 달라 말하며 주위를 살피니 창 너머로 보이는 풍경이 수린의 거처가 아니었다. 아마도 총관저의 어디쯤 되는 모양이었다.

"뭘 주위를 둘러봐. 누굴 찾느라고."

누굴 찾는지 빤한 눈치라, 유모가 물 잔을 건네며 핀잔주는 목소리는 언제나처럼 천강을 향하던 타박하는 투였다. 헌데 그 타박이 한결 누그러졌다 느껴진 것은 기분 탓일까.

"거 지남철처럼 딱 붙어 있다가 조금 전에야 나갔어. 시간 되면 들어올 테니 걱정 말아."

툴툴거리며 목적어 없는 정보를 전달해 주는 모습이 참으로 고집스러웠다. 천강이 싫은 마음이야 이해하지만 이 정도 고집이면 유모가 귀엽게 느껴질 정도다.

"망아지는 어떻소?"

제 손으로 끄집어낸 새끼의 안위가 궁금해 묻자 유모의 표정이 심각해졌다. 설마……?

"새끼는 잘 있는데……."

있는데? 잘 있으면 있는 거지 왜 말끝이 흐려지는 것일까. 수린이 눈을 동그랗게 뜨자 유모는 절레절레 고개를 저었다.

"어미가 어지간히 힘들었던지 새끼를 돌보고 있지를 않아서 큰일이야. 젖을 먹으러 가려 하면 발길질을 해 대는 통에 장정들이 새끼가 젖 먹는 동안 어미 다리를 붙들고 있어야 한다지?"

저런. 수린은 혀를 찼다. 어미가 난산을 겪었거나 너무 어릴 때 새끼를 낳으면 제 새끼를 돌보지 않는 것은 흔한 일이다. 그 고통을 겪었으니 그럴 수도 있겠다 싶었지만 안타까운 마음이 들었다.

"매번 젖을 먹을 때마다 붙들고 있어야 하면 그도 큰일인데 말이오."

"정 의원이 잠시 돌보러 갔으니 뭔 수를 내겠지. 몇 명이 계속 달라붙어 있을 수도 없는 것이고."

유모의 말에 수린은 고개를 끄덕였다. 깨어났으니 이제 먹을 걸 챙기러 가겠다고 호들갑을 떨며 유모가 밖으로 나가자 수린은 자리에서 일어났다. 엉망이 된 채로 정신을 잃었는데 유모가 살뜰하게 돌봐 준 덕인지 몸은 깨끗하고 옷은 깔끔했다.

빳빳하게 풀 먹인 옷깃을 만지작거리며 수린은 자신을 경직된 얼굴로 바라보던 천강을 떠올렸다. 꽃단장하고 어여쁜 모습만 보여 줄 수는 없는 노릇이지만 적어도 천강을 마주할 때는 최대한 단정하게 있으려 했는데 본의 아니게 엉망인 모습을 보여 버렸다. 급박한 상황이라 어쩔 수 없었지만 말이다.

수린은 절로 나오는 한숨을 푹 내쉬고 애써 긍정적으로 생각하려 애썼다. 이왕 이렇게 됐으니 천강이 올 때까지 여기서 기다렸다가 어영부영 화해하고 돌아가야겠다. 화를 내고 나서 어찌 화해를 해야 하나 고민했었는데 핑계 김에 해 버리지 뭐.

……라고 생각했는데 천강은 밤이 깊도록 오지 않았다. 다음 날이 되어 완전히 자리를 털고 일어서서도 얼굴을 비치지 않는

것이 섭섭하기보다는 의아한 생각이 먼저 들었다. 바쁜 일이 있는 건가 싶어 인사를 대신 전해 달라 하고 돌아갈 때까지만 해도 별다른 생각은 들지 않았다. 그러나 그다음 날도, 또 그다음 날도 수린이 망아지를 돌보러 총관저에 들를 때마다 천강은 코빼기도 볼 수가 없었다.

이제 거의 회복된 암말을 쓰다듬자 말은 순순히 수린의 손길을 받았지만 그래도 새끼를 돌보는 것은 거부했다.

"네 새끼잖아. 힘들어도 돌봐야지."

콧등을 쓸어 주는 감각이 기분 좋은지 말은 눈을 가늘게 감고 수린의 이야기를 들었다. 그러다가도 새끼가 젖을 먹으러 다가오면 위협적으로 발을 굴렀다. 풀 죽은 모습으로 눈치를 살피는 새끼의 모습을 보자 가여워 마음이 아팠다. 정 의원은 어미가 조금 더 기운을 차리면 알아서 돌볼 것이니 크게 걱정할 것은 없다 말했지만 기가 죽은 걸 보니 쉽사리 발걸음이 떨어지질 않는 것이다.

뉘엿뉘엿 해가 넘어가고 땅거미가 질 무렵에야 안 떨어지는 걸음을 뗀 수린은 윤종명이 기거하는 총관저의 안채로 향했다.

공식적으로 외부에 알려진 현 총관은 천강이었지만 실질적인 안주의 행정은 아직까진 대부분 윤종명의 손을 거치고 있었다. 내부적인 행정은 윤종명이, 대외적인 부분은 천강이 전담하여 분담하고 있었기 때문에 보통 밤에는 윤종명과 천강이 저녁 식사를 함께 하며 일에 관한 이야기를 나누곤 했다. 그러니 지금 시간이면 천강은 윤종명과 함께 있을 터였다.

"총관 어르신, 계십니까?"

윤종명은 총관 어르신, 천강은 총관 나리. 그것이 자연스레 정해진 두 사람의 호칭이었다. 안채를 향해 목청을 높여 윤종명을 부르자 곧 대답이 돌아왔다.

"음, 그래."

그런데 대답이 심상치 않았다. 여느 때 같으면 허허 웃으며 왔구나 어서 들어오거라 했을 윤종명의 목소리에 미미한 당황이 섞여 있었던 것이다. 수린은 직감했다. 천강이 저 안에 윤종명과 함께 있으며 그가 자신을 피하는 중이라는 것을.

왜지? 설마하니 못 볼 꼴을 봤다고 생각해서 정이 떨어지기라도 한 걸까.

"드릴 말씀이 있습니다. 들어가도 되겠습니까?"

기면 기다, 아니면 아니다 나와야 할 대답이 돌아오지 않았다. 괜한 오기가 생겼다.

"불편하시면 후에 다시 찾아뵙겠습니다. 총관 나. 리."

부러 딱딱 끊어 천강을 꼬집어 말하자 방 안에서 후다닥하는 기척이 들리더니 벌컥 문이 열렸다. 당황한 기색이 역력한 얼굴로 천강이 달려 나온 것이다. 수린은 입술을 꼭 깨물고 천강을 노려보았다. 보란 듯이 팩 돌아서서 나오자 뒤에서 천강이 급히 따라와 수린의 팔을 붙들었다. 윤종명이 껄껄 웃으며 너무 다투지 말라 이르고 문을 닫아 주었다.

"말해 보세요."

인적 없는 곳으로 자리를 옮긴 후, 수린이 천강을 삐딱하게 바라보며 말했다. 천강은 취조당하는 죄인인 양 난처해하고 있었다.

"왜 절 피하셨습니까."

대답이 잘 나오지 않는지 천강은 입을 열었다 닫았다만 반복할 뿐이었다. 수린이 답답해 자신의 가슴을 두드렸다.

"제가 오라비의 서신을 함부로 보지 말아 달라 한 것이 그리 부당한 요구였습니까? 그래서 화가 나셨습니까?"

"아니! 그런 게 아니다."

"그럼, 제가 심기에 거슬리는 행동이라도 했습니까?"

"아니……."

미적지근한 대답에 미간의 골이 점점 깊어졌다.

"그러면…… 망아지 받아 내는 제 몰골이 너무 말이 아니어서 정이라도 떨어지셨습니까?"

"그 무슨 말을! 그런 것이 아니다."

"그럼 대체 뭡니까!"

자신도 모르게 언성을 높이자 천강은 무슨 심각한 사안이라도 생각하는지 한참을 머뭇거리다가 말했다.

"내가 우리의 앞날에 대해 너무 피상적으로밖에 생각하지 않고 있었던 것 같아서……."

"그게 무슨 말입니까."

"그러니까……."

입에 담기 힘든 말을 떠올리는 듯, 천강은 손으로 입가를 감쌌다.

"아이를 낳는다는 게 어쩌면 목숨이 위태로운 상황이 올지도 모른다는 걸 난 아예 생각조차 해 보지 못했단 말이다."

"……예?"

천강의 입에서 나온 말은 전혀 예상치 못했던 것이었다.

"언젠가, 우리 사이에 아이가 생기고 네가 아이를 낳게 된다는 것이 너를 고통스럽게 만들 수도 있다는 걸 나는 전혀 생각도 하지 않고 있었다. 그런데……."

헌데 어제 암말이 새끼를 낳고, 그 새끼를 수린이 받아 내며 피를 뒤집어쓴 광경에서 자연스레 수린과 출산이라는 두 단어가 연결 지어졌던 것이다. 사람을 죽고 죽이는 전장은 많이 보아 왔어도 출산, 그것도 그토록 적나라한 난산의 광경은 처음 보았다. 훗날 두 사람이 혼인을 하여 아이가 생기고 그 아이를 낳게 되었을 때 수린이 그런 난산을 겪게 된다면…… 그래서 혹여, 혹여라도…… 라는 생각은 천강에게 끝도 없는 두려움을 안겨 주었다. 그것은 맨몸으로 수많은 적들을 대적하였을 때에도, 불타오르는 전장에서 고립무원이 되었을 때에도 느끼지 못했던 종류의 공포였다.

"나 참…… 그런 거였습니까."

남의 속도 모르는 수린은 맥이 풀린다는 듯 어깨를 으쓱했다. 한없이 가벼운 사안이라는 듯한 태도에 천강은 미간을 구겼다.

"전 그것도 모르고 별별 생각을 다 했군요. 일어나지도 않은 일을 뭘 그렇게까지 상상하며 걱정하셨습니까. 이제 보니 은근히 소심한 구석이 있으십니다?"

"소심이라니! 나는!"

이 마음을 어찌 말로 설명할 수 있을까. 행여 수린에게 생채기라도 나지 않을까 걱정스러워 산에 약초를 캐러 올라가는 것도 마뜩잖았다. 여태까지 하던 일을 하는 것이라 말을 못 하고 있었지만 환자들을 돌보고 관사의 허드렛일을 하는 것도 사실은 그만두라 하고 싶었다.

천강의 마음 한쪽에 늘 도사리고 있는 부채감은 아마 죽는 날까지도 떨칠 수 없을 것이었다. 수린을 나락으로 떨어뜨린 장본인이 자신이라는 죄책감, 수린의 집안을 멸문시킨 장본인의 핏줄이라는 죄책감.

욕심이 나 여기까지 끌고 온 관계였다. 자신이 수린에게 있어 재앙 같은 존재라는 생각이 꼬리표처럼 떨어지질 않았다. 누구에게도 내비치지 못했던 마음의 불안을 당사자인 수린에게는 더더욱 말할 수 없는 것이었다.

교성에서 그대로 수린의 행적을 지워 줄 수도 있었다. 도문으로 도망치는 수린을 놓아줄 수도 있었다. 진연에서 편하게 살도록 유모를 그쪽으로 보내 줄 수도 있었다. 그러나 자신은 수린을 붙들기 위해 그 무엇도 하지 않았다. 그 소름 끼치도록 이기적인 행태를 수린은 아무 말도 없이 받아 주었다. 그 이기심이 나중에 한꺼번에 대가를 치를 것이라는 생각이 지나친 기우일까? 그것이 수린을 잃는다는 최악의 형태로 돌아온다면 그때 자신은 어찌해야 좋을 것인가.

수린은 천강의 마음속으로 한차례 폭풍이 지나갈 때까지 차분히 기다려 주었다.

"저는."

수린의 입술이 떨어지며 차분한 목소리가 흘러나왔다. 목소리는 따뜻했다.

"아직 일어나지 않은 일들을 걱정하며 시간을 낭비하기에는 이미 우리가 돌아온 시간만도 충분히 길었다고 생각합니다."

또박또박 말하는 야무진 입매를 홀린 기분으로 바라보았다. 수린은 빙긋 미소 지었다.

"그런 걱정 말고도 해야 할 일들이 많습니다. 할멈 마음을 돌리는 것도, 다가올 겨울을 날 채비를 하는 것도 정신없이 바쁠 겁니다. 그리고."

수린은 손을 내밀어 천강의 손에 깍지를 끼고 잡았다.

"직접 받아 낸 새끼 한 번 찾아보지 않는 것은 너무 정 없지 않습니까? 저랑 같이 가서 보세요. 이제 제법 많이 컸습니다."

수린의 미소에 찌르르 심장을 훑고 지나가는 아릿한 감정이 있었다. 아비가 당한 참변이 수린과 관계가 있을 것이란 것은 충분히 짐작코도 남았다. 그러나 아비는 유명을 달리하지 않고 치명상만을 입은 채 발견되었다. 그 정도 상처였다면 목숨을 노리는 것도 무리는 아니었을 것인데 그러지 않은 것이 자신 때문이었다면…… 자신은 수린에게 또 한 가지 빚을 진 셈이다.

묵직해지는 감정의 무게감을 애써 무시하며 수린의 손을 꼭 쥐자 수린은 언제 싸우고 감정의 날을 세웠었냐는 듯 따뜻하게 웃었다. 그 웃음 하나에 모든 근심이 사그라지는 기분이었다.

마구간까지 가는 짧은 산책길은 금세 끝났다. 그리고 마구간에서는 언제 왔는지 정 의원이 먼저 와서 망아지를 살피고 있었다.

"정 의원님. 언제 오셨습니까."

"조금 전에 왔다. 안 그래도 내 널 부르려 했는데 잘됐구나. 앉아 보거라."

천강을 향해 가볍게 목례를 건넨 정 의원이 수린에게 자신의 앉은 옆의 짚 더미를 가리켰다. 수린이 천강과 함께 앉자 정 의원이 소매를 걷어붙였다.

"어디 맥 좀 짚어 보자. 그러고 가서 제대로 보살펴 주지 못했으니 원."

"이제 괜찮습니다. 안 봐 주셔도……."

"어허!"

정 의원의 호통에 머뭇거리다 천강에게 떠밀린 수린은 마지못해 손을 내밀었다. 눈을 감고 맥을 짚어 본 정 의원은 고개를 끄덕였다.

"그래. 이제 큰 걱정은 안 해도 되겠구만. 앞으로는 비 맞고 돌아다니지 말거라."

비 맞고 돌아다녔다고 말한 적도 없는데 누가 용한 의원 아니랄까봐 별걸 다 안다. 정 의원의 당부에 꾸벅 고개를 끄덕이자 정 의원은 화제를 돌렸다.

"가축이 새끼를 낳는 것을 겪어 본 것이 이번으로 몇 번째지?"

"네 번? 다섯 번이던가 그럴 겁니다."

"그래. 그래도 제법 보기는 했구나. 기본적으로 가축도 사람과 다를 바는 없다. 그러나 겪어 봐서 알겠지만 말이 통하지 않고 통

제할 수 없는 상황이 발생할 수 있기에 배는 더 주의해야 해. 내일 내 집으로 오거라. 너에게 도움이 될 만한 도감이 좀 있을 거다."

"잠깐."

뭔가 수린에게 본격적으로 수업을 하려 드는 정 의원의 태도에 천강이 입을 열었다. 정 의원과 수린은 천강을 빤히 바라보았다.

"왜, 하실 말씀이라도?"

정 의원의 물음에 천강은 손을 들어 보였다.

"굳이 막을 생각까지는 없지만 말이야, 총관의 아내가 될 사람이 가축들의 새끼를 받는 일까지 하는 건 좀 아닌 것 같아서 말일세."

"어……."

정 의원의 집에 오늘이라도 들러야겠다고 생각했던 수린은 천강의 말에 자기도 모르게 입을 벌렸다. 그게 또 그런가? 정 의원은 그 말에 눈을 가늘게 떴다.

"총관 나리께서는 이 녀석이 험한 일을 하는 게 마뜩잖으신 겁니까?"

"솔직히 말하자면. 그리고 총관의 처가 할 일은 안살림을 관리하는 것이지 환자들을 직접 돌보는 것은 아니라고 생각하네."

이치에 어긋나는 것은 없는 말이었다. 그러나 정 의원은 그 말에 수긍하는 대신 화살을 수린에게 돌렸다.

"네 생각은 어떠하냐."

"예? 저, 저요?"

"그래. 네 일이니 네가 말해 보아라. 너는 아픈 이들을 돌보고

362

네 손길이 필요한 가축들을 돌보는 게 싫으냐."

"그럴 리가요."

천강이 그 대답에 팔짱을 끼고 불만스러운 표정을 지었다. 정 의원은 후우 숨을 길게 내쉬었다.

"일이 이리 꼬였으니 그럼 어찌하면 좋으시겠습니까. 저는 몇 년 전부터 제가 죽고 나면 제 자리를 채울 사람은 하나뿐이라 생각했고, 실제로 제가 아는 모든 것을 일러 주려 애썼습니다. 영리한 제자라 생각한 아이가 갑자기 총관 부인이 되게 생겼으니 저 죽은 후에는 어찌하는 것이 옳겠습니까."

"죽은 후라니요. 이리 정정하신데. 그런 말씀 마십시오."

수린이 사색이 되어 하는 말에 정 의원은 따뜻한 시선으로 수린을 바라보았다.

"사람이 늙으면 흙으로 돌아가는 것은 당연한 이치이다. 길거리 풀포기도 흙으로 돌아가기 전에는 꽃을 피우고 열매를 맺어 놓는 것이 섭리인 것을. 사람 또한 마찬가지가 아니겠느냐. 나를 꼭 필요로 하는 이들이 아직도 많지만 이제 노구(老軀)로는 그 부름에 다 응하는 것조차 버겁다."

강마른 몸집에 서린 강단과 기개가 한 번도 정 의원을 제 나이대로 느끼게 한 적이 없었다. 그러나 이리 보면 성성한 백발 머리가 고산의 만년설(萬年雪)같다. 정 의원의 자리를 메꿀 사람이라……

수린이 진지한 표정으로 손가락으로 턱을 짚는 것을 본 천강이 불길한 예감에 사로잡혔다. 이거 설마……

"제가 감히 그럴 깜냥이 되겠습니까."

천강은 저도 모르게 고개를 저었다. 역시 얘기가 그렇게 흘러가는 건가.

"너 아니면 누가 하겠느냐."

정 의원의 말에 수린이 슬쩍 천강을 바라보았다. 비 맞은 강아지 같은 눈망울을 본 천강은 혀를 찰 수밖에 없었다. 그런 눈으로 보면 어찌 매몰차게 안 된다고 할 수가 있으랴. 정 의원은 뭐가 재미있는지 귀엽다는 눈빛으로 두 사람을 보고는 자리를 털고 일어섰다.

"그럼 이야기들 나누십시오. 너는 이따 잊지 말고 들르거라. 중산댁이 너 먹인다고 삼(蔘) 넣은 닭 고아 놓고 기다린다 했다."

"가시게요? 저도 같이……."

"이야기 마저 나누고 오거라."

정 의원은 천강에게도 잊지 않고 인사를 건넸다.

"총관 나리도 저녁은 저희 집에서 드십시오. 중산댁이 닭을 두 마리 잡았으니 말입니다."

"내 밥그릇에만 삼(蔘)이 아니라 독이 들어 있을까 겁이 나오만?"

꽤나 신빙성 있는 의심에 정 의원은 너털웃음을 터뜨리고는 자리를 떴다. 말은 그리했어도 천강 역시 유모의 태도가 눈에 띄게 누그러졌다는 걸 모를 리 없었다. 수린이 쓰러지고 나서 사색이 되어 자리를 지키며 뜬눈으로 날을 지새우던 천강의 모습이 유모의 마음을 녹이는 데 단단히 한몫을 했던 것이다. 그렇다 해도 완전히 마음을 얻는 데까지는 긴 시간이 걸리겠지만 말이다.

정 의원을 배웅하고 나서 망아지에게 관심을 쏟는 수린에게 천강이 물었다.

"굳이 그렇게 의원이 되고 싶으냐."

"굳이 그렇게라고 물으신다면 목숨 바쳐 되고 싶은 것까지는 아닙니다. 허나 제가 가야 하는 길이 있다면 그것이 의원이 아닐까 싶은 마음이기는 합니다."

조심스레 말하면서도 천강이 꿈도 꾸지 말라고, 당장 그 마음 버리라고 호통을 치지 않을까 걱정스러웠다.

"그래……."

그런데 천강은 윽박지르는 대신 그저 가볍게 고개를 끄덕일 뿐이었다. 순순한 반응에 오히려 수린이 불안할 정도였다.

"반대 안 하십니까?"

그 물음에 천강은 보일 듯 말 듯한 미소를 지었다. 반대라.

"반대하면 안 할 것이냐."

총관인 천강이 부득불 반대를 한다면 할 수 있는 일이란 안주에는 없다. 특히나 안주에 살고 있는 사람들의 특수성을 생각한다면 말이다. 그런데 천강의 반문은 수린의 선택권을 전적으로 인정해 주는 듯한 어조였다.

"반대 안 하시면 저야 좋기는 한데……."

천강은 수린의 옆에 서서 망아지의 콧잔등을 쓸어 주었다. 밧줄에 묶어 끌어낼 때에는 그저 핏덩이로 보이던 놈이 새까만 눈동자로 제법 똑바로 바라보고 있었다.

"격식을 차리지 않는다고 손가락질을 할 사람도, 예의가 없다고 질책할 이도 없는 곳이 아니더냐, 여기는. 네가 원하지 않는 일을 강요하며 내 곁에 묶어 두려 했다면 이미 예전에 그리했겠지."

"그럼⋯⋯."

"백부님이 계시는 동안 백모님과 두 분이서 부족한 부분은 보완해 주실 테니 너 하고 싶을 대로 해라. 다만."

천강이 긴 팔을 뻗어 수린의 허리를 감싸 안았다.

"숨어 다니고 피하는 것만큼은 하지 말아다오."

"⋯⋯예."

"다치지도 말고."

"알겠습니다."

"기왕이면 너무 힘쓰는 일도 하지 말아라."

점점 늘어나는 요구 사항의 행렬에 수린의 웃음이 짙어졌다. 뭣도 모르는 망아지는 소리 내어 웃는 수린을 말간 눈으로 바라보다가 툭, 제 코로 수린을 한 번 건드렸다. 수린은 망아지의 목을 가볍게 끌어안으며 천강의 요구 사항에 대응할 요구 사항을 궁리하기 시작했다.

향월화

초판 1쇄 찍음 2016년 12월 6일
초판 1쇄 펴냄 2016년 12월 13일

지은이 | 유지인
펴낸이 | 정 필
펴낸곳 | **(주)뿔미디어**

기획 · 편집 | 박경희, 이유나, 김수정

출판등록 | 2002년 9월 11일 (제1081-1-132호)
주소 | 경기도 부천시 원미구 소향로 17, 303(두성프라자)
전화 | 032)651-6513 / 팩스 | 032)651-6094
E-mail | dahyangs@naver.com
블로그 | http://blog.naver.com/dahyangs
비북스 | http://b-books.co.kr

값 9,000원

ISBN 979-11-315-7603-8 04810
ISBN 979-11-315-7601-4 04810(세트)

www.bbulmedia.com

www.bbulmedia.com